REISEZIEL UTOPIA

STEFAN HOLZHAUER
(HERAUSGEBER)

EDITION ROTER DRACHE

1. Auflage März 2018

Copyright © der Gesamtausgabe 2018 by Edition Roter Drache
Edition Roter Drache, Holger Kliemannel, Haufeld 1, 07407 Remda-Teichel,
edition@roterdrache.org; www.roterdrache.org
Copyright © der Geschichten obliegen dem jeweiligen Autor
Titelbild- und Umschlaggestaltung: xanathon.com
Satz: Holger Kliemannel
Lektorat: Isa Theobald
Korrektorat: Nicole Reif
Fonts: Fjord von Viktoriya Grabowska (SIL Open Font License v1.10)
Centauri von Tugcu Design Co.
Grafiken: Rahmen um Autorenbilder: von 123rf/Christopher Gurovich
Rakete (Kapiteltrenner): stockunlimited.com
Sonne (um Seitenzahlen): stockunlimited.com
Gesamtherstellung: Bookpress

Alle Rechte vorbehalten.
Kein Teil dieses Buches darf in irgendeiner Form (auch auszugsweise) ohne die schriftliche Genehmigung des Verlags reproduziert, vervielfältigt oder verbreitet werden.

ISBN 978-3-946425-45-8

INHALT

Vorwort   7

Der Wunsch nach Rettung   11
Olaf Stieglitz

Der Fernhändler   30
Ingo Muhs

Back to Basic   52
Carmen Capiti

Das Feld der Bäume   68
Gerhard Huber

Kane, der Krieger   80
Victor Boden

Cornucopi   104
Dieter Bohn

Der Himmel über Nova   117
A.L. Norgard

Erstkommunikation   140
Paul Tobias Dahlmann

Der Tag der Erkenntnis   151
Yann Krehl

Aufbruch   175
Jens Gehres

Der gelbe Ritter Thomas Kodnar	198
In guten Händen Joachim Tabaczek	206
Heimat Herbert Glaser	224
Guerilla Dorothe Reimann	229
Kommt zum RingelRangel-Platz! Andreas Raabe	237
20 Minuten Marcus R. Gilman	252
Der Brand Daliah Karp	268
Der erste Schritt Olaf Stieglitz	289
Der Elter Jens Gehres	301
Elysium Anja Bagus	319
Vorfall in Utopia West Gernot Schatzdorfer	342

VORWORT

Eine Utopie ist der Entwurf einer fiktiven Gesellschaftsordnung, die nicht an zeitgenössische historisch-kulturelle Rahmenbedingungen gebunden ist.
[...]
Im alltäglichen Sprachgebrauch wird Utopie (insb. als Adjektiv »utopisch«) auch als Synonym für eine von der jeweils vorherrschenden Gesellschaft überwiegend als schöne, aber unausführbar betrachtete Zukunftsvision benutzt.

Aus der deutschen Wikipedia

Lange Zeit warf die Science Fiction durchaus positive Blicke auf die Zukunft. Neben frühen Stoffen, in denen käferäugige Monstren (»bug eyed monsters«) unsere Frauen klauen wollten, war es immer wieder so, dass man Fortschritt und Technologie als etwas Positives sah, als Hilfsmittel, die die Menschheit weiter bringen konnten und würden. Und auch gesellschaftlich erfand man Modelle, die die Zukunft in weitaus rosigeren Farben zeichnete, als es beispielsweise der kalte Krieg tat. Es gab Geschichten über eine Menschheit, die - allen Widrigkeiten zum Trotz - ihre Probleme überwunden hatte und geeint zu den Sternen drängte.

Doch auch in den positiven Utopien steckte selbstverständlich Konfliktpotential, denn zum einen sollen Geschichten unterhalten, dazu braucht es Gegenspieler, und zum anderen waren scheinbar böse oder andersartige Aliens ein Vehikel, um den ach so hehren Protagonisten einen Spiegel vorzuhalten und ihre

Ethik auf die Probe zu stellen. Alan Dean Fosters Humanx Commonwealth sind ebenso ein Beispiel dafür, wie die diversen Star Trek-Inkarnationen.

Und dann veränderte sich die Science Fiction. Ich will nicht wirklich sagen, dass alles mit William Gibsons Cyberpunk begann (H.G. Wells` »Krieg der Welten« ist letztendlich ebenfalls ein Vertreter des Genres, und wurde bereits 1889 erstmalig veröffentlicht), aber ich hatte und habe den Eindruck, dass seit »Neuromancer« vermehrt Postapokalypsen und Dystopien veröffentlicht werden. Und gerade in den letzten Jahren wird der Phantastik-Markt geradezu davon überflutet. Mich persönlich nervt das. Warum? Einfach:

Unsere Welt ist in der Realität auf dem Weg in eine Dystopie. Kriege. Überwachung. Lobbyismus, die Macht der Konzerne und Banken. Postdemokratie. Das erschreckende Erstarken der neuen Rechten. Der Verlust von Empathie. Wenn man dann auch in seiner Freizeit als Eskapismus immer wieder nur Negatives vorgesetzt bekommt, dann festigt das in meinen Augen einen Eindruck, dass das alles eben so sit, und man nichts ändern kann.

Und angesichts dessen könnten wir positivere Blicke auf die Zukunft meiner Ansicht nach derzeit viel besser brauchen, als immer neue Dystopien und Postapokalypsen. Das war der Grund, warum ich dieses Projekt aus der Taufe gehoben habe und dankenswerterweise sind etliche Autorinnen und Autoren dem Ruf gefolgt.

Wer nun meint, dass in den Geschichten alles »Friede, Freude, Eierkuchen« sei, der ist selbstverständlich auf dem Holzweg, denn wie ich bereits weiter oben ausführte, braucht man Gegenpole für die Utopie, man benötigt Reibungspunkte und Antagonisten, um Kontraste zu erzeugen. Und dann gibt es selbstverständlich noch ein weiterer Punkt: Was die eine für eine Utopie hält, mag für den anderen eine entsetzliche Vorstellung sein.

Dieses Buch wird die Welt nicht verändern. Aber es hilft vielleicht ein kleines Bisschen dabei, die Leser daran zu erinnern, dass wir alle durchaus dazu in der Lage sind, etwas zu bewirken.

Auch mit Kleinigkeiten. Wenn einfach wir nur positiver denken und ein wenig Toleranz üben. Denn dann ist die angeblich »unausführbare Zukunftsvision« aus dem Wikipedia-Zitat vielleicht gar nicht so unerreichbar.

Ich wünsche viel Vergnügen bei der Lektüre von »Reiseziel Utopia« und bedanke mich bei Autoren und Verleger.

Stefan Holzhauer

DER WUNSCH NACH RETTUNG

OLAF STIEGLITZ

Logbuch des Allianz-Erkundungsschiffes Sigourney - Eintrag Kapitänin Gail Lisani:
Das Singularitätsfeld wurde deaktiviert und wir nähern uns mit zweieinhalbfacher Lichtgeschwindigkeit dem Zielplaneten. Bald werden wir auf den normalen Trägheitsantrieb umschalten. Die Astronavigation gab mir eine geschätzte Ankunftszeit von 11:32 Uhr. Die Statusberichte aller Stationen sind positiv.
Nachtrag für das persönliche Logbuch: Ich bin sehr gespannt, was uns auf diesem Planeten erwartet. Ehrlich gesagt habe ich Zweifel an der Zuverlässigkeit von Dru Brogoff. Es gibt gute Gründe, warum die Erkundungsflotte seit der Entwicklung der Nullzeit-Kommunikation auf den Einsatz von Psionikern verzichtet. Sie gelten als unzuverlässig und zeigten in der Vergangenheit häufig unberechenbare Verhaltensmuster. Allerdings muss ich zugeben, dass ich bis zu diesem Flug keine Erfahrungen mit ihnen gemacht habe. Brogoff ist der erste, mit dem ich zusammenarbeite. Natürlich werde ich als Kapitänin und Leiterin der Mission so unvoreingenommen sein wie möglich.

Als der Summer von Gails Kabinentür ertönte, schloss die Kapitänin der *Sigourney* die Logbuch-Anwendung. Ein Blick auf den in ihren Schreibtisch eingearbeiteten Monitor zeigte ihr, wer vor der Tür stand. »Wenn man vom Teufel spricht«, murmelte sie leise und drückte dann auf den Türöffner.

Dru Brogoff war 138 Jahre alt. Das wäre für einen Menschen in der Allianz ein zwar fortgeschrittenes, aber keinesfalls hohes Alter gewesen, doch während seiner Zeit in der Erkundungsflotte hatte er sich eine seltene Nervenkrankheit zugezogen, die - ungewöhnlich genug - von der modernen Medizin nicht geheilt werden konnte. Er trug daher ein Exoskelett, durch das sein Körper die volle Bewegungsfähigkeit eines Zwanzigjährigen besaß. Gail selbst hatte als Kapitänin natürlich sämtliche physischen Optimierungsprogramme durchlaufen müssen, doch sie vermutete, dass der verstärkte Anzug aus Verbund-Kunststoffen den Psioniker im Ruhestand mindestens ebenso stark, schnell und geschickt machte, wie sie es war.

»Kapitänin.« Der blassgesichtige Mann mit den weißen Haaren nickte ihr zu. »Ich hörte, dass wir den Planeten bald erreicht haben.«

Gail nickte. Inzwischen hatte sie sich an die helle Hautfarbe Brogoffs gewöhnt. Sie wusste nicht, ob es sich dabei um eine genetische Anomalie oder ob um eine weitere Spätfolge seines Dienstes in der Erkundungsflotte handelte. Die Menschheit hatte in den letzten Jahrhunderten durch Vermischung als Teint einen mittleren Braunton angenommen. Gail selbst war etwas dunkler als der Durchschnitt, wohingegen der helle Phänotyp durch die gestiegene UV-Belastung des späten einundzwanzigsten Jahrhunderts fast komplett verschwunden war. Nicht, dass es in der menschlichen Gesellschaft noch Platz gab für Vorbehalte aufgrund solcher Äußerlichkeiten. Seit die Menschheit sich den 38 anderen intelligenten Spezies in der Allianz angeschlossen hatte, war Rassismus, sowohl intra-, als auch interspeziesistisch kein Thema mehr.

»Bitte nehmen Sie Platz, Herr Brogoff.« Während der Psioniker sich in den Sessel vor ihren Schreibtisch setzte, war Gail bewusst, dass es sich dabei um eine rein formelle Höflichkeit handelte. Mit dem Ganzkörper-Exoskelett, das Brogoff trug, machte Stehen, Sitzen oder Liegen für ihn keinen Unterschied, da die Arbeit komplett von der Apparatur übernommen wurde. Sie kannte das von ihrer Urgroßmutter, die aufgrund ihres hohen Alters ebenfalls darauf angewiesen war. Ihre Ur-Nana schlug sie seitdem regelmäßig bei jedem der Marathonläufe, an denen Gail während ihrer Besuche auf der Erde teilnahm.

»Tatsächlich werden wir in ...«, sie warf einen kurzen Blick auf die in einem Monitor eingeblendete Uhrzeit, »... 25 Minuten in den Orbit von Planet Zenori 487 einschwenken. Haben Sie noch einmal psionischen Kontakt zu den Bewohnern von Zenori aufnehmen können?«

Ein Blick in sein Gesicht genügte ihr, um dort die Antwort zu lesen.

»Ich befürchte nein.« Brogoff tat ihr schon beinahe leid, auch wenn er am Ende wahrscheinlich dafür verantwortlich war, dass sie alle diese Reise umsonst gemacht hatten. »Glauben Sie mir, ich versuche es täglich, aber seit die Verbindung vor zwei Wochen schlechter wurde und schließlich abbrach, ist es mir nicht gelungen, sie wieder herzustellen.«

»Natürlich glaube ich Ihnen, Herr Brogoff«, sagte Gail und meinte es ernst. Zumindest ging sie fest davon aus, dass der alte Psioniker nicht versuchte, Gail oder die Erkundungsflotte absichtlich hinters Licht zu führen. Leider hatte sie jedoch Bedenken, was seine Zuverlässigkeit anging.

»Wie sicher sind Sie hinsichtlich der Lokalisation Ihres Kommunikationspartners? Ich habe noch nie mit einem Psioniker zusammengearbeitet, aber es heißt, dass eine Zielbestimmung oft problematisch ist.«

»Ja, das ist auch wirklich so. Aber die Kommunikation mit Bobby bestand fast einen Monat lang.« Als Gail ihm einen fragenden Blick zuwarf, erklärte er: »Bobby ist ein häufig verwendeter

Name für unbekannte psionische Kontakte. Telepathisch lassen sich Laute meist sehr schlecht übermitteln, sodass wir nicht mit Worten kommunizieren und uns auch nicht mit Eigennamen vorstellen können. Ich verbinde ein Gefühl und bestimmte geistige Eindrücke mit Bobby, aber diese lassen sich sprachlich nicht mitteilen. Von daher Bobby.« Als Gail nickte, fuhr er fort: »Bitte glauben Sie mir, ich war schon in meiner aktiven Zeit sehr viel besser in Lokalisation als meine Kollegen. Und ich hatte lange genug Kontakt zu Bobby, um mir bei seiner Position sicher zu sein.«

Gail nickte erneut. »Sie müssen mich nicht mehr überzeugen, Herr Brogoff, das ist Ihnen bereits beim Kommando der Erkundungsflotte gelungen. Man hat die *Sigourney* abgestellt, um der Sache nachzugehen.«

Dru Brogoff zog eine Grimasse. »Leider hat es so lange gedauert. Vor Wochen schon habe ich angefangen, um ein Schiff zu betteln. Doch niemand war bereit, mir zu helfen.«

»Nun, niemand bezweifelt, dass Sie wirklich einen Hilferuf von diesem Bobby empfangen haben …«

»Es geht ja nicht nur um Bobby. Er hat um Hilfe für seine ganze Rasse gebeten! Sie ist in furchtbarer Gefahr. Ich befürchte, dass seiner Welt eine planetare Katastrophe droht …«

»Ich denke, das hat am Ende auch den Ausschlag gegeben. Sie müssen bedenken, dass eigentlich alle verantwortlichen Stellen der Meinung sind, eine psionische Standortbestimmung wäre zu unzuverlässig.« Gail hob die Hand, als Brogoff etwas erwidern wollte. »Dennoch haben Sie eindrücklich klargemacht, dass die Zukunft einer ganzen Zivilisation in Gefahr sein könnte, obwohl Bobby Ihnen keine konkreten Einzelheiten übermitteln konnte. Daher wurde schließlich trotz allem ein Schiff bewilligt. Es steht einfach zu viel auf dem Spiel, auch wenn die Erfolgschancen noch so gering scheinen.«

Ihr Gespräch wurde unterbrochen, als ein Summton von ihrem Schreibtisch ihre Aufmerksamkeit auf den Monitor lenkte.

»Was ist es?«, fragte Brogoff aufgeregt. »Hat man Kontakt mit Bobbys Welt aufgenommen?«

»Oh mein Gott«, flüsterte Gail.

»Was? Was ist los?«

»Unsere Drohnen senden die ersten Daten. Es sieht so aus, als hätten Sie recht gehabt, Herr Brogoff. Auf Zenori gibt es deutliche Anzeichen einer weltumspannenden Zivilisation. Im Atomzeitalter, wie es aussieht.«

Die Augen des Psionikers leuchteten auf. »Aber das ist doch phantastisch!« Er stockte, als er den erschütterten Ausdruck im Gesicht der Kapitänin sah. »Was?«, flüsterte er.

»Das Strahlenniveau in der Atmosphäre ist extrem hoch. Zu hoch für natürliche Ursachen. Entweder gab es eine gewaltige Katastrophe oder – wahrscheinlicher noch – einen weltweiten nuklearen Krieg.«

Gail blickte Brogoff in die Augen. Sie spürte, dass ihr die Tränen kamen und schämte sich nicht dafür.

»Wie es aussieht, kommen wir zu spät.«

Logbuch des Allianz-Erkundungsschiffes Sigourney *– Eintrag Kapitänin Gail Lisani:*
Die Stimmung der Mannschaft ist niedergeschlagen und ich kann es ihr nicht verdenken. Die anfängliche Befürchtung hat sich leider voll und ganz bestätigt. Die weltweite Zivilisation von Zenori 487 wurde in einem Krieg zerstört. Einer ersten Schätzung nach wurden über 70% der Oberfläche nuklear verwüstet. Die wissenschaftliche Abteilung unter Cuta Sibillen hat außerdem chemische und biologische Kampfstoffe in der Atmosphäre nachgewiesen. Die Hoffnung auf Überlebende ist gering. Selbst wenn diese auf irgendeine Weise der Strahlung widerstehen könnten, so hat Sibillen doch auch einen Erreger in den Luftproben isoliert, der zu 95% dem Kittarrow-Virus entspricht, der sämtliche höheren Hirnfunktionen zerstört. Unterirdische Bunkeranlagen, in denen es Überlebende geben könnte, wurden von unseren

Sensoren nicht entdeckt. Trotzdem habe ich beschlossen, Bodenerkundungsteams auf die Oberfläche zu schicken, um Klarheit über das Schicksal der Welt zu erlangen. Die Männer und Frauen werden mit Schutzanzügen der Klasse III ausgestattet.

Nachtrag für das persönliche Logbuch: Ich kann nicht aufhören, mich zu fragen, ob wir am Schicksal dieser Welt etwas hätten ändern können, wenn wir früher gekommen wären. Ich mag mir gar nicht vorstellen, wie sich Dru Brogoff fühlen muss, weil er das Kommando der Erkundungsflotte nicht eher überzeugen konnte, ihm ein Schiff zur Verfügung zu stellen.

Dru Brogoff starrte durch das große Panoramafenster des Observationsdecks auf den Planeten hinunter. Zenori 487. Wie es aussah, würden sie niemals herausfinden, wie diese Welt von ihren Bewohnern genannt worden war. Seit Stunden schon stand er hier. Sein Exoskelett ließ ihn keine Ermüdung deswegen verspüren.

»Herr Brogoff?« Der Psioniker drehte sich um und erkannte Cuta Sibillen, die Chefin der wissenschaftlichen Abteilung der *Sigourney*. Die Frau schaute ihn mitfühlend an. »Möchten Sie sich zu mir setzen und etwas trinken? Ich vermute, Sie fühlen sich nicht besonders und vielleicht tut es Ihnen gut, mit jemandem über die Sache zu reden.«

Brogoff zögerte, dann schüttelte er den Kopf. »Tut mir leid. Sie meinen es sicherlich gut …« Weiter kam er nicht, denn die Frau hob abwehrend die Hand.

»Ich fürchte, ich kann kein Nein akzeptieren. Anordnung der Kapitänin. Ich soll herausfinden, wie Ihr Befinden ist und Sie, wenn möglich, aufmuntern. Gail kann sehr bestimmend bei so etwas sein.«

»Gail?«, fragte Brogoff überrascht.

Sibillen lachte und hob ihre Hand, an der ein Ring steckte. »Gail Lisani ist meine Lebenspartnerin. Was bedeutet, dass sie mich sowohl beruflich als auch privat herumkommandieren kann.« Sie lachte erneut und Brogoff konnte nicht verhindern, dass die freundliche, offene Art der Frau durch die Schutzwälle drang, die er um sich aufgebaut hatte.

»Kommen Sie«, Sibillen packte ihn einfach am Arm und zog ihn zu einem der Tische in der Nähe. Sie drückte ihn in einen der Stühle und holte zwei Trinkbehälter aus der Tasche ihres Kittels. »Hier, trinken Sie das. Anweisung des Doktors.« Wieder lachte sie. »Was sogar stimmt. Ich habe sieben Doktortitel. Wenn auch keinen in Medizin.« Ihre braunen Augen musterten ihn, als er vorsichtig einen Schluck nahm. Ihr Gesicht wurde ernst. »Erzählen Sie, Dru! Ich werde Sie Dru nennen.« Es war keine Frage.

Der ältere Mann seufzte. »Es ist schwierig ... manche Dinge kann man einem Nicht-Psioniker schlecht erklären. Wissen Sie, wenn man eine telepathische Verbindung mit jemandem hat, dann ist das um einiges intimer, als es eine normale Unterhaltung sein kann. Und ich hatte fast einen Monat lang täglich mit Bobby Kontakt. In dieser Zeit ist er mehr als ein guter Freund für mich geworden. Ich ... ich hoffte so sehr ...« Seine Stimme brach ab und er schloss die Augen.

»Nun, vielleicht wird es ein kleiner Trost für Sie sein, was wir in Erfahrung bringen konnten. Sie hatten vor zwei, drei Wochen noch Kontakt mit ... Bobby, ja?«

»Ja, das stimmt. Warum fragen Sie?« Verwundert schaute Brogoff sie an.

»Wir haben inzwischen herausgefunden, dass der Krieg, der auf dieser Welt stattgefunden hat, mindestens 17 Erdenjahre zurückliegt. So traurig das Schicksal des Planeten auch sein mag - möglicherweise ist es doch nicht die Welt, von der aus Bobby mit Ihnen Kontakt aufgenommen hat.«

Das Exoskelett von Brogoff summte leise, als er auf die Füße sprang. »Nein! Nein, meine Ortsbestimmung war korrekt, das versichere ich Ihnen! Wenn die Zerstörung bereits so lange zurückliegt, dann kann das nur bedeuten, dass es Überlebende gibt! Überlebende, die vom Kittarrow-Virus verschont geblieben sind. Einer von ihnen muss Bobby sein. Ich muss zu Kapitänin Lisani. Sie muss auf jeden Fall nach Überlebenden suchen!«

Logbuch des Allianz-Erkundungsschiffes Sigourney *- Eintrag Kapitänin Gail Lisani:*
Die Bodenerkundungsteams haben Kontakte mit den Überlebenden dieser Welt hergestellt. Wie zu erwarten, nachdem der Kittarrow-Virus festgestellt wurde, zeigen sie keinerlei Anzeichen von höherer Intelligenz. Stattdessen sind sie extrem aggressiv. Ich habe das Pro und Contra abgewogen und eine Gefangennahme einiger dieser Wesen für eine weitere Untersuchung autorisiert. Ich übernehme die volle Verantwortung und bin bereit, mich dafür vor der Ethik-Kommission zu rechtfertigen (Querverweis Datei AESIIb-Sigourney-Lisani-Rechtfertigung für Gefangennahme*).*

So gut die Zusammenarbeit der verschiedenen Spezies innerhalb der Allianz auch funktionierte, so war es doch sehr aufwändig, Raumschiffe zu konstruieren, die den Lebensbedingungen unterschiedlicher Völker gerecht werden konnten. Bei den Schiffen der Erkundungsflotte wurde aus diesem Grund darauf verzichtet. Die *Sigourney* war auf die Bedürfnisse von Menschen zugeschnitten und außer solchen befanden sich nur ein paar Rothelianer an Bord, deren Physiologie der menschlichen sehr ähnlich war.

Paulmann - ein Name, den es sich nach einem berühmten irdischen Biologen ausgesucht hatte, da Rothelianer für sich keine Namen verwendeten - beendete gerade den medizinischen Bericht über die Überlebenden von Zenori. Die angenehm modulierte Stimme eines prominenten Holo-Sim-Stars erklang aus seinem Kommunikationsmodul, das die rothelianischen Pfeif- und Zischlaute übersetzte.

»Es liegt eine gewisse traurige Ironie darin, dass diese Wesen aufgrund ihrer körperlichen Besonderheiten als eine der wenigen uns bekannten Spezies in der Lage gewesen wären, einen Atomkrieg zu überstehen. Natürlich wurden auch sie von der Hitze und den Druckwellen in großer Anzahl getötet, doch die Strahlung stellt für die weitere Existenz der Art keine Bedrohung dar. Auch die chemischen Kampfstoffe sind nicht weltweit gleich stark konzentriert, so dass es in den ehemaligen ländlichen Gebieten genügend Refugien gibt, in denen die Zenorier überleben konnten und es auch weiterhin können. Ich spreche deswegen von Ironie, weil der Kittarrow-Virus leider ganze Arbeit geleistet hat. An keinem der Überlebenden wurden Anzeichen höherer Intelligenz festgestellt. Sie sind noch nicht einmal so klug wie rothelianische Baum-Bären oder irdische Primaten.«

Die Kapitänin warf einen Blick auf den großen Monitor, auf dem Bilder von den Zenoriern zu sehen waren. Äußerlich erinnerten sie in gewisser Hinsicht an einige terranische Insektenarten, vor allem an Heuschrecken und Gottesanbeterinnen. Das war nichts, was man heutzutage als abschreckend empfand – manche der wertvollsten Partner in der Allianz sahen noch viel fremdartiger aus.

»Würde sich die Intelligenz wieder neu entwickeln, wenn sie dem Virus nicht länger ausgesetzt wären?« Die Frage kam von Cuta Sibillen und Gail Lisani sah, wie Dru Brogoff den Kopf hob. Hoffnung blitzte in seinen Augen auf.

Paulmann fuchtelte mit den Gesichtsflechten, was von dem Kommunikationsmodul genauso übersetzt wurde, wie das anschließende Pfeifen und Zischen. »Vielleicht könnten ihre Nachkommen wieder höhere Intelligenz entwickeln. Die Tests in dieser Hinsicht sind noch nicht vollständig abgeschlossen, aber die bisherigen Ergebnisse lassen hoffen. Die vorliegende Variante des Kittarrow-Virus zeigt bis jetzt keine Ähnlichkeit zur Esalet-Abart, welche auch das Erbgut langfristig schädigt.«

Kama Eposito, der Chefingenieur der *Sigourney*, meldete sich zu Wort: »Allerdings sieht es nicht gut aus, was die Entfernung das Virus aus der Atmosphäre angeht. Die Strahlung und auch die chemischen Kampfstoffe wären kein großes Problem, schätzungsweise würde die Reinigung zehn, maximal zwanzig Jahre dauern. Aber der Virus ist stark konzentriert und hat sich in der Vergangenheit sehr hartnäckig gegenüber Beseitigungsversuchen gezeigt. Man würde die Überlebenden auf eine andere Welt evakuieren müssen.«

Gail hasste es, dass sie der hoffnungsvollen Stimmung der Runde einen Dämpfer verpassen musste. »Meine Damen, meine Herren, Paulmann.« Als sie ihre Aufmerksamkeit hatte, fuhr sie fort: »Ich fürchte, die Sache ist nicht ganz so simpel, wie Sie es sich vorstellen. Es handelt sich um eine völlig unbekannte Spezies mit einer völlig unbekannten Kultur und Lebensweise. Wir können sie nicht einfach so von ihrem Planeten wegbringen oder dessen Atmosphäre reinigen, ohne dass man uns darum gebeten hat.«

Gail konnte sehen, wie der Sinn ihrer Worte bei den meisten am Tisch durchsickerte. Der Optimismus, eine ganze Zivilisation retten zu können, war mit ihnen durchgegangen, aber sie kannten die Bestimmungen, auf die sie anspielte. Bei Dru Brogoff schien das allerdings nicht der Fall zu sein.

»Was? Wovon reden Sie denn da, Kapitänin? Das ist doch absurd!«

Gail sah ihm die Wortwahl und den Tonfall nach. Sie konnte den Psioniker gut verstehen. Der Untergang der Zivilisation auf Zenori hatte ihm stark zugesetzt und natürlich wollte er diese Leute retten. Doch dummerweise wusste man nicht, ob sie überhaupt gerettet werden wollten.

»Herr Brogoff, haben Sie schon einmal von der Karhl'tnor-Sekte gehört? Oder von der Gruppe 45q5?« Der Psioniker schüttelte den Kopf, er war einfach zu lange nicht mehr im Dienst. »Diese beiden Gruppierungen sind die prominentesten, wenn auch nicht die einzigen Beispiele für Leute, die ihre höheren Hirnfunktionen freiwillig aufgegeben haben. Die Karhl'tnor-Sekte hat die Veränderungen bei ihren Mitgliedern chirurgisch und durch die Einnahme von Medikamenten vorgenommen. Gruppe 45q5 setzte dafür den Kittarrow-Virus auf ihrer Welt frei und infizierte damit leider auch den Rest der Bevölkerung. Trotzdem handelt es sich bei dem Vorfall nicht um einen erweiterten Suizid oder um eine Art von Selbstmord-Attentat. 45q5 wollte sich freiwillig auf das Intelligenzniveau von Tieren hinab begeben und hat die Auswirkungen auf den Rest ihrer Welt nicht bedacht oder einfach in Kauf genommen – das ist nicht mehr nachzuvollziehen. Sicher ist aber, dass es innerhalb und außerhalb der Allianz bisweilen zu vergleichbarem Verhalten kommt. Wir wissen nicht, ob die Zenorier nach ihrem weltweiten Krieg sich nicht ebenfalls zu diesem Schritt entschlossen haben. Leider können wir sie nicht mehr fragen.«

Das Gesicht von Brogoff war immer grauer geworden, während die Kapitänin sprach. Doch bei ihren letzten Worten horchte er auf. »Aber das habe ich doch! Ich habe mit Bobby gesprochen! Er hat mich gebeten, dass wir sie retten!«

Gail seufzte. »Leider ist die Sache ein wenig komplizierter. Wir haben keine Bitte um Hilfe durch einen offiziellen Vertreter dieses Volkes. Und da Sie den Kontakt zu Bobby verloren haben, lässt sich auch nicht mehr mit Sicherheit sagen, ob er wirklich von Zenori stammt. Es gibt einige Fakten, die dagegen sprechen. Es sind ungefähr ...« Sie warf einen Blick auf den kleinen Monitor vor sich, »... 200.000 Überlebende auf dieser Welt. Ohne Regierungsvertreter müssten wir daher von mindestens fünfzig von ihnen eine entsprechende Bitte erhalten, damit ich einen derart schwerwiegenden Eingriff in die Autonomie des Volkes rechtfertigen kann. Die Vorschriften sind da leider eindeutig. Wenn Paulmann keine Möglichkeit findet, mit den gefangenen Zenoriern zu kommunizieren ...« Sie warf dem Rothelianer einen fragenden Blick zu. Der Mediziner blähte die seitlichen Kehlsäcke auf, was von seinem Kommunikationsmodul mit einem Nein übersetzt wurde, »... sehe ich leider nur die Option, dass Sie es schaffen, wieder einen psionischen Kontakt aufzubauen. Wenn es Ihnen gelingt, mir die Bitte durch mindestens fünfzig Zenorier bestätigen zu lassen, dann werde ich wirklich gerne alles Mögliche tun, um diese Rasse zu retten. Aber wir können nichts unternehmen, solange keine Gewissheit besteht, dass dies auch ihr Wunsch ist.«

Logbuch des Allianz-Erkundungsschiffes Sigourney *- Eintrag Kapitänin Gail Lisani:*
Die Stimmung an Bord ist auf dem Tiefpunkt angelangt. Viele Besatzungsmitglieder haben wenig Verständnis für die Vorschriften, die es uns verbieten, den Zenoriern ungefragt zu helfen. Dru Brogoff versucht rund um die Uhr, einen Kontakt aufzubauen, aber bisher ohne Erfolg. Ich habe alles für den Abflug vorbereiten lassen. Morgen werden die gefangenen Zenorier wieder auf den Planeten verbracht. Danach gibt es nichts mehr, was wir für diese Rasse und ihre Welt tun können. Es fällt schwer, sich damit abzufinden.
Nachtrag für das persönliche Logbuch: Ich persönlich glaube nicht, dass der psionische Kontakt, den Dru Brogoff herstellte, zu einem Bewohner von Zenori bestanden hat. Inzwischen bin ich mir sogar unsicher, ob es eine solche Kommunikation überhaupt je gegeben hat und ich kann nachvollziehen, warum in der Erkundungsflotte, wie fast überall, auf Psioniker verzichtet wird. Sie scheinen einfach nicht besonders zuverlässig zu sein. Trotzdem wünschte ich, dass Brogoff bei dieser Mission Erfolg gehabt hätte.

Cuta Sibillen legte noch nie besonders viel Wert auf Förmlichkeiten und als Brogoff seine Kabinentür nicht öffnete, obwohl sie mehrfach den Summer betätigte, benutzte sie einfach ihre Autorität als Schiffsoffizierin, um die Tür per Stimmbefehl zu öffnen.

Man musste kein Telepath zu sein, um den Dunst aus Trauer und Verzweiflung zu spüren, der in Brogoffs Kabine in der Luft hing. Nach den Ereignissen der letzten Zeit wunderte es sie nicht, den Psioniker am Boden zerstört zu sehen.

Der Mann lag auf einigen Kissen auf dem Teppich und drehte sich schwerfällig um – scheinbar hatte er das Exoskelett abgelegt und die Bewegung fiel ihm nicht leicht. Die Pupillen waren stark geweitet und füllten seine Augen komplett mit Schwärze aus. Dabei handelte es sich um eine Nebenwirkung der Drogen, die seine telepathischen Fähigkeiten verstärken sollten. Es war ein offenes Geheimnis an Bord, dass Brogoff in den letzten Tagen weit mehr als die zulässige Dosis davon zu sich genommen hatte, aber niemand brachte es über das Herz, deswegen eine Meldung an Kapitänin Lisani zu machen.

Ein einziger Blick in das verhärmte Gesicht genügte und Cuta verkniff sich die Frage, ob der Mann inzwischen Erfolg gehabt hatte. Sie setzte sich einfach neben ihn auf den mit Kissen bedeckten Boden und legte die Hand auf seinen Arm.

»Es tut mir leid, Dru«, sagte sie mit leiser Stimme. Brogoff nickte schwach. Sie fragte sich, warum er das Exoskelett abgelegt hatte. Auch wenn sich unter ihren Doktortiteln keiner der Medizin befand, so erkannte sie doch, dass die Belastung der letzten Tage für den Psioniker zu groß war. Vielleicht hätte man schon früher gegen die Überdosierung vorgehen sollen. Aber die *Sigourney* würde den Orbit bald verlassen und Brogoff dann hoffentlich von alleine mit seinen Bemühungen aufhören. Anderenfalls musste sie mit Gail darüber reden.

»Sie haben alles getan, was Sie konnten, Dru. Niemand bestreitet das. Aber es sollte einfach nicht sein. Ich fürchte, es ist tatsächlich sehr unwahrscheinlich, dass es telepathisch begabte Zenorier auf dem Planeten gibt. Zwar hat Paulmann ein Gehirnareal bei ihnen lokalisieren können, das große Ähnlichkeit mit den menschlichen Psion-Zellen aufweist, aber das Areal ist verkümmert. Das ist keine Auswirkung des Virus, wahrscheinlicher ist es, dass diese Spezies ihre psionischen Fähigkeiten im Laufe ihrer Evolution verloren hat. Entweder das oder ...«

Cutas Augen weiteten sich, als ihr plötzlich ein Gedanke kam. »Moment mal ... was wäre, wenn ...?«

Bevor der Mann etwas sagen konnte, war sie aufgesprungen und bereits an Brogoffs Kommunikator. »Gail! Gail! Du darfst noch nicht starten! Es gibt noch eine Möglichkeit!«

Logbuch des Allianz-Erkundungsschiffes Sigourney - Eintrag Kapitänin Gail Lisani:
Entgegen des üblichen Protokolls werde ich mich ebenfalls auf die Oberfläche des Planeten begeben, da meine Stimme ein höheres Gewicht hätte, wenn eine Bitte um Hilfe durch die Einheimischen bezeugt werden muss. Ich hoffe, dass Cuta Sibillen und Dru Brogoff mit ihrer Vermutung recht haben. Das wäre als Abschluss der Mission wirklich wünschenswert.

Die Aggressivität der Zenorier ist deutlich ausgeprägter als erwartet. Wie es scheint, hat der Virus zwar die höhere Intelligenz bei ihnen zerstört, aber die Urinstinkte, die sie den von uns gefundenen Ort verteidigen lassen, existieren nach wie vor. Ich musste ein zweites Sicherheitsteam zum Schutz der Bodenmission abstellen und habe die erforderlichen Maßnahmen autorisiert. (Querverweis Datei AESIIc-Sigourney-Lisani-Rechtfertigung für nichtletale Gewalt zum Schutz des Bodenerkundungsteams)

Gail Lisani trat durch das Singularitätsportal auf die Planetenoberfläche. Das Portal war von der *Sigourney* aus errichtet worden und ermöglichte einen direkten Übergang vom Schiff hierher. Katharina Mbode, die Leiterin der Sicherheitsteams, erwartete sie bereits und war nicht glücklich darüber, dass Gail als Kapitänin den

Planeten und damit quasi ein Kampfgebiet betrat. Am Ende hatte sie aber die Entscheidung akzeptiert.

Die Kommandantin spielte unwillkürlich an den akustischen Empfängern ihres Schutzanzuges der Klasse III, dann warf sie Mbode einen überraschten Blick zu. »Ich höre keine Neuroschocker. Sind die Kämpfe vorbei?«

Die Sicherheitsfrau in dem gepanzerten Anzug nickte. »Ja, Kapitänin. Es ist uns gelungen, ein Energiefeld zu errichten, das so kalibriert wurde, dass es die Zenorier an einem Durchkommen hindert und dabei keine Schäden bei ihnen verursacht.«

Gail konnte das *Aber* in den Augen der Frau bereits sehen, bevor diese fortfuhr. »Vorher haben wir sie mit den Neuroschockern problemlos betäuben können. Doch leider haben die Zenorier ihre Aggressionen gegen ihre ohnmächtigen Artgenossen gerichtet. Mindestens fünf von ihnen sind dabei zu Tode gekommen, drei weitere wurden verletzt. Paulmann kümmert sich um sie.«

Gail schloss kurz die Augen, als sie die schlechte Nachricht verarbeitete. Fünf Tote! Noch etwas, was sie vor der Ethik-Kommission verantworten musste. Sie atmete tief ein. Nicht nur vor der Kommission. Auch vor sich selbst.

»Danke.« Ihre trübe Stimmung erhellte sich ein wenig, als sie Cuta auf sich zukommen sah. Ihre Lebenspartnerin hatte immer noch diese Wirkung auf sie. Jedes Mal. Seit nun fast sechzig Jahren.

»Wie sieht es aus, Cuta?«, fragte sie die Wissenschaftlerin und erwiderte deren Lächeln.

»Es gibt gute und schlechte Neuigkeiten, Gail. Wie erwartet, handelt es sich bei diesen Örtlichkeiten wirklich um die Brutstätten der Zenorier und sie werden immer noch benutzt.«

»Ich vermute mal, das waren die guten Nachrichten.«

»Ja, genau.« Cuta lachte. »Die anderen sind zwar schlecht, aber nicht hoffnungslos. Hier kriechen eine Menge Larven herum. Das Virus hat bei ihnen bereits Wirkung gezeigt. Leider. Zum Glück beschränkt sich ihre Aggressivität uns gegenüber auf ein böses Fauchen und einen olfaktorischen Schutzmechanismus. Du solltest deine Riechsensoren also lieber ausgeschaltet lassen.« Cuta zwinkerte ihr zu. »Unsere Hoffnung sind die Eier. Wir haben noch keinen Überblick, aber dort unten befinden sich vermutlich Dutzende davon.«

»Inwieweit können die uns helfen, Cuta?«

»Uns ist aufgefallen, dass die von uns untersuchten Zenorier verkümmerte psionische Zellen besaßen. Nun hoffen wir, dass diese Spezies während des Beginns ihrer Reifung über telepathische Eigenschaften verfügt. Möglicherweise wird über eine Art telepathischem Gruppenbewusstsein die Entwicklung von Intellekt und Persönlichkeit bereits vor dem Schlüpfen gefördert.«

»Du meinst, Bobby könnte die Botschaften aus seinem Ei gesendet haben?«

»Es ist eine Möglichkeit, ja. Bedauerlicherweise würde es auch den Abbruch des telepathischen Kontaktes erklären. Bobby ist vermutlich geschlüpft.«

»Beim Axiom! Das würde bedeuten ...«

»Ja, die Eierschale scheint das Kittarrow-Virus abhalten zu können, zumindest für eine Weile. Der Schlüpfvorgang ist dann das Ende für ihre gerade erst geformte Intelligenz.«

»Die Geburt bedeutet den Tod«, flüsterte Gail und ihr schauderte.

Sie hatten die unterirdische Brutstätte betreten. Im dämmerigen Licht war nicht auszumachen, ob es sich um eine natürliche Höhle handelte oder um ein Bauwerk. Auch die Ausdehnung war nicht absehbar.

Im Schein der aufgebauten Lampen vermochte sie die Umrisse mehrerer Dutzend Eier zu erkennen, alle etwa einen Meter hoch. Mehrere Dutzend, dachte Gail. Hoffentlich waren es genug. Und hoffentlich würden sie mit ihnen kommunizieren können.

Jetzt war sie froh, dass Brogoff ebenfalls auf dieser Mission war. Wie es aussah, stellte ein psionischer Kontakt die letzte Möglichkeit dar, um die Bevölkerung von Zenori evakuieren zu dürfen.

Der ältere Mann kniete ein paar Meter entfernt und umarmte eines der Eier. Durch das Visier des Schutzanzuges konnte die

Kapitänin sein hoch konzentriertes Gesicht mit den völlig schwarzen Augen sehen.

An den Kontaktsensoren ihres Handschuhs spürte Gail, wie Cutas Finger sich um die ihren legten.

»Seit wann kniet er da?«, flüsterte die Kapitänin, nachdem sie einen persönlichen Kanal zu ihrer Lebenspartnerin geöffnet hatte.

»Seit fast einer Stunde«, antwortete Cuta. »Völlig bewegungslos. Wenn Bobby wirklich von dieser Welt stammte, dann muss er ein Ausnahmetalent gewesen sein. Der Kontakt zu seinen Brüdern und Schwestern gestaltet sich sehr viel schwieriger.«

Niemand sagte ein Wort, während sie warteten. Wäre von den Sicherheitsteams nicht das Energiefeld errichtet worden, Gail hätte überlegt, die Bodenmission abzubrechen. Nichts schien zu passieren. Ein Fehlschlag. Was besonders bitter war, nachdem gerade erst die Flamme der Hoffnung neu entzündet worden war.

Dann spürte sie den Druck von Cutas Hand. Etwas geschah! Das Ei, das Brogoff umarmte, begann in einem warmen, roten Licht zu glühen. In seinem Inneren konnte man die Bewegung des Embryos erahnen.

»Sagt es etwas? Hast du Kontakt, Dru?«, flüsterte Cuta aufgeregt.

Die schwarzen Augen des Psionikers waren noch immer starr ins Leere gerichtet, als sein Mund begann, leise zu murmeln: »Ja, ich habe eine Verbindung. Es will nicht sterben. Es bittet um Hilfe. Die Gewalt und das Töten sollen aufhören.«

Cuta wirbelte zu Gail herum, die Begeisterung war ihr anzusehen. »Na, das ist doch was, oder? Was meinst du?« Gail lächelte. Es war immer schwierig, sich nicht von der Wissenschaftlerin mitreißen zu lassen. »Das ist ein Anfang, auf jeden Fall. Denke aber daran, dass wir mindestens fünfzig solcher Bitten haben müssen, wenn wir die ganze Rasse evakuieren wollen. Ich weiß noch nicht einmal, ob genügend Eier hier sind ...«

Sie verstummte, ihre Augen weiteten sich. Um Brogoff herum begannen nun weitere Eier in diesem warmen Licht zu glühen. Das Leuchten verbreitete sich, als immer mehr Embryonen den psionischen Ruf aufnahmen, verstärkten und weiterleiteten, bis auch die Menschen, die nicht telepathisch begabt waren, in die Lage versetzt wurden, den Inhalt zu verstehen.

Helft uns! Wir wollen leben. Die Gewalt und das Töten sollen enden!

Immer mehr Eier glühten auf. Durch die Schalen konnte man die Embryonen erkennen, die aussahen, als würden sie tanzen.

»Beim Axiom, das müssen Hunderte sein«, murmelte Cuta.

»Nein.« Gail schüttelte den Kopf. »Es sind Tausende.« Sie hatte die Ausdehnung der Höhle völlig falsch eingeschätzt. Abertausende von Eiern bedeckten den Boden und die sanft aufsteigenden Wände. Das rote Leuchten, das den psionischen Wunsch nach Frieden und Zukunft darstellte, breitete sich wie ein Lauffeuer der Hoffnung aus. Die empfangenen Gefühle waren überwältigend. Gail weinte. Sie konnte nicht sagen, ob es aus Freude oder Trauer geschah.

Tausende und Abertausende von Lebewesen riefen telepathisch ihren Wunsch in eine grausame Welt, nicht bei ihrer Geburt sterben zu müssen. Es war ein zutiefst bewegender Moment.

Gail aktivierte einen Kommunikationskanal. »Kapitänin Lisani an die *Sigourney*. Bitte Kontakt zum Kommando der Erkundungsflotte. Wir brauchen hier mehr Schiffe. So schnell wie möglich. Wir müssen die Zukunft einer Spezies bewahren.«

ENDE

OLAF STIEGLITZ

Olaf Stieglitz wird von zwei Katzendamen in einer gemeinsamen Wohnung in Wuppertal geduldet.
Nach längerer Schreib-Abstinenz hat er 2016 wieder begonnen, an seiner Karriere als weltberühmter Schriftsteller zu arbeiten. Zur Zeit versucht er sich dabei überwiegend an Kurzgeschichten, mit denen er sich bei verschiedenen Ausschreibungen bewirbt und auch schon erste Erfolge verbuchen konnte.

www.facebook.com/Olaf-Stieglitz-906197966187903/

DER FERNHÄNDLER

INGO MUHS

Leider hatte ich den erhöhten Sauerstoffverbrauch erst bemerkt, als es für eine Umkehr bereits zu spät war. Also tat ich das Zweitbeste, was man in dieser Situation tun konnte und räumte auf. Das tat ich gewöhnlich nur zu den 1000-Jahres-Treffen.

Der Wohn- und Arbeitsbereich war für drei Menschen ausgelegt, aber ich flog das Handelsschiff schon seit einigen Pejott solo. Da schleifen sich bei uns Junggesellen durchaus ein paar Nachlässigkeiten ein, die ich nun beseitigte.

Ein blinder Passagier war nichts Ungewöhnliches oder Gefährliches für uns Raumfahrer, tatsächlich rekrutierten wir so neue Piloten. Auf vielen Planeten glaubte man, dass irgendwo eine mythische Raumakademie existiere, in der wir Fernhändler ausgebildet werden. Aber das war natürlich Unsinn. Ein klassisches Cockpit hatten die interstellaren Schiffe schon lange nicht mehr, die komplette Steuerung lief über die gleiche Konsole wie die Unterhaltungseinheit. Ich hatte auch direkten Zugriff auf alle Schiffssysteme durch mein iMplantat (kleines i, großes M, wird gesprochen: »Eimplantat«). Jeder Idiot konnte so ein Schiff fliegen, Reparaturen waren selten notwendig und wurden von den Nanoschwärmen ausgeführt.

Was einen Fernhändler also auszeichnete, waren nicht seine Fähigkeiten, sondern vielmehr die Geisteshaltung. Ob abenteuerlustig oder eigenbrötlerisch, wir mussten in der Lage sein, uns auf fremde Kulturen einzustellen, und wir mussten Dinge hinter uns lassen können. In der alten Weisheit, dass ein Fernhändler jede Welt nur einmal besuchte, steckte viel Wahres.

Ein blinder Passagier, der also gerade seine Heimatwelt für immer hinter sich gelassen hatte und genügend Grips bewies, sich mit den Vorräten an Bord zu schmuggeln, brachte schonmal gute Voraussetzungen für einen Fernhändler mit. Und ich musste gestehen, dass ich mir schon länger einen Assistenten und Lehrling gewünscht hatte – idealerweise jemanden, der meine Leidenschaft teilte. Es konnte natürlich auch sein, dass ich ihn beim nächsten Aufenthalt hinauswerfen musste oder er nach ein paar Stopps das Schiff verließ, um mit einer exotischen Schönheit auf einer freizügigen Welt ein bis drei Familien zu gründen. So etwas konnte man vorher nicht wissen, und umso gespannter war ich, wer wohl mein Gast sein würde.

Als ich mit dem Zustand des Wohn- und Arbeitsbereiches zufrieden war, schaltete ich eine Verbindung zum Vorratslager.

»Herzlich willkommen auf der Axon Zwölf«, ließ ich über das Intercom verlauten. »Ihre Anwesenheit wurde bemerkt und wird mit Skepsis betrachtet. Bitte verlassen Sie Ihr Versteck und zeigen Sie sich der Kamera.« Den Spruch hatte ich geübt und manchmal nach der Abreise von einer hochtechnisierten Welt auch einfach so in den Laderaum übertragen. Man weiß ja nie.

Als sich auch nach einer Weile nichts rührte, fügte ich hinzu: »Sie können natürlich auch in Ihrem Versteck verweilen, das ist mir einerlei. In diesem Fall werde ich Sie auf dem nächsten Planeten wieder entladen. Das wird allerdings ein paar Tage dauern.«

Schließlich rührte sich etwas, und der blinde Passagier wühlte sich durch die Verpackungen ins Freie. Verflucht, blinde Passagiere waren in der Regel zwar jung, aber selten so jung. Das Mädchen war bestenfalls 12 Standardjahre. Mit verheulten Augen blickte sie in die Kamera und schluchzte, so dass man kaum ein Wort verstehen konnte: »Ich habe Mist gebaut. Ich will wieder nach Hause.«

Marja – so hieß unser Ausreißer – saß am Tisch mit einem heißen Tee zwischen ihren Händen (Earl Grey – alte Raumfahrertradition). Ich hatte sie in warme Decken gepackt, denn im Lagerraum war es naturgemäß recht kühl. Bislang hatte ich außer Schluchzen, ihrem Namen und dass sie nach Hause wollte, nicht viel aus ihr herausbekommen. Intensiv starrte sie in die Tasse, als wären dort die Lösungen aller Probleme, und ließ gelegentlich ein leises Schniefen hören.

»Kann es sein, dass ich dich auf dem großen Empfang gesehen habe? Du warst dort mit deinen Eltern, einem Diplomatenpaar vom südlichen Kontinent. Wie hieß er doch gleich? Ich kann mir diese Namen nie merken.«

»Neuropa«, kam eine schüchterne Antwort. Das ist genau der Grund, warum ich mir keine Mühe machte, diese Namen zu lernen. Jeder zweite Kontinent hieß Neuropa, Neu-Afrika oder Neurasien. Viele Städte hießen Perth, Mexiko, Luanda etc. (mit oder ohne »Neu« davor) und Planetennamen waren entweder Terra Novas (in verschiedenen Versionen toter Sprachen), Abarten des Wortes Paradies oder – in einigen Einzelfällen – von Hölle. Planetennamen merkte ich mir. Zum einen gab es davon weniger als Städte und Kontinente, zum anderen gebot das auch die Höflichkeit.

»Ja, genau, Neuropa! Gemäßigte Zone, landwirtschaftlich geprägt«, las ich vom iMplantat ab. »Oh, und der Sitz der Unterhaltungsindustrie.« Sie sah mich fragend an. »Bücher, Filme, Spiele, Cortexdramen?«, spezifizierte ich. »Naja, Cortexdramen eher nicht, dazu ist das technische Niveau nicht ausreichend.«

»Ich hab von Cortexdramen gehört, die sind gefährlich und machen dumm«, beteiligte sie sich endlich am Gespräch. Das Eis brach.

»Das hat man von den anderen Dingen auch irgendwann behauptet«, gab ich lakonisch zurück.

»Aber bei Cortis stimmt es«, schniefte sie in den Tee. Ich zuckte mit den Schultern. Im Moment stand mir wenig der Sinn danach, das Für und Wider verschiedener Medien zu diskutieren.

Mit »Also, was ...«, und »Können wir bitte ...«, versuchten wir beide gleichzeitig, das peinliche Schweigen zu durchbrechen. Ich bedeutete ihr, auszusprechen.

»Könn ... Können wir bitte wieder umkehren? Bitte?« Mit großen Augen sah sie mich an. Ich schluckte.

»Ich fürchte, das ist nicht möglich. Einmal initiert kann der Sprung in ein anderes Sonnensystem nicht mehr abgebrochen werden.«

»Aber dann können wir doch zurückspringen? Ja?«

»Das ist natürlich denkbar, aber ...«

»Und wie lange dauert so ein Sprung?«

»Puh, also, du warst jetzt zwei Tage im Lager, also noch fünf Tage bis zur Ankunft in Neu-Mekka. Jeder Sprung dauert sieben Tage Rel...« Wieder unterbrach sie mich.

»Also etwa zwei Wochen. Das ist ganz schön lang. Mama macht sich bestimmt Sorgen.« Nach kurzen Überlegen fügte sie hinzu: »Und Papa.«

»Ich habe bereits eine Nachricht abgesetzt, dass du als blinder Passagier an Bord bist und es dir gut geht. Standardprozedur, sobald der Name bekannt ist. Ich vermute, es sind an dem Tag nicht viele Marjas verschwunden, also dürfte klar sein, dass du gemeint bist.«

Panisch blickte sie auf, dann schien ihr klar zu werden, dass sie ohnehin in dicken Schwierigkeiten steckte und ihren Ausflug unmöglich noch verheimlichen konnte. Oh Mädchen, du hast ja keine Ahnung, in was für einem Schlamassel du steckst!

Sichtlich erarbeitete sie sich den Mut für die nächste Frage.

»Darf ich vielleicht solange an Bord bleiben? Wenn es keine Umstände macht? ... Bitte?«

»Na, ich kann dich ja wohl schlecht aus der Schleuse werfen, oder? Für die kommenden Tage werden wir uns wohl arrangieren müssen.«

»Danke sehr.«

»Sag mal, nach zwei Tagen im Lager - und der Computer zeigt keine Verunreinigungen an - musst du da nicht dringend aufs

Klo?« Sie nickte heftig. Ich wies ihr die Richtung und sie verschwand in der Hygienezelle.

Irgendwie musste ich ihr die schlechten Nachrichten klarmachen. Wenn sie zurückkam? Oder später, ich hatte ja noch fünf Tage Zeit, sie langsam an das Thema heranzuführen. Ich alter Schisser kann mit sowas nicht umgehen.

Historischer Exkurs, Teil I

Die Menschheit hatte sich auf der Heimatwelt - Erde, Earth, Tierra, **Земля**, 地球 oder wie man sie in dem Sprachwirrwarr noch nannte - beinahe selbst ausgelöscht. Kaum hatte man die Gefahr der atomaren Verstrahlung technologisch in den Griff bekommen, bombte sich die Nordhalbkugel zurück in die Steinzeit. Zum Schluss musste irgendein Idiot dann doch die schmutzigen Bomben zünden, und wenn erstmal einer anfängt ...

Zentren der neuen Zivilisation wurden Südamerika, Afrika und Australien - in dieser Reihenfolge. Es war die selbe krude Mischung, wie man sie heute auch auf weiteren Welten nach planetaren Katastrophen findet. Auf der einen Seite lebte ein Großteil der Bevölkerung auf niedrigstem technischen Niveau. Ich rede hier von Holzhütten und Ochsenkarren - ihr habt doch Ochsen auf eurer Welt? Auf der anderen Seite gab es Zentren der Hochtechnologie. Es gab noch Satelliten, so dass man sich global austauschen konnte. Rohstoffe und Spezialanfertigungen wie etwa Computerchips wurden Mangelware, denn die Förder- und Produktionsstätten lagen - soweit überhaupt noch vorhanden - zu weit auseinander, und die Versorgung mit Treibstoff war vollständig zusammengebrochen.

Es gibt viel Spannendes aus dieser Zeit zu erzählen, von Militärdiktaturen, dem Hungerschwarm und so weiter, aber letztendlich konnte sich die Kooperation durchsetzen. Mit dem, was an Technologie noch vorhanden war und mit dem Wissen, was technisch möglich ist, baute die Kooperation die Welt langsam wieder auf, hob das allgemeine Niveau erneut auf den alten Stand und breitete sich von den Zentren Mexiko, Perth und Luanda auch auf die Nordhalbkugel aus. Ja, ich weiß, technisch gesehen liegt Mexiko auf der Nordhalbkugel. Schalt die Karte ab und halt die Klappe.

Durch die enge Kooperation in der Kooperation (Daher der Name. Hör auf zu kichern) hat sich auch eine neue Verkehrssprache entwickelt, die zunächst zur Gelehrtensprache und schließlich zur Weltsprache wurde. Nahezu jedes alte Idiom hat Lehnwörter in der Gemeinsprache hinterlassen, aber den größten Einfluss hatten natürlich die afrikanischen Sprachen, Spanisch, Englisch und erstaunlicherweise Deutsch. Zum einen sind viele deutschsprachige Wissenschaftler nach Afrika geflohen, zum anderen gab es in Südamerika einige deutsche Enklaven. Aber ich sehe, ich langweile dich, lassen wir die Linguistik erstmal beiseite.

Die Kooperation hatte, nachdem das Goldene Zeitalter eingeläutet war, ein gewaltiges Problem, meiner Ansicht nach eines der besten Probleme, die man haben kann. Es gab keine Rüstungsindustrie mehr, die zuvor einen großen Wirtschaftsfaktor dargestellt hatte. Wie schon bei den alten Ägyptern mit dem Bau ihrer Pyramiden brauchte man also ein neues Großprojekt als Ausgleich. Schau nicht wie ein Ochse - schlag es nach. Frühgeschichte, Heimatwelt, Ägypten. Halt, nein, nicht jetzt. Mach das später.

Über zwei Jahrhunderte steckte die Kooperation einen Großteil der Ressourcen in den Bau von Generationsraumschiffen zur Besiedelung anderer Welten. Wie gesagt, es füllte die Lücke der Rüstungsindustrie, außerdem wollte man verhindern, dass bei einem möglichen erneuten Zusammenbruch die Menschheit als solche ausgelöscht wurde. Man erstellte also quasi Backups auf fremden Planeten. Und schlussendlich - denn auch in der Kooperation war nicht alles eitel Sonnenschein - nutzte man einige der Schiffe zur ethischen Säuberung der Heimatwelt. Umbringen wollte man Andersdenkende nicht mehr, aber behalten auch nicht, also stellte man diversen Gruppen Raumfahrzeuge zur Verfügung und überredete sie mit Nachdruck, als komplette Einheit die Erde zu verlassen. Die Sklavenhalter von Madagaskar, religiöse Gruppen, Genoptimierte, Anarchisten jeglicher Couleur. Einige gingen freiwillig und mit Freuden, andere wurden geradezu interniert, besonders in der Endphase vor dem Zusammenbruch der Kooperation. Von hier an reden wir nicht mehr über Heimatweltgeschichte, hier beginnt die interstellare Geschichte.

»Nuckelavee! Nuckelavee! Nuckelaviihihihi!« Das letzte Wort in ihrem Song ließ Marja in einem Wiehern enden. Dann fing sie wieder von vorne an. Den gesamten Shuttleflug von Neu Mekka zurück zum Schiff ging das nun so, und wäre ich nicht leicht angetrunken, wäre es mir wahrscheinlich ziemlich auf die Nerven gegangen. Als Teil des Handels hatte ich ein dreitägiges Entertainmentpaket für eine Zwölfjährige erbeten, mit ganz klarer Beschränkung, welche Themen absolut Tabu sind. Marja kommt von einer eher traditionellen Welt, und nicht jeder Planet legt das Mindestalter für Erwachsenenthemen auf dieselbe Weise fest. Auch das Thema Flugdauer und Relativität ließ ich aus offensichtlichen Gründen sperren. Anscheinend hatte sie den letzten Tag im großen Nuckelavee-Freizeitpark verbracht, welcher auf einer Kinderserie beruht, die derzeit auf ganz Neu-Mekka beliebt war. Sie besteht hauptsächlich aus knuddeligen Pferde-Hamster Hybriden, die Abenteuer erlebten und von Freundschaft sangen. Nach kurzer Recherche im iMplantat hatte ich beschlossen, Marja den Tag nicht zu vermiesen, in dem ich sie über die Herkunft des Wortes »Nuckelavee« aufklärte. Für die Produzenten war es wohl einfach ein knuffiges Wort, das irgendwas mit Pferden zu tun hat, und damit war es gut.

»Oh Mann, das war sooo toll!«, begann sie eine weitere Erzählung ihrer Erlebnisse, die nach persönlicher Wichtigkeit sortiert war statt nach Chronologie. Trotz meiner beruflichen Erfahrung mit unterschiedlichsten Erzählstilen konnte ich ihr nicht folgen, allerdings schien es mir, dass pferdeartige Tiere anscheinend eine ganz besondere Faszination auf junge Mädchen ausübten. Insbesondere, wenn sie bunt waren und sangen.

»Wenn diese 'Vees einen Pferdekörper, aber einen Hamsterkopf haben, wieso wiehern sie dann? Müssten sie nicht eher pfeifen?«, versuchte ich einen Einwand, aber Marja ereiferte sich bereits über unseren Besuch im Greater Canyon. Wie gesagt - keinerlei Chronologie.

Schließlich ging aber auch ihr die Energie aus, und sie wurde etwas ruhiger.

»Danke, dass du mich überredet hast, den Planeten zu besichtigen, bevor wir zurückfliegen.«

»Naja, wann sieht man schon mal einen fremden Planeten?«

»Das war so ganz anders, als ich es mir vorgestellt hatte.«

»Enttäuscht?«

»Nein, nein, überhaupt nicht!« Sie boxte mich auf den Oberarm, wissend, dass ich sie nur aufziehen wollte. »Ich dachte nur, dass die Leute da ganz anders drauf sind. Wegen dem Namen und so.«

»Wieso das?«

»Naja, Mekka war doch so eine heilige Stadt auf der Heimatwelt, und die Siedler waren streng religiöse Arabier.«

»Woher weißt du denn etwas über Araber?«, hakte ich nach.

»Hab ich nachgelesen! Aber die Leute da waren gar nicht so, sondern richtig nett.«

»Was hattest du dir denn so vorgestellt?«

»Naja«, sie wurde rot, »mehr arabisch halt. Turban und Bart und Pluderhosen, sowas in der Richtung.«

»Meine Güte, wo hast du das denn her? 1001 Nacht?«

Sie nickte. »Aber hier waren ganz normale Leute. Ich musste kein einziges Mal zu Allah beten oder einen Schleier tragen oder so.«

»Ja, so ist das mit den Menschen. Egal was du für eine Gruppe Kolonisten nimmst, nach ein paar Generationen wächst sich das alles raus und du hast wieder dieselbe alte Mischung. Die Welten sind ständig im Wandel.«

»Aber wenn man jetzt zum Beispiel nur superschlaue Leute nimmt ...«

»… dann muss immer noch jemand die schwere Arbeit machen. Falls die Schlauköpfe die Aufbauphase der Kolonie überleben, hast du hinterher ganz schnell wieder Gruppen von mehr und von weniger Gebildeten.«

Marja wirkte enttäuscht. »Also sind alle Planeten gleich?«

»Aber überhaupt nicht! Sie sind sich zwar ähnlich, so wie sich zwei Menschen ähnlich sehen - Kopf, Arme, Beine, Nase, Augen - aber trotzdem grundverschieden sein können. Fandest du, Neu-Mekka war genauso wie dein Planet?«

»Die haben hier fliegende Autos! Aber auf dem Klo benutzen sie noch Papier.« Marja kicherte. »War schon anders als zu Hause, aber doch irgendwie ähnlich.«

»Was hältst du davon, dir noch eine Welt anzuschauen?«, wagte ich den Vorstoß. »Auf die eine Woche kommt es jetzt auch nicht mehr an. Wann wirst du jemals wieder eine solche Gelegenheit bekommen?«

Jubelnd fiel sie mir um den Hals. Anscheinend hatte sie selbst schon versucht, den Mut für die Frage aufzubringen. Ich hatte eine Gnadenfrist gewonnen.

Später sichteten wir die Geschenke, die sie von Neu-Mekka mitgebracht hatte. Neben erstaunlich viel Nuckelavee-Merchandising brachte sie besonders ein Prinzessinnen-Diadem in Verzückung. »Das muss unglaublich wertvoll sein!«, vermutete sie.

»Darf ich mal? Das sind wahrscheinlich bloß Diamanten«, erwiderte ich. Reiner Kohlenstoff in Gitterstruktur, das war das Einfachste, was der Assembler zusammensetzen konnte.

»Ja, Diamanten«, bestätigte ich nach der Analyse. »Sehr hübsch gemacht und sicher ein tolles Geschenk, aber das Wertvollste, das du bekommen hast, ist das da.« Ich zeigte auf den Datenträger mit der kompletten Nuckelavee-Serie. »Dafür, mein Kind, fliege ich durch das All. Dafür bin ich Fernhändler.«

»Für Kinderserien?«, fragte sie erstaunt.

»Quatsch, ich handele doch nicht mit Kinderserien!"

»Aber womit handelst du denn dann? Ich hab eigentlich keine Ahnung, was du so durchs All fliegst.«

»Außer blinden Passagieren, meinst du? Also gut, da muss ich etwas weiter ausholen. Zeit für die nächste historische Lektion!«
Sie seufzte gespielt auf, fügte sich aber und hörte mir brav zu.

Historischer Exkurs, Teil II

Das Aussenden der Kolonieschiffe hatte eine gewisse Endgültigkeit. Die ersten Jahre konnte man noch Kontakt halten, aber selbst der beste Richtfunk kann nur beschränkte Entfernungen überwinden, und zumindest die Schiffe verfügten ab einer bestimmten Distanz einfach nicht mehr über Sender mit der ausreichenden Präzision und Stärke. Und da Signale auch nur Lichtgeschwindigkeit erreichen, vergingen Jahre zwischen Sendung und Empfang. Der Philosoph Tayo Osei sagte: »Im Prinzip besteht kein Unterschied zwischen Genozid und dem Exodus - sie sind von dem Planeten getilgt. Wir können lediglich besser schlafen.«

Einige der Kolonien scheiterten kläglich, manche Schiffe erreichten ihr Ziel nie. Der Rest, einschließlich der Heimatwelt, unterlag dem Puls der Zivilisationen. Im ewigen Auf und Ab erlangte immer mal wieder ein Planet die Reife zur interstellaren Raumfahrt. Weitere Kolonieschiffe wurden ausgesandt, aber eine wichtige Variable hatte sich inzwischen verändert. Man wusste nun, dass es da draußen andere von Menschen besiedelte Welten gab, und man wollte erfahren, wie es den Brüdern ergangen war. Man wollte sich mitteilen und man wollte selbstverständlich an den besonderen Reichtümern der Planeten teilhaben.

Ein zum Zweck des Handels gebautes Schiff konnte viel kompakter ausfallen. Es hatte eine kleinere Crew, da man keinen langfristig stabilen Genpool gewährleisten musste. Alle ansonsten wertlose Nutzlast zum Aufbau einer Kolonie ersetzte man durch Laderaum oder sparte sie sich komplett. Der Bau solcher leichteren Raumer war viel früher für eine Zivilisation umsetzbar. Der Nutzen erschloss sich potenziell aber nur für die Crew, die in

Stasis die Jahrhunderte des Fluges überdauerte. Jeder planetare Investor war bis zu der Rückkehr eines Schiffes entweder gestorben, falls es sich um eine Person handelte, oder von der Geschichte hinweggefegt, falls es sich um eine Institution handelte.

Sehr bald - und wir reden hier von Jahrhunderten - stellte man fest, dass sich materielle Güter nicht zum interstellaren Handel eigneten. Nehmen wir mal Rohstoffe, also Metalle, Kristalle, Hölzer und so weiter. Die Menge, die transportierbar ist, ist limitiert und für jede Zivilisation nur ein Tropfen auf dem heißen Stein. Erfährt eine Gesellschaft einen Mangel an einem bestimmten Rohstoff, so hat sie in der Zeit, bis der Stoff von außen geliefert wird, längst Alternativen gefunden, die ähnliche Materialeigenschaften haben. Da bedient man sich eher an den Ressourcen im eigenen Sonnensystem, als auf andere Systeme zurückzugreifen.

Verarbeitete Materialien sind noch schwieriger. Der Nutzen einer Ladung Nanochips hängt ab von dem technischen Niveau des Zielortes zur Zeit der Ankunft. Wer sich hauptsächlich mit Ochsenkarren oder Verbrennungsmotoren herumschlägt, kann mit den Chips nichts anfangen, und wer technologisch viel weiter entwickelt ist, hat nur ein müdes Lächeln für diese Chips übrig.

Klar, sicher, man könnte eine Spannbreite technischer Geräte laden und nur die jeweils Passenden handeln. Oder detaillierte Anleitungen mitgeben, um die Welt auf das jeweilige Niveau zu heben. Das wurde versucht, aber letztlich waren die Geräte den Lagerraum nicht wert. Die technologischen und wissenschaftlichen Daten hingegen, das waren für lange Zeit die wahren Schätze der Fernhändler.

Hier ergab sich ein anderes Problem: Wenn Materielles keinen Wert hat, wie bezahlt man dann den Händler? Nichts, was auf einer Welt gefördert oder produziert wird, hat einen Wert für ihn. Wenn nicht beide ein ähnliches Technologieniveau haben, ist der Austausch für eine Seite uninteressant. Die Lösung zeichnete sich hier schon ab, aber ich will noch kurz auf das Ende der Zeit des Technologietransfers eingehen.

Jeder Besuch eines Fernhändlers gab einer Welt einen gewaltigen potentiellen Schub, und das ist bis heute so. Ich habe an Bord eine komplette Datenbank allem von Menschen gesammelten Wissen. Doch irgendwann war das Plateau erreicht, irgendwann wussten wir alles, was man über dieses Universum in physikalischer, chemischer oder mathematischer Hinsicht wissen konnte. Wir können unsere Schiffe auf Lichtgeschwindigkeit beschleunigen, wir haben Gravitationskontrolle, Materie-Assembler und eine Lebensspanne von über 150 Pejotts (= PJ = Persönliche Jahre). Aber wir wissen, dass wir unsere physikalischen Möglichkeiten in dieser Hinsicht ausgereizt haben. Überlichtgeschwindigkeit ist nicht zu erreichen, Punkt. Wahre künstliche Intelligenz - viele Jahrhunderte ebenso herbeigesehnt wie gefürchtet - ist nicht möglich. Sämtlicher Fortschritt bezieht sich nur noch auf minimale Verbesserungen in der Herstellung und dem Design von Luxusgütern. Kein Planet kann mir in technologischer Hinsicht irgendetwas wirklich Wertvolles mehr bieten.

Eine Ware aber hat jede Zivilisation zu bieten, selbst wenn sie noch in Höhlen haust. Und diese Ware wird auch von allen Zivilisationen hoch geschätzt: Geschichten. Hier gibt es kein Plateau, das uns beschränkt. Geschichten entstehen aus dem kulturellen und persönlichen Kontext und sind allein dadurch - und das ist wiederum mathematisch beweisbar - unbegrenzt. Zumindest für alle praktischen Anwendungen bis zum Wärmetod dieses Universums.

Auf jeder Welt, die ich besuche, tausche ich einen wesentlichen Teil meiner Datenbank voller Geschichten ein. Im Gegenzug erhalte ich die Archive jener Welt sowie sämtliche erdenklichen Annehmlichkeiten während meines Aufenthalts. Kannst du dir vorstellen, welch ein Schatz in unseren Datenbanken lagert? Bei jedem Handel kommen etwa eintausend Jahre Geschichte, Geschichten und Überlieferungen hinzu, die zuvor nie den Planeten verlassen haben. Dabei versuche ich in der Regel die Finger von den Ergüssen der letzten 50 Jahre zu lassen, da die noch nicht den Test der Zeit überstanden haben. Aber Geschichten, die sich in jedweder Gesellschaft über 100 Jahre oder länger halten, sind auf die eine oder andere Weise relevant. Und die wahren Schätze sind solche, die von anderen Welten stammen, irgendwann von uns Händlern eingeführt wurden und über das Jahrtausend fest in die lokale Kultur eingeflossen sind. Diesen Test bestehen die allerwenigsten Stories.

Warum wir die einzelnen Planeten so selten anfliegen? Das liegt an der Lichtgeschwindigkeit. Der durchschnittliche Abstand zwischen zwei bewohnbaren Welten liegt bei etwa 80 Lichtjahren, eine Tour besteht bei mir aus 12 Flügen. Das macht dann 960, also knapp 1.000 Jahre, da wir für jedes Lichtjahr exakt ein Jahr brauchen, um die Strecke zurückzulegen. Du guckst verwirrt. Wegen der Zeitdilatation ist es so, dass für uns auf dem Schiff währenddessen die Zeit quasi still steht. Während das Schiff also 80 Jahre fliegt, vergeht für uns keine Zeit. Hey? Hey! Was ist denn los? Wo willst du denn hin? Oh ... fuck.

Ich sollte echt nicht trinken und dozieren.

Ich saß mit dem Rücken an der Wand vor Marjas Kabine, die Beine angewinkelt und den Kopf auf den Knien, und wusste nicht, was ich tun sollte. Aus dem Raum kam ihr Schluchzen, mal leiser, mal brach es laut aus ihr heraus.

Normalerweise ist es fantastisch, jemandem im Augenblick einer gewichtigen Erkenntnis beobachten zu können. Wenn endlich alle Puzzleteile zusammenfallen und das große Ganze einen Sinn ergibt. Wenn diese Erkenntnis aber ist, dass alle Verwandten und Bekannten seit Jahren tot sind und man nie wieder in seine Heimat zurückkehren kann, dann ist es einfach nur scheiße. Etwa 170 Jahre waren bereits auf Marjas Heimatwelt vergangen, wenn ich den aktuellen Sprung mitrechnete, während der Abflug für uns nur zwei Wochen zurücklag. Ein Rückflug würde ebenso lange dauern. Genau das hatte Marja nun herausgefunden und begriffen.

Ich war zu feige gewesen, es ihr zu sagen, hatte immer auf »den richtigen Moment« gewartet, obwohl ich wusste, dass es ihn nicht gab. Ich meine - mal ehrlich - wie muss ein Moment beschaffen sein, in dem man mal so nebenbei sagen kann: »Hey, übrigens, du sitzt erstmal hier fest, alles was du bisher kanntest, ist nicht mehr«?

Die Kabine war verriegelt, aber als Schiffseigner konnte ich die Verriegelung natürlich aufheben. Wäre das richtig, oder ein weiterer Vertrauensbruch? Was sollte ich nur machen?

Ich beschloss, erstmal nichts zu tun. Armselig, oder?

Irgendwann wurde das Weinen leiser, ich möchte fast sagen, erschöpfter. Dann fragte sie durch die Tür: »Hast du meinen Eltern die Nachricht geschickt?«

Ich konnte nur mit einem überraschten »Was?« antworten, und sie schrie mit sich überschlagender und brechender Stimme »Die Nachricht! Dass ich an Bord bin, dass es mir gut geht! Hast du die wirklich geschickt?«

»Ja.«

»Wie lange hat es gedauert, bis sie angekommen ist?«

»Etwa sechs Jahre.«

Das verursachte einen weiteren Weinkrampf, und meine Beschwichtigungsversuche blieben ungehört. Aber was hätte ich denn sagen sollen?

Marja weinte sich (und mich) in den Schlaf. Nach ein paar Stunden schlich sie sich aus der Kabine, holte sich am Assembler etwas zu essen und huschte schnell zurück. Ich stellte mich schlafend, ich wollte sie nicht verschrecken und damit vom Essen abhalten, außerdem wusste ich eh nicht, was ich hätte sagen sollen.

Am nächsten Morgen hörte ich sie in ihrem Raum rumoren und gelegentlich auch schluchzen, aber sie reagierte nicht auf meine Zurufe. Erst zum Mittag kam sie heraus und nahm schweigend am Tisch Platz, um ihre Suppe zu löffeln. Sie sah so elend aus, wie ich mich fühlte.

Eine Weile setzte ich mich dazu und aß ebenfalls, was sie stillschweigend duldete. Dann versuchte ich eine Erklärung.

»Wenn der Sprung einmal initiiert ist, kann man ihn nicht mehr abbrechen. Als ich dich gefunden habe, war es zu spät.«

»Ich weiß. Hab ich nachgelesen.«

»Tut mir leid. Ich wusste einfach nicht, wie ich es dir hätte sagen sollen.«

»Ist schon gut.« War es nicht, das konnte ich am Tonfall hören. Ebenso den Wunsch, ich solle besser die Klappe halten. Also tat ich das.

Von dem lebhaften, neugierigen Kind, als das ich Marja kennengelernt hatte, war während des laufenden Sprunges nicht viel zu sehen. Nur langsam näherten wir uns wieder an, vermieden aber bestimmte Themen. Beim nächsten Stopp reduzierte ich das Geschäftliche auf das absolut notwendige Minimum, so dass wir in zwei Tagen fertig waren. Dann setzte ich Kurs auf das 1000-Jahre-Treffen und übersprang damit die drei folgenden regulären Stopps. Ich brauchte eine Lösung für das Marja-Problem.

Historischer Exkurs, Teil III

Elementarteilchen verbinden sich zu Atomen, Atome zu Molekülen. Diese verbinden sich zu komplexeren Strukturen bis hin zu Einzellern. Viele Einzeller bilden einen Organismus. Hochentwickelte Organismen gründen soziale Gruppen, die sich wiederum zusammenschließen und Staaten bilden. Auf jeder Ebene gibt es Botenstoffe, die die Einzelteile verbinden - seien dies Elektronen, Hormone, Worte oder Briefträger. Und auf jeder Ebene erschafft der Zusammenschluss etwas Neues, noch nie da gewesenes.

Wir sind inzwischen auf der interstellaren Ebene angekommen, und die Verbindung zwischen den einzelnen Planeten stellen wir Fernhändler dar. Nicht ohne Grund benennen wir unsere Schiffe »Axon« oder ähnlich - das Axon ist der lange schlauchförmige Fortsatz von Nervenzellen, mit dem sie die anderen Nervenzellen erreichen und Kontakt halten. Was konkret dieser riesige Zusammenschluss von besiedelten Planeten darstellt? Das wissen wir nicht, aber ebenso wenig weiß das Elektron, was ein Molekül ist.

Seit die Fernhändler ihre Touren fliegen und regelmäßig Welten mit einer Infusion neuer und vergessener Geschichten und Ideen versehen, sind nachweislich die Fälle seltener geworden, in denen sich eine Kolonie selbst auslöscht. Dunkle Zeitalter sind im Schnitt kürzer und weniger heftig, wir haben also in jedem Fall einen positiven Einfluss. Und keine Idee ist zu abstrus, als dass sie nicht auf irgendeiner Welt bis zur Gänze ausprobiert und erforscht wird, so dass man sie dann getrost verwerfen oder in das galaktische Erbe aufnehmen kann. Außerdem sorgt der Shakespeare-Effekt (benannt nach einem alten Schriftsteller von der Heimatwelt) für eine annähernd gleiche Sprache auf allen Welten, wenn die Sprachverschiebungen stets wieder zurückjustiert werden.

Wir Fernhändler koordinieren uns, und das ist bei den Gegebenheiten keine leichte Angelegenheit. Ein zufälliges Zusammentreffen ist extrem unwahrscheinlich. Kaum eine Gesellschaftsform übersteht mehr als 500 Jahre, was also einst ein sicherer Treffpunkt war, kann nun eine atomare Wüste sein, in der Bücherleser erschossen werden.

Also wurden die 1000-Jahres-Treffen eingeführt. Alle 1000 normalen Jahre treffen wir uns an einem bestimmten Ort. Ausrichter ist ein gigantisches Trägerschiff, welches selbst die Zwischenzeit auf Lichtgeschwindigkeit verbringt, so dass wir stets eine gewohnte Umgebung, technologisch kompatible Werften und bekannte Gesichter antreffen.

Eine Tour aus zwölf Sprüngen dauert für mich etwa 24 Pewochs und führt mich kreisförmig zum 1000-Jahres-Treffen zurück. Gefällt es mir irgendwo besonders gut, bleib ich auch mal einen Monat oder ein Jahr dort. Im Schnitt verbrauche ich im Verlauf der 1000 Jahre etwa acht bis zwölf Monate meiner Lebenszeit. Zum Ende ist immer etwas Puffer, da fliege ich dann einen kleinen Umweg in Lichtgeschwindigkeit, um die fehlenden Jahre aufzubrauchen, während für mich keine Zeit vergeht. Schlussendlich kommen wir stets punktgenau zum Treffen an.

Unsere Zusammenkunft ist nur eine von vielen. Manche Piloten reisen zwischen den verschiedenen Treffen hin und her und verbinden dadurch diese Knotenpunkte. Das Universum ist unglaublich groß! Und wenn du glaubst, 1000 Jahre Geschichten einer Welt sind bereits beeindruckend, dann überschlag einmal, welche Mengen an Daten auf einem 1000-Jahre-Treffen umgeschlagen werden …

Auf dem Zusammenkünften koordiniert man die Routen für die nächsten 1000 Jahre, so dass alle Planeten immer mal wieder besucht, neue Systeme erforscht und Mehrfachbesuche in kurzer Zeit vermieden werden. Dabei ist alles freiwillig, niemand ist gezwungen, zu den Treffen zu kommen oder exakt diese Welten anzufliegen. Es hat sich einfach als ungeheuer praktisch erwiesen. Und es tut unglaublich gut, hin und wieder bekannte Gesichter zu sehen und Freundschaften mit Menschen zu schließen, die nicht beim nächsten Sprung von der Zeitdilatation gefressen werden.

Ich glaube, wir werden auf dem Treffen eine gute Möglichkeit finden, dich irgendwo unterzubringen.

Man ist als Reisender ja viel gewohnt, aber der Empfangsball des 1000-Jahre-Treffens war an Opulenz kaum zu übertreffen. Was sich hunderte von Welten in Millennien ausdenken können, wurde hier zur Wirklichkeit. Ich war jedes Mal überwältigt und stolz, ein Teil davon sein zu dürfen.

Marja trug ein entzückendes Kleid aus der Nuckelavee-Kollektion. Meine Einwände, dass keine Sau die Viecher kennt, hatte sie mit der Bemerkung vom Tisch gewischt, dass sie dies in den kommenden Jahrtausenden zu ändern gedenke und am besten gleich hier und jetzt damit beginnen würde. Ihr emotionaler Zustand war im Großen und Ganzen stabil, ebenso unser Verhältnis zueinander. Ich selbst trug einen maßgeschneiderten Anzug, wie er auf Hellgate der neueste Schrei ist (oder besser: war, inzwischen sind dort etwa 700 Jahre vergangen. Aber egal - das Teil sieht einfach geil aus).

Der Saal wurde dominiert von filigranen Kristallskulpturen, die in milchigem Beigeton den Raum beleuchten. Möglich wird dies durch biolumineszierende Organismen, die in die Kristalle eingeschlossen sind. Verschiedenste Köstlichkeiten wurden gereicht, während man sich an Kunstgegenständen und Genkreationen hunderter Welten ergötzen konnte.

Marjas erster Eindruck war ein simples »Whoaaa!«

Ich zeigte zur Decke und entlockte ihr ein noch inbrünstigeres »WHOAAAA!«

Der Saal war kugelrund, alle Gäste bewegten sich durch die künstliche Schwerkraft gehalten auf der Innenseite der Hohlkugel. Von hier konnte man sehen, dass die Kristalle nicht etwa zufällig, sondern nach einem ästhetischen Muster aufgestellt waren, welches nur von der jeweils anderen Seite erkennbar war. Dazwischen fügten sich die flanierenden, tanzenden und pausierenden Gäste ein und gaben dem Ganzen etwas harmonisch Fließendes.

Ich grüßte viele bekannte Gesichter und stellte Marja vor, während ich zielstrebig unseren Weg zum Regenbogenfarn suchte, einer Skulptur, die aus Pflanzen aus verschiedenen Systemen bestand und deren Blätter in allen denkbaren Farben leuchten. Dort hatte ich mich per iMplantat mit einer guten Freundin verabredet.

Sie war gekommen, und sie trug das schwarze Kleid, das ich so an ihr mochte. Eine Weile waren wir mehr als nur Freunde gewesen, und es gab eine Zeit, da wünschte ich, wir könnten unsere Schiffe zusammenlegen.

Schelmisch grinste sie uns an. »Mein alter Freund, schön, dich zu sehen! Du hast dich kaum verändert, stattlich wie eh und je!«

»Elisabeth ... Elli ... du siehst auch sehr ... gut aus«, stammelte ich mir zurecht. Ich konnte das Vergnügen in ihren Augen erkennen. Mit voller Absicht hatte sie mich auflaufen lassen.

»Ach, du alter Charmeur! Alt bin ich geworden, das wolltest du sagen. Das rote Haar ist weiß und die Haut alt und schrumpelig. Ich bin schon lange nicht mehr das feurige Mädchen, mit dem du einst ausgingst.«

Ja, stimmt. Elli hatte seit dem letzten 1000-Jahre-Treffen mindestens 60 Jahre zugelegt.

»Ich weiß gar nicht, was ich sagen soll. Ich bin etwas überrascht. Was ist passiert? Ich meine, was hat dich aufgehalten?«

»Ach, das ist schon in Ordnung. Ich habe halt einen Gonzales gezogen.«

›Einen Gonzales ziehen‹ war Fernhändlerjargon dafür, auf einer Welt einen Partner zu finden und sein Leben dort zu verbringen. Ähnlich wie die Robinsonade lässt sich der Begriff auf einen einflussreichen Roman zurückführen. Die Höflichkeit hatte eine Standardreaktion auf diese Floskel parat, die ich direkt nutzte:

»Und, war er es wert?«

»Er war ein Arschloch, das habe ich recht schnell gemerkt. Aber sie war wundervoll!«

»Oh, eine Sie? Ich wusste gar nicht, dass du …«

Sie lachte ihr glockenhelles Lachen, das sich kein bisschen verändert hatte.

»Nein, du Dummkopf. Sie, damit meine ich meine Tochter. Aber wie ich sehe, warst du auch nicht untätig.«

Sie blickte in Richtung Marjas, die sichtlich genervt den unverständlichen Worten der Erwachsenen lauschte.

Schnell stellte ich die Damen einander vor und erklärte, wie Marja an Bord der Axon Zwölf gekommen war. Elisabeths Gesicht (ich konnte sie einfach nicht mehr Elli nennen) wurde ernst, und ihr Blick durchbohrte mich, als wüsste sie bereits, was ich vorhatte.

»Soso, ein blinder Passagier also. Weißt du, ich habe Robert und Bo bei den Frosch-Spirituosen gesehen, vielleicht sagst du mal Hallo und ihr plaudert über die alten Zeiten. Ich unterhalte mich derweilen mit Marja, von Frau zu Frau.«

Das lief besser als erwartet. Ich hatte zwar das Gefühl, die Initiative verloren zu haben, aber Frauenthemen waren mir eh unangenehm, Rob und Bo waren klasse Typen und Frosch-Spirituosen … nun ja, die sind kompliziert, ich erkläre das vielleicht später mal.

Dem Detox war zu verdanken, dass ich bei halbwegs klarem Verstand war, als Elisabeth mich am Ohr vom Frosch-Tresen wegzog. Wahrscheinlich war ich nur deshalb überhaupt noch am Leben, obwohl ich mir nicht sicher war, ob das gerade von Vorteil war.

Mit erstaunlicher Kraft zog mich die alte Frau in ein Separee, welche für private Gespräche überall im Kugelsaal zugänglich waren. Dort erwartete mich schon Marja. Sie hatte offensichtlich wieder geweint.

»Du bist ein gewaltiger Vollidiot, das weißt du hoffentlich?«, fragte mich Elisabeth mit gefährlich ruhiger Stimme. Ich blickte sie an, blieb aber still, da ich ahnte, dass ich trotz der Frage noch keine Redeerlaubnis hatte.

»Dieses Kind hat seine ganze Familie, seine *Welt* verloren, und dir fällt nichts Besseres ein, als sie auf die größte Party im Universum zu schleppen? Du hast sie belogen, ihr Dinge verheimlicht und dann kein Sterbenswörtchen gesagt, um sie durch ihren Schmerz zu begleiten? Und jetzt versuchst du wohlmöglich, die unangenehme Sache loszuwerden, indem du sie mir als Lehrling aufschwatzen willst?«

Ups ... Bingo.

»Ich kenne dich, mein Jüngelchen, das wäre genau dein Stil!«

Ich öffnete den Mund zur Widerrede, doch sie unterbrach mich.

»Und komm mir jetzt nicht mit Regularien und Fernhändler-Regeln!«

Ich schloss den Mund. Eine peinliche Pause entstand.

»Ach, Mensch, du hättest mein Gonzales sein können«, setzte sie mit weicherer Stimme fort, »aber deine Achtlosigkeit hat dir immer schon im Weg gestanden. Also - was machen wir jetzt? Bei mir kannst du sie nicht abgeben, dazu bin ich inzwischen zu alt. Und außerdem hast du noch eine Schuld abzutragen.«

Ich fühlte mich elend, vermied den Augenkontakt mit beiden Frauen und stammelte irgendwas Entschuldigendes vor mich hin. Verdammt, warum mussten mir ausgerechnet jetzt die Augen tränen und die Nase laufen?

»So wird das nichts«, lenkte meine alte Freundin ein, nachdem sie mich eine Weile hatte zappeln lassen. »Du musst lernen, Verantwortung zu übernehmen und Menschen in dein Leben zu lassen, auch für länger als einen Planetenbesuch. Und du«, wandte sie sich an Marja, »brauchst jemanden, der dir diese neue Welt erklären kann. Und dafür ist keiner besser geeignet als der Idiot da. Wenn ihr euch also beide einverstanden erklärt« - ihr Tonfall ließ uns wissen, dass wir hier keineswegs eine Wahl hatten - »dann bleibt Marja bis auf weiteres auf der Axon Zwölf, und ihr lernt, euch damit zu arrangieren.«

Das lief überhaupt nicht so, wie ich mir das vorgestellt hatte. Dass es ein paar harte Worte und schwierige Verhandlungen gäbe, davon war auszugehen, aber ich war doch fest überzeugt gewesen, dass Elli oder später Elisabeth sich des Mädchens annehmen würde. Aber die alte Frau hatte mich mit ihrer Lebenserfahrung ausmanövriert. Tatsächlich fühlte es sich aber gar nicht mal schlecht an. Klar, auf der einen Seite wollte ich niemanden, der meine Unabhängigkeit dauerhaft störte und für den ich letzten Endes auch noch verantwortlich wäre. Auf der anderen Seite aber spürte ich eine Art von Erleichterung und auch Freude, wenn ich mir vorstellte, Marja auch weiterhin an Bord zu haben. Und - hey - ich wurde ja quasi dazu gezwungen! Äußere Einflüsse! Ich selbst nix Schuld!

»Also, Marja, wenn das ok für dich ist und du etwas Geduld mit so einem Eigennbrötler wie mir hast, dann würde ich dich sehr gerne an Bord der Axon Zwölf haben«, bot ich schließlich an.

»Ja, ich denke auch, das wäre ganz ok«, schniefte sie.

»Kleiner Tipp: Ihr dürft euch auch durchaus mal umarmen«, bemerkte Elisabeth, und sofort flog mir Marja um den Hals.

Ich glaube, das tat uns beiden sehr gut.

ENDE

INGO MUHS

Ingo Muhs wurde geboren und ist aufgewachsen. Seit frühester Jugend ist er ein passionierter Reisender in vielen Welten, die er durch Bücher, Filme und den Computer erreicht. Nachdem er sein Hobby zum Beruf gemacht hat und bei einem renomierten Spieleherseller im Raum Frankfurt arbeitet, wagt er nun seine ersten bescheidenen Schritte im Schreiben eigener Kurzgeschichten.

BACK TO BASIC

CARMEN CAPITI

»Ich sehe, dass Ihre Sorge gewissermaßen berechtigt ist«, sagte der Sozialarbeiter, welcher mit ihrer Mutter in der Küche saß. »Kerr ist … ein spezielles Kind.«

»Immer wieder höre ich das Wort speziell«, antwortete ihre Mutter. »Kann mir mal jemand erklären, was genau das bedeutet?«

Kerr hatte die Beine an den Oberkörper gezogen und saß im Wohnzimmer auf dem Boden. Sie wusste, dass ihre Mutter sie sehen konnte, wenn sie den Hals streckte, darum tat sie so, als wäre sie hochkonzentriert. Sie hatte sich sogar den ausgeschalteten VR-Helm übergestreift, damit die beiden nicht merkten, dass sie lauschte.

»Andere Kinder im Alter von zwölf bis sechzehn Jahren sind in ihrer Entwicklung weiter«, führte der Sozialarbeiter aus, als würde es sich dabei um Neuigkeiten handeln. »Die meisten haben bereits die ersten fünfzehn Level mit den NanoBloxx hinter sich und können die Roboter für produktive Dinge programmieren. Kerr hingegen …«

»Kerr steckt auf den ersten paar Leveln fest, ich weiß.« Ihre Mutter klang niedergeschlagen. »Sie sträubt sich einfach dagegen, es zu lernen.«

Kerr zuckte zusammen, als etwas ihren Arm streifte. Sie streckte die Hand aus und spürte den weichen Plüsch des kleinen Roboterlöwen. Er schmiegte sich an sie und sie streichelte ihn, was ihre Beklommenheit etwas vertrieb.

Sie sträubte sich doch gar nicht gegen das Lernen. Sie hasste nur, dass es in dem VR-Helm so dunkel war. Natürlich war es an ihr, die Düsternis mit Code-Blöcken zu füllen, aber wie sollte sie die Konzentration dafür hinkriegen, wenn da einfach immer nur diese blöde Beklommenheit war?

»Wir haben andere Kinder wie sie gesehen. Noch ist nicht alles verloren«, sagte der Sozialarbeiter.

»Aber was kann ich tun, um ihr zu helfen? Es muss doch etwas geben!«

Stoff raschelte.

»Ermutigen Sie sie weiterhin zum Üben. Benutzen Sie extrinsische Motivationsfaktoren und fördern Sie intrinsische. Loben Sie sie, wann immer sie Fortschritte erzielt.«

Alles Dinge, die ihre Mutter bereits tat.

»Vielen Dank für Ihre Einschätzung.«

Das sanfte Zischen der Haustür erklang und wenig später berührte Kerr etwas an der Schulter. Sie streifte den Helm ab und wandte sich um. Eine feine Wolke reflektierender Punkte verschwand gerade in der Küche.

Kerr seufzte und nahm den Löwen in die Arme, wo er seinen Kopf gegen ihre Brust rieb und brummte. Ihn fest an sich gepresst folgte sie den Punkten.

»Liebling«, sagte ihre Mutter, die den Tisch deckte. »Wie lief es heute mit deinem Wölkchen?«

Dabei nickte sie in Richtung von Kerrs rechter Schulter, wo sich die NanoBloxx tummelten. Ihre Mutter mochte die Anfänger-Nanocloud verniedlichen, in Wahrheit waren Kerrs Roboterchen aber bedeutend größer als diejenigen in der schimmernden Wolke ihrer Mutter. Und auch bei Weitem weniger zahlreich. Während eine richtige Nanocloud gut eine Million Roboter zählte, umfassten die NanoBloxx nur um die hunderttausend.

»Gut«, sagte Kerr nur und setzte sich. Dabei stieß sie mit dem Ellenbogen gegen ein Glas Wasser und verschüttete den Inhalt über dem Tisch.

»Oh!« Sie wollte aufspringen, um einen Lappen zu holen, als sich die Nanocloud ihrer Mutter bereits wie eine Decke über das Wasser legte.

»Lass nur, Süße. Ist nicht so schlimm«, sagte ihre Mutter und küsste sie auf den Kopf. Meinte sie das Training oder die Sauerei auf dem Tisch?

Nur Sekunden später hatten die Nanoroboter die Pfütze getrocknet, das Glas hingestellt und es erneut mit Wasser aus dem Krug gefüllt.

»Ich habe heute Siene und ihren Vater getroffen«, erklärte ihre Mutter. »Sie waren auf dem Weg, Sienes Nanoboard auszuwählen.« Mit den Worten tippte sie sich selbst gegen die Schläfe, wo ein silberner Haarreif ein farbiges Plättchen mit eingelassenen Sensoren an Ort und Stelle hielt.

»Ah«, sagte Kerr und ein Knoten bildete sich in ihrer Kehle.

Sie wusste, dass ihre Mutter sie nur anspornen wollte. Zu wissen, dass bereits die ersten ihrer Altersgruppe ein Nanoboard angepasst bekamen, demotivierte Kerr jedoch mehr als alles andere. Leicht eifersüchtig schielte sie zu dem Haarreif. Wie viel angenehmer das Programmieren damit doch sein musste im Gegensatz zum klobigen und dunklen VR-Helm. Aber nur die älteren Jugendlichen, die das NanoBloxx-Training bereits absolviert hatten, kriegten ein richtiges Nanoboard. Vorher war die direkte Gehirnwellenschnittstelle schlichtweg zu teuer.

Ihre Mutter schien zu bemerken, dass sie Kerr für den Moment nicht helfen konnte, also aßen sie schweigend.

Am Abend stand Kerr vor dem Spiegel und betrachtete die grauen Klötzchen über ihrer Schulter, die sich unablässig bewegten, zu geometrischen Formen fügten und sich wieder voneinander lösten.

Wie sie die NanoBloxx hasste. Im Gegenzug zu den reflektierenden Nanorobotern der Erwachsenen waren sie hässlich und rau. Vor allem aber erinnerten sie Kerr tagein und tagaus daran, wie viel Kummer sie ihrer Mutter bereitete. Auch jetzt hörte sie sie im Nebenzimmer schluchzen. Wenn sie es doch nur schaffen würde, sich zu konzentrieren, dann könnte sie bestimmt auch bald ihr Nanoboard aussuchen und alles wäre in Ordnung. Siene konnte ihre NanoBloxx bereits dazu bringen, ihr Gegenstände hinterherzutragen oder aufzufangen, was sie fallen ließ. Kerr hingegen kriegte ihre Bloxx nicht mal dazu, eine gleichmäßige Kugel zu formen.

Der kleine Roboterlöwe saß auf ihrem Kopfkissen und maunzte. Eine von ihrer Mutter programmierte Funktion, die sie dazu bringen sollte, zeitig zu Bett zu gehen. Bis vor einigen Jahren hatte das noch funktioniert, aber heute mochte sie sich nicht vom Kuscheltier verleiten lassen. Sie wollte endlich ihrer Mutter den Kummer nehmen und sie stolz machen.

Sie atmete tief durch und setzte sich im Schneidersitz auf den Boden. Dann biss sie die Zähne zusammen und streifte den VR-Helm über. Als die Dunkelheit sie umfing, machte sich sofort die altbekannte Beklommenheit in ihr breit. Wie damals vor fünf Jahren, als ...

Konzentriere dich!, herrschte sie sich an.

Sie aktivierte den Helm und das gleichmäßige sanfte Rauschen des Antischall-Moduls erklang in ihren Ohren. Jetzt war sie allein, abgeschottet von der Umwelt.

Ein einzelner grauer Punkt blinkte in ihrer Peripherie und Kerr lenkte all ihren Fokus auf ihn. Sie hatte die anleitende Stimme auf stumm geschaltet, da sie die Erläuterungen zu den Lektionen bereits in- und auswendig kannte. Der Punkt vergrößerte sich etwas und Kerr erkannte die unzähligen kleinen Greifärmchen und die Module des Nanoroboters.

»Okay«, flüsterte sie. »Jetzt der Code.«

In ihrer Erinnerung durchstöberte sie die Codefragmente, die sie auf den einzelnen Roboter anwenden konnte. Doch kaum schwenkte ihre Konzentration vom leuchtenden Punkt vor ihren Augen ab, fühlte es sich an, als fiele sie in ein schwarzes Loch. Ihr Magen zog sich krampfhaft zusammen und ein dicker Knoten bildete sich in ihrem Hals. Mit einem Schlag kehrte die Panik zurück, die sie damals verspürt hatte, als ihre Durchblutungsstörung sie kurzzeitig hatte erblinden lassen. Sie wollte schreien, sich irgendwo festhalten, doch ihre Hände fassten ins Leere.

Schließlich riss sie sich den Helm vom Kopf und schmetterte ihn quer durch den Raum. Tränen quollen aus ihrem Augen und sie konnte ein Schluchzen nicht zurückhalten.

Der Roboterlöwe war vom Bett gesprungen und jagte dem davonrollenden Helm hinterher, bevor sich seine viel zu weichen Zähne in dessen Polster verbissen.

»Ja«, schniefte Kerr. »So sehe ich das auch.«

Sie versuchte erfolglos, ihre Atmung zu beruhigen. Stattdessen überflutete sie das schlechte Gewissen. Sie brauchte sich doch nur stärker bemühen! Siene und die anderen kriegten es auch alle auf die Reihe und früher hatte immer Kerr als das aufgeweckte, kluge Kind gegolten.

Sie schluckte einen verzweifelten Schrei hinunter und sprang auf die Beine. Es war vorbei. Sie konnte so nicht weitermachen. Ihre Mutter hatte genug um die Ohren, als dass sie noch so eine Versagerin wie sie als Tochter verdient hätte.

Mit zittrigen Händen zerrte sie ihren Rucksack hervor und entleerte ihn auf dem Bett. Dann begann sie einzupacken, was sie für wichtig hielt. Eine Jacke, frische Unterwäsche, einen Schal.

Der Plüschlöwe hatte ihre Aufbruchbereitschaft aufgeschnappt und rannte freudig im Zimmer hin und her, um ihr Dinge zu bringen, die sie benötigen könnte. Irgendwann schlich er aus dem Raum und trug allerlei aus dem gesamten Haushalt zusammen. Kerrs Sicht war durch die erneuten Tränen verschwommen und sie stopfte einfach alles in ihren Rucksack. Irgendwie würde sie all das schon brauchen. Zum Schluss wischte sie sich die Tränen aus dem Gesicht und schulterte die Tasche. An der Haustür schlich der Löwe ihr derart um die Beine, dass sie es nicht über sich brachte, ihn zurück zu lassen. Immerhin war er ihr Begleiter seit sie ein Kind war. Um ehrlich zu sein, hatte ihre Mutter ihn ihr gekauft, als sie damals wegen ihrem Augenleiden in Behandlung gewesen war.

»Na schön«, sagte sie zu ihm und packte ihn sich unter den Arm.

Auf der Straße drehte sie sich noch einmal um. Hätte sie eine Nachricht hinterlassen sollen? Nein. Ihre Mutter wäre sicher glücklich, wenn sie fort war und eine Erklärung brauchte es nicht wirklich. Sie würde es schon wissen.

Die NanoBloxx surrten beständig neben ihrem Ohr und wann immer sie sie verscheuchen wollte, wichen sie ihren Händen aus und kehrten danach an Ort und Stelle zurück.

Kerr hatte gehört, dass es Menschen gab, die keine Nanocloud auf sich geprägt hatten. Sie lebten außerhalb der Stadt und keiner bekam sie je zu Gesicht, weil sie von der Gesellschaft ausgestoßen waren. Diese Leute mussten eine Möglichkeit kennen, wie Kerr ihre dummen Bloxx los wurde. Wenn sie sie nicht befehligen konnte, dann brauchte sie sie auch nicht um sich herum. Da draußen würde sie glücklich werden. Da draußen hatte niemand Erwartungen an sie.

Kaum war sie einige Schritte gegangen, hielt ein Taxipod neben ihr. Sie zögerte kurz, dann fiel ihr auf, dass sie keine Ahnung hatte, wie sie an die Stadtgrenze kommen sollte. Also stieg sie in die Kapsel und wählte einen Zielpunkt ganz außen am Stadtrand.

»*Herzlich willkommen an Bord, Kerr*«, sprach eine automatisierte Stimme.

Die Kapsel stieg in die Höhe und reihte sich über den Dächern der Wolkenkratzer zwischen unzähligen weiteren Pods ein.

Müde beobachtete Kerr die Lichter unter sich. Genauso stellte sie sich vor, dass es unter dem VR-Helm aussehen könnte, wenn sie es hinkriegen würde. Lauter bunte Lichter in der Dunkelheit, die sich bewegten, wie sie wollte. Vielleicht wäre es aber auch vollkommen anders. Die anderen Jugendlichen sprachen immer sehr unterschiedlich von ihrem eigenen Kreationsraum im VR.

Irgendwann löste sich der Pod aus der Reihe und setzte zu einem Sinkflug an. Kerr guckte nach unten und ein kalter Schauer überkam sie. Sie hatte keine Ahnung, wo sie war.

»Natürlich nicht«, sprach sie sich selber zu. »Das wusstest du auch, Dummchen.«

Sie drückte den Löwen an sich und er begann, mit seiner trockenen Stoffzunge über ihre Hände zu lecken.

Zweifel erwachten in ihr. Was, wenn diese ausgestoßenen Leute sie nicht mochten? Wenn sie sie angreifen würden, nur weil sie die NanoBloxx bei sich hatte? Vielleicht hätte sie gar keine Zeit, zu erklären, was sie von ihnen wollte, bevor sie sie verjagten.

Als sie gelandet waren, nahm Kerr allen Mut zusammen und schlüpfte aus dem Pod.

»*Vielen Dank, Kerr. Der Betrag wurde abgebucht.*«

Die Straße war leer. Der Schein der gelbweißen Straßenbeleuchtung erhellte sie zwar und die Stadt schickte eine trübe Helligkeit herüber, aber in praktisch keinem der Fenster war das Licht an. Wie unheimlich. In der Stadt brannte immer und überall Licht.

Gleichzeitig war alles so still.

Der Löwe strampelte in ihren Armen und sie setzte ihn auf den Boden. Mit zwei Sätzen war der Kleine um die nächste Ecke verschwunden.

»Warte!«, rief Kerr und rannte ihm hinterher.

Kaum war sie in die Straße eingebogen, prallte sie mit etwas zusammen, was sie auf ihren Hintern bugsierte.

»He!«, sprach eine raue Stimme über ihr.

Kerr schrie vor Schreck, sprang auf die Beine und hetzte in die andere Richtung davon. Sie wusste nicht, wovor sie wegrannte, aber sie spürte, dass man sie verfolgte. Auf einmal kam es ihr vor, als wäre der Boden aus Gummi. Sie strauchelte und fiel der Länge nach hin.

Sofort lagen Hände auf ihren Schultern und fassten sie grob an. Nur einen Moment später stand sie wieder auf den Füßen. Ein Mann hatte sie aufgestellt und redete auf sie ein, doch sie hörte nicht hin. Sie schüttelte vehement den Kopf und versuchte sich zu befreien.

»He«, drang es zu ihr durch. »Ganz ruhig.«

Der Griff um ihre Schultern lockerte sich, aber der Mann ließ sie nicht gehen. Als sie die Ausweglosigkeit erkannte, verharrte sie und wagte es, ihn direkt anzuschauen.

Er sah nicht aus wie ein Ausgestoßener. Sein Gesicht war jung und ernst, aber er hatte freundliche Augen und gar keine Narben oder so. Die Ausgestoßenen hatten nämlich keine Medizin, hatte sie gehört. War er möglicherweise gar keiner? Kerr konnte weit und breit keine Nanocloud sehen, also musste er doch einer von ihnen sein?

»Hast du dir weh getan?«, fragte er.

Kerr schüttelte nur den Kopf, ihren pochenden Hintern ignorierend.

»Hier.« Der Mann ließ sie los und hob etwas vom Boden auf. Dann streckte er ihr lächelnd ihren Roboterlöwen hin. Kerr nahm das Haustier entgegen und hielt es fest in den Armen.

»Keine Angst. Dir passiert schon nichts. Warum bist du so …« Er blinzelte mehrmals verwirrt, als sein Blick auf ihre NanoBloxx fiel. Kerr begann unweigerlich zu zittern.

»Oh«, sagte er langgezogen. »Wie bist du denn hierher gekommen, Kleine?«

Erneut brachen Tränen aus Kerrs Augen und sofort ließ sich der Mann vor ihr auf die Knie nieder.

»Hast du dich verirrt?«

Kerr schüttelte den Kopf, versuchte, tief durchzuatmen, und strich sich dann die Tränen von den Wangen.

»Nein«, sagte sie mit so fester Stimme wie möglich. »Ich bin mit dem Taxipod gekommen.«

Der Mann lachte auf. »Mit dem Taxi? Aus der Stadt? Das hört sich nach einem echten Abenteuer an. Weißt du was, lass uns drinnen weiter reden.«

Er streckte ihr die Hand entgegen und mangels Alternativen ergriff sie Kerr. Er schien ihr nichts Übles zu wollen, nur weil sie die NanoBloxx dabei hatte.

Er führte sie zwei Straßen weiter und öffneten eine Tür für sie, ganz altmodisch mit einem externen Signal von seinem Handcomputer.

Fasziniert betrat Kerr einen Aufzug, der ohne Sprachsteuerung auskam, bis sie schließlich im Wohnzimmer in einer kleinen Wohnung standen.

»Ich bin Janier«, sagte der Mann und wies auf das Sofa.

Kerr setzte sich schüchtern, den Löwen immer noch an sich gepresst, obschon dieser sich los zu strampeln versuchte.

»Ich heiße Kerr.«

»Ich mach dir was zu trinken, Kerr. Möchtest du heißen Kakao?«

Sie nickte und Janier verschwand in einem angrenzenden Raum. Sie hörte die Geräusche, die sie aus veralteten Filmen kannte, wenn jemand mit manuellen Küchengeräten hantierte, das Knirschen, Knacken und Surren alter Motoren. Die ganze Wohnung sah irgendwie aus wie aus einem Film.

Kurz darauf setzte Janier eine dampfende Tasse vor ihr ab und platzierte sich mit einer eigenen ihr gegenüber auf einen Sessel.

»Also Kerr. Erzähl doch mal, warum du alleine in den Straßen von Basic unterwegs bist.«

»Basic?«, fragte sie und pustete in den Kakao.

Janier lächelte. »Irgendwer hat irgendwann damit begonnen, unser Quartier so zu nennen. Du weißt doch, wo du hier bist, oder?«

»Ja«, sagte sie langgezogen. »Bei den Ausgestoßenen.« Kaum hatte das Wort ihren Mund verlassen, verschüttete sie vor Schreck etwas Kakao.

Sie blickte Janier aus großen Augen an und hoffte, dass er ihr den Ausdruck nicht übel nahm.

Aber Janier lachte nur. »Ausgestoßene. Erzählt man sich diese Ammenmärchen immer noch in den Unterrichtsstunden? Faszinierend, wie beharrlich sich gewisse Dinge halten.«

Kerr biss sich auf die Lippen und sagte nichts. Janier beugte sich verschwörerisch zu ihr hinüber.

»Wir sind keine Ausgestoßenen. Jeder von uns lebt freiwillig hier. Und jeder darf auch zurück in die Stadt, wann immer er oder sie will.«

»Aber hier hat es so wenig Licht. Und keine Menschen auf der Straße«, sagte Kerr ungläubig.

»Das stimmt. Aber das ist so gewollt. Wir sind der Meinung, dass die Stadt schon hell genug leuchtet. Weißt du, dass man ganz weit außerhalb sogar die Sterne am Himmel sehen kann?«

Kerr schüttelte den Kopf.

»Außerdem haben wir Arbeits- und Ruhezeiten, die die meisten hier einhalten. In der Nacht sind darum nur wenige Leute unterwegs. Auch wegen der Wildhunde, die sich ab und zu hierhin verirren.«

»Hunde?« Kerr machte große Augen. »So richtige?«

»Ja. Sie finden hier Futter und Wärme und in der Nacht ist es ruhig, weshalb sie sich bis zu uns vorwagen. Wenn man weiß, welche Ecken man im Dunkeln meiden sollte, machen sie keine Probleme.«

»Oh«, sagte Kerr fasziniert. »Und warum lebt ihr so?«

»Es gefällt uns schlichtweg besser. Technik ist schön und gut, aber im Großen und Ganzen gibt es in der Stadt einfach etwas zu viel davon. Wir finden es so angenehmer und der Stadtrat hat keine Probleme damit.«

»Und die Nanocloud?«

»Haben einige von uns nie kennen gelernt, andere haben sich von ihr trennen lassen, als sie hierherkamen. Ganz unterschiedlich.«

Bevor sie eine weitere Frage stellen konnte, hob Janier den Zeigefinger. »Jetzt bin ich an der Reihe, junge Dame. Warum bist du ganz alleine in einem Taxipod hierhergekommen?«

Kerr ließ sich tief in die Polster zurücksinken. Der Geruch von Kunstleder überschwemmte sie. Und was war das, was ihr in der Nase kitzelte? Staub? Wie ungewöhnlich für das Innere einer Wohnung. Sie bemerkte, wie ihre Gedanken abschweiften, und zwang sie zum Gespräch mit Janier zurück.

»Ich ... ich möchte bei euch leben. Ohne Nanocloud.«

Janier hob überrascht eine Augenbraue. »Du hast erst die Bloxx, warum weißt du, dass du gar nicht erst die Cloud willst?«

»Ich weiß es einfach«, antwortete sie trotzig.

»Ich verstehe.«

Für einen Moment starrten beide in ihre Tassen.

»Weißt du«, sagte Janier dann. »Wenn du später keine Nanocloud willst, lässt du dich einfach mit keiner koppeln. Aber es ist ziemlich schwierig, die Behörden zu überzeugen, dass du die Bloxx abstoßen möchtest.«

»Habt ihr sie euch denn nicht selber entfernt?«, fragte Kerr kleinlaut.

»Selber? Du meinst uns gegenseitig hier in Basic? Aber nein, warum sollten wir? Wir gehen zu den entsprechenden Zentren in der Stadt für sowas, wie alle anderen auch. Die machen das umsonst und wissen, wovon sie reden.«

Kerr sackte in sich zusammen und krallte die Hände ins Fell ihres Löwen. »Das heißt, ich kann nicht hier leben?«

Janier stand auf und ging um den Stubentisch herum zum Sofa hin. »Nicht ohne Einwilligung deiner Eltern. Das verstehst du doch sicher? Wissen sie denn, dass du hier bist?«

Kerr presste die Lippen aufeinander und schüttelte den Kopf. Der Kloß in ihrem Hals schnürte ihr die Luft ab und Tränen füllten ihre Augen. Sie sprang auf die Beine und rannte zur Tür.

Das sollte alles viel einfacher sein!

»Kerr!«, rief Janier und lief ihr hinterher.

Doch sie wollte nicht mehr mit ihm reden. Sie wollte raus aus dieser stickigen Wohnung mit all dem Staub und weg aus Basic, wo man sie offenbar auch nicht haben wollte. Hinter ihr polterte es und sie hörte Janier fluchen.

Sie packte ihren Rucksack und eilte die Treppe hinab. Auf der Straße rannte sie ziellos in eine Richtung, nahm Gassen, überquerte Plätze und glaubte fest daran, irgendwann wieder in der Stadt ankommen zu müssen.

Sie lief und lief, bis sie schwer keuchte und ihre Beine sie nicht mehr tragen mochten. Sie befand sich an einer Kreuzung einiger schmaler Straßen, wo es nur spärliche Beleuchtung gab.

Kerr setzte sich schluchzend an die Straßenecke und presste ihren Rucksack an ihre Brust.

Alles war umsonst gewesen. Niemand hier würde ihr helfen und dieser Janier wollte sie nur zurückbringen zu ihrer Mutter. Dabei würde sie ihr damit nur noch mehr Kummer bereiten.

Um den mächtigen Kloß in ihrem Hals runterzuspülen öffnete Kerr ihren Rucksack. Als sie nach ihrer Wasserflasche tastete, spürte sie auf einmal etwas Ungewöhnliches. Sie zog es heraus und hielt das Nanoboard ihrer Mutter in den Fingern. Kerr schlug die Hand vor den Mund und riss die Augen auf. Wie war das hierher gekommen? Der Löwe mauzte leise und rieb seinen Kopf an ihren Beinen.

»Oh du«, keuchte Kerr und drehte das Board vor ihrem Gesicht.

Der Haarreif war von filigranen silbernen Fäden umwickelt und mit blauen Perlen versehen. Das Schnittstellenplättchen glänzte perlmuttfarben, als sie es im spärlichen Licht drehte. Ohne zu überlegen, setzte sie es auf und spürte sofort ein leises Kribbeln an ihrer Schläfe, als sich der Reif automatisch an ihre Kopfform anpasste. Danach spürte sie es schon beinahe nicht mehr. Ihre Mutter zog das Board nur aus, wenn sie sich schlafen legte, da sie Angst hatte, es zu beschädigen. Was würde sie sagen, wenn sie am Morgen erwachte und es war weg? Wie würde sie ihren Tag bestreiten, ohne die Möglichkeit, ihre Nanobots zu kontrollieren?

Verzweiflung überkam Kerr und sie presste das Gesicht in den Stoff des Rucksackes.

»Du dummes Tier du.«

Der Plüschlöwe fauchte auf und Kerr zuckte zusammen. Er mochte einfache Sprache verstehen, hatte jedoch noch nie aggressiv reagiert, wenn sie ihn rügte. Ruckartig blickte sie auf. Hörte sie Schritte? Überall tanzten die Schatten der großen Stadt, aber sie konnte nichts in ihrer unmittelbaren Nähe erkennen.

»Janier?«, fragte sie zaghaft.

Anstelle von einer Antwort erklangen ein tiefes Knurren und ein Schaben auf dem Beton.

Kerr sprang auf die Beine und presste sich gegen die Fassade hinter ihr, als könnte sie durch sie hindurchschlüpfen.

Das war nicht Janier. Es waren keine Menschen. Als ein Paar runde Augen im Dunkel aufleuchteten, rannte Kerr los.

Hinter sich hörte sie nun deutlich das schnelle Kratzen von Krallen auf dem Boden und ein Hecheln. Ihr Herz raste so schnell, dass ihre Füße nicht mitkamen. Sie strauchelte, fing sich und lief weiter. Nun erklang ganz deutlich ein Bellen, schnell gesellten sich zwei weitere hinzu.

Die Hunde waren ganz nah.

Kerr rannte einfach weiter die Straße entlang. Bis diese aufhörte. Ihr entfuhr ein Schrei, als sich auf einmal eine Mauer vor ihr auftat.

»Nein!«

Sie warf einen Blick hinter sich. Drei Wildhunde waren dicht hinter ihr stehen geblieben, bellten und sabberten. Da sprang etwas an ihr vorbei in Richtung der Bestien. Der kleine Plüschlöwe wurde im Flug von einem der Hunde gepackt und so lange hin und her geschüttelt, bis der Körper erschlaffte und an die nächste Wand geworfen wurde. Die Hunde entblößten ihre Zähne und traten näher, bis ihre Tatzen einen breiten Streifen Licht betraten, den eine Lampe auf den Grund warf.

Kerr sank an Ort und Stelle zu Boden und schloss die Augen, um nicht sehen zu müssen, was auf sie zukam. Helle Punkte blitzten vor ihren Lidern auf, so fest presste sie sie zusammen. Wie tanzende Lichter.

Wie unter dem VR-Helm.

Das Kribbeln in ihren Schläfen wurde stärker und auf einmal war sich Kerr ihrer NanoBloxx bewusster als jemals zuvor. Sie riss die Lider auf und fixierte die Lichtfläche vor ihr. Vor ihrem inneren Auge entstand eine Bühne. Darauf tummelten inexistente Partikel, stapelten sich aufeinander und begannen, sich zu einem Gebilde aufzutürmen. Kerr hielt den Atem an und starrte wie gebannt auf das Bild, von dem sie wusste, dass es nur in ihrem Kopf existierte. Sie konzentrierte sich auf die Einzelteile, rief die

Routinen ab, die sie längst verinnerlicht hatte und gab der Gestalt eine Form.

Da erwachten die Partikel zum Leben.

Kerr schrak zurück, als ein lautes Brüllen erklang. Neben ihr thronte der undeutliche Schemen eines grau schimmernden Löwen, mehr als doppelt so groß wie die Hunde, die Vorderpfoten angriffslustig in den Boden gestemmt. Ein weiteres Mal riss das Konstrukt den Rachen auf und brüllte. Die Wildhunde vor ihm legten die Ohren an und jagten winselnd in die andere Richtung davon.

Kerr starrte mit offenstehendem Mund auf die Kreatur. In dem Moment fielen die NanoBloxx ineinander zusammen und sammelten sich wieder über ihrer Schulter. Der Löwe war verschwunden.

Ein verstörtes Lachen drang über Kerrs Lippen, gleichzeitig mit einer Welle der Erleichterung.

Als sich ein neuer Schatten über sie legte, zuckten die NanoBloxx bereits vor, doch dann erkannte sie Janier.

»Ho«, sagte er atemlos. »Das war beeindruckend. Bist du in Ordnung?«

Sie atmete tief durch die Nase ein und aus, dann nickte sie.

»Was für ein Glück! Ich dachte, ich komme zu spät.« Er ließ sich neben ihr zu Boden sinken und zog etwas zu sich heran. »Oh je.«

Kerr blickte betrübt auf das, was von ihrem Roboterlöwen übrig war. Der zerrissene Stoff gab die desolate innere Mechanik und Elektronik preis.

»Keine Angst«, sagte Janier und legte ihn in ihre Arme. »Den kriegen sie in der Stadt schon wieder hin.«

Ein Zittern überkam Kerr urplötzlich, und als es nicht aufhören wollte, umfasste Janier ihre Hand.

»Es ist alles in Ordnung. Du hast sie vertrieben.«

Ein müdes Lachen entwich ihr. »Ich?«

»Deine NanoBloxx waren ganz schön angsteinflößend. Wie hast du das geschafft?«

Ja, wie?

Auf einmal war da die Bühne gewesen, geflutet vom Licht der Straßenbeleuchtung. Oder vielmehr ihr Kreationsraum? Sie hatte die einzelnen Partikel vor ihrem inneren Auge gesehen und hatte sie formen und befehlen können. Warum war ihr das sonst noch nie gelungen?

»*Weil es immer dunkel war*«, schoss es ihr durch den Kopf. »*Unter dem Helm herrscht immer diese eiskalte Dunkelheit. Wie damals.*«

Sie betastete das leichte Nanoboard auf ihrer Stirn.

Als sie nicht antwortete, stand Janier auf und streckte ihr die Hand entgegen. »Komm. Lass uns verschwinden.«

Kerr versuchte, ihre rasenden Gedanken in geordnete Bahnen zu lenken. Als sie das Surren der NanoBloxx neben sich vernahm, beruhigte sie sich und nickte.

»Ja. Ich möchte nach Hause.«

ENDE

CARMEN CAPITI

Carmen Capiti wurde 1988 in der Zentralschweiz geboren und arbeitet im Bereich der Informationssicherheit. Ihr Debüt-Roman »Das letzte Artefakt« erschien im März 2015 und wurde nominiert für den SERAPH 2016 - Bestes Debüt. Seither veröffentlichte sie unter anderem den phantastischen Roman »Die Geister von Ure«, den Zukunftsthriller »Maschinenwahn« und diverse Kurzgeschichten.
2015 gründete sie mit drei weiteren Autorinnen den Verein Schweizer Phantastikautoren.

www.carmencapiti.ch

DAS FELD DER BÄUME

GERHARD HUBER

Die Männer und Frauen, die vor Cebou gingen, überschritten gerade die Hügelkuppe und verschwanden gemächlich aus seinem Blickfeld. Ein Anblick voll prophetischer Kraft. Bald würde die Gruppe die Kolonie für immer verlassen; nur wenige Tage nach dieser Wanderung zum Feld der Bäume. Dem alten Mann erschien es nachgerade, als suchten die verbleibenden Lebensjahre leise vor ihm zu entwischen.

Cebou schüttelte den Kopf, als wollte er den Gedanken vertreiben, und blickte zurück. Die drei jungen Männer schlenderten im Gegensatz zu ihm geradezu aufreizend langsam hinter ihm her und holten dennoch stetig auf.

Nein, sie schlendern nicht, Cebou. Das bildest du dir ein. Sie gehen so, wie es junge Kerle eben tun. Kraftvoll und selbstsicher. Wie du es selbst einmal warst, alter Narr.

Doch lag das so weit zurück. Dem alten Mann wollte es nicht gelingen, ein Bild aus dem Gedächtnis zu zerren, das ihn als schwungvoll ausschreitenden Jüngling zeigte. War das denn wirklich so lange her? Ja, da war ein Bild: Cebous dunkle Haare flattern in einer kräftigen Meeresbrise auf dem Weg zum Strand, wo er Celeste treffen würde. Das war vor über 50 Jahren.

Cebou atmete tief ein und aus, während er seinen Blick wieder nach vorne zu der leeren Hügelkuppe richtete. War es im vergangenen Jahr ebenso eisig gewesen?

Die klirrende Kälte kroch Cebou allmählich bis in die Knochen. Dieses Jahr hatte sich der Winter länger gehalten als letztes. Oder? Er war sich nicht sicher.

Im vorigen Jahr war es um diese Zeit bereits wärmer gewesen. Bei der letztjährigen Wanderung zum Feld der Bäume hatte er doch nicht so gefroren. Lag das etwa auch am Alter? Oder erinnerte sich Cebou einfach falsch? Viel zu kalt war es jedenfalls nach seinem Geschmack. Dabei hatte das milde Tauwetter der vergangenen Tage schon vom bevorstehenden Frühling gekündet. Über Nacht waren Schnee und Frost zurückgekehrt und erschwerten zudem den Weg durch die Hügel.

Für die Männer und Frauen, die den Alten begleiteten, bedeutete es weniger Mühen, dem Weg zu folgen. Sie waren kräftig und jung. Die, die vorangingen, waren im Durchschnitt älter als die jungen Männer, die Cebou folgten. Aber alle waren sie jünger als der alte Cebou, dem mit seinen nunmehr dreiundsiebzig Sommern der Weg zum Feld der Bäume mit jedem Jahr schwerer fiel.

Die Gruppe hätte den Weg auch zu Pferd und mit Wagen zurücklegen können, doch das untersagte die Tradition. Die Vorfahren der Feldgänger waren vor über zweihundert Jahren an diesem Küstenstreifen schiffbrüchig gelandet und hatten sich hier ohne jede Hilfe und nur mit den wenigen Dingen, die sie an Land retten konnten, eine neue Heimat geschaffen.

Zur gesamten Tradition der Feldwanderung gehörte das Gebot der Einfachheit dazu und so legten die Männer und Frauen den Weg stets zu Fuß zurück.

»He, Cebou, wie lange dauert es noch?« Einer der nachfolgenden Jünglinge hatte das gerufen. Eine rhetorische Frage. Jedes Kind der Kolonie kannte den Weg zum Feld der Bäume. Nach der Bodenerhebung, die die Gruppe vor Cebou bereits hinter sich gelassen hatte, ging der Weg in einer Kurve hügelabwärts und endete dann unmittelbar vor dem Feld, das man von der Kuppe aus sehen konnte.

Wir sind angehalten, den Weg zum Feld der Bäume schweigend zu gehen. Wir erweisen den Vorfahren damit unseren Respekt, aber auch den Scheidenden, die uns vorangehen.

Cebou sprach diese Worte nicht laut aus. Im Grunde wusste ohnehin jeder von diesem Gebot. An Respekt vor den Scheidenden oder den Vorfahren mangelte es den Jünglingen nicht, jedoch hatte die Wichtigkeit der Wanderung immer mehr abgenommen in den letzten Jahren. Das Feld der Bäume und der Grund für seine Existenz war allen Bewohnern der Kolonie nach wie vor wichtig, aber die jährliche Wanderung, die den Beginn der Verabschiedung der Scheidenden bedeutete, hatte an Belang verloren. Für diese Wanderung gab es gewisse Regeln, die ebenfalls im Laufe der Jahre an Bedeutung eingebüßt hatten; dennoch, die gesamte Tradition des Feldes der Bäume war nicht mit Verboten belegt oder gar mit Maßregelungen versehen.

Die laut ausgesprochene Frage war von dem mittleren der Jünglinge namens Chelar gekommen.

Cebou ging nicht weiter darauf ein. Es ließ nicht zwingend auf mangelnden Respekt gegenüber der Tradition oder den Scheidenden schließen, sondern eher darauf, dass Chelar nicht unbedingt Cebous Nachfolge antreten wollte.

Bei den anderen Wanderungen zum Feld der Bäume ging der Verkünder hinter den Scheidenden, am Feld übernahm er dann die Führung und begann, die Geschichte der Kolonie zu schildern. Dabei führte er die Scheidenden jedes Jahr auf anderen Pfaden zum Ersten Baum. Auf dem Rückweg zur Ansiedlung schritt schließlich der Verkünder den Scheidenden voran, wandte ihnen den Rücken zu und zeigte ihnen somit bereits den bald bevorstehenden Abschied an, wenn sie selbst der Kolonie den Rücken zukehren würden.

In diesem Jahr folgten Cebou zudem drei Jünglinge, denn einer von ihnen sollte die Nachfolge des alten Mannes als Verkünder antreten und die Geschichte, die zu erzählen war, kennen lernen, um dann nach zwei weiteren Wanderungen das Amt zu übernehmen.

Vor nunmehr vierundfünfzig Sommern hatte Cebou das Amt angetreten. Der Alte war diesen Weg der Vorbereitung ebenfalls insgesamt dreimal gegangen, vor über einem halben Jahrhundert; allerdings stets schweigend. Schließlich war er damals aus den drei in Frage kommenden Jünglingen ausgewählt worden.

Das Amt des Verkünders war wahrlich kein schweres, dennoch sollte es mit Sorgfalt und Respekt ausgeübt werden – wenn nicht schon vor der Tradition oder dem Amt an sich, so doch wenigstens vor den Scheidenden, die die Wanderung zum Feld der Bäume stets sehr ernst nahmen. Es war ihr letzter Gang zum Ersten Baum und der letzte Kontakt mit ihrer Tradition für den Rest ihres Lebens.

Auch dem Verkünder selbst wurde in der Kolonie durchaus Achtung und Respekt für seine Aufgabe entgegengebracht, allerdings war es kein Amt, das mit besonderen Vergünstigungen oder gar einer Bezahlung versehen war.

Die Kolonie war in sich abgeschlossen, so dass es keinem Bewohner zum Vorteil gereicht hätte, mehr an Reichtum oder Gütern zu erwerben als andere.

Dennoch war manch ein Traditionsamt mit einem höheren Maß an Anerkennung und materieller Gegenleistung verbunden und so für die jungen Leute erstrebenswerter.

Auch die Ehre an sich, das Amt über Jahrzehnte auszuüben, barg für die Jugend keinen Reiz, sondern stellte eher eine lästige Verpflichtung dar. Selbst wenn keiner der neuen Generation es jemals zu handwerklicher Meisterschaft bringen und somit irgendwann vielleicht zu den Scheidenden gehören sollte.

Cebou war sich im Klaren darüber, dass der Sohn des Schmieds lieber so lange wie möglich bei seinem Vater bleiben und es zu solcher Meisterschaft bringen wollte, um die Kolonie eines Tages zu verlassen.

»Da ist es endlich!«

Der Ausruf des jungen Cilander riss Cebou aus den Gedanken. Der alte Mann und die drei Jünglinge hatten die Hügelkuppe gerade überschritten und wanderten den Weg zum Feld hinab, wo Cebou die wartende Gruppe der Scheidenden erblickte.

Cilander war ein sehr begabter Holzschnitzer und Zimmermann. Er hatte gute Chancen eines Tages nicht nur zu den Scheidenden zu gehören, sondern darüber hinaus sogar auf einem unter seiner Leitung gebauten Schiff die Kolonie zu verlassen. Cebou schätzte ihn jedoch anders ein. Er kannte Cilander schon seit seiner Geburt, denn der alte Mann wohnte neben dessen Familie und hatte den jungen Mann aufwachsen sehen.

Bei allem handwerklichen Können, das ihn zu einem Scheidenden machen könnte, war Cilander ein recht ruhiger und bescheidener Bursche und anders als viele andere seines Alters eher traditionsbewusst.

Er schien Cebou am ehesten geeignet für das Amt des Verkünders.

Weniger geeignet hielt er den dritten Jüngling, Cilou, den zweiten Sohn seiner Cousine Cedrice, den Cebou als gewissenhaften und zuverlässigen, aber ebenso wenig traditionsbewussten jungen Mann kannte.

Cebous Meinung in der Sache seiner Nachfolge war jedoch sowieso zweitrangig. Die Ratsmitglieder der Kolonie würden zwar seine Einschätzung zur Kenntnis nehmen, die Wahl würden sie allerdings ohne den Verkünder treffen.

Cilou war der einzige der drei Jünglinge, der bis zur Ankunft am Feld der Bäume schwieg. Als Cebou und die jungen Kerle schließlich die Gruppe der Scheidenden erreicht hatten, trat der älteste der Männer und Frauen vor den Alten, senkte den Kopf und sprach die traditionellen Worte:

»Geleite uns zum Ersten Baum und berichte, Verkünder!«

Mehr war nicht nötig, der weitere Ablauf war allen Anwesenden bekannt und so schritt Cebou an der Spitze der Gruppe voran auf das Feld der Bäume. Die drei Jünglinge mischten sich dabei unter die Scheidenden.

Das Feld der Bäume erstreckte sich vor den Kolonisten leicht ansteigend bis zu einer Hügelkette am Horizont, in westlicher

Richtung war es gesäumt von einer Klippenlinie und dem dahinter liegenden Meer, zur östlichen Seite hin endete das Feld an einem Waldesrand.

Den Weg, den Cebou einschlug, wählte er willkürlich, aber mit festem Ziel. Es gab keine festgelegten Pfade oder gar befestigte Wege. Die wenigen Tiere, die gelegentlich aus dem Wald über das Feld liefen, taten das zu selten, um Trampelpfade zu hinterlassen, und die Kolonisten suchten es nie auf; abgesehen vom Verkünder und den Scheidenden jedes Jahr.

Das Feld der Bäume war durch das raue Meeresklima kärglich bewachsen und, nachdem es die Kolonisten seit Jahrzehnten nicht mehr nutzten, lediglich mit Moosen, Flechten und spärlich mit Gras bedeckt. Pflanzen, die - so hatte es für Cebou den Anschein - sich auch gar nicht die Mühe machen wollten weiter zu gedeihen und schon gar nicht das zu überwuchern, was dem Feld den Namen gab.

Cebou führte die Kolonisten in gewundenem Wege über das Feld und begann mit seiner Erzählung, die er schon so oft vorgetragen hatte. Jedes Jahr hatte er die Abfolge und Wortwahl variiert, nur der Inhalt war stets derselbe gewesen:

»Ein Feld voller Bäume war dies alles hier einst, als unsere Vorfahren vertrieben worden waren aus ihrer Heimat.

Was ihr nunmehr seht und was uns einen gewundenen Weg einschlagen lässt zum Ersten Baum, das sind die Ursprungsreste unserer Kolonie.«

Der alte Mann breitete dabei seine Arme aus und die Menschen hielten inne mit der Wanderung, um das Feld zu betrachten. Ein Feld mit riesigen Ausmaßen. Ein Feld voller Baumstümpfe.

Cebou setzte Bericht und Weg fort und die anderen folgten ihm zwischen den Stümpfen hindurch.

»Unsere Vorfahren wurden aus ihrer Heimat vertrieben. Warum das geschah, ist nicht überliefert. Doch überliefert ist, dass die Vorfahren begabte Menschen waren, so talentiert, dass ihre Fähigkeiten und Verdienste wohl Neid und Missgunst ihrer Mitmenschen schürten. Wir wissen es nicht und was immer die Gründe gewesen sein mögen, die zur Vertreibung geführt haben, es ist überliefert, dass diese Menschen ein Schiff bauen durften, sie und ihre bescheidene Habe zu fassen. Es heißt, sie wurden alle von der ersten Erde fortgeschickt, weil alles so übervölkert und unübersichtlich und überfüllt war auf der einen Welt. Nach beschwerlicher Reise, bevor sie an hiesigen Gestaden anlanden konnten, wurde das metallene Schiff von einem fürchterlichen Sonnensturm erfasst. Wie durch ein Wunder starb kein einziger, das Metallschiff wurde jedoch zerstört und das Meiste, was unsere Vorfahren mitgenommen hatten, sank mit den Überresten des Schiffes auf den Grund des Meeres.«

Erneut hielt Cebou in der Erzählung inne. Ein gutes Stück des Weges hatten der Verkünder und seine Begleiter noch vor sich bis zum Ersten Baum und Cebou blieb ab und an stehen und sah sich um, um sich zwischen den schier unzähligen Baumstümpfen zu orientieren.

Schließlich setzte die Gruppe ihren Weg fort und Cebou erzählte weiter:

»Aber diese Menschen waren froh, allesamt gerettet zu sein, und besaßen Mut und Hoffnung genug, mit dem Wenigen, das ihnen geblieben war, einen Neuanfang zu wagen. Zudem waren sie in der glücklichen Lage, hier alles vorzufinden, was sie brauchten, um nicht nur eine sichere Behausung, sondern gar ein neues Leben zu schaffen.«

So wanderten Cebou, die Scheidenden und die drei Jünglinge über das Feld der Bäume, der Alte erzählte von den Anfängen und dem Aufbau der Kolonie, der Entdeckung der riesigen Wälder und wie die begabten Handwerker neue Häuser errichteten, was sie sonst noch alles aus dem wenigen an Raumschiffmetall fertigten, wie sie Fischfang betrieben, Äcker anlegten, wilde Tiere fingen und zähmten und dergleichen mehr.

Immer wieder hielten sie inne und Cebou blickte sich um und setzte stets im Gehen die Erzählung fort.

Die Wanderung zum Feld der Bäume selbst setzte Cebou von Jahr zu Jahr mehr zu, doch am meisten bei alledem strengten ihn doch der Weg zum Ersten Baum und das begleitende Erzählen an.

So war der alte Mann froh, bald sein Amt an einen Jüngeren abgeben zu können und auch die Verantwortung und Bürde loszuwerden, die ihn nunmehr schon seit Jahren plagten.

»Schließlich bauten unsere Vorfahren ein hölzernes Schiff. Von Größe und Bauart ziemlich ähnlich dem Metallraumschiff, mit dem sie gekommen waren und das sie beinahe alle in den Tod gerissen hätte. Aber vielleicht gerade deswegen, um es als ein Zeichen des Neuanfangs und gleichzeitig der Stetigkeit, der Tradition zu formen, erbauten sie es dem gesunkenen Schiff so ähnlich. Allen Menschen an den neuen Gestaden ging es gut, keiner hatte Not zu leiden und es wollte auch niemand die neue Heimat verlassen. Das Schiff sollte nur genutzt werden, um die Umgebung der Küste entlang von der See aus besser zu erforschen. Vielleicht Kontakt zu anderen Wesen aufzunehmen, um Handel zu treiben, denn schließlich waren nicht alle Güter hier erhältlich oder zu fertigen. Und wie einst das erste Schiff niemanden in den Tod gerissen hatte, so brachte auch das neue Schiff den Vorfahren nur Gutes. Sie fanden Hafenstädte mit Menschenähnlichen, die ihnen wohl gesonnen waren und Handel treiben wollten. Die Güter, die unsere Vorfahren zum Tausch anboten, sagten den anderen durchaus zu, am meisten waren sie jedoch beeindruckt von dem hölzernen Schiff.

Und so begann für unsere Vorfahren etwas, mit dem sie nie gerechnet hätten und das der Grund wurde, weshalb wir uns heute alle hier befinden: der Bau der Baumschiffe und zuvor das Roden des Feldes der Bäume.

Unsere Vorfahren und auch wir bauen so gute, seetüchtige und zugleich erlesene Schiffe, dass sie allerorten beliebt sind und die gesamte Kolonie beinahe nichts anderes macht, als diese Schiffe zu bauen und sie zu den Käufern zu bringen. Wir alle leben in irgendeiner Art vom Bau der Fahrzeuge, sind auf die eine oder andere Weise mit der Fertigung verbunden. Und unsere Scheidenden sind mit die Besten der Handwerker, die unsere Schiffe an andere Gestade bringen und die auch in der Ferne unsere Schiffsbaukunst betreiben und den Ruhm und den Reichtum der Kolonie auf dieser zweiten Erde mehren.«

Cebou und seine Begleiter machten erneut halt und der Alte schenkte dem Baumstumpf vor sich einen prüfenden Blick.

Schließlich wandte er sich an seine Begleiter:

»Seht hier den Überrest des Ersten Baumes. Dieser Baum wurde als erster zu Fall gebracht und aus ihm wurde der Mast des ersten hölzernen Schiffes gefertigt. Der erste Mast, der die wunderbar gefertigten ersten Segel hielt, die das erste Schiff zu neuen Ufern trugen. Der Erste Baum, der unseren Ruhm begründete. Das erste Holzschiff, wie alle anderen nach ihm, wurde nur zu friedlichen Zwecken eingesetzt, um Handel zu treiben und neue Lande zu finden. Nie ist es jemandem gelungen auch nur eine Kanone oder sonstige Waffe auf eines der Schiffe zu bringen. Niemand weiß, warum das so ist, viele halten es für eine Legende, ein Märchen. Doch ich sage euch, der Erste Baum war ein wundersamer Baum, ein Baum, der wundervoll gewachsen war und der dazu ausersehen war, Teil eines Schiffes zu werden. Eines Schiffes, das dem glich, das unseren Vorfahren fast Verderben und Tod gebracht hätte. Ein Schiff aus einem Baum oder Raum, der uns allen schließlich wunderbares und friedliches Leben schenkte.

So betrachtet ihr Scheidenden und auch ihr Jünglinge, die ihr meine Nachfolge antreten könntet, den Stumpf des Ersten Baumes. Ihr Scheidenden prägt euch sein Bild ein, möge es euch an die erste Erde erinnern und gemahnen auch in der fernsten Fremde Gutes zu vollbringen. Und auch ihr drei, die ihr ebenfalls Scheidende werden könntet oder meine Nachfolge antreten werdet, seid euch des Ersten Baumes gewiss. Der Baum, aus dem nur Gutes gefertigt werden konnte und der auch das Beste in euch zum Vorschein bringen soll. Möget ihr bleiben oder scheiden oder nachfolgen. Tragt alle von nun an das Bild des ersten Baumes stets in eurem Gedächtnis und euren Herzen.«

Mit diesen Worten beendete Cebou seine Erzählung und ließ sich erschöpft auf den Wurzelstock neben dem ersten Baumstumpf sinken.

Cebou breitete erneut seine Arme aus, alle Scheidenden verbeugten sich in Dankbarkeit vor dem Verkünder, wandten sich um und traten hinter den Alten und den Ersten Baum. Sie würden dort warten, bis Cebou den Heimweg zur Kolonie antreten würde. Die drei Jünglinge traten vor den Alten, zollten ihm ebenso Dankbarkeit und sollten nach der Tradition vor dem Verkünder und den Scheidenden den Heimweg antreten als Symbol einer glücklichen jungen Zukunft.

Cilander und Cilou gingen nach der Dankbarkeitsbezeugung auch los, Chelar dagegen blieb vor Cebou stehen und sagte:

»Die Wanderung langweilte mich, doch der Gang über das Feld und deine Erzählung haben mich tief bewegt, Verkünder Cebou. Es wäre mir eine Ehre und Freude, wenn die Wahl des Rates als dein Nachfolger auf mich fallen würde, und wenn ich als Verkünder Chelar bis in ein so ehrwürdiges Alter wie du den Weg zum Ersten Baum beschreiten dürfte.«

Damit wandte sich auch der dritte Jüngling ab und folgte den beiden anderen.

Wer hätte das vermutet, dachte Cebou bei sich. Er drehte sich zu den Scheidenden um und teilte ihnen lächelnd mit:

»Gestattet einem alten Mann etwas Ruhe. Es wird uns niemand übelnehmen, wenn ihr bereits den Heimweg antretet und ich hier Kraft sammle für den Rückweg.«

Cebou lächelte noch immer, als die drei Jünglinge und die Gruppe der Scheidenden schon ein gutes Stück von ihm und dem Ersten Baum entfernt waren.

Schließlich erhob sich der Verkünder, weiterhin lächelnd, und musterte ein weiteres Mal den Baumstumpf.

Alles hat sich zum Guten gewendet, wir leben in einer harmonischen und doch aufstrebenden neuen Gesellschaft. Und eines Tages werden wir statt hölzerner auch wieder Schiffe aus Metall bauen. Und möglicherweise zur ersten Erde zurückkehren. Manche von uns; ich werde es sicher nicht mehr erleben.

Dann machte er sich auf, den Jünglingen und den Scheidenden nachzufolgen und ließ dabei den Blick über das Feld der Bäume schweifen.

Unbemerkt von den anderen kicherte Cebou auf einmal wie ein kleiner Junge, der gerade einen Streich ausgeheckt hatte.

Und es wird nichts ändern, wenn ich mein Geheimnis mit ins Grab nehme. Nicht besser, nicht schlechter. Nicht Metall, nicht Holz.

Leise murmelte er noch: »Das Feld der Bäume. So viele Baumstümpfe und nur ein Erster Baum. Und du alter Narr hast schon vor so vielen Jahren vergessen, welcher von all den Stümpfen es ist!«

ENDE

GERHARD HUBER

Gerhard Huber, geboren 1971 in Straubing, entdeckte dank der schier unerschöpflichen Bücherkiste seiner Großmutter früh die Leidenschaft zur Literatur und zum Schreiben.
Der gelernte Versicherungskaufmann und studierte Religionswissenschaftler und Germanist lebt seit 2007 in Worms.
Gerhard Huber veröffentlichte als Autor Geschichten in Anthologien und im Rahmen der PERRY RHODAN-Serie und ist im journalistischen Bereich als Online-Redakteur und Rezensent für das Internetportal »People Abroad« tätig, vorwiegend zu den Themen Reiseliteratur und »literarische Reise«.

http://www.perrypedia.proc.org/wiki/Gerhard_Huber

KANE, DER KRIEGER

VICTOR BODEN

Kane riss den Steuerknüppel herum, doch der Scoutsegler war bereits mitten in die Saatwolke eingetaucht und die Rotoren gerieten sofort ins Stocken. Obwohl er die Gleitsegel auf das Maximum ausfuhr, war der Sturzflug nicht mehr aufzuhalten. Rasend und flirrend kam der Wald näher. Selbst für die Sensoren des 3D-Projektors war es zu dunkel, um eine rettende Lichtung zu erkennen. Kurz vor den ersten Nebelbäumen zog Kane das Ruder nach oben. Rechts hörte er ein Stück eines Segels wegbrechen, vor ihm bäumte sich eine Wolkensäule auf. Kane erwischte gerade noch den Schalter, um die Segel wieder einzufahren und wollte nach links ausweichen, als er den Nebelbaum durchbrach und sein Kopf gegen das Armaturenbrett geschleudert wurde. Das Fahrzeug wurde herumgerissen, ein weiterer Schlag ließ ihn an die Tür knallen. Dann kam der Scoutsegler zur Ruhe, die letzten Zuckungen des Rotors verstummten.

Natürlich hatte er sich nicht angeschnallt. Anschnallen war etwas für Weicheier. Mit seinen siebzehn Jahren war er schließlich ein Mann. Benommen tastete er nach dem Blut, das über seine Lippen lief. Die Nase pochte und fühlte sich nicht gut an.

Kane wischte sich die Hand an der Hose ab und blickte auf eine schwarze Frontscheibe. Der 3D-Projektor hatte sich abgeschaltet und die Scheinwerfer waren ausgefallen, draußen war nichts zu erkennen.

Kane schnaubte vor Wut. Voller Tatendrang war er aufgebrochen und jetzt das! Die Saatwolke hatte die Rotoren verklebt, vor morgen Früh würde er hier nicht mehr wegkommen. Abermals befühlte er seine Nase, sie war definitiv gebrochen. Aus dem Verbandskasten holte er Wundbinden und mit Hilfe des Innenspiegels verarztete er sich, so gut es ging. Währenddessen überlegte er, wo er die Nacht verbringen sollte. Hier in dem engen Gefährt würde es schnell ungemütlich werden. Er schaltete den 3D-Projektor wieder ein, der die Umgebung abtastete und grob rekonstruierte. Die Reichweite war nicht groß, er erkannte eine Menge Nebelbäume, in deren Mitte er gelandet war. Vielleicht 300 Meter entfernt konnte Kane einen Hügel mit einem höhlenartigen Eingang ausmachen, doch er scheute sich, das Fahrzeug zu verlassen. Er befand sich hier mitten im Dämonenwald.

Und es war Nacht.

Er überlegte noch eine halbe Stunde, dann zog er sich die Stirnlampe über den Kopf, packte seinen Rucksack und kletterte nach draußen. Genau deshalb war er doch hier: um es sich und allen anderen zu beweisen.

Kane landete auf dem moosbedeckten Boden, der federnd nachgab. Gleich neben sich hörte er Wasser plätschern. Bäche durchkreuzten den Wald in einem chaotischen Netz und bildeten mitunter tiefe Gräben. Es war dumm von ihm gewesen, in die Nacht hineinzufliegen, doch er hatte die Warnungen der Erwachsenen immer als übertriebene Vorsicht abgetan. Tatsächlich waren diese verdammten Saatwolken in der Finsternis nicht zu erkennen, aber wie hätte er das wissen sollen? Er war ja noch nie wirklich geflogen.

Sein Scheinwerfer kämpfte sich durch den Nebel und huschte über wallende Baumstämme. Die Schwaden verdichteten sich zu greifbaren Formen, doch der Anblick täuschte. Selbst der innere Kern eines Stammes veränderte sich ständig. Es brauchte nicht viel Fantasie, um in den Bäumen Dämonen und andere Fabelwesen zu erkennen.

Doch nicht daher hatte der Wald seinen Namen.

Wolken verdunkelten das Licht der zwei Monde und kündigten baldigen Regen an. Er musste nicht lange laufen, um den Hügel mit der Höhle zu erreichen. Kane stockte der Atem, als er den Überrest eines Spiegelträumers erkannte. Vor ihm lag ein riesiger Schädel, halb im Boden begraben. Die vermeintliche Höhle war die Augenhöhle des einzigen Auges, das diese riesigen Tiere besaßen. Ob es sich überhaupt um ein Auge oder ein Tor in andere Dimensionen handelte, darüber gab es verschiedene Ansichten. Aber wie alles Organische war es schon lange verwest und bildete nun den Eingang in einen schützenden Unterschlupf.

Kane zögerte und überlegte, doch lieber im Scoutsegler zu übernachten. Die Spiegelwesen waren das Geheimnisvollste und Fremdartigste, was es auf dieser Welt gab. Selbst dieser tote Knochen flößte ihm Respekt und Furcht ein. Kaum jemand hatte einen lebendig zu Gesicht bekommen. Es hieß, die Wesen seien die Grundlage ihrer friedlichen Zivilisation. Doch Kane konnte das friedliche Getue schon lange nicht mehr ertragen. Er vermisste den Kampfgeist und den Willen, große Dinge zu vollbringen. Der Feind stand vor der Tür und es mussten Entscheidungen gefällt werden. Man musste sich auf einen Kampf vorbereiten, doch niemand tat etwas!

Licht flackerte im Innern des Schädels auf, Kane warf sich reflexartig auf den Boden und schaltete seine Helmlampe aus. Da war jemand! Kane blieb solange liegen, bis er sich an die Dunkelheit gewöhnt hatte, viel war allerdings nicht zu erkennen. Das Licht tauchte nicht wieder auf. Er tastete um sich, bis er einen ausgehärteten Baumsplitter fand. Der Umgang mit Waffen war problematisch auf Sonhador Mundo, doch es war dieser uralte menschliche Instinkt, der ihm eine gewisse Wehrhaftigkeit vorgaukelte.

Zu allem Überfluss begann es zu tröpfeln. Er nahm die Lampe vom Kopf, hielt sie einsatzbereit in der Hand und schlich langsam auf den Schädel zu. Er erreichte die Wand neben dem Eingang und lauschte. Nichts war zu hören. Vielleicht hatte er sich getäuscht. Vorsichtig spähte er ins Innere. Er erschrak sich zu Tode, als er keinen halben Meter vor sich einen Schatten wahrnahm. Kane zuckte zurück, presste sich wieder an die Außenwand und hörte sein eigenes Herz pochen. Der andere hatte ihn sicher gesehen, er musste blitzschnell handeln. Kane umklammerte Lampe und Splitter, sprang mit einem Satz und einem gellenden Schrei vor den Eingang und schaltete gleichzeitig die Lampe ein. Es traf ihn wie ein Schlag, als er in das wohlbekannteste Gesicht seines Lebens blickte. Vor ihm stand er selbst.

»Du Idiot!«, stammelte er, vom Schreck gebeutelt, zu sich und seinem Gegenüber gleichermaßen. Auch der andere hatte eine Lampe eingeschaltet und betrachtete den Ankömmling ebenso fassungslos und ängstlich. Er stand da wie vor einem Spiegel, dieselben selbstgenähten Kleider, dieselbe schief verbundene Nase, dieselbe Neugier, die sich allmählich aus seinem verschreckten Blick herausschälte. Auf diese Begegnung war er nicht vorbereitet, doch irgendwann konnte es jeden treffen.

Sie mochten sich mehrere Minuten gegenübergestanden haben, bis sich Kane aus seiner Starre löste, einen Bogen um seinen Doppelgänger machte und den Innenraum des Schädels ausleuchtete. Draußen nieselte es und es wurde kühler. Kane überlegte, ein Feuer hier drin zu machen, dann würde er die Nacht in diesem Ding sicher besser überstehen.

»Wir sollten Baumsplitter suchen«, sagte sein Doppelgänger im selben Moment, als er es selbst vorschlagen wollte.

Der Eingang des Schädelknochens war groß genug, um den Rauch des Feuers abziehen zu lassen. Draußen hatte sich der Regen zu einem Schauer verstärkt und Kane sowie sein Doppelgänger breiteten ihre Jacken nahe der Flammen zum Trocknen aus.

Das Feuer warf flackerndes Licht auf das Gesicht seines Gegenübers und ließ seinen Schatten geisterhaft an der Wand dahinter tanzen. Kein Wort hatten sie während des Sammelns gesprochen. Auch jetzt schweigen sie. Es war unheimlich, seinem eigenen Ich gegenüber zu sitzen. Verrückt, dachte sich Kane, dabei bin ich doch derjenige, der sich selbst am besten kennt.

Die sogenannten Lookaliken wurden von den Spiegelträumern erzeugt, oder aus einer Parallelwelt geholt, wie es die Alten behaupteten. Sie waren nicht nur aus Fleisch und Blut, sondern in allem, was man tat und sagte, vollkommen identisch. Normalerweise trieben sie sich in den Dämonenwäldern herum, nur selten verirrte sich einer von ihnen ins Dorf. Kane hatte einmal einen gesehen, es war das Spiegelbild seiner Mutter gewesen. Von Weitem hatte er beobachtet, wie sich Mutter und Ebenbild erst umkreist, dann geredet, sogar gestritten und schließlich gemeinsam geweint hatten. Anschließend war die Doppelgängerin zurück in den Wald gegangen.

Nun saß Kane seinem Ebenbild gegenüber und wusste nichts zu sagen. Was soll ich mit mir selber reden, dachte er sich, wenn der dort ich bin und sowieso weiß, was ich denke?

Kane hatte den Scoutsegler gestohlen. Ein Fahrzeug zu stehlen war kaum zu entschuldigen, noch dazu eines der Fluggeräte. Sie stammten aus jenem Schiff, mit dem ihre Urahnen hierhergekommen waren. Das war vor mehr als sechs Generationen gewesen. Die alten Transportmittel wurden gehegt und gepflegt und durften lediglich nach einstimmiger Übereinkunft und zu besonderen Anlässen benutzt werden. Kane hatte den Gleiter nicht nur entwendet, sondern zum Absturz gebracht und beschädigt.

Schuld an allem war Jelira. Nur ihretwegen hatte er sich auf dieses Abenteuer eingelassen. Er wollte ihr zeigen, wozu er imstande war. Nicht nur ihr, auch allen anderen im Dorf.

Sein Ziel war dieses unbekannte Ding. Nomaden hatten berichtet, dass sie ein großes Metallgebilde gesehen hatten, das sich durch die Faltensteppe fräste. Tagelange Diskussionen, was es sein mochte, waren die Folge gewesen. Nach der Besiedlung von Sonhador Mundo hatte man den Kontakt zur Erde bewusst abgebrochen, um sich unabhängig entwickeln zu können. Es war nur eine Frage der Zeit gewesen, bis hier ein Raumschiff auftauchen würde. Sicher, es konnte sich bei dem Gebilde auch um eine Maschine einer außerirdischen Spezies handeln, doch den Beschreibungen der Nomaden zufolge sah die Architektur sehr nach dem aus, was man auch im Museum der Finsternis begutachten konnte.

Das Museum gedachte der schrecklichen Vergangenheit ihres Volkes, ein Vermächtnis der Ermahnung und Erinnerung. Es war voll von Gräueltaten und Kriegen. Dinge, die Menschen einander angetan hatten und es vermutlich immer noch taten. Fern auf der Erde und möglicherweise an anderen Orten.

Wenn sich die Menschen nicht geändert hatten, dann gab es nur einen Grund für ihr Auftauchen: Sie würden ihr Besitzrecht einfordern. Sie würden ihre Dörfer und die Nomaden unter das Banner eines irdischen Regierungsvertreters stellen. Es wäre das Ende ihres friedlichen und freien Lebens.

Bei dem Schiff, das sich durch die Steppe arbeitete, konnte es sich natürlich nur um einen Lookaliken handeln, verursacht von einem Spiegelträumer. Das Echte befand sich im Weltraum, sicher nicht mehr weit entfernt oder vielleicht bereits im Orbit. Niemand hatte geahnt, dass die Träumer offenbar eine so große Reichweite besaßen.

Kane hatte darauf gedrängt, als männlicher Sprecher der Jugend im Rat aufgenommen zu werden, um seine Idee eines Erkundungstrupps durchzusetzen. Doch seine Altersgenossen hatten sich für Servan entschieden, der nichts von dieser Idee hielt. Ausgerechnet für diesen Milchjungen, mit dem sich Jelira herumtrieb.

»Verdammter Bastard!«, spuckte sein Doppelgänger aus. Kane pflichtete ihm bei: »Genau! Ein verdammter, feiger Bastard!«

Erstaunt blickte er zu seinem Gegenüber und sah denselben Zorn in dessen Augen funkeln, der in ihm hochgekommen war.

Jelira traf sich nicht nur mit Servan, manchmal schlief sie bei den Mergans und dann wohnte sie tagelang bei den Fortungas. In beiden Familien gab es hübsche Söhne, bei den Fortungas sogar zwei. Kane musste sich eingestehen, dass er eifersüchtig war. Eifersucht war nicht gut. Man muss loslassen und den Vogel fliegen lassen. Wenn er dann freiwillig zu dir kommt, wird es Liebe sein. Kane kannte die Sprüche der Alten, doch es war ihm unmöglich, dieses Mädchen zu teilen, so wie es all die anderen taten.

»Warum kann sie nicht einfach bei mir sein?«, schrie er sein Gegenüber an.

»Was haben diese Waschlappen an sich, was ich nicht habe?«, antwortete sein Gegenüber.

Kane sprang auf und begann, um das Feuer herumzugehen. Sein Doppelgänger tat es ihm gleich.

»Ich werde es ihr zeigen!«, rief er und kickte mit dem Fuß herumliegende Steine in die Dunkelheit.

»Ich werde es allen zeigen!«, sagte der Andere, hob einen Stein auf und schleuderte ihn gegen die Wand.

»Auch diesem lahmarschigen Rat! Er wird sich noch wundern!«

»Sie werden es bereuen, mich nicht aufgenommen zu haben!«

»Sitzen nur rum und reden!«

»Reden, reden und reden!«

»Alles Feiglinge!«

»Die werden schon sehen, wohin sie mit ihrer Friedfertigkeit kommen!«

»Aber ich, ich werde ihnen beweisen, dass man etwas tun kann!«

»Und dann werden sie mich respektieren!«

»Und in den Rat lassen!«

»Dann wird Schluss sein mit diesem endlosen Gequatsche!«

»Genau! Unser Volk braucht endlich jemanden, der ihm zeigt, wo es langgeht!«

»Jemanden wie mich!«

Für einen Moment blitzten Bilder aus dem Museum der Finsternis auf. Herrscher, die ähnliches gesagt hatten. Despoten und Präsidenten, die Leid und Elend verbreitet hatten.

»Aber ich werde es besser machen!«, wischte er die Bilder weg.

»Ich werde ein guter Herrscher sein!«

»Und Jelira wird an meiner Seite sitzen!«

»An meiner, nicht deiner, Idiot!«

Kane stockte und blieb stehen.

»Du bist doch nur ein Double!«, sagte er verwirrt.

»Du bist das Double!«

»Was redest du eigentlich rum? Kümmere dich um deinen Mist! Das hier ist meine Sache!«

Kane schnappte sich einen brennenden Splitter und schleuderte ihn dem anderen entgegen. Er traf ihn am Arm und im selben Moment spürte er die sengende Glut an seiner eigenen Seite.

<hr>

Keiner der beiden tat während der Nacht ein Auge zu. Sie setzten sich wieder an das Feuer, sprachen aber kein Wort mehr miteinander.

In den frühen Morgenstunden hörte es auf zu regnen, so dass Kane zurück zum Scoutgleiter gehen konnte. Wortlos folgte ihm sein Doppelgänger durch das vollgesogene Moos und half ihm, mit alten Tüchern die klebrigen Saatfussel aus den Rotoren zu entfernen. Es war weniger Arbeit als gedacht, der Regen hatte bereits einen guten Teil abgewaschen. Das Fahrzeug war sichtbar beschädigt. Eines der Segel hing zerfetzt herab, Schrammen zogen sich über die rechte Seite, eine ordentliche Beule verunstaltete den Bug und die Scheinwerfer waren zerbrochen. Das würde mächtig Ärger geben.

Als die Rotoren frei waren und Kane sich ins Cockpit begeben wollte, stand sein Double bereits an der Fahrertür.

»Ich fliege!«

»Das glaube ich jetzt nicht!«

Er schubste ihn weg, doch die Bewegung drückte sie beide gleichermaßen nach hinten.

»Warum willst du überhaupt mit? Dein Zuhause ist hier!«

»Bleib du doch hier!«

Kane stand nun an der Tür und versperrte sie.

»Na schön, du Schlaumeier, komm von mir aus mit, aber es kann nur einer fliegen, und ich bin mit dem Ding hergekommen!«

»Erzähl keinen Quatsch!«

Sein Gegenüber wollte ihn wegzerren und Kane schlug ihm ins Gesicht. Der Schlag war nicht fest, doch er stach wie ein glühender Nagel in seine eigene gebrochene Nase und ließ ihn taumeln. Das war dumm gewesen, er hätte es wissen müssen. Während er sich an die schmerzende Stelle fasste, schwang sich sein Double mit einem Satz auf den Fahrersitz, schlug die Tür zu und machte Anstalten, ohne Kane zu starten. Doch dann überlegte der Lookalik es sich anders und öffnete ihm einladend die Copilotentür. Kane kochte, beließ es aber bei dieser einen Auseinandersetzung und stieg wütend ein.

»Bete, dass du niemals in Schwierigkeiten kommst!«, murmelte er und ließ sich in die Rückenlehne fallen.

Sein Lookalik gab ordentlich Gas, er hatte die drei noch funktionierenden Segel halb eingezogen und brachte den Scout so an seine Leistungsgrenze. Zahllose Saatwolken kreuzten ihren Weg, denen er scharf auswich. Das zerrissene vierte Segel sorgte zudem für ein unberechenbares Flugverhalten.

»Musst du so rasen?«

»Schiss?«

Kane fingerte nach dem Gurt und schnallte sich an. Er schwor sich, bei der nächstbesten Gelegenheit wieder selber am Steuer zu sitzen, egal um welchen Preis.

Bald erreichten sie den Rand des Dämonenwaldes und die Faltensteppe breitete sich vor ihnen aus. Der Name entsprach der Geländeart: unregelmäßige und weich abfallende Hügel, die hin und wieder von einem Steil- oder Überhang durchzogen wurden. Vereinzelt bildeten sich kleine Nebelbäume.

Bei anbrechender Dunkelheit wurde sein Begleiter endlich müde, doch auch Kane hatte Probleme, die Augen weiterhin offen zu halten.

Sie landeten neben einem Überhang und stärkten sich unter freiem Himmel. Teilen war überflüssig, Kanes Doppelgänger hatte dieselben Vorräte wie er selbst bei sich.

Am nächsten Morgen stieg das Double ohne ein Wort zu verlieren auf der Beifahrerseite ein. Na also, sagte sich Kane, ich kann doch auch ganz vernünftig sein.

Mit großer Befriedigung registrierte Kane, dass nun sein Doppelgänger angeschnallt und blass im Sitz versank. Doch im Prinzip wussten beide, dass sie sich beeilen mussten. Das fremde Schiff machte keine Pause, der Treibstoff würde nicht ewig reichen und Kane wollte auch wieder zurückkehren können.

Bald entdeckten sie die Furche, die das fremde Ding hinterlassen hatte. Ohne Rücksicht auf Verluste hatte es sich in gerader Linie durch die Hügel gefräst und eine breite und tiefe Spur verursacht, die man noch in hundert Jahren sehen würde.

Stunden später sahen sie die Staubwolke am Horizont.

Es war tatsächlich ein Raumschiff, das war an den Triebwerken eindeutig zu erkennen. Sie kamen Kane an dem riesigen Gebilde etwas klein vor, dafür fielen ihm an den Längsseiten vier überdimensionale und torpedoförmige Anbauten auf, die vielleicht ein fortschrittlicheres Antriebssystem darstellten.

Kane flog seit einer halben Stunde mit ausgefahrenen Segeln über dem Ding, das gute zwei Kilometer lang sein mochte, und suchte einen Landeplatz zwischen den Antennen, Modulen, Kuppeln und rohrartigen Gebilden, die möglicherweise Waffen waren.

»Da!«

Sein Doppelgänger deutete auf eine größere Fläche, die lediglich mit dünnen Leitungen überzogen war.

»Sieht gut aus!«, gab ihm Kane Recht. Er setzte zur Landung an. Durch das zerrissene Segel war das Manövrieren schwierig und eine plötzliche Böe drückte die Maschine gegen einen danebenliegenden Turm.

»Pass doch auf!«, rief sein Nachbar. Gleichzeitig krachte es bereits.

»Das war das zweite Segel!«

»Ich weiß!«

Unsanft setzte der Scoutgleiter auf.

»Na prima!«, meinte Kanes Double, als er aus dem Fenster blickte.

»Halt bloß deine Klappe!«

Ihm wäre das ebenso passiert, das war doch klar. Sie würden wieder starten können, aber mit nur zwei verbliebenen Segeln würde der Sprit nicht mehr für den Rückflug reichen.

Draußen blies ihnen ein leichter Fahrtwind entgegen, der Boden unter ihren Füßen vibrierte und brummende Geräusche verrieten, dass in dem Raumschiff mächtige Maschinen arbeiteten.

Das Schiff war ein Lookalik, eine Realisation der Spiegelträumer. Wie die Doppelgänger tauchten auch andere Objekte an den unmöglichsten Stellen auf, die nichts mit ihrem wahren Standort zu tun hatten. Niemand wusste, ob sie die Nachbildung eines Originals darstellten oder reale Dinge aus einer anderen Dimension oder Parallelwelt waren.

Kane und sein zweites Ich wanderten den Rest des Tages zwischen den Aufbauten umher, bis sie endlich eine Schleuse gefunden hatten, die sich nach einigen Experimenten manuell öffnen ließ.

Kane erschrak, als er beim Betreten des Schiffes schwerelos wurde.

»Wie geht das denn jetzt plötzlich?«, fragte er sich.

»In Wirklichkeit befinden wir uns im Weltraum«, beantwortete er sich selbst die Frage.

Praktischerweise gab es hier genügend Griffe und Kanten, an denen er sich festhalten konnte. Der Korridor war hell erleuchtet, nicht sehr lang und mündete in einer T-Kreuzung. Im nächsten Moment huschte am Ende eine Figur vorüber. Kane hielt die Luft an und presste sich an die Wand. Zwei weitere Gestalten folgten der ersten, das Schiff war hochgradig belebt. Kane fingerte nach einer Taste, die sich bei einer Tür neben ihm befand. Zischend öffnete sich der Durchgang und rasch drückte er sich in einen dunklen Raum hinein. Licht flammte auf. Vermutlich ein Sensor, beruhigte sich Kane. Sein Double war ihm gefolgt und schloss hinter sich die Tür. Der Raum mochte eine moderne Küche darstellen oder auch eine gepflegte Werkstatt. Jedenfalls hatten sie Glück, dass er leer war.

Das eben waren Menschen gewesen, allerdings sehr junge, wenn sich Kane nicht getäuscht hatte.

»Zum Glück haben die uns nicht gesehen!«, flüsterte sein Begleiter. Kane betrachtete die verschiedenen Geräte und drückte probeweise auf einigen der Tasten herum, doch nichts tat sich.

Sein Double drehte sich um und formulierte die Frage, die ihm selber durch den Kopf ging: »Was suchen wir eigentlich?«

»Keine Ahnung. Die Zentrale vielleicht?«

»Du meinst die Brücke. Und dann? Das Ding ist riesig!«

Kane ließ sich wieder zur Tür treiben und presste sein Ohr an das Metall. Draußen war alles ruhig, aber in der Schwerelosigkeit waren natürlich keine Schritte zu hören. Er betätigte den Türsensor und blickte in mehrere Waffenmündungen.

Entsetzt packte Kane seinen Doppelgänger, um sich hinter ihm zu verstecken, doch dieser schob ihn seinerseits nach vorne. Die Waffen gehörten zu drei Maschinen, jeweils nur einen Meter groß, jedoch unzweifelhaft tödlich. Eine durchdringende Stimme in einer fremden Sprache ertönte und ließ ihm das Herz in die Hose rutschen.

Man hatte sie in einem nüchtern eingerichteten Raum gesperrt, mit zwei in der Wand eingelassenen Schlafnischen, einer WC- und Waschvorrichtung und einem Tisch mit Sitzgelegenheiten und Gurten. Vor der Tür hielten mindestens zwei Kampfroboter Wache. Es dauerte nicht lange, bis Besuch kam. Ein Mann in Begleitung eines Mädchens. Das lange, hagere Gesicht des Erwachsenen sah verbittert aus, die Glatze ließ ihn alt aussehen, eine seltsame Brille versteckte seine Augen. Er steckte in einem schwarz glänzenden Anzug, der Kane beeindruckte. Das Mädchen trug einen einfachen, grauen Overall, an ihrem kahlen Kopf waren Knöpfe und Steckplätze befestigt.

Der Mann sprach ein paar Worte zu dem Mädchen, die Kane nicht verstand, dann verschwand er wieder. Das Mädchen schnallte sich am Tisch fest und deutete den beiden Jungen an, es ihr gleichzutun. Sie überreichte ihnen Beutel mit dickflüssiger Nahrung. Ihre eigenen Rucksäcke mit den Vorräten hatte man ihnen weggenommen. Der undefinierbare Brei schmeckte fürchterlich, Kane verstaute den Beutel für später.

Das Mädchen war höchstens zehn Jahre alt. Ihr rundes Gesicht wäre mit Haaren sicher ganz hübsch gewesen. Der breite Mund lächelte verlegen und ihre Augen wanderten unsicher von einem zum anderen. Dann begann sie zu sprechen und obwohl Kane manchmal ein Wort zu erahnen glaubte, war ihm die Sprache fremd. Aus der Geschichte wusste er, dass die Gründerväter eine eigene Sprache für die Siedler entwickelt hatten, um keine Altlasten, die sich selbst in Wörtern niederschlagen konnten, in ihr neues Dasein mitzunehmen. Das Mädchen verstummte und legte ein halbrundes, kleines Gerät in die Tischmitte, wo es haften blieb. Es deutete auf sich und sagte: »Ada.« Dann zeigte es fragend auf ihr Gegenüber.

»Kane«, sagte Kane, der zu verstehen glaubte und sein Doppelgänger nannte den gleichen Namen.

Das Mädchen hob die Augenbrauen und schaltete das Gerät ein. Die beiden Kanes blickten auf eine Miniaturdarstellung ihrer selbst.

»Das bin ich und mein Double!«, erklärte der Doppelgänger.

»Wer ist hier das Double?«, fuhr ihm Kane dazwischen.

»Na ich bestimmt nicht, du Pfeife!«

Ada wischte das Bild hinweg. Die Frage war zu schwierig gewesen. Sie projizierte ihr Raumschiff über dem Tisch und ließ daneben einen Planeten entstehen. Sie deutete auf sich und das Schiff und sagte: »Ada, Paron Dura.«

Paron Dura war offenbar der Name des Schiffes. Kane deutete auf sich und den Planeten, den er als seine Heimatwelt erkannte.

»Kane, Sonhador Mundo«, erklärte er.

Das Mädchen nickte und zoomte den Planeten soweit heran, bis die Kontinente mit ihren Landschaftsstrukturen erkennbar wurden. Kane begriff, dass das Mädchen gekommen war, um ihre Sprache zu lernen und begann zu erklären: »Das ist Sangrua, hier beginnt die Faltensteppe, dahinter liegen die Großen Schluchten und rechts davon sieht man den Zwielichtigen Ozean.«

Ada fragte kein einziges Mal nach und schien sich alles auf Anhieb zu merken. Schnell wechselte sie von einem Thema zum nächsten. Nach ein paar Stunden verabschiedete sie sich mit den Worten: »Schlafen. Essen. Morgen mehr lernen.«

»Bis morgen!«, erwiderte Kane und sein Nachbar winkte ihr hinterher: »Gute Nacht!«

»Die Kleine will uns doch nur aushorchen!«, zischte der Zwilling Kane an, kaum dass sie draußen war.

»Das weiß ich selber. Aber sie scheint ganz nett zu sein.«

»Wir dürfen nichts verraten, was unsere Leute gefährden könnte!«

»Natürlich nicht! Aber ich fürchte, irgendwann werden sie es aus uns herausquetschen!«

Ada kam zweimal täglich, brachte ihnen neue Trink- und Essbeutel und setzte ihre Lernstunden fort. Dank ihrer unglaublichen Merkfähigkeit kam sie damit ausgesprochen schnell voran.

»Bist du eigentlich ein Mensch oder ein Android?«, fragte Kane am dritten Tag.

»Ich bin ein Mensch, aber speziell entwickelt. Ich war während unserer Reise als befruchtetes Ei in einer ... wie heißt das? ... in Eis gepackt und bin vor sechs Wochen von einer ...«, das Wort, das sie hier benutzte, klang fremd »... geboren worden.«

Der Junge starrte sie fassungslos an. »Du bist vor sechs Wochen geboren worden?«

»Wir wachsen schnell und lernen bereits, bevor wir zur Welt kommen.«

Kane begriff, dass Ada völlig anders funktionierte wie er. Fast die gesamte Besatzung bestand aus schnell wachsenden Kindern, die vermutlich in künstlichen Brutkammern herangereift und erst vor kurzem während des Bremsmanövers geboren worden waren. Bei den meisten Sprösslingen handelte es sich um Krieger, wie sie freimütig erzählte. Sie selbst war eine der wenigen Ausnahmen und ihre Eigenschaften speziell für eine künftige Sprachwissenschaftlerin zusammengestellt worden. Die kleinen Knöpfe an ihrem Kopf halfen ihr beim Lernen.

Es gab momentan 20.000 Kinder an Bord. Niemand von ihnen besaß eine Familie, sie wurden von Kuschelandroiden und pädagogischen Programmen aufgezogen. In wenigen Wochen waren sie kampfbereit. Befehligt und organisiert wurde die Truppe von knapp 100 Erwachsenen, die den Flug im Eisschlaf verbracht hatten.

Wie Kane vermutet hatte, befand sich das Schiff bereits im Orbit seiner Heimatwelt. Über die Absichten und Pläne der Oberbefehlshaber wusste Ada offenbar nichts. Kane glaubte ihr. Er meinte zu bemerken, dass das Mädchen tatsächlich ein kleines Stück größer geworden war als noch vor drei Tagen. Obwohl sie strebsam und ernst bei der Sache war, fand er sie nicht nur nett, sondern auch ausgesprochen reif.

Ada bedankte sich für die Kooperation und streckte heute lächelnd die Hand aus. Das war offenbar irgendeine Abschiedsgeste und Kane griff zu. Sein Nachbar war jedoch eine halbe Sekunde schneller.

»Schlaf gut«, hörte er ihn sagen.

»Ja, du auch!«, antwortete sie ihm.

Dann gab sie Kane die Hand.

»Äh ja. Du auch«, murmelte er verärgert.

Kaum war sie draußen, schnauzte er seinen Doppelgänger an: »Sag mal, wozu seid ihr Lookaliken eigentlich gut? Kommt ihr nur, um uns auf die Nerven zu gehen?«

»Wer geht hier wem auf die Nerven? Bist du etwa verliebt?«

»Ich doch nicht!«

»Die Kleine ist doch viel zu schlau für dich!«

»Sehr richtig, du Idiot!«

Blut schoss ihm ins Gesicht. Obwohl er wusste, was ihm blühte, konnte er sich nicht zurückhalten. Er holte aus und schlug zu.

Die pochende Nase ließ ihn nicht schlafen. Verdammt sollten dieses Doubles sein! So ein eingebildeter Scheißkerl, dröhnte es in seinem Kopf.

»Hier ist eindeutig einer zu viel!«, hörte er seinen Nachbarn murmeln, der ebenso wenig schlafen konnte.

Am nächsten Morgen richtete er vor dem Spiegel seinen braun verkrusteten Nasenverband und betrachtete sein neues blaues Auge. Mit Genugtuung stellte er fest, dass seine Verdoppelung dasselbe abbekommen hatte.

Ada kam heute nicht allein, eine Zwillingsschwester betrat hinter ihr den Raum. Die beiden Kanes starrten die gleichen Schwestern entgeistert an und wurden blass.

»Jetzt habe ich auch so ein Double am Hals, das mir überallhin folgt«, meinte sie und machte sich am Tisch fest.

»Was ist denn mit euch passiert?«, fragte sie als nächstes, als sie die Veilchen sah.

»Nichts«, kam es wie aus einem Mund.

»Nichts?« Die beiden Adas konnten sich ein Grinsen nicht verkneifen. »Na gut. Dann weiter zur nächsten Lektion.«

Am Ende der Woche forderten die doppelten Adas die beiden Kanes auf, ihnen zu folgen. Sie waren ernst und sprachen seltsam monoton. Kane ahnte, dass ihre Schonzeit vorüber war und es ihnen heute an den Kragen gehen würde.

Zusätzlich von zwei Kampfrobotern eskortiert schwebten Kane und Kane staunend durch lange Gänge, große Lagerhallen, dröhnende Maschinenräume und benutzten mehrere Schächte, um die Decks zu wechseln. Unterwegs begegneten ihnen ausschließlich Kinder, die ihre Gruppe misstrauisch begutachteten, die Köpfe zusammensteckten und zu flüstern begannen.

Die beiden Adas schwebten ihnen voraus. Kane erkannte die ersten Anzeichen eines Haarflaumes an ihren Hinterköpfen.

Schließlich gelangten sie zu einer Tür, die von zwei weiteren Robotern bewacht wurde. Der Mann in Schwarz mit dem hageren Gesicht erwartete sie. Die Wände waren voll mit Bildschirmen und 3D-Holografien. Einige von ihnen zeigten Bilder von Kanes Heimatwelt. Ihm stockte der Atem, als er Spuren von Verwüstung aus nächster Nähe sah. Zerfetzte Bäume und ein zerstörtes Haus. An der Form des Felsens im Hintergrund erkannte er das Nachbardorf.

Der Mann schwebte inmitten des Raumes und wandte sich sogleich Ada zu. Seine Stimme war scharf und schneidend. Ada wandte sich an die Kanes und übersetzte: »Das ist General Doghuan. Er will wissen, wie ihr auf unser Schiff gekommen seid!«

Kane zögerte. Sein Doppelgänger hatte etwas entdeckt und deutete auf einen der Bildschirme. Dort war jenes Raumschiff abgebildet, auf dem sie gelandet waren. Es hatte die Steppe und die Großen Schluchten hinter sich gelassen und bewegte sich mittlerweile auf dem Ozean. Der Mann zoomte das Schiff heran, bis das Luftfahrzeug sichtbar wurde.

»Unser Scoutgleiter!«, flüsterte Kane.

»Der General will wissen, was das für eine Technik ist. Wie kommt eine Kopie seines Schiffes dorthin und wie kommt ihr von dort hierher?«, fragte Ada weiter.

»Das wissen wir nicht!«, antwortete Kane.

»Solche Dinge passieren ständig auf unserer Welt!«, bestätigte sein Doppelgänger.

Während Ada zurückübersetzte, deutete Kane auf das zerstörte Haus und fuhr dazwischen: »Was ist da passiert?«

»Das wollen wir von euch wissen«, entgegnete Ada. »Unsere Vorhut wurde vernichtend geschlagen. Ihr müsst mächtige Waffen besitzen!«

»Wir haben überhaupt keine Waffen!«, rief Kanes Doppelgänger.

»Wenn, dann habt ihr doch die Waffen!«, pflichtete ihm Kane mit einem Seitenblick auf einen der Roboter bei.

General Doghuan zog eine Energiepistole aus seinem Halfter, schwebte auf die beiden Halbwüchsigen zu und schrie ihnen ins Gesicht.

Adas Stimme zitterte: »Er wird einen von euch töten, wenn ihr ihm nichts von diesen Waffen erzählt!«

Der Mann zielte auf den Kopf von Kanes Doppelgänger.

»Wir haben keine Waffen!«, wiederholte Kane.

»Bestimmt nicht!«, winselte sein Ebenbild. Er blickte mit aufgerissenen Augen zu seinem Original. Obwohl Kane die Nervensäge gestern noch zur Hölle gewünscht hatte, bangte er nun um sein Leben.

»Ihr müsst es ihm sagen!«, flehte Ada.

Kane sah sich geschlagen. »Es ist ...«

»Sei still!«, flüsterte sein anderes Ich.

Wieder schrie Doghuan und drückte Kanes Doppelgänger den Lauf an die Stirn.

»Ihr habt noch drei Sekunden!«, rief Ada, fasste Kane am Arm und flehte ihn an: »Bitte!«

Kane biss die Zähne zusammen.

Ein greller Blitz zuckte mit einem schrecklichen Geräusch aus der Pistole.

Tags darauf wurden sie erneut von den beiden Adas und in Begleitung von nun vier Kampfrobotern abgeholt. Der Strahl des Lasers hatte mit einer spiegelhaften Rückkopplung den Kopf des Generals getroffen. Er war auf der Stelle tot gewesen.

»Wie habt ihr das gemacht?«, wollte Ada wissen.

»Wir haben gar nichts gemacht«, versicherte Kane.

Dieses Mal brachte man sie in ein üppig ausgestattetes Privatgemach. Zwei fremde, aber identische Männer erwarteten sie, die um ein seltsames Gebilde schwebten und es von allen Seiten betrachteten. Sie trugen dieselbe schwarze Uniform wie der General, waren jedoch kräftiger gebaut und musterten die Ankömmlinge mit stahlblauen Augen.

»Darf ich vorstellen, das ist Kommandant Hakan, der den Posten des ersten Oberbefehlshabers an Bord eingenommen hat. Und sein ... Lookalik, wie ihr es nennt.«

Beide Männer nickten der Gruppe kurz zu und konzentrierten sich wieder auf das Gebilde, das wie ein zerbrechlicher Turm aussah.

»Die Art und Weise, wie General Doghuan starb, gibt uns Rätsel auf«, erklärte Ada. Als keiner der beiden Kanes etwas darauf sagte, fuhr sie fort: »Als er abdrückte, wurde er aus dem Nichts erschossen. Seit wir hier angekommen sind, passieren die unerklärlichsten Dinge. Überall erscheinen diese Doppelgänger. Da unten auf dem Planeten schwimmt ein Abbild unseres Kampfschiffes durch einen Ozean. Niemand kann hier irgendjemanden angreifen. Weder auf dem Planeten noch hier oben. Alles schlägt sofort auf den Verursacher zurück. Kommandant Hakan will von euch wissen, was für eine Technik dahintersteckt.«

Kane zuckte mit den Schultern. »Es war schon immer so. Es ist das Gesetz.«

Die beiden Männer schienen aufzuhorchen. Ada übersetzte: »Wir konnten bislang keine Regierung oder etwas Vergleichbares ausfindig machen.«

»Regierung?« Kane verstand nicht.

»Euren Anführer. Euren Häuptling meinetwegen.«

»So etwas gibt es bei uns nicht. Es gibt ein paar auserwählte Sprecher aus jeder Altersklasse und von jedem Geschlecht. Wir entscheiden alles gemeinsam!«

Die beiden Männer fasten sich ans Kinn und murmelten leise.

»Unsere Trupps stoßen auf keinerlei Widerstand, und dennoch können wir euch nichts anhaben«, fuhr Ada fort. »Die Leute hören nicht auf unsere Worte, wollen nichts von einer Erdregierung wissen. General Doghuan hatte ihnen gedroht und wollte ein Exempel statuieren, doch jeder Schuss ging nach hinten los. Was soll das für ein Gesetz sein, das eine solche Macht besitzt?«

»Wir haben nur ein einziges Gesetz und es lautet: Tue nichts, was nicht dir angetan werden soll.«

»Ja. Das hat der Kommandant irgendwo schon einmal gehört. Aber welche Waffe steckt dahinter? Wer oder was sorgt dafür, dass euer Gesetz auf so allgegenwärtige Weise vollstreckt wird?«

Dieser Hakan schien wesentlich umgänglicher als Doghuan zu sein, dennoch war Kane auf der Hut und antwortete lediglich mit einem indirekten Hinweis: »Der Planet hütet das Gesetz, nicht wir.«

»Könnt oder wollt ihr es uns nicht sagen?«, fragte Ada.

»Auch wir müssen uns diesem Gesetz beugen!«, wich Kane aus.

Ada deutete auf das Gebilde, das die Männer umschwebten.

»Der Kommandant will wissen, ob ihr wisst, was das ist?«

Die Kanes schüttelten ihre Köpfe.

»Ein Spiel«, erklärte sie, »ein Spiel reiner Taktik. Es gibt keinerlei Glücks- oder Zufallselemente darin. Vor zwei Tagen ist hier sein Doppelgänger erschienen, wie mittlerweile bei fast allen an Bord. Seitdem diskutiert er mit sich selbst und spielt nebenbei dieses

Spiel. Da er der Andere ist und der Andere er selbst, kann er dieses Spiel niemals gewinnen.«

Alle schwiegen, Kane und sein Doppelgänger betrachteten die Konstruktion, die offenbar einen Sieger erforderte. In der Kabine war es so ruhig geworden, als wäre alles in Stagnation verfallen. Schließlich durchbrach Kane die Stille und er hörte sich sagen: »Der Kommandant kann aber auch niemals verlieren!«

Die beiden Adas begleiteten die beiden Kanes bis zu dem Hangar, in dem Kommandant Hakan den Scoutsegler hatte bringen lassen. Zum Abschied reichten sich die Jungs und Mädchen schüchtern die Hände.

»Wer weiß, ob wir uns wiedersehen!«, meinte eine der beiden Adas. Kane fasste das Mädchen an den Händen, er hatte keine Ahnung, ob es das echte oder das Duplikat war, er wusste es nach all dem bei sich selbst nicht einmal mehr genau.

»Was meinst du, wie wird er sich entscheiden?«

Der neue Oberbefehlshaber hatte sich dazu durchgerungen, die beiden jungen Zivilisten gehen zu lassen. Es war ihm klargeworden, dass er weder mit Einschüchterung noch mit Folter irgendetwas erreichen würde. Letztlich sah er sich vor die Wahl gestellt, sich entweder auf diesem Planeten friedlich niederzulassen und sich dem hiesigen Gesetz zu unterwerfen oder unverrichteter Dinge nach Hause zurückzukehren. Andere besiedelbare Systeme lagen außerhalb der Reichweite seines Schiffes.

»Für die Rückreise wären wir 85 Jahre unterwegs. Und wozu? Ich denke, auf der Erde würde uns nichts Gutes erwarten. Die Chance, dass wir uns wiedersehen, ist vielleicht gar nicht so klein. Die Frage liegt wohl eher darin, was wir jetzt mit unseren 20.000 kleinen Kriegern anstellen sollen.«

Ada gab ihm einen Kuss auf die Wange. Auf der anderen Seite kam ihre Zwillingsschwester hinzu und tat es ihr gleich. Auf dieselbe Weise verabschiedeten sie sich auch von Kanes Doppelgänger.

Kane gab Kane den Vortritt, als sie in den Scoutsegler stiegen. Kommandant Hakan hatte die zertrümmerten Segel reparieren und passenden Treibstoff herstellen lassen. Für eine komplette Industrieanlage an Bord der Paron Dura war das eine Kleinigkeit.
Kane drehte eine Runde um das schwimmende Schiff, das mitten im Zwielichtigen Ozean die Wellen zerteilte, dann nahm er Kurs auf das Festland.
Mit aufgespannten Segeln flogen sie ganze zwei Tage über das Gewässer, bis endlich Land in Sicht kam. Sie überquerten die Großen Schluchten und kamen bis weit in die Faltensteppe hinein, bis der Tank leer war. Kurz vor dem Dämonenwald mussten sie landen und das Flugvehikel zurücklassen.

Sie hatten kaum ein Wort mehr miteinander gesprochen. Wozu auch? Jeder dachte mehr oder weniger dasselbe.
Kane fragte sich, ob bei ihm im Dorf alles in Ordnung war. Die Einschüchterungsversuche der Eindringlinge waren zurückgeschlagen worden, doch es hatte auch Schäden und vielleicht sogar Verletzte gegeben.
Immer wieder musste er an Ada denken. Wenn er sie irgendwann wiedersehen würde, könnte sie bei ihrem Schnellwuchs größer und erwachsener als er selber sein. Es wäre sicher spannend. So nah dem Heimatdorf musste er aber auch verstärkt an Jelira denken. Seltsam, dachte er sich. Plötzlich konnte er sich vorstellen, mit beiden befreundet zu sein.

In der Nacht verschwand sein zweites Ich. Sie hatten auf der Moosschicht neben einem Nebelbaum geschlafen und irgendetwas hatte Kane geweckt. Sein Doppelgänger war mitsamt Rucksack verschwunden. Kane ahnte, dass er ihn so schnell nicht wiedersehen würde. Er war wieder allein, doch er wusste, dass er auf dieser Welt niemals wirklich allein sein würde.

Durch den nächtlichen Nebel drang ein Lichtschein zu ihm durch.

Er packte seine Sachen und ging darauf zu. Schon von Weitem erkannte er eine unförmige, riesige Figur, die von Innen zu leuchten schien. Als er noch näherkam, sah er, dass es insgesamt drei waren. Rücken an Rücken saßen sie auf einer großen Lichtung. Die helle und weiße Hautfarbe gab ihnen etwas Erhabenes. Ihre monströsen Körper entsprangen einem wilden Wurzelgeflecht, dass nicht nur mit dem Moos, sondern vor allem untereinander verknotet war und die Wesen miteinander verband. Die Köpfe sahen mit den riesigen Spiegelaugen wie die Helme von Astronauten aus.

Kane begriff, welch unglaubliches Glück er hatte und welche Ehre ihm dadurch zuteil wurde, gleich drei von ihnen zu Gesicht zu bekommen. Und dann, als er diese Wesen da sitzen sah, wurde ihm schlagartig klar, dass sie intelligent waren. Keine Tiere, die wie zufällig doppelte Menschen und Dinge heranholten. Hinter all dem stand eine Absicht.

Nun wusste er, dass er sich um Kommandant Hakan und die 20.000 kleinen Krieger keine Sorgen mehr machen musste, sollten sie hier landen. Kane fasste sich an die gebrochene Nase. Er musste sich eingestehen, dass es ganz gut tat, wenn man sich selbst mal ordentlich eine aufs Maul gab.

Und der Dämonenwald war überall.

Lange noch sah er den Spiegelträumern zu, die äußerlich wie versteinerte Götzen wirkten. Schließlich schlief er wieder ein. Er träumte von Jelira, die zusammen mit Servan seiner Geschichte lauschte und er träumte von Ada, deren Haare gewachsen waren und die sich dazugesellte.

ENDE

VICTOR BODEN

1958 im Osten geboren, im Westen aufgewachsen, hauptsächlich in einem bayrischen Kuhdorf, wo es immerhin gutes Bier gab. War Modellbauer, Comiczeichner, Tagelöhner, Kellner, Geschäftsinhaber und macht heute Grafik für Familienspiele.
Wohnt zur Zeit (noch) in Freiburg, wo es immerhin (bislang) freundliches Wetter gab.

www.vibograph.de

CORNUCOPI

DIETER BOHN

»Es gibt Probleme!«, sagte der Mann auf dem Display mit hochrotem Kopf. »Wir kriegen sie nicht abgestellt!«

Alexandra Katsikis schob das Fenster mit dem Konterfei des Anrufers in eine Ecke ihres Schreibtischs und rief sich die schematische Übersichtskarte auf.

»Welcher Speier macht die Zicken?«, fragte sie. »Ich hab keine Anzeige, dass etwas nicht in …«

»Alle!«, unterbrach er sie.

Die Frau stutzte. »Wie, *alle*?«

»*Alle* heißt *alle*!« Der Mann am anderen Ende der Leitung schien einem Herzinfarkt nahe zu sein.

»Geht das auch so, dass ich es verstehe, Larihim?«

Ismael Larihim rieb sich erschöpft über sein Gesicht. Dann holte er tief Luft. »Der Cornucopi reagiert nicht mehr auf unsere Steuerimpulse.«

»Aber mir wird keine Störung angezeigt. Alles grün!« Alexandra überzeugte sich mit einem erneuten Blick. »Die Speier sollten eigentlich alle fleißig produzieren.«

»*Das* tun sie ja auch!« Larihims Stimme schnappte über. »Aber nicht das, was sie sollen!«

»*Was* macht die Maschine denn?«, fragte die Baudirektorin.

»Wasser.«

»Wasser?« Für einen Augenblick schloss Alexandra Katsikis die Augen. »Ist das so schwierig, vernünftig Bericht zu erstatten?«, fragte sie dann mit gereiztem Tonfall.

»Vor einer halben Stunde stellte der Cornucopi plötzlich sein laufendes Programm ein … und die Speier spucken seitdem nur noch Wasser aus!«, erklärte Larihim.

»Wasser?«

»Wasser!«

»Alle?«

»Alle!«

So brachte das nichts. Überfordert, wie der Baustellenleiter aussah, würde sie auf diese Weise, auf die Entfernung, nichts Vernünftiges aus ihm herausbekommen. Sie musste sich selbst ein Bild von der Lage machen.

»Wo sind Sie?« Sie warf einen Blick auf die Anzeige. »Nördliche Tiefebene«, las sie ab. »Ich komme runter!«

Als das Atmosphärenshuttle der rotbraunen Oberfläche Tunesias entgegenfiel, fragte sich Alexandra Katsikis – wie so oft –, ob es richtig war, was sie da taten. Nicht so sehr, *was* sie taten. Schließlich brauchte die Menschheit Platz, den ihr die aus den Nähten platzende Erde nicht mehr bot, und die Anzahl der von Natur aus bewohnbaren Welten hatte sich als erschreckend gering herausgestellt. Also mussten diese Planeten für den Menschen umgewandelt werden. Was Alexandra beunruhigte, waren die Mittel.

Knapp zweihundert Erdenjahre waren es her, dass eine der frühen außerplanetarischen Sonden auf eine Ansammlung technischer Artefakte gestoßen war. Fünf gigantische Maschinen waren im Librationspunkt L4 des zweiten Planeten von Bernards Pfeilstern regelrecht *geparkt* worden. So, als sollten sie gefunden und benutzt werden. Drei Jahre hatten die Regierungen der damals noch geteilten Nationen es geheim halten können, dann sickerte die Sensation durch: Die Menschheit war nicht allein im

Universum, und man hatte ihr ein Geschenk gemacht. Denn das, was dort nur wenige Lichtjahre von der Erde entfernt wie auf dem Präsentierteller schwebte, waren Terraformingmaschinen - technische Wunderwerke einer außerirdischen Rasse.

Irgendjemand hatte den Namen *cornu copiae* aufgebracht, lateinisch für ›Füllhorn‹, der von den Medien bald zu *Cornucopi* verschliffen wurde.

Alexandra seufzte. Sie hatte sich nicht direkt um diesen Job gerissen, aber wenn das Siedlungsministerium jemandem einen solchen Posten anbot, konnte man nicht einfach ablehnen. Alexandra Katsikis hatte von Anfang an ein ungutes Gefühl bei der Sache gehabt. Sie alle, Politiker, Techniker und Ingenieure, spielten mit etwas herum, das sie nicht verstanden. Die *Ancients*, wie die verschollenen Erbauer der Cornucopi genannt wurden, hatten zwar detaillierte Angaben zur Bedienung der Maschinen hinterlassen, aber sie ließen keinen Einblick in ihre Technik zu. Natürlich hatten die Forscher versucht, den Cornucopi ihre technischen Geheimnisse zu entreißen, und natürlich hatte das Militär versucht, dies auch auf gewaltsame Weise zu tun. Aber nachdem ein Cornucopi, samt den Wissenschaftlern und Militäreinheiten an Bord, in den sonnenhellen Gluten einer gigantischen Explosion vergangen waren, ließ man von solchen Experimenten tunlichst die Finger. Man konnte die Maschine steuern, man konnte sie ihre Arbeit verrichten lassen - und damit basta. Daran hatte sich zweihundert Jahre später nichts geändert.

Schon aus beträchtlicher Höhe waren die Spuren des Cornucopi zu sehen. Zuerst unterbrach nur ein nebeliger Fleck die rotbraune Wüste. Das mussten die Wassermassen sein, die dort unten als tosende Gischt aus der Maschine herausbrachen und den Boden des Planeten tränkten.

Tunesia war eine alte Welt. Ihr inneres Feuer war fast erloschen. Geologische Auffaltungen gab es schon lange nicht mehr. Seismische Aktivitäten waren kaum noch vorhanden. Selbst die Berge, die der Planet einst besessen hatte, waren im Lauf der Jahrmillionen von Wind und Sand abgeschliffen worden. Heute wirkte er wie eine planetenweite Wüstenlandschaft, so, wie weite Landstriche jenes Landes, das Namenspate für diese Welt gestanden hatte. Doch wenn in 150 Jahren die Arbeit des Cornucopi getan war, würde er alle Voraussetzungen für eine Besiedlung bieten.

Seit der Entdeckung der ›Füllhörner‹ waren zwei Planeten für den Menschen bereitet worden und mittlerweile besiedelt. Fünf weitere befanden sich in verschiedenen Stadien der Umwandlung, darunter Tunesia. Er bot den Vorteil, dass seine Atmosphäre bereits nah am habitablen Bereich war. Noch musste man Atemmasken tragen, um den zu geringen Sauerstoffanteil auszugleichen. Doch die Hochrechnungen, basierend auf den Erfahrungswerten bei den anderen terraformten Planeten, versprachen, dass bereits in dreißig Jahren Menschen diese Welt ohne Masken betreten würden können.

»Am besten nehme ich Sie in die Fernsteuerung«, meldete sich die Stimme Larihims aus dem Funkgerät, als sich das Shuttle dem Schleier näherte, der wie eine abgestürzte Wolke auf der Landschaft lag. »Bei dem, was hier an Gischt aus den Speiern kommt, ist eine Landung auf Sicht nicht mehr drin.«

Die Cornucopi hingen schwerelos rund einen Kilometer über der Oberfläche einer Welt. Das Geheimnis, wie sie das taten, welche Technik dahinter steckte, schienen die Ancients nicht teilen zu wollen. Im Prinzip waren die Menschen nicht mehr als Knöpfchendrücker. Angelernte Affen, die anhand eines Bilderbuchs eine Maschinerie bedienten, von der sie nichts verstanden. Alexandra Katsikis oblag die Koordination der Einheiten auf Tunesia. Meistens musste sie die Orbitalstation dazu nicht verlassen.

Das Shuttle tauchte in die grellweiße Wand aus sich hoch auftürmendem Dunst ein. Das Licht wurde dunkler und diffus. Tropfen klatschten auf die Hülle und liefen als Fäden die Fenster hinunter. Bald reichte die Sicht keine zwei Meter mehr weit. Alexandra kam sich vor wie in einem Dampfbad. Mit einem Ruck setzte ihr Gefährt auf der Landeplattform auf der Oberseite des Cornucopis auf.

Die Geschenke der Ancients sahen aus, als hätte man einen Berg voll Schrott in die grobe Form einer Scheibe von fast zwanzig Kilometern Durchmesser gepresst. Genug Platz, um eine Ansammlung luftdichter Biwakcontainer aufzustellen, die der Handvoll Operatoren und gelegentlichen Besuchern wie ihr hinreichende Annehmlichkeiten boten. Nun war davon nichts zu erkennen. Selbst der ziehharmonikaförmige Schlauch, der sich aus dem Dunst hervorschob und an die Schleuse des Shuttles andockte, war nur zu erahnen.

Alexandra wartete ungeduldig, bis das Licht über der Schleuse Grün anzeigte. Als das Schott auffuhr, erwartete sie der Baustellenleiter bereits. Er reichte ihr ein Paket an einem Gürtel, baugleich mit dem, das er selbst um die Hüften gebunden hatte.

»Der Rüssel ist zwar dicht.« Er deutete hinter sich. »Ist trotzdem Vorschrift, einen Verdichter mitzuführen.«

»Ich bin nicht das erste Mal auf der Oberfläche«, erinnerte Alexandra. »Also: Was ist los?«

»14:34 Erdstandard ging es plötzlich los«, begann er, während sie sich auf den Weg zur Steuerzentrale machten. »Seitdem kommt aus allen Speiern nur noch Wasser raus! Und das auch nicht, wie üblich, als gasförmige Beimischung, sondern in regelrechten Sturzbächen.«

Auf dem Umfang des Scheibenkörpers befanden sich aerodynamisch ausgeformte Öffnungen, *Speier* genannt, aus denen die gewaltigen Mengen ausgestoßen wurden, die ein Cornucopi auf immer noch ungeklärte Weise in seinem Inneren erzeugte. Entsprechend der Zusammensetzung der Atmosphäre, in der ein Mensch leben konnte, waren dies vor allem Stickstoff, Sauerstoff und Wasserdampf. Normalerweise.

»Seit diesem Zeitpunkt sind auch keine Eingaben oder Änderungen mehr möglich. Kein Symbol reagiert mehr auf irgendwas. Oder mit anderen Worten ...« Larihim machte eine theatralische Pause, als sie das Schott der Steuerzentrale erreichten, dann ließ er das Schott auffahren. »Der Comicshop hat geschlossen. Wir können nur noch vor der Auslage stehen und dumm gucken!«

Alexandra sah sich um. Es war nicht ihr erster Besuch in einer Steuerzentrale. Doch wie jedes Mal zuvor fühlte sie sich klein und unbedeutend vor der Erhabenheit dieser Halle. Und wie jedes Mal empfand sie die scherzhafte Bezeichnung als Sakrileg. Irgendein längst verstorbener Wissenschaftler aus den Anfangstagen der Erforschung der Cornucopi hatte den Ausdruck *Comicshop* für die kreisförmige Zentrale geprägt. Fast die gesamte Wand war mit Piktogrammen, Bildern und Symbolen übersät, mit denen ein Cornucopi gesteuert wurde, und über die der Zentralrechner mit den Menschen kommunizierte. Man war sich mittlerweile sicher, dass dies nicht die eigentliche Schrift der Ancients war, sondern ein Kunstprodukt, eine vereinfachte Symbolsprache zur Kommunikation mit unterschiedlichen Spezies. Alexandra hatte sich in ihrem Grundstudium der Linguistik auf diese Sprache spezialisiert. Das hatte ihr diesen Job eingetragen. Hier und jetzt bereute sie diesen Schritt.

Alexandra trat an eine der Konsolen, die darauf eingestellt sein sollte, gewaltige Mengen Stickstoff zu synthetisieren. Sie rief sich auf ihrem Tablet die Fotoprotokolle der letzten Einstellungen auf.

»Nichts ist mehr wie vorher«, kommentierte Larihim mit einem Blick auf die Abbildungen. »Alle Werte sind verändert.«

»Was zu erwarten ist, wenn was anderes rauskommt als eingestellt«, sagte sie süffisant.

Sie machte ein neues Foto und ließ das Programm für die grafische Vorübersetzung darüber laufen.

»Jetzt jedenfalls ist dieser Speier auf Dihydrogenmonoxid eingestellt. Höchst gefährliche Substanz. Kann in großen Mengen zum Tode führen. Man kann sogar Bomben daraus herstellen«, sagte sie, um dann, als der Bauleiter sie verständnislos ansah, zu erklären: »Wasser! Alter Witz.«

»Ha, ha«, sagte Larihim ironisch. Er trat an die Konsole und tippte auf den Symbolen herum. »Hier: Ich kann eingeben, was ich will. Keine Reaktion! Und bei den anderen Speiern ist es genauso.« Neben den Sektoren für die Steuerung des Überlichtantriebs und der Bewegung der Einheit über die Planetenoberfläche gab es getrennte Bereiche für die Regulierung der separaten Produktionsfabriken, die sich hinter den Speiern verbargen.

»Und die anderen Konsolen? Da was Besonderes?«

»ÜL- und Stellarantrieb sind ausgeschaltet, und beim Schwebeantrieb sieht alles aus wie immer.«

»Gibt es denn keine Besonderheit, keine Abweichung von der Routine?«

»Nein, nichts«, unterstrich Larihim fast weinerlich. »Es werden weder Störungs- noch Fehlermeldungen angezeigt. Alle Programme funktionieren innerhalb ihrer normalen Parameter.«

»Abgesehen davon, dass unser Füllhorn auf einmal *Wasserwerfer* spielt.«

Alexandra rauchte der Kopf. Stundenlang hatte sie die veränderten Symbole studiert. Das meiste konnte sie entziffern, bis auf ein paar Zeichen, die sie noch nie gesehen hatte und die auch nicht in der Symbol-Bibliothek aufgeführt waren. Natürlich hatte sie die Bilder zur Erde geschickt, aber es würde Tage dauern, bis eine Antwort der Spezialisten, soweit man bei der Black-Box-Technologie ihrer Gönner von *Spezialisten* sprechen konnte, über den FTL-Funk kam. Eine schnellere Methode der Langstreckenkommunikation hatte die Ancients ihnen nicht hinterlassen. Sie waren auf sich gestellt.

Nun war Alexandra übermüdet und gereizt. Das lag zum Teil auch daran, dass sie nur wenig von dem verstand, was die Operatoren taten. Es ließ sie sich ihnen unterlegen fühlen. Von oben aus dem Orbit war es einfach: die Cornucopi und die Operatoren dirigieren, Symbolgruppen, die die Maschinen von sich gaben, ins *Standard* übersetzen und in die Zeichen der vereinfachten Bildsprache der Ancients übertragen, und einfach den Überblick behalten. Hier unten war sie nah dran. An den Problemen, den unergründlichen Gerätschaften und anderen Menschen. Sie hatte mit den Operatoren, die den Cornucopi im Dreischichtbetrieb überwachten, gesprochen. Viel hatte sie von deren Techno-Babbel nicht verstanden. Alexandra hatte die Daten gesehen ... und schnell wieder aus ihrem Kopf verbannt. Die Leistungsdaten dieser Maschinen bewegten sich in Bereichen, für die Vorsilben wie Giga, Tera, Peta oder Exa nicht mehr ausreichen. Die Techniker wussten ja noch nicht einmal, woher und wie diese Dinger ihre Energie bezogen. Da sich beim Betrieb der Cornucopi auf einem Planeten nach einiger Zeit eine gesteigerte Sonnenfleckenaktivität des Zentralgestirns zeigte, glaubten die Wissenschaftler zwar, sich bei dem »Woher« sicher zu sein, aber das »Wie« war weiterhin ein Geheimnis. Denn die Ancients waren sehr wählerisch mit dem Wissen, das sie preisgaben. Auf der einen Seite hatten sie den Findern ihrer Geschenke die Pläne für einen Antrieb hinterlassen, der die Reise mit zehnfacher Lichtgeschwindigkeit erlaubte. Das war zwar nicht das, was sich Science-Fiction-Autoren erträumten, aber der Grundstein für eine langsame und begrenzte Ausbreitung auf die nächstgelegenen Sternsysteme. Auf der anderen Seite waren die Cornucopi und die darin postulierte Technik der Energie-zu-Materie-Umwandlung unzugänglich, undokumentiert und unerreichbar.

»Das hier kommt von den neuen Zeichen am häufigsten vor«, sagte sie irgendwann zu dem Baustellenleiter.

»Ein Auge?«

»Oder eine Ellipse mit spitzen Ecken. Beziehungsweise die *Vesica piscis*.«

Larihim sah sie fragend von der Seite an.

»Zwei sich schneidende Kreisbögen«, erklärte sie. »Wörtlich *Fischblase*. Taucht zum ersten Mal in Euclids *Buch der Elemente* auf.«

Sie musste grinsen, als die Falten auf seiner Stirn tiefer wurden. »Wird in der Kunstgeschichte als *Mandorla* bezeichnet«, fuhr sie dozierend fort. »Das heißt Mandel. Sie wurde oft von Steinmetzen auf dreigeteilten Portalen verwandt, wird aber auch, wegen der Ähnlichkeit mit einer Vulva, mit Geburt assoziiert.«

Larihim grinste anzüglich. »Die Assoziation gefällt mir.«

Alexandra verdrehte die Augen. »Wie Sie sehen: Solche Piktogramme lassen viel Spielraum für Interpretationen.«

Die Wasserfläche unter dem Cornucopi hatte inzwischen eine Größe erreicht, bei der man nicht mehr von See sprechen konnte. Seit Stunden klickte Alexandra Katsikis sich durch die Aufzeichnungen der Überwachungskameras, die rund um die Uhr die Symbolwände im Blick behielten. Meistens änderte sich wochen-, monatelang nichts an den Zeichen. Selbst die Symbole, die mit den aktuellen Messwerten der Umgebung draußen korrelierten, veränderten ihre Werte nur sehr langsam. Bei den beiden bereits umgewandelten Planeten hatte der Prozess rund 150 Jahre gedauert, in denen die Cornucopi stoisch die voreingestellten Stoffe der Atmosphäre ausgespuckt hatten.

Bis zu diesem Zeitpunkt, an dem plötzlich die Symbole wechselten und nach und nalle Werte veränderten, und den sie sich gefühlt einhundert Mal auf den Videos angeschaut hatte. Aber sie fand keine Ursache, keinen Auslöser für die Änderung.

Sie konnte gut erkennen, wie der diensthabende Operator in der Zentrale hektisch die seltsam anmutenden Steuerungselemente der Ancients betätigte.

Alexandra verstand nicht, was der Operator da im Einzelnen tat. Das musste sie auch gar nicht. Ihr Job war - eigentlich -, die Schnittstelle zwischen Erde und Tunesia zu sein, und die Interpretation der Ancients-Symbole.

»Was ist das?«, fragte Alexandra und deutete auf eine Stelle auf dem Bildschirm. Er zeigte einen eingefrorenen Moment aus einem der Überwachungsvideos.

»Was ist *was*?«, fragte Larihim, dem anzumerken war, wie wenig er davon hielt, sich die ganze Zeit mit ihr abgeben zu müssen.

Mit einer Geste vergrößerte sie einen Ausschnitt, der einen aufgeklappten Laptop auf einer Konsole zeigte. Mehrere Fenster überlappten sich auf dessen Display. Das Größte im Vordergrund zeigte undeutlich ein Allradfahrzeug, das sich durch einen Urwald kämpfte.

»Was soll das schon sein? Ein Laptop!«, erklärte der Baustellenleiter mit gereiztem Unterton.

»Und was ist das, was darauf läuft?«

»Ich vermute: Eine Doku.«

»Eine Doku?«, echote sie.

»Verdammt nochmal, das sieht nach einem Dokumentarfilm aus dem Doku-Kanal aus!«, echauffierte sich Larihim. »Hier oben: Sieht man am Kanal-Logo. Wir alle schauen uns während der Schicht öfter Filme und Dokus an! Na und? Es steht nichts in unserem Arbeitsvertrag, dass wir ständig nur die Symbole anstarren müssen!«

Alexandra Katsikis musterte ihn von oben bis unten. Dann scrollte sie mit erwachtem Ehrgeiz durch die Liste der relevanten Videosequenzen. Dabei konzentrierte sie sich auf die Kameras, auf denen der Laptop zu sehen war.

»Was glauben Sie da zu finden?«, fragte Larihim, nachdem er ihr eine Weile zugesehen hatte.

»Sie wissen genau, dass nicht nur *wir* Kameras in den Cornucopi haben. Dass die Maschinen auch mit Ancients-Kameras gespickt sein müssen. Als man sie vor zweihundert Jahren gefunden hat, haben die Steuerelemente sich innerhalb weniger Tage auf die ergonomischen Proportionen des Homo Sapiens eingestellt. Und als die ersten dieser Geräte bei Gliese 581 in Stellung gebracht wurden, haben sie ohne jegliches Zutun durch den Menschen begonnen, den Planeten auf unsere Bedürfnisse umzuformen. Seitdem ist doch klar, dass den Cornucopi eine künstliche Intelligenz innewohnt. Eine KI, die uns beobachtet und analysiert!«

Sie wandte sich wieder dem Bildschirm zu. »Leider steht der Laptop jedes Mal so weggedreht, dass man nicht erkennen kann, was da läuft.«

»Lässt sich am Stream herausfinden«, fügte Larihim kurzangebunden hinzu.

»Was lässt sich wie herausfinden?«, fuhr sie ihn an. »Lassen Sie sich doch nicht alles aus der Nase ziehen!«

»Moment!« Damit drehte er sich um und ließ sie stehen. Als er eine Weile später mit einem Laptop unter dem Arm zurückkehrte, erklärte er: »Ich kann anhand des Zeitstempels abgleichen, welcher Stream abgerufen wurde. Dauert ein paar Minuten.« Er baute das Gerät auf, aktivierte es und beschäftigte sich eine Weile wortlos damit. Die Baudirektorin stand währenddessen mit verschränkten Armen daneben und sah ihm schweigend zu.

»Da!«, brummte er schließlich. »Das lief.«

»Was ist das?«

»Ein Bericht über das Barrier Reef. Rochen, Delphine, Wale und so.« Er sah sie an und erschrak vor ihrem versteinerten Gesicht. »Was haben Sie?«

»Verstehen Sie denn nicht? Die Sensoren der Cornucopi beobachten uns. Die Steuergehirne haben damals erkannt, wie der Mensch aussieht, was Menschen brauchen, und den Output der Speier auf unsere Bedürfnisse abgestimmt.« Sie deutete anklagend auf die Meeresszenerie. »Das ist kein Auge, keine Mandel und auch keine Vulva! Das ist ein stromlinienförmiger Körper! Sieht so aus, als hätten die Steuergehirne der Cornucopi beschlossen, dass sie langsam genug Platz für die Landlebewesen der Erde geschaffen haben, und dass nun das Leben in den Meeren an der Reihe ist.«

»Aber die Forscher sind sich doch einig, dass die Ancients mit ihren Hinterlassenschaften die Ausbreitung der intelligenten Spezies fördern wollten.«

»Sind wir das? Oder anders gefragt: Sind wir die einzig intelligente Spezies auf der Erde?« Sie deutete auf das Video, das gerade eine Schule von Delphinen zeigte. »Die es wert ist, sich im Universum auszubreiten?«, fügte sie hinzu. »Dank Ihnen und Ihren Leuten haben wir jetzt die Sintflut auf Tunesia!«

»Wohl eher *Sinnflut*.«

»Was?«, blaffte sie verständnislos.

»Eine *Ergibt-einen-Sinn-Flut*. Falls das stimmt, was Sie da vermuten.«

»Mag sein, dass es tatsächlich nur eine vorübergehende Störung ist. Möglicherweise hört es auf, wenn die Oberfläche Tunesias eine einzige Seenplatte ist. Schön! Vielleicht erst, wenn das Wasser überall kniehoch steht. Womöglich aber erst, wenn der Planet von einem Ozean bedeckt ist. Das wird die ferne Zukunft zeigen. Die wir beide nicht mehr erleben werden.«

»Naja ...« Larihim sah auf das Livebild der Außenkamera mit der weiter anwachsenden Wasserfläche. »Viel Zeit sich über neue Formen, neue *Welten* von Freizeitmöglichkeiten Gedanken zu machen. Auch Wasserwelten haben ihren Reiz.«

ENDE

DIETER BOHN

Dieter Bohn wurde 1963 in Trier geboren.

Er hat Luft- und Raumfahrttechnik an der RWTH Aachen studiert und wohnt nun zwischen Köln und Düsseldorf, wo er in der Abteilung Technische Marktunterstützung eines großen Automobilzulieferers arbeitet.

Von "Raumpatrouille", "Zack" und "Perry Rhodan" geprägt, ist er seit über 30 Jahren im Fandom mit Stories, Risszeichnungen, Datenblättern und Illustrationen aktiv.

Mit seinen Geschichten hat er sich bei einer Reihe von Schreibwettbewerben platziert, darunter 2009 beim William-Voltz-Award.

Mittlerweile hat er rund 40 Stories in verschiedenen Anthologien sowie zwei eigenen Storysammlungen veröffentlicht, und er konnte bis jetzt vier STELLARIS-Gastnovellen zum Perry Rhodan-Universum beisteuern.

Zurzeit schreibt er an seinem zweiten Roman.

www.dieterbohn.de

DER HIMMEL ÜBER NOVA

A.L. NORGARD

»Verdammt, halten Sie an! Sie werden uns umbringen!«
Der Mann auf der Rücksitzbank schrie vor Verzweiflung. Er klammerte sich mit einer Hand an den Griff über der Flügeltür und mit der anderen an eine Kopfstütze neben ihm.

»Aber wir sind gerade erst losgefahren. Ich habe noch nicht einmal die Parkspur verlassen. Sehen Sie nur, ich fahre noch in Stufe eins«, antwortete Soren Nandes. Er bemerkte, wie der Mann auf dem Rücksitz von Schmerzen gepeinigt nach Luft schnappte und gern einer erlösenden Ohnmacht erlegen wäre.

»Nun gut. Ich lasse die Automatik die Arbeit machen. Aber Sie verpassen das Beste«, fügte Nandes kleinlaut hinzu.

Er aktivierte mit einer reflexartigen Handbewegung die Steuerung für die Fahrt- und Flugautomatik. Ein sanftes Vibrieren deutete an, dass der Autopilot alle Funktionen des Fahrzeugs, inklusive der Lebenserhaltungssysteme, übernommen hatte.

»Wohin soll es denn gehen? Ein bestimmtes Ziel im Sinn?«

»Nur fort von diesem entsetzlichen Ort, den Sie Raumhafen nennen. Ich habe eine Reservierung in einem Hotel namens Tri Sunoj. Sie wissen sicher, wo das ist. Oder benötigen Sie meine Bestätigung?«

»Nicht nötig. Ich kenne die Gegend.«

Soren Nandes begutachtete den Mann oberflächlich durch einen altmodischen Spiegel und die Monitore im Fahrerbereich. Er sah einen typischen Innenweltler. Vermutlich von der Erde. Zumindest von einem der erdnahen Systeme wie Barnards oder Centauris. Und er kleidete sich so, wie Touristen eben gekleidet waren. Unzweckmäßig, und auf amüsante Art beleidigend für die Einheimischen.

»In Ordnung. In etwa zwanzig Standardminuten werden wir ankommen. Machen Sie es sich bequem.«

Sie erreichten die Hotelanlage mit dem atemberaubendsten Sandleuchtstrand des Planeten punktgenau, wie von der Automatik vorherberechnet. Nandes schwenkte den Wagen elegant und sicher auf den Taxistreifen ein, wo schon eine kleine Gruppe von Minibots bereitstand, um Fahrgäste in die Anlage zu geleiten.

Nandes sehnte sich nach einem der Kurieraufträge, die ihn halb über Nova führten. Er genoss es, das Fahrzeug selbst zu lenken und sich Rennen mit anderen Gleitern und deren Autopiloten zu liefern. Diese waren höchst unflexibel bei der Wahl der schnellsten Wege. Menschen würden vermutlich immer die besten Rennfahrer abgeben. Und als Taxifahrer war man so nah dran, ein Rennfahrer zu sein, wie man es nur sein konnte.

»Was macht das nun?«, erkundigte sich der Passagier mit aufgesetzter Höflichkeit. Er schaute gelangweilt aus dem Fenster und inspizierte offenbar das Äußere der Hotelanlage.

»Nichts. Einen schönen und erholsamen Aufenthalt wünsche ich Ihnen. Sagen Sie den Leuten vom Tri Sunoj, dass Sie zufrieden mit mir waren. Das ist alles.«

Der Mann reichte eine Geldkarte über die Sitze nach vorne, in Erwartung, dass der Fahrer diese an sich nehmen würde. Doch Soren Nandes machte keine Anstalten.

»Ihre Terradollars sind hier auf Nova wertlos. Wir haben keine Währung, die verrechnet werden könnte. Lassen Sie es gut sein und behalten Sie es. Ich kann nichts damit anfangen«, erklärte Nandes, ohne zu lügen.

»Vielleicht reisen Sie eines Tages selbst auf die Erde oder nach Proxima Drei. Dann können Sie es dort ausgeben.«

»Warum sollte jemand freiwillig dorthin wollen?«, erwiderte der mild lächelnde Soren Nandes. Sein Fahrgast stieg aus und entfernte sich kopfschüttelnd.

Am westlichen wie auch am östlichen Horizont strahlten die beiden Hauptreihensterne Puja und Nederith. Sie warfen auf Nova Secundus, wie diese Welt offiziell genannt wurde, ein diffus-warmes Lichtspiel.

Aufgrund der großen Entfernung der Himmelskörper zueinander, die wiederum um einen etwas lichtschwächeren roten Riesenstern namens Kamkam kreisten, wurde es niemals ganz dunkel. Das Licht der drei Sonnen erhellte einen sanftmütigen Himmel, der zu den Farbenprächtigsten im gesamten von Menschen besiedelten Raum gehörte. Reisende waren bereit, hohe Preise für einen Erholungsurlaub auf Nova zu bezahlen. Bewohner der inneren Welten wie der Erde zeigten sich zutiefst verunsichert, wenn sie darüber informiert wurden, dass Geld hier keinen Wert hatte. Nicht Wenige verspürten vielleicht deswegen den Wunsch, für immer zu bleiben.

Soren Nandes zählte zu den sogenannten Außenweltlern. Er war vor etwa 35 Erdstandardjahren auf Nova, seinem Heimatplaneten, geboren worden. Seine Familie bewohnte ein ansehnliches Stück Land auf Nova, auf dem eine ebenso ansehnliche Farm sein Zuhause war. Er selbst fand mehr Gefallen daran, Besuchern zur Seite zu stehen. Sie zu sehenswerten Orten zu geleiten. Mochten Andere sich um Gemüse- und Obstanbau kümmern. Oder um die Bewässerung der berühmten blauen Wälder. Soren Nandes war in seinem Element, wenn er mit einem Fahrzeug unterwegs sein konnte.

»In Höhe 4-29 gibt es jemanden, der auf eine Mitnahme wartet. Reiseziel unbekannt. Herkunft unbekannt. Kannst du nachsehen?«

»Werde ich machen. Ist nicht sehr weit von hier. In ein paar Minuten bin ich da. Was sind die genauen Koordinaten?«

»An der Verbindung von Schnellroute 23 und der Frachtbahn in Sektor 4 soll jemand gelandet sein. Aber ich denke nicht, dass es etwas Wichtiges ist. Es wird sich schon erledigt haben, bis du da bist. Ich habe eine Menge Verkehr dort draußen. Irgendwo scheint es Probleme zu geben. Es kommen Daten aus dem Orbit herein, die zu Garnichts passen wollen. Halt dich bloß da raus.«

»Danke, Piro. Ich melde mich«, beendete Soren das Gespräch mit der Leitzentrale.

Auf dem Display des Taxigleiters tauchte ein leuchtender Marker mit genauen Angaben zum Zielort auf. Reisezeit etwa drei Minuten. Entfernung 20 Standardkilometer. Nicht einmal einen Steinwurf entfernt. Er schwenkte das Taxi auf eine schnelle Bahn, die es nah an den angegebenen Punkt heranführen würde.

Dort musste Nandes waghalsige Manöver ausführen, um an die angezeigte Position heranzukommen. Sie lag ein wenig abseits der Hauptwege. Für ungeübte Fahrer schwierig zu erreichen.

Er parkte an einem dafür vorgesehenen Platz am Rand einer nahegelegenen Schnellroute, stieg aus und ließ den Blick schweifen. Ringsherum rauschten vereinzelte Lastgleiter, Frachtschweber und privat genutzte Gleitwagen. Einige bremsten ab oder führten hektische Ausweichmanöver aus, um Zusammenstöße zu vermeiden.

In Sichtweite, vielleicht dreihundert Meter entfernt, stieg eine dünne Rauchsäule in den wolkenlosen Himmel. Nandes versuchte auszumachen, ob es einen Absturz gegeben hatte. Aus dieser Entfernung gab es ohne Hilfsmittel jedoch nichts zu erkennen. Er griff nach dem Kommunikator, um die Fehlfahrt zu melden.

»Piro, hörst du mich?«

»Ich höre dich. Hast du was gefunden?«

»Bis jetzt nicht. Aber bei der Wasserstelle in Sektor 4 sehe ich eine Rauchsäule. Weißt du was darüber?«

»Nichts Genaues. Abgesehen von dem wirren Funkverkehr um uns herum. Überall im System scheint Chaos zu herrschen. Es muss einen Unfall im Orbit gegeben haben. Also wenn niemand wartet, kannst du nach Hause fahren. Ich hab genug andere Wagen im Sektor. Und zur Not setz ich mich selbst rein. Mach's gut und lass dir nichts gefallen.«

»Ich schau mich noch kurz um und hol mir an der Papini-Farm was zu essen und zu trinken«, verabschiedete Nandes sich.

Rauchsäulen kamen nicht sonderlich häufig vor. Hin und wieder ergab es sich, dass die Fähren von Raumschiffen auf den Schnellrouten zu landen versuchten. Dabei kam es an Fahrzeug und Verkehrsweg oft zu Schäden. Aber einen richtigen Absturz hatte in letzter Zeit niemand gemeldet.

Soren Nandes fuhr im Schritttempo weiter. Er bemühte sich, den Rand der Strecke im Auge zu behalten. Es gab nicht viel zu sehen, außer den vereinzelt aufragenden Hydrokondensatoren der Farmen im Umland. Hier und da eine Ansammlung von Lehtu-Bäumen, die kleine, blauschimmernde Wäldchen bildeten. Fehlanzeige. Eine Fahrt ins sprichwörtliche Blaue für Nichts. Nandes wählte die zweite Fahrstufe und bereitete sich auf die Beschleunigung des Wagens vor.

Etwas klopfte entschlossen an den hinteren Teil des Taxis. Noch einmal. Hatte er etwa einen Unfall verursacht?

Er stoppte die Anfahrt sofort mit einem manuellen Bremsmanöver und aktivierte die Notfallbeleuchtung seines Fahrzeugs. Neben dem Wagen stand ein Raumanzug, der einen recht mitgenommenen Eindruck machte. Jemand musste darin hinter dem Taxi her gerannt sein und es geschafft haben, auf die Abdeckung des Antriebsfachs zu klopfen.

»Kann ich Ihnen helfen?«, rief Soren Nandes hinaus. »Haben Sie diesen Abholauftrag erteilt?«

Die Person im Raumanzug eilte um den stehenden Wagen herum und versuchte, die vordere Tür neben dem Fahrer zu öffnen. Nandes ließ das Fenster herunter und sah sein eigenes Gesicht sich im verschmutzten Visier des Raumhelms spiegeln. Die Abzeichen auf den Ärmeln und am Brustbereich des Anzuges verrieten seine Herkunft. Die äußeren Welten. Gewissermaßen aus der Gegend also. Nandes glaubte, offizielle Embleme zu erkennen. Vermutlich also kein Tourist.

»Bitte benutzen Sie die hintere Tür. Ich öffne den Fahrgastbereich. Treten Sie etwas zurück«, erklärte Soren Nandes auf die ruhige, freundliche Art, die ihm wie allen Bewohnern Novas gegeben war.

»Lassen Sie mich vorn einsteigen. Es ist ein Notfall.«

Nandes zögerte. Nur enge Bekannte durften bei ihm vorne Platz nehmen. Eben diese stiegen meist freiwillig hinten ein. Trotz Bedenken öffnete sich die Tür zum Fahrerbereich. Der Fremdling im Raumanzug sprang mit gelenkigen Bewegungen auf den selten genutzten Beifahrersitz.

»Fahren Sie! Ich erkläre Ihnen später, wohin es geht. Erst einmal muss ich weg von hier!«

»In Ordnung. Welche Richtung soll es sein? Erholung oder Abreise?«

»Weder noch. Einfach nur weg. Fahren Sie!«

Die Tür schloss sich, worauf der Wagen sich mit dezentem Summen der Aggregate in Bewegung setzte. Die Automatik fand unmittelbar einen angenehmen Modus für eine optimale Reisegeschwindigkeit mit wenig körperlicher Belastung.

Die Papini-Farm war bereits als Ziel eingestellt, daher erwartete der Autopilot keine Angaben mehr. Das Taxi schoss sofort mit geschmeidigen Fahrmanövern seinem Ziel entgegen.

Soren Nandes beobachtete, wie die Person neben ihm sich an einer der Brusttaschen und den Verschlüssen des Raumanzugs zu schaffen machte. Eine Menge Dinge kamen zum Vorschein. Von allerlei unsinnigem, meist illegalem Kleinkram wie Micropads, Hololinsen und Exohygieneprodukten bis hin zu einer hochoffiziellen Schusswaffe großen Kalibers. Soren Nandes traute seinen Augen nicht.

»Keine Sorge, es ist nur ein Spielzeug. Nichts Ernstes. Kriegen Sie sich wieder ein«, erklärte der unbekannte Beifahrer. Er deutete auf das kleine Display mit den Fahrzeuginformationen, das vorn im Wagen angebracht war.

»Sind Sie das? Soren Nandes? Ist das Ihr Name?«

Nandes nickte. Er versuchte, nicht verunsichert zu wirken.

Es war nicht ohne weiteres möglich, etwas über die Identität des Fahrgastes herauszufinden. Der Sprachmodulator des Raumhelms arbeitete nicht mehr wie vorgesehen. Die Ausrüstung dieses rätselhaften Subjektes wirkte behelfsmäßig zusammengesucht. Eine künstliche Entität? Androiden auf Nova? Es wurde immer illegaler.

»Sorgen Sie nur dafür, dass nichts von Ihrem verbotenen Zeug hier liegen bleibt. Ich müsste es bestimmungsgerecht entsorgen lassen, und das ist nur schwer machbar. Bei Ihnen zuhause vielleicht. Hier jedoch nicht«, erklärte Nandes.

Ein länglicher Gegenstand kam unter all dem Tand zum Vorschein. Etwa so groß wie ein Zeigefinger, mit einem blassblauen Leuchten an einem Ende. Ein Exioret - ein Massenspeicher für kodierte Informationen, biogenetisch versiegelt. Mit dem richtigen Schlüssel nur für den Empfänger lesbar.

»Da ist es ja.«

Die Stimme aus dem Helm klang aufgeregt, soweit man das bei einer synthetischen Übersetzung beurteilen konnte.

»Bringen Sie mich so unauffällig wie möglich fort vom Raumhafen.«

»Es wäre einfacher, wenn Sie mir erklären, wohin genau ich Sie bringen soll. Die Automatik kann die günstigste Route schneller berechnen als ich.«

»Das ist nicht wichtig. Am besten irgendwohin, wo ich eine Weile unerkannt bleiben kann. Ich muss weitere Anweisungen einholen.«

»Sie sind gut. Habe ich schon ein Verbrechen begangen, als ich Sie einsteigen ließ? Ist der Sicherheitsdienst hinter Ihnen her?«

»Ganz im Gegenteil. Man wird Ihnen ewig dankbar sein. Wenn alles so abläuft, wie es soll, haben wir die Bewohner von Nova Secundus gerettet.«

Soren Nandes spürte, wenn jemand ihm Unsinn auftischte.

»Sie meinen, alle neuntausend?«

Das Taxi erreichte die Papini-Farm nach kurzer Reisezeit. Der Hof lag einige Kilometer in entgegengesetzter Richtung vom Raumhafen. Hierher verirrten sich Gäste von anderen Planeten äußerst selten, denn außer Feldern und Wasseraufbereitern gab es hier keine spektakulären Aussichten. Automatische Erntemaschinen standen in Lauerstellung links und rechts von der Auffahrt zum Hauptgebäude. Ein Wartungstrupp arbeitete sichtbar entspannt an den haushohen Robotern. Dieser Ort war abgelegen. Ideal für einen erholsamen Aufenthalt - auch ohne Hotelanlage.

Soren Nandes' Fahrgast hatte sich während der Fahrt zu keinem weiteren Gespräch hinreißen lassen. Er steckte nach wie vor in dem ramponierten Raumanzug, auf dessen Brustfläche und Schultern eindeutig die Abzeichen der Außenweltallianz prangten. Diese Person hatte den Anzug vermutlich gestohlen und war auf der Flucht vor was auch immer in sein Taxi gestolpert. Eine heikle Sache. Es würde viel gutes Zureden und Gefälligkeiten bedeuten, die Angelegenheit vergessen zu machen.

Nandes hatte das Fahrzeug auf einem abseits gelegenen Parkstreifen der Farm abgestellt und alle Türen weit geöffnet. Angenehm kühle Luft strich von den umliegenden Feldern herein.

»Ich weiß, was Sie denken. Aber es ist ganz anders.«

»Wie anders kann es schon sein? Sie tragen einen gestohlenen Raumanzug der Sicherheit. Sie haben eine Waffe dabei, von der Sie behaupten, es sei lediglich ein Spielzeug. In Ihren Taschen fand sich eine Menge unschönes Zeug. Zeug von der Sorte, die wir hier auf

Nova wirklich nicht gern sehen. Und zu guter Letzt habe ich keine Ahnung, wer Sie sind. Ich muss Ihnen sagen, dass nicht registrierte Androiden oder Robotik-Komponenten hier als gänzlich illegal eingestuft wurden. Falls Sie also zu dieser Gruppe von Entitäten gehören, wäre es nun angebracht den Rückweg anzutreten. Ich fahre Sie gern zum Raumhafen von Neu Vallario, von wo aus Sie leicht nach Epsilon-4 oder zur Ganttec-Basis kommen können ...«

»Schon gut«, erwiderte die Stimme aus dem Helm. »Ich muss nur einige Stunden unerkannt abwarten. Dann sind Sie mich los. Versprochen.«

Der Fahrgast streckte die Arme und Beine. Etwas Elegantes, Geschmeidiges lag in dessen Bewegungen. Menschen anderer Welten hatten manchmal diese vollendete Art der Körperbeherrschung. Soren Nandes ertappte sich bei dem Gedanken, mehr über die fremde Person erfahren zu wollen. Aber er wagte es nicht, in der Richtung weiter zu fragen.

»Gibt es hier ein Modul, mit dem man einen Raumanzug entlüften kann? Diese Schläuche und Taschen hier unten müssten auch mal entleert werden«, krächzte der Stimmenmodulator des Raumhelms.

Nandes sah sich kurz um und deutete auf ein flaches, helles Gebäude in der Nähe. Eine Werkstattanlage der Farm mit angeschlossenem Ruheraum und sanitären Einrichtungen. Dort würde sich in der nächsten Zeit niemand aufhalten. Die Erntesaison lag einige Zeit entfernt.

»Dort drüben. Nehmen Sie die Schleuse auf der rechten Seite. Es müsste offen sein.«

»In Ordnung. Ich verabschiede mich kurz. Und Sie bleiben bitte vorerst hier. Ich werde eine Menge illegales Zeug aus meinen Taschen holen, und vielleicht auch die eine oder andere illegale Aktivität dort drin ausüben. Bis gleich.«

Sein Fahrgast entfernte sich mit eleganten Schritten, die wenig Eile oder Unruhe erkennen ließen. Jedenfalls glaubte Soren Nandes das.

Sein Blick wanderte über die umliegenden Felder und Bioplantagen, die in schillernden Blautönen die Landschaft beherrschten. Etwas Beruhigendes und zutiefst Entspannendes lag in dieser Umgebung. Jeder Bewohner des Planeten wusste, warum Nova gern von Menschen bewohnter Systeme als Reise- und Erholungsziel ausgewählt wurde. Und Nandes war wie alle anderen fest entschlossen, seinen Teil, so gut es ging, dazu beizutragen.

Eine bekannte Stimme aus dem Kommunikator riss ihn aus den Tagträumereien.

»Soren! Bist du da?«

Das Gesicht von Piro Nadiq erschien auf dem Display der Steuereinheit. Dem Organisator des Personenverkehrs von Neu Vallario, der Hauptstadt des Planeten.

»Ja ich bin da. Du solltest mich auf deinem Visor sehen können. Ich bin bei der Papini-Farm.«

»Allein?«

»Ja, warum? Wieso sollte ich nicht allein sein?«

»Weil mir angezeigt wurde, dass du vorhin auf dem Schnellweg die hintere Zugangstür ausgelöst hast. Ist niemand eingestiegen?«

Nandes hielt inne und wählte seine Worte.

»Nein, niemand. Ich habe nur kurz überprüft, ob sie richtig schließt. Dieser Erdling vorhin vom Hotel hat am Öffner gerissen. Du weißt schon. Diese alte Fehlfunktion, die keiner in den Griff bekommt.«

Soren Nandes verstand. Deshalb wollte die Person im Raumanzug unbedingt vorn sitzen. Der Fahrgastbereich war mit Kameras und Sensoren zur Lebenserhaltung ausgestattet. Jeder Fahrgast wurde erfasst. Das war weithin bekannt. Besucher klärte man bereits bei der Reisebuchung, spätestens beim Besteigen einer Landefähre, darüber auf.

Er hoffte, dass auch Piro Nadiq verstanden hatte.

»Also gut. Wenn du das sagst. Es gibt dort draußen Probleme mit der Raumkontrolle. Etwas stört den Datenfunk. Da oben ist wirklich Einiges im Gange.«

Das Display verblasste und zeigte wieder Wetter und Reisehinweise für die Sektoren dieser Umgebung. Es gab Weniges, was sich von einem geübten Fahrer nicht abschütteln ließ.

Nandes lehnte sich zurück und genoss die freie Zeit. Er konnte genaugenommen so viel Entspannung haben, wie er wollte. Aber seine Neugier machte ihm das Leben gern schwer. Er behielt das niedrige Gebäude im Auge, in dem sein Fahrgast sich vermutlich aufhielt und auf irgendetwas wartete.

Von weit, weit her näherte sich Unheil. Soren Nandes spürte das. Taxipiloten hatten bekanntermaßen ihren eigenen Sinn für Gefahr.

⊲◦⚞   ⚟◦⊳

Der Schatten legte sich über diesen Teil von Nova. Die minimale Bewölkung wich einem unförmigen Monster, das sich einen Platz suchte, und dabei die Umgebung in gedämpftes Licht zu hüllen begann.

Soren Nandes starrte gebannt auf den Himmel, der jetzt nicht mehr zwischen zartrosa und hellblau dem Auge schmeichelte. Ein gigantischer dunkler Fleck, der keinesfalls natürlichen Ursprungs sein konnte, lauerte dort oben. Die Ankündigung des nun bevorstehenden Weltuntergangs. Ein Raumschiff mit den Ausmaßen eines kleinen Mondes war in eine niedrige Position im Orbit eingeschwenkt und verdeckte dabei das Licht von Nederith, der Sonne, die im Osten eine Handbreit über dem Horizont stand. Er fragte sich, wie groß dieses Ding wohl sein mochte. Es konnte immerhin die nächste Sonne verbergen.

»Das ging sehr viel schneller als erwartet. Wir müssen los«, rief jemand.

Die seltsam vertraute und gleichwohl fremde Stimme holte Nandes aus seinem tiefsten Inneren ab. Er konnte den Blick nicht abwenden von diesem Monster dort am Himmel. Es war zu gewaltig. Zu einschüchternd. Eine schwere Last lag auf seinen

Gedanken, die ihn zu erdrücken begann. Er wollte nun selbst schnellstmöglich weg von hier. Möglichst weit.

»Haben Sie hier noch nie ein echtes Raumschiff gesehen? Es parkt dort oben und wartet. So wie wir hier unten. Kommen Sie schon«, drängelte jemand und zerrte an seinem Unterarm.

Nandes zwang sich, die Augen abzuwenden. Dieser Jemand stand mit siegesbewusstem Lächeln neben ihm. Er erkannte den Raumanzug, den sein Fahrgast getragen hatte. Ohne Helm. Mit geöffneten Verschlüssen. Eine Frau steckte darin. Sie hielt den verspiegelten Raumhelm in einer Hand und zog mit der anderen an seinem Arm.

»Einsteigen, Herr Fahrer. Es gibt etwas zu erledigen. Ich benötige Ihre Dienste.«

»Wohin soll ich Sie bringen?«, erkundigte Nandes sich mit verklärtem Gemütszustand. Die Frau hatte wie selbstverständlich wieder vorn Platz genommen und schaute sich neugierig um.

»Zu einem Tachyographen. Haben Sie so etwas? Ich muss mit jemandem Kontakt aufnehmen, der weiter als die üblichen paar hundert Kilometer entfernt, auf einem anderen Planeten in einem anderen System, auf Informationen von mir wartet«, antwortete sie.

Sie hatte langes, goldschimmerndes Haar, wie auch Menschen auf den inneren Welten wie der Erde es meist trugen. Eine Seite des Kopfes war kahlrasiert, wodurch man die Markierungen, Abzeichen und Einfassungen auf der Haut deutlicher erkennen konnte. In ihren Augen spiegelte sich das Licht der Umgebung. Sie gehörte zur Allianz der Außenwelten. Eine Sicherheitsoffizierin.

»Tachyographen gibt es am Raumhafen. Wir können in ein paar Minuten dort sein. Wenn Sie mich nur machen lassen. Ich kenne da eine nette Abkürzung«, versicherte Nandes der Beamtin. Er musste sich beherrschen, sie nicht anzustarren. Sie war zu ungewöhnlich für ihn und seine Welt.

»Der Raumhafen ist der Ort, von dem ich mich gern fernhalten würde. Ansonsten hätte ich nicht mit der Rettungskapsel mitten im Nichts landen müssen, sondern mich in eine gut gepolsterte

Fähre mit Bordservice gesetzt. Gibt es sonst keine Möglichkeit, ein Echtzeitsignal zu senden?«

Nandes dachte nach. Mit einem Auge hing er an dem riesigen Ding im Himmel, mit dem anderen auf seinem Display.

»Hotels haben Tachyographen. Aber nicht alle. Das Tri Sunoj könnte einen haben. Es ist nicht weit entfernt.«

Sie nickte.

»Bringen Sie mich dort hin. So unauffällig es geht.«

Soren Nandes zeigte wenig Interesse an der Einhaltung ohnehin minimal vorhandener Sicherheitsprotokolle, solang er allein im Fahrzeug saß. Mit Passagieren an Bord sah das etwas anders aus. Menschen aller Welten legten erfahrungsgemäß Wert darauf, in einem Stück an ihrem Zielort anzukommen. Sie verließen sich blind auf den Fahrer, der im Idealfall alle Wege kannte und die Bedienung des Gleiters beherrschte. Allzu waghalsige Fahr- oder Flugmanöver brachten es mit sich, dass Passagiere erbost reagierten, oder im schlimmsten Fall ihren Mageninhalt im Inneren des Fahrzeugs verteilten.

Nandes' Taxi flog sicher und elegant auf einer kaum befahrenen Nebenroute. Sie führte nicht auf direktem Weg zum Hotel, sondern in einem weiteren Kreis an einem ausladenden Bergmassiv vorbei. Obwohl die Entfernung um einiges größer war, würde es hier weniger automatischen Verkehr geben. So ließ sich das Ziel im Idealfall schnell und diskret erreichen.

Er beschleunigte das Fahrzeug bis an die Grenzen dessen, was ihm vertretbar vorkam. In seinen Gedanken drehte sich alles um das Raumschiff am Himmel. Es musste mehrere Kilometer im Durchmesser groß sein, wenn es trotz der Position im Orbit so riesig erschien. Was mochte der Zweck eines solch gewaltigen Bauwerks sein? Und wozu war es in die Nähe Novas gekommen?

»Können Sie mir beantworten, was das dort oben ist? Ist das der Grund für Ihren Aufenthalt?«, fragte Soren Nandes.

Er bemühte sich, die Frage so banal und beiläufig wie möglich klingen zu lassen. Es sollte ihm niemand seine echte Verunsicherung anmerken. Schon gar nicht diese Frau aus den Reihen des Sicherheitspersonals der Außenwelten.

Diese war offenbar ebenso verunsichert. Sie hantierte mit dem Inhalt ihrer Taschen herum und hielt das blau leuchtende Exioret fest umklammert.

»Das dort oben ist ein Weltenprozessor. Ein Raumschiff. Ohne Besatzung. Erbaut, um andere Planeten für Menschen bewohnbar zu machen. Es gab viele davon. Vor etlichen Standardjahren ist dieses hier im Sol-System gestartet, als die Menschheit gerade begonnen hatte, den Weltraum zu bereisen. Sein Antrieb war damals auf dem höchsten Stand der Technik. Heute ist er hoffnungslos veraltet. Deswegen ist es vermutlich auch hier aufgetaucht. Eine Fehlfunktion«, informierte ihn die Sicherheitsbeamtin.

Soren Nandes schaute mit Skepsis in ihre Richtung.

»Eigentlich dürfte ich Ihnen das alles gar nicht erzählen. Ich sollte mich an meinen Auftrag halten«, ergänzte sie.

»Was ist Ihr Auftrag? Und warum taucht dieses Riesending ausgerechnet hier auf? Nova ist bewohnbar. Und zwar bereits seit mehr als 200 Jahren.«

»Das Schiff dort oben wurde vor etlichen Jahren auf die Reise geschickt. Es hat eine Reihe von Primärzielen und eine noch längere Reihe von Nebenzielen. Es wartet auf Anweisungen. Wenn es keine neuen Daten erhält, wird es mit der Mission beginnen. Es wird Nova zerstören. Sein einziger Zweck ist es, möglichst viele Mineralien und Metalle auf anderen Planeten abzubauen und zu den inneren Welten zu transportieren. Vollautomatisch. Ohne Hilfe.«

Sie hielt das Exioret auf Augenhöhe vor sich und fixierte es mit einem eisigen Blick.

»Hier drauf sind neue Flugbefehle. Ich muss dort hoch, und sie einspeisen. Sobald ich mit dem Tachyographen eine direkte Datenleitung etabliert habe, können wir dem Schiff neue Wegpunkte übermitteln. Es wird dann hoffentlich für eine sehr lange Zeit verschwinden.«

»Wie lange meinen Sie? Und wohin wird es verschwinden?«

»Ich schicke es fort. Auf eine Mission ohne Wiederkehr.«

Auf dem Kommunikationsdisplay erschien eine Warnung. Etwas näherte sich dem Taxi. Soren Nandes hatte Mühe, die eintreffenden Daten schnell zu interpretieren und darauf zu reagieren. Er starrte auf die Anzeige und schaltete instinktiv auf manuelle Steuerung um.

Auf dem Kommunikator des Fahrzeugs erschien indes erneut das Gesicht von Piro Nadiq, der nicht mehr seinen gelangweilten Blick in den Augen hatte. Er wirkte aufgelöst, ja beinahe ängstlich: »Was ist das dort oben? Hast du jemals ein so großes Schiff gesehen? Die Sensoren sagen, es ist vierzig Kilometer lang!«

Soren Nandes nickte, und versuchte ein freundliches und beruhigendes Gesicht aufzusetzen. Die Sicherheitsbeamtin stieß ihm mit der Faust auf die Schulter und deutete wild gestikulierend nach hinten. Von dort näherte sich ein mattschwarzer Frachtgleiter, der keine Mühe hatte, den gekonnt gewählten Fahrwegen von Soren Nandes zu folgen. Er hängte sich direkt an den rückwärtigen Teil des Taxis, in dem die Antriebsaggregate untergebracht waren.

※ ※

»Agentin Zidic! Wir wissen, dass Sie dort drin sind. Sorgen Sie dafür, dass der Fahrer seinen Wagen anhält. Es muss niemand zu Schaden kommen. Wir sind bereit, zu verhandeln«, befahl eine mechanische Stimme. Sie kam aus einem Lautsprecher, der offenbar außen an dem Lastfrachter war.

Soren Nandes schaute zu der Beifahrerin hinüber: »Agentin Zidic? Sind Sie das? Sind Sie damit gemeint?«

»Ja, das bin ich. Aber halten Sie nur nicht an. Diese Leute wollen den Exioret. Und sie dürfen ihn auf keinen Fall in die Hände bekommen.«

»In Ordnung. Sie bestimmen, wo es hingeht. Ich bin nur der Fahrer.«

»Agentin Nicoletta Zidic! Wir wissen, dass Sie in dem Taxi sind!«

Das Taxi machte einen gewaltigen Satz. Etwas war von hinten dagegen gestoßen. Noch einmal. Diesmal erkannte Nandes sofort, was geschehen war. Das andere, weit größere Vehikel hatte das Taxi gerammt. Einzelne Anzeigen im Display der Konsole flackerten in einem beunruhigenden Stakkato und informierten über Beschädigungen an den Stabilisatoren und am Antrieb.

Ein weiterer heftiger Schlag löste akustische Alarmsignale aus. Nandes und Zidic wurden beinahe aus den Sitzen gehoben. Das Taxi verlor rasch an Geschwindigkeit und Höhe.

»Festhalten. Das wird keine weiche Landung«, rief ein um Fassung bemühter Soren Nandes.

»Gefährlicher als die Notlandung vorhin wird es kaum werden. Versuchen Sie, den Wagen dort hinten zum Stehen zu bringen!« Zidic zeigte auf eine Lehtu-Baumgruppe in kurzer Entfernung zum Fahrweg.

Nandes bemühte sich, dem Wunsch nachzukommen. Er lenkte das Taxi mit unsicheren Fahrbewegungen in die Wildnis hinein, die sich blauschimmernd in alle Richtungen bis zum Horizont erstreckte. Die Anzeigen für Energie und Antriebskontrolle zeigten beständige Warnungen. Dies bedeutete das sichere Ende der Fahrt.

Das Taxi kam inmitten einer kleinen Baumgruppe zum Stehen. Nandes öffnete alle Türen des Wagens und sofort strich warme, wohlriechende Luft herein. Er atmete tief durch und beobachtete Agentin Zidic, die sich anschickte, das Exioret in einer Tasche an den Beinen des Anzugs zu verstecken.

Von hinten näherte sich der dunkle Lastfrachter mit bedrohlich klingendem Antrieb. Er kam wenige Meter entfernt zum Stehen und gehörte offenbar zu einer der Farmen aus der Umgebung von Neu-Vallario. Jemand musste ihn entwendet haben, um damit auf eigene Faust eine Reise zu unternehmen. Nandes schüttelte ungläubig den Kopf. Derart viele illegale Handlungen hatte es an einem Tag lange nicht mehr gegeben.

Die Tür auf der Fahrerseite öffnete sich geräuschvoll und etwas machte sich daran, das Fahrzeug auf ungelenke Art zu verlassen.

Ein Kampfroboter kam zum Vorschein. Er bewegte sich so, wie beschädigte mechanische Einheiten dies tun. Seine drei Beine hielten den Torso nicht richtig aufrecht, und einer der Sensoren für die Greifer an den Seiten war offenbar ebenfalls ausgefallen. Die Maschine knackte und knirschte bei jeder ihrer hakelig wirkenden Bewegungen. Nandes erkannte die Energiewaffe, die eine der Klauen in seine Richtung hielt. Nicht registrierte Waffen im Besitz einer nicht registrierten Robotereinheit. Er traute den Augen nicht.

»Wenn Sie schon so weit gehen, hier unten auf Nova nach mir zu suchen, dann dürfen Sie ruhig selbst mit mir sprechen. Einen ihrer Bots hätte ich nun nicht erwartet«, rief Zidic. Sie schritt langsam auf den Roboter zu, der sich ebenfalls mit deutlich hörbarem Knirschen in ihre Richtung drehte. »Und ich wusste gar nicht, dass diese Dinger in der Lage sind, einen Gleiter zu steuern«, fügte sie zähneknirschend hinzu.

Der Bot sprach mit der üblichen monotonen, synthetischen Stimme. Offenbar gab ihm jemand Befehle. Jemand von weit weg. Es dauerte mehrere Sekunden, bis eine Antwort eintraf: »Händigen Sie das Exioret aus, Nicoletta Zidic. Es ist Ihnen nicht gestattet, es bei sich zu tragen. Ihre Handlungen sind durch fehlerhafte Daten determiniert. Es handelt sich um registriertes Eigentum der Innenwelten.«

Soren Nandes hielt sich neben seinem Fahrzeug in Deckung. Einen derartigen Vorfall hatte es noch nie gegeben. Eine Agentin der Außenwelten in direkter Konfrontation mit einem illegalen Eindringling unbekannter Herkunft. Alles Mögliche konnte geschehen. Und er war mittendrin.

Nandes streckte den Kopf ein wenig höher, um dem Vorfall in einigen Metern Entfernung zusehen zu können. Von seinem Versteck aus hatte er eine direkte Sichtlinie zu dem beschädigten Roboter, der sich in behelfsmäßiger Abwehrhaltung positioniert hatte.

»Da irren Sie sich. Ihr veraltetes Schiff hat in diesem Sektor nichts verloren. Und ich stelle sicher, dass es verschwindet. Es ist meine Aufgabe, Schaden von den Äußeren Welten abzuwenden. Und genau das wird geschehen. Sie hatten Ihre Gelegenheit«, erklärte die energisch auftretende Agentin.

»Eine Entscheidung wie diese liegt nicht im Spektrum Ihrer Befugnisse. Händigen Sie das Exioret aus. Letzte Warnung«, verkündete die synthetische Stimme der Maschine. Ein nervenzerreißendes mechanisches Knirschen, gefolgt von einem grellen Blitz, zerriss die bis hierhin noch mit Vorsicht geführte Konversation. Soren Nandes duckte sich hinter das beschädigte Taxi. Er beobachtete mit Entsetzen, wie Agentin Zidic zu Boden fiel. Hatte der Roboter sie angegriffen und kampfunfähig gemacht? Eine Sicherheitsbeamtin, die eine Mission auf Nova ausführte? Er hatte schon der einen oder anderen Unregelmäßigkeit beiwohnen müssen, aber etwas Derartiges hatte es hier noch niemals gegeben. Er wollte fliehen. Er musste dieser Sache entkommen. Mit dem Taxi würde er es nicht schaffen. Es war durch die Rammstöße zu stark beschädigt. Die Antriebssysteme und Stabilisatoren befanden sich im hinteren Teil der Verkleidung, wo das Taxi den meisten Schaden eingesteckt hatte. Er musste zu Fuß flüchten. Oder mit dem schwarzen Frachter, den der Roboter zur Verfolgung genutzt hatte.

Nandes beobachtete, wie die Maschine sich aufgrund der Beschädigungen langsam und ungelenk auf die zwischen mildblauem Blattwerk am Boden liegende Agentin Zidic zubewegte. Als sie bis auf Armlänge herangekommen war, langte Zidic blitzschnell nach dem Greifer mit der Waffe.

Sie war mit einem Satz auf den Beinen. Weniger als einen Augenblick später hatte sie ihre eigene Pistole in der anderen Hand und richtete sie auf das Sensormodul am Kopf des Roboters. Mehrere scharfe Schläge krachten durch die natürliche Stille. Funkenflug und dichter Qualm verrieten, dass bei dem Bot nun vermutlich das Ende der Einsatzfähigkeit gekommen war. Das Chassis sank in sich zusammen, knirschte erbärmlich und fiel unkontrolliert hintenüber zu Boden.

»Nun weiß ich, warum Sie es auf Nova so genau nehmen mit der Robotertechnologie. Die Dinger sind wirklich hartnäckig. Nicht auszudenken, wenn mehrere hundert davon hier auftauchen würden. Zum Glück war er bereits beschädigt. Ich habe bei meiner ... Reise ... einige ausgeschaltet. Dieser hat es tatsächlich geschafft, mir bis hierher zu folgen.«

Agentin Zidic steckte ihre Waffe mit einer verspielten Handbewegung zurück in eine der Halterungen an ihrem Raumanzug und begutachtete zufrieden den qualmenden Müllhaufen.

»Ein Spielzeug. Sie bezeichneten diese Waffe als Spielzeug«, Soren Nandes schüttelte den Kopf und rollte mit den Augen. »Wie konnten Sie die Sensoren des Roboters überlisten? Ich hatte kurz Angst um Ihr Wohlergehen«, erkundigte er sich.

Zidic machte ein freundliches Gesicht.

»Sie registrieren menschliche Körperwärme und Bewegungen. Die Lehtu-Bäume haben ein Wärmebild, das die Sensoren beinahe komplett überlagert. Ich habe mich zu Boden fallen lassen, damit das Ding die Ortung verliert. Es musste seine Instrumente neu kalibrieren. Die Wurzeln der Bäume verlaufen knapp unter der Oberfläche. Das macht es doppelt schwierig für diese Dinger. Auf diese Weise gewinnt man genug Zeit, um sich mehrere Fluchtpläne zurechtzulegen«, erklärte sie.

»Unsere Maschinen hier auf Nova haben kein Problem damit. Sie können sehr gut zwischen Bäumen und Menschen unterscheiden.«

»Es sind Roboter der Erdwelten. Dort setzt man andere Prioritäten bei der Konstruktion von künstlichen Entitäten. Wie auch bei allem Anderen ... «

Zidic sah sich um und zeigte auf den Frachtgleiter.

»Soren Nandes, meinen Sie, dass Sie dieses Fahrzeug bedienen können? Ich muss das Signal initiieren und dann die Mission beenden. Bevor der nächste Kampfroboter meine Spur aufnehmen kann.«

Nandes nickte eifrig.

»Ich kann jedes Fahrzeug auf Nova bedienen. Steigen Sie ein. Aber dieses Mal wird es weitaus ungemütlicher. Ein Frachtgleiter ist nicht zur Fahrgastbeförderung bestimmt.«

Die nur wenige Minuten dauernde Reise zum Hotel erwies sich als Tortur. In der Fahrerkanzel des unförmigen Vehikels gab es gerade einmal genug Raum für einen Menschen. Für zwei erwachsene Personen, die nur behelfsmäßig auf dem schlecht eingestellten Konturensessel Platz nehmen sollten, wurde es schnell zur Qual. Die Anzeigen des Gleiters deuteten zudem darauf hin, dass auch die Stabilisatoren und Systeme dieses Fahrzeugs bei den Rammstößen Schaden genommen hatten. Nandes versuchte, das ruckartige Schlingern und die ungleichmäßigen Bewegungen von Hand auszugleichen. Nach einer Weile hatte er den Flugcomputer soweit im Griff, dass die beschwerliche Reise in der zu engen Kapsel erträglich verlief. Agentin Zidic, die sich bis hierhin verkrampft an einem Haltegriff festgeklammert hatte, entspannte sich und rutschte neben Nandes auf dem Sitz hin und her.

»Es ist nett, Ihre Bekanntschaft gemacht zu haben, Agentin Nicoletta Zidic«, versuchte Nandes die Situation zu entspannen.

»Was hätte ich nur ohne Ihre Hilfe gemacht, Soren Nandes? Die Sicherheit der Außenwelten ist Ihnen einiges schuldig. Allein hätte ich keines der Fahrzeuge auf Nova bewegen können«, bemerkte sie mit einem Lächeln, das er nicht recht deuten konnte.

»Nun, wenn dieses Ding dort oben tatsächlich verschwindet, oder Sie es gleich auf einen anderen Kurs bringen, dann sind wir gewissermaßen quitt. Wenn Sie mal wieder auf Nova sind, lassen Sie es mich wissen. Ich biete mich Ihnen als privater Fremdenführer an. Ganz offiziell und ohne Verpflichtungen versteht sich.«

»Soll das etwa ein Angebot sein?«

»Warum nicht? Oder besuchen Sie nie andere Orte nur zur Erholung?«

»Nun, da wir uns jetzt schon so nahegekommen sind, wäre

ich nicht abgeneigt. Allerdings muss ich meine Mission zu Ende führen. Und niemand kann sagen, wann ich es schaffe, wieder in diesen Sektor zurückzukehren.«

Das Geräusch einer sich aufladenden Energiewaffe unterbrach das Gespräch. Etwas Kaltes legte sich an Soren Nandes' Hinterkopf.

»Anhalten, Taximann«, schnaufte jemand von hinten.

Nandes zuckte instinktiv zusammen und überlegte, warum er oder Agentin Zidic nicht im Laderaum des Gleiters nachgesehen hatten. Sich dort zu verstecken gehörte zu den abwegigsten Dingen, die ein Mensch sich einfallen lassen konnte. Dort gab es nur Platz für Transportgut. Keine Sitzplätze für Passagiere. Er spürte, wie die Hand von Agentin Zidic sich in seinen Oberschenkel krallte.

»Zidic! Eine falsche Bewegung und ich drücke ab. Geben Sie mir Ihre Waffe. Ich meine es ernst. Sie erwarten nicht wirklich, dass wir zusehen, wie Sie unser Schiff in eine Sonne stürzen lassen, oder? Es ist mehr wert als dieser ganze Planet«, fuhr die atemlose Stimme fort.

Die Frau bewegte ihre Hand vorsichtig zu der Halterung an ihrer Hüfte, in der sie ihre Spielzeugwaffe trug. Soren Nandes wagte nicht, sich auch nur millimeterweise zu rühren. Er starrte erwartungsvoll auf das Display, das in maximaler Genauigkeit ein Abbild desjenigen wiedergab, der aus dem hinteren Abteil des Gleiters mit Gewaltanwendung drohte.

Es war der Tourist, den Nandes erst vor Kurzem vom Raumhafen zum Hotel Tri Sunoj chauffiert hatte. Er wirkte noch genauso deplatziert und fremd wie zuvor. Nur trug er jetzt eine schussbereite Waffe bei sich. Er klammerte sich mit der anderen Hand am Sitz des Fahrers fest und schien nicht recht zu begreifen, dass er im Falle eines Angriffs nicht unbescholten entkommen würde.

Nandes wusste, wie er diese Situation schnell und unauffällig bereinigen konnte. Er setzte die automatische Stabilitätskontrolle mit einer Fingerbewegung außer Kraft und beschleunigte den Gleiter auf das zulässige Maximum.

Ein heiserer Schrei aus der Ladebucht, der bald in ein hässliches und schmerzerfülltes Gurgeln überging, übertönte den aufheulenden Antrieb des Frachtgleiters. Ein Schuss aus der Waffe des Touristen löste sich, traf aber nur eine der Kisten auf der Ladefläche.

Nandes vermied es, den hinteren Teil des Gleiters mit der Kameraüberwachung im Auge zu behalten. Er wusste, was dort geschah. Es würde eine Weile brauchen, den Schmutz zu entfernen und das Fahrzeug wieder uneingeschränkt nutzbar zu machen. Aber das war eine Aufgabe, um die sich jemand anderes kümmern konnte. Es gab Maschinen für solche Arbeiten.

Das gigantische Schiff am Himmel über Nova begann sich langsam in die Höhe zu schrauben. Der Schatten verschwand damit ebenso unauffällig, wie er erschienen war. Soren Nandes hatte gehofft, dass sich eine Gelegenheit ergeben würde, noch etwas mehr über die aufregende Arbeit der Sicherheitsagentin zu erfahren. Doch Zidic verschwendete keine Zeit. Sie erfüllte ihre Mission mit dem Ehrgeiz, den man offenkundig von ihr erwartete. Sie bestieg ein Raumschiff der Sicherheit, das nur Minuten nach ihrer Kontaktaufnahme mittels Tachyographen nahe dem Hotel landete und verschwand damit in den Weiten des Himmels. Ohne Abschied. Ohne Erklärungen. Nandes glaubte zu verstehen, warum.

Er verbrachte den Rest des Tageszyklus etwas nachdenklich am Wartestreifen des Raumhafens von Neu Vallario. Ankommende Reisende strömten ausgelassen aus dem Terminal und traten erwartungsvoll die Passage zu ihren Unterkünften an.

Eine erst vor wenigen Stunden verloren geglaubte Nicoletta Zidic hielt direkt auf sein Fahrzeug zu.

»Hallo Soren Nandes. Das ging schneller als gedacht. Dieses Mal habe ich das Erholungspaket gebucht. Ich habe mir sagen lassen, Sie wüssten, wo es langgeht. Abfahrt!«

ENDE

A.L. NORGARD

A.L. Norgard, Jahrgang 1970, schreibt seit seiner Jugend Kurzgeschichten und Novellen im Bereich Science-Fiction und Fantasy. Veröffentlichungen in Fanzines, Comic-Zeitschriften und im Bereich verschiedener Pen & Paper-Rollenspiele finden seit den 1980er Jahren Beachtung und Anerkennung.

Facebook: @NorgardAL

ERST-KOMMUNIKATION

PAUL TOBIAS DAHLMANN

Der Raketenfahrstuhl senkte sich auf den Planeten. Er glitt hinab an dem Hochenergiestrahl zwischen dem geostationären Satelliten und der Bodenstation. Der Strahl versorgte und steuerte die Düsen. Die Insassen konnten das Panorama genießen, während die Oberfläche auf sie zu kam.

»In der Realität sieht dieses Netzmuster eindrucksvoller aus als auf den Fotos«, erklärte Professor von Morvin dem General neben ihm. Dabei meinte er das Muster der Klippentäler. Die tektonischen Platten der Welt verschoben sich nur sehr langsam. Daher bestand ein großer Teil des Festlandes aus Hochebenen, in denen die Erosion tiefe Furchen hinterlassen hatte. Einige waren breit, andere schmale Schluchten.

In den Tälern wucherten Dschungel in vielerlei Tönen von Grün und Blau. Die Hochebenen wirkten dagegen kahl und waren oft savannenartig. Die Einschnitte zwischen ihnen glühten wie bunte Adern je nach Höhenlage und Ausdehnung in unterschiedlichen Nuancen. Sie bildeten ein gemustertes Netz, so dass es von oben aussah, als schaue man auf einen eigenwillig gewachsenen Edelstein.

Als der Fahrstuhl tiefer sank, wurden weitere Strukturen erkennbar. Auf der Ebene unter ihnen zeichneten sich bewirtschaftetes Land und Städte ab. Die Siedlungen waren über große Flächen verteilt und verliefen auf mehreren Geländeabschnitten, manchmal verbunden über riesige Brücken. Dennoch prägten sie fast keine Zentren aus, sondern bildeten locker assoziierte Siedlungsbereiche.

Es gab deutlich weniger Wirtschaftsland, als es im Verhältnis bei menschlichen Städten gegeben hätte. Feldfrüchte und Viehwirtschaft waren bunt durcheinander gemischt. Manche Plantagen schienen mitten auf Stadtgebiet platziert.

Der Fahrstuhl näherte sich dem Ziel. Die Forschungsstation war angelegt wie eine Artilleriefestung mit fünf Schanzen in alle Himmelsrichtungen. Der Wissenschaftler wusste, dass dies nicht nur praktische Gründe hatte. Einen Angriff befürchtete niemand, wohl aber Schaulustige, die sich die Weltraumwesen ansehen wollten. Die Fünfzahl war Basis des Zahlensystems auf Cri-en, und wurde hier an vielen Stellen ganz selbstverständlich so angewandt.

Der Fahrstuhl landete in einem Gestell auf dem Dach der Einrichtung.

»Kommen Sie! Vergessen Sie Ihren Kasten nicht!«, rief General Ratterstedt dem Wissenschaftler zu, während er selbst über die Leiter ins Freie kletterte.

»Nach den ganzen Jahren der Entwicklungszeit lasse ich den Translator bestimmt nicht in einem Aufzug stehen«, murrte Professor von Morvin und nahm das klobige Gerät behutsam auf. Sie betraten die Station, wo sie bereits lange erwartet worden waren.

Einige Tage später schritten die beiden Männer zu einem Versammlungsplatz in der angrenzenden Stadt. Sie wurden begleitet von drei Angehörigen der Stationsbesatzung, damit sie fünf waren. Dabei hätte es nur der Kulturanthropologin Wilhelmine Goldbrand wirklich bedurft. Sie hatte Ahnung von den örtlichen Verhältnissen. Die anderen beiden Menschen waren Soldaten niedriger Dienstgrade mit gelangweiltem Gesichtsausdruck. Sie schleppten abwechselnd den Kasten mit dem Translator.

Die Forscher schritten durch ein Sammelsurium aus Gebäuden unterschiedlicher Art. Es gab schlanke Türme mit Spindelrampen an der Außenseite, und noch höhere Schornsteine. Die Etagen waren meist flach und in die Breite gebaut. Es gab keine einheitliche Stadtplanung. Die Häuser waren nur auf die Nachbargebäude abgestimmt. Auch Straßen zeichneten sich fast keine ab.

Zwischen den Bauwerken gab es immer wieder Grünanlagen, bei denen nicht klar wurde, ob sie primär Parks oder Obstplantagen sein sollten. Hin und wieder klapperten dampfbetriebene Busse vorbei.

»Sind eigentlich alle Städte der Enier wie diese, Frau Goldbrand?«, fragte Professor von Morvin, weil er das erste Mal auf dem Planeten war.

»Nein.« Die Kulturanthropologin rollte mit den Augen. »Dies ist eine der wenigen, die noch ein wenig Logik erkennen lassen.«

Währenddessen glitten die meisten Blicke des Forschers über die Enier selbst. Verschiedene Aufnahmen hatten ihn nur bedingt vorbereiten können auf das, was er sah. Die Wesen erinnerten grob an Seesterne mit einem ausgewachsenen Durchmesser zwischen fünf und zehn Metern. Sie hatten fünf Arme, woran sich ihr Zahlensystem und ihre Logik orientierten. Ihre Farbe war oft eine Schattierung von graugrün, doch auch matte Rottöne kamen vor.

Enier trugen als Kleidung lockere Tuche und allerlei Binden. Viele hatten rucksackartige Taschen oder Holster für schwer definierbare Gegenstände nahe an ihrem Mittelkörper. Einige waren still, andere stießen schrille Pfeiflaute in bestimmte Richtungen aus. Zur Sinneswahrnehmung benutzten sie ihre gesamte Hautoberfläche, die eine empfindliche Membran war.

Kleine Gruppen von ihnen warteten in einigem Abstand, während die Menschen vorbeigingen. Erst an dem Versammlungsplatz wurde ihre Zahl deutlich größer.

Dort standen hunderte von ihnen um ein rundes Dutzend Stelen herum. Die Säulen waren unterschiedlich in ihrer Gestaltung. Mittlerweile wussten die Menschen, dass jeweils einzelne Enier von hoher sozialer Stellung sie anfertigten. Was die speziellen Stelen dieses Platzes bedeuten sollten, wusste keiner der Anwesenden.

Eine Gruppe aus fünf Eniern erwartete die Ankömmlinge. Sie quietschten untereinander. Man konnte nicht erkennen, wo genau die Geräusche herkamen. Unregelmäßig wedelten alle mit Fangarmen in Richtung der Neuankömmlinge.

Wilhelmine Goldbrand erklärte, dass man dieses Verhalten am besten ignorieren sollte. Die Menschen begannen stattdessen damit, den Translator aufzubauen. Professor von Morvin scheuchte alle anderen zur Seite, als es an die Feineinstellungen ging. Er hatte den Übersetzer konstruiert. Da jener nicht mit einem festen Vokabular arbeitete, sondern mit einer Erkennung von Sprachmustern, konnte ihn außer ihm niemand richtig einstellen. Schließlich tippte er minutenlang konzentriert auf einem Display herum. Den Menschen wurde die Wartezeit ungemütlich lang. Die Enier störten sich augenscheinlich nicht an ihr.

Am Ende blickte der alte Mann auf, und nickte dem General zu. Dieser stellte sich in großer Geste neben den Kasten, nahm ein ihm angebotenes Mikrophon, und räusperte sich.

»Meine Damen und Herren!«, rief er. Aus dem Translatorkasten drangen schrille Geräusche wie von Metallplatten. Sie zogen die Aufmerksamkeit der Enier sofort auf sich.

Unterdessen meinte Wilhelmine Goldbrand halblaut: »Sie sind Hermaphroditen.«

Der Offizier fuhr unbeirrt fort: »Ich bin Rudolf Ratterstedt, General Seiner Majestät des Kaisers des Volkslandes. In meiner Begleitung befinden sich Frau Wilhelmine Goldbrand, die Sie bereits kennen, und der Herr Maximilian von Morvin.«

Der Professor entschied sich, nicht auf die ihm zustehende Anrede als Baron zu insistieren. Über die Geräusche aus dem Kasten war er ohnehin schwer zu verstehen. Vielleicht konnte man ihn später noch leiser stellen.

Zwischenzeitlich bewegte sich einer der Enier in einer fließenden Bewegung nach vorne. Er stach nicht besonders hervor. Jedes der Wesen hatte kleine Eigenarten. Dieses hatte eine lange Antenne an seinem Körper befestigt, bei der ein Eisenstab mit Kupferdraht umwickelt war. Der Enier quietschte und machte mit zwei Armen eine greifende Geste zu den Menschen hin.

Bei den Geräuschen wurde der Translatorkasten aktiv. Da die Schallwellen halbwegs auf ihn gerichtet waren, versuchte er sie abgehackt und stückweise zu übersetzen: »Ich bin Linksdavorne. Ich bin Experte für Schluchtenhasen und Talkaninchen. Hallo! Es freut mich, Sie kennen zu lernen und Ihnen eine Runde auszugeben.«

Professor von Morvin kam zu dem Schluss, dass seine linguistischen Algorithmen etwas zu frei interpretierten. Das würde er noch verbessern müssen. Dennoch wurde der Zusammenhang einer Begrüßung und Vorstellung klar. Demnach war das Vokabular auch nicht in jeder Hinsicht falsch von dem Gerät ausgesucht worden.

»Sind Sie der Anführer dieser Stadt?«, fragte der leicht irritierte General indessen.

»Ich bin Linksdavorne«, quietschte der Kasten. »Wir sind famose Wissenschaftler. Der Bauaufsichtsrat ist in seinem Büro. Wollen Sie den Agrarminister, den Turnvater oder das Sozialamt sprechen?«

Nun war General Ratterstedt endgültig um eine Antwort verlegen. Hilfesuchend schaute er zu dem Professor.

Der seufzte und übernahm das Reden: »Wir freuen uns, Sie kennen zu lernen. Wir sind ebenfalls Wissenschaftler.« Die Kulturanthropologin verbeugte sich leicht. »Ich hoffe sehr auf erquickende Gespräche, die unsere beiden Seiten weiterbringen.«

»Ja, Wegbringen ist gut. Wir werden uns sehr gerne für Ihre Kaffeefahrt anmelden. Wohin wollen Sie uns denn bringen mit dem Gletscherluftballon?«

Baron von Morvin erkannte nicht nur, dass der Text etwas wörtlich genommen worden war. Offensichtlich sprach das Wesen auch sofort den Raketenfahrstuhl an. Deshalb erklärte er: »Der

Aufzug zu den Sternen ist nur für unsere Benutzung ausgelegt. Sie würden auf eigene Fluggeräte zurückgreifen müssen, sofern Sie daran ein spezielles Interesse haben. Woran wir interessiert sind, ist ein Austausch von Kenntnissen.«

»Das sind wir auch. Wir sind interessiert an Kenntnissen über Ihren Ballon. Aber was meinen Sie mit Feuern auf Berggipfeln?«

Mit einem Mal überlief den Linguisten ein siedendheißer Schauer. Er erkannte, dass die Enier mit ihrer Exomembran nicht wirklich sehen konnten. In der Folge nahmen sie auch keine Sterne wahr, und mussten ein entsprechend verschobenes Weltbild haben. Der Translator konnte ihnen Lichter am Himmel nur als Feuer auf Bergen erklären.

Vorsichtig meinte der alte Forscher: »Ich habe eine wichtige Gegenfrage: Woher, glauben Sie, kommt der Unterschied zwischen Tag und Nacht?«

Lautes Gezwitscher zwischen den Wesen erklang. Schließlich sagte der Kasten: »Da die Welt nachweislich eine Murmelgestalt hat, sind wir fast sicher, dass ein Stövchen in einigem Abstand um sie herum eiert.«

»Was glauben Sie, wie groß dieser Abstand ist?«

»Wir sind fast sicher, dass der heiße Bimsstein in ein bis zwei Weltdurchmessern Entfernung fliegt. Weniger kann es wegen der Verteilung der Gezeiten nicht sein, und viel mehr auch nicht, weil er sonst riesengroß sein müsste.«

»Diese spezielle Sonne ist tatsächlich riesengroß.« Professor von Morvin rieb sich das Nasenbein. Wie sollte er den Seesternwesen die nuklearen Prozesse auf dem Riesenstern klarmachen, um den ihr Planet kreise?

Sein Gesprächspartner jedoch war mit seinen Gedanken bereits deutlich weiter geeilt. Der Wissenschaftler hatte mehrere Sonnen angedeutet, und so fragte das Wesen: »Wollen Sie damit sagen, dieser Bimsstein ist kein Einzelfall? Gibt es weitere davon? Meinen Sie das mit Feuern auf Berggipfeln? Gibt es auch anderswo Welten wie unsere?« Das Wesen zwitscherte und piepte plötzlich wie ein ganzer Konzertsaal.

»Im Wesentlichen trifft Ihre Vermutung zu«, warf Wilhelmine Goldbrand ein. »Allerdings hätten wir es Ihnen lieber schonender vermitteln sollen. Im Nachhinein scheint es Sie aber nicht so sehr überrascht zu haben, wie ich es vermutet hätte.«

»Ach, das ist ganz einfach«, quietschte der Enier. »Die Theorie, dass es so sein könnte, gab es bei uns schon seit dem Jahr, als der Regen fiel, und ein Vogel sang. Sie wurde nur von den Pflaumenpflückern für sehr unwahrscheinlich gehalten.«

»Gut.« Maximilian von Morvin atmete durch. »Ich hoffe, Sie haben dann auch soweit gedacht, dass auf den anderen Welten auch andere Wesen existieren könnten?«

Das Pfeifkonzert unter den Eniern steigerte sich zu einem unerträglichen Crescendo. Einzelne Fangarme wedelten in der Luft herum.

Schließlichlich war es wieder das erste Seesternwesen, welches nachhakte: »Also fliegen Sie gar nicht auf eine einsame Pirateninsel, sondern Sie kommen von einer Höhle oben auf einem fernen Berg? Wie ist es dort? Haben Sie dort Reis ohne Wurzeln? Warum fallen Sie nicht herunter?«

»Einen Moment!« Der Wissenschaftler unterbrach den Redeschwall mit erhobenen Armen. »Ein Teil Ihrer Annahmen stimmt. Aber Sie werden sicherlich auch eine Reihe falsche Prämissen und Schlussfolgerungen haben. Sehen Sie? Genau deshalb sind wir hier, um mit Ihnen auf Ihrer Welt zu reden. Das ist der Austausch von Informationen, um den es uns geht.«

Die Enier quietschten weiterhin untereinander. Die fünf vor der Menschengruppe führten dabei ein Gespräch, das sich zu einer Melodie entwickelte. Die Menschen hatten vielfach den Eindruck, dass die fremden Wesen plötzlich einen Chorsatz aufführen wollten.

Schließlich trällerten sie tatsächlich etwas gemeinsam in den Translator. Dieser übersetzte: »Wir kommen mit Waffen, um Freude zu bringen. Wir reden und lesen mit euch fremden Menschen. Wie kommen wir denn jetzt zu den Bergfeuern? Wo ist euer Schiffssteuerrad? Wir brauchen eine Navigationshilfe. Das Orakel vom Springbrunnen hilft uns nicht genug.«

»Was?«, entfuhr es mehreren Menschen gleichzeitig. »Was ist denn jetzt das Orakel vom Springbrunnen?«

Der Enier Linksdavorne ruderte mit den Armen. »Das Orakel sitzt in der Tiefe, genau andersherum wie hohe Berge. Deshalb ist es falsch, auch, wenn es etwas Anderes glaubt. Wir wollen schließlich noch höher als nur nach oben. Deshalb müssen wir auf den Gletscherluftballon. Wenn eurer zu konservendosig ist, brauchen wir eben Zweitausführungen. Könnt ihr nachladen oder wollt ihr einen Papierkrieg?«

»Ihr Enthusiasmus in allen Ehren!« Professor von Morvin ruderte mit seinem Zeigefinger wie mit einem Stock, wie er es sonst manchmal vor Studenten an einer Tafel tat. »Ich kann durchaus nachvollziehen, dass Sie sich für uns und unsere Herkunft interessieren. Allerdings haben Sie selber gerade einmal Dampfmaschinen gemeistert. Zwischen diesen und den simpelsten interplanetaren Raumschiffen liegen etliche Generationen. Das werden sie nicht einfach innerhalb weniger Jahre nachholen können.«

»Lassen Sie das unsere Sorge sein! Wer von uns Flöße baut, wird einfach keine Kinder amputieren. Dann hat er mehr Zeit. Wenn wir genug Rennwagenmechaniker an dem Problem arbeiten lassen, dann wird es schon hinreichend problematisch werden.«

»Den Teil befürchte ich allerdings ebenfalls«, warf General Ratterstedt mit ätzender Stimme ein. »Darf ich alle darauf aufmerksam machen, dass das Reich Restriktionen nicht nur bei militärischen, sondern auch bei hochtechnologischem Exporten hat? Außerdem gibt es zahlreiche Gründe, warum man Fremden auf einem größtenteils unbekannten Planeten nicht zu viel Wissen zur Verfügung stellen sollte.«

»Ich weiß. Ich kenne Geschichten dazu«, gab Baron von Morvin kleinlaut zu. »Viele von ihnen enden sehr schlecht für die Wohltäter, wenn die Empfänger neue Technologien bei der ersten Gelegenheit gegen sie einsetzen.«

»Also bitte!«, schnappte die Kulturanthropologin entrüstet. »Ich habe mir schon ein hinreichendes Bild von den Eniern gemacht. Ehrlichkeit und Ehrbarkeit sind bei allem Chaos hervorstechende Eigenschaften bei ihnen. Selbst die Ansprüche des Oberhauses würden auf ihre Anführer zutreffen.«

Die letzten Teile der Diskussion waren so geführt worden, dass der Translator sie nicht automatisch übersetzt hatte. Parallel zu den Menschen hatten auch die Enier zu diskutieren begonnen. Nun drängte sich ein Neuer von ihnen nach vorne, und schnatterte: »Was ist nun? Wir sind sehr interessiert an Ballons, Flößen, Schonerbarkassen und Rettungsringen voller Helium. Was haben Sie in der Hinsicht für uns?«

»Nichts!«, blaffte der General sofort. »Entwickeln Sie Ihre Heliumraumschiffe selber, wenn Sie sie haben wollen!«

Professor von Morvin betonte ruhiger und versöhnlicher: »Ich fürchte, Sie würden so fortschrittliche Technologien nicht verstehen können. Es braucht nun einmal Zeit zum Bau jener Fortbewegungsmittel, um die es Ihnen geht.«

Der Enier indessen ließ nicht locker: »Jetzt sind Sie schon einmal hier und servieren die Suppe. Warum sollen wir keine Backerbsen haben? Gewöhnen Sie sich bitte schön an den Gedanken, dass man auf Cri-en Geschnetzeltes mit Pilzen will!«

»Also, nochmal:« Der General raufte sich unwillkürlich die Haare. »Wir wollen von Ihnen Kenntnisse über Ihre Kultur, Ihre Gesellschaft, und besonders auch die Eigenheiten Ihres Planeten. Im Austausch bieten wir Ihnen gerne technische Kenntnisse, mit denen Sie etwas anfangen können. Wir können Ihnen eine bessere Straßenbeleuchtung verschaffen, Kraftwerke bauen und Ihre Produktion an Feldfrüchten verbessern. Wir können auch darüber reden, Ihre medizinische Versorgung zu verbessern. Ionenantriebe und Fusionsgeneratoren stehen nicht zur Debatte.«

Zwei Enier drängten sich gleichzeitig nach vorne. Sie fummelten schnell mit den Armen an einander herum. Schließlich wendete einer von ihnen sich zum Translator: »Hören Sie auf mit Ihrem Oboenkonzert! Wir haben genug Mandarinen. Niemand von uns ertrinkt im Hallenbad. Wir brauchen weder Glasperlen noch Brummkreisel. Wir wollen Schwungräder und Rechenschieber!«

Die Kulturanthropologin Wilhelmine Goldbrand musste sich sichtlich bemühen, nicht loszulachen. »Wie man sich bettet, so liegt man«, meinte sie. »Wenn die Enier Hochtechnologie bei uns sehen, dann wollen sie diese natürlich auch haben.«

»Aber sie ist noch nichts für sie!«, rief der General.

»Das meinen Sie.« Die Forscherin streichelte über eine Stele direkt neben sich. Sie fühlte über die eingravierten Ornamente. »Ich weiß nicht, zu was genau die Enier im Stande sind. Je fremdartiger eine Spezies ist, desto schlechter kann man sie einschätzen.«

»Ich schätze sie so ein, dass wir ihnen gerade mit einer Utopie und mit Wunschträumen vor der Nase herumwedeln«, sagte Professor von Morvin. »Wir können sie nicht beliebig lange in die Zukunft vertrösten, wenn sie es haben wollen. Das wäre unehrenhaft.«

»Wir reden über riesige wandelnde Seesterne.« General Ratterstedt trat von einem Bein aufs andere. »Unsere und ihre Vorstellungen von Idealwelten werden erheblich abweichen.«

»Wir reden nicht darüber, ihnen Atombomben und Gravitationsstrahlen zu überlassen«, sagte Maximilian von Morvin langsam. »Warum, bei allen Höllen, sollen sie denn keine Raumantriebe haben? Wir eröffnen ihnen gerade ein sehr viel realistischeres Weltbild, als sie es bisher hatten. Innerhalb dieses Bildes werden sie die Denkweisen der Volksländer Kultur übernehmen. Das ist ganz normal. Daraus wiederum folgt, dass auch der technologische Anpruch ein entsprechendes Niveau haben wird.«

Der General rang mit sich selbst. Schließlich meinte er: »Na gut. Auf Ihre Verantwortung. Dann bringen wir eben der fremdartigsten Kultur, von der ich bisher gehört habe, modernes Leben bei.«

»Für uns ist es moderner Alltag«, wiederholte Wilhelmine Goldbrand. »Für diese Wesen ist es eine Utopie. Natürlich wollen sie in ihr leben. Es ist stets die Verantwortung des Fortschrittlicheren, dem Rückständigeren eine solche Möglichkeit anzubieten.«

ENDE

PAUL TOBIAS DAHLMANN

Paul Tobias Dahlmann (Jahrgang 1975) stammt aus Bochum. Dort wuchs er mit klassischen, positiven Zukunftsromanen auf. Später widmete er sich auch anderen Arten der Phantastik, sowie speziell mittelalterlicher Geschichte und Erzählkunst, auch als Studium. Das utopische Ziel verlor er dabei jedoch nie aus den Augen, sondern suchte es in immer neuen Formen zu entdecken.

DER TAG DER ERKENNTNIS

YANN KREHL

Die Gebäude waren so tot und grau wie der Himmel über ihnen. Sämtliche Fassaden waren von Bomben und Zerfall zerfressen, in den Straßen häufte sich der Schutt, und irgendwo am Horizont stieg eine Rauchsäule auf. Die Menschen waren in verrosteten Wagen mit altertümlichen Verbrennungsmotoren oder zu Fuß unterwegs und in aschfarbene Lumpen gekleidet. Sie schienen alle ihre Habseligkeiten mit sich zu tragen und wirkten noch trostloser als die Landschaft, durch die sie sich bewegten.

Fatima wand sich von dem zerbrochenen Fenster ab und blickte auf den Mann, der mit ihr in dem schimmligen Zimmer voller Unrat stand. Es sah so aus, als könnte seine abgenutzte Kleidung jede Sekunde auseinanderfallen und zu einem Haufen Lumpen werden. Alles an ihm war schmutzig und verlebt, und der resignierte Ausdruck auf seinem Gesicht stellte klar, dass er diese Einschätzung teile.

»Und«, fragte er interessiert. »Was sehen Sie?«

»Verfall. Verzweiflung. Das Ende der Welt.« Sie schaltete das Overlay aus und blinzelte in dem hellen Licht, das nun durch die Gläser der Datenbrille drang. Sie brauchte ein paar Sekunden, bis sie Kriminalhauptmeister Bergmann wieder klar sehen konnte. »Irgendein Endzeit-Overlay, aber ein ziemlich gut gemachter.«

»Hätte nicht gedacht, dass er auf so etwas Düsteres steht, Kommissarin Nader.«

Das Zimmer war hell und geschmackvoll eingerichtet. Fatima zuckte mit den Schultern.

»Und was haben Sie gefunden, Bergmann?«

»Den gesuchten Datenstick. Lag da auf einem Stapel Jeans.«

Er zeigte in Richtung eines Schranks, in dem sauber zusammengefaltete Kleidungsstücke lagen, präsentierte ihr kurz den Datenträger und hielt ihn dann an seine eigene Datenbrille. Bergmanns Pupillen begannen sich rapide hin und her zu bewegen, so als würde er mit offenen Augen träumen, doch der Rest seines Gesichts drückte tiefste Konzentration aus. Die Gläser der Brille blieben vollkommen klar, und nur dann und wann schienen sie eine Lichtquelle zu reflektieren, die nicht existierte. Wieder einmal wünschte Fatima Nader sich, dass man bald die neue Generation Datenbrillen an alle Beamten austeilen würde, bei denen sich die Gläser automatisch verdunkelten, wenn man sie als Display benutzte.

Sie ließ ihren Kollegen stehen und setzte die Durchsuchung der Wohnung unter den wachsamen Kameraaugen der Zeugendrohnen fort. Sie fand das, was man in der Unterkunft eines Mittzwanzigers erwarten würde, der einen erfolgreichen Start ins Berufsleben hingelegt hatte, aber auch eine starke persönliche Note. Offensichtlich interessierte sich Hans Straubner für Geschichte und Politik. Viele der über die elektronischen Bilderrahmen flackernden Schnappschüsse zeigten ihn auf Reisen oder mit seiner Freundin. Einige der Wäschestücke und Hygieneartikel im Bad stammten vermutlich von ihr. Fatima fand kein Telefon und kein Tablet - der Durchsuchungsbefehl hätte sie sowieso nicht dazu befugt, seine Kommunikation auszuwerten.

Sie kehrte ins Schlafzimmer zurück. Linus Bergmann stand immer noch an der gleichen Stelle, blinzelte kurz und blicke sie dann direkt an.

»Das ist definitiv der Stick, den seine Firma vermisst. Und die Dateien darauf scheinen auch zu passen, soweit ich das anhand der zugänglichen Metadaten sagen kann. Sie sind stark verschlüsselt, genau wie beschrieben.«

»Aber er könnte sie vervielfältigt haben. Wenn sie wirklich so wertvoll sind, wie die Firma behauptet hat.«

»Oder er hat sich das alles aus irgendeinem nachvollziehbaren Grund auf den Stick geladen und hatte ihn noch in der Tasche, als er sein Büro verlassen hat. Sehen Sie die Kratzer hier am Gehäuse? Würde mich nicht wundern, wenn das Ding einen Waschgang mitgemacht hat, bevor es entdeckt wurde.«

»Also ein Verstoß gegen die Arbeitsrichtlinien und Schusseligkeit?«

»Ist leider auch schon bei uns vorgekommen. Und er arbeitet nur bei einer Werbeagentur.« Bergmann verstaute den Datenstick in einer Plastiktüte und übergab ihn der Asservatendrohne. »Der Rest der Wohnung?«

»Nichts, was auf einen unfreiwilligen oder überstürzten Aufbruch hindeutet. Kein Handy, kein Tablet - und ich würde mich wundern, wenn er nicht noch eine bessere Datenbrille hat als diese dort. Vermutlich hat er alles eingepackt und ist zu seiner Freundin gefahren.«

»Wenn ich mich nicht täusche, haben seine Eltern keine erwähnt.«

Fatima sah sich noch ein letztes Mal in dem Raum um und verließ ihn dann. Bergmann folgte ihr.

»Dass er nicht bei ihnen aufgetaucht ist, wirkt jetzt ein bisschen weniger seltsam. Oder dass er nicht auf ihre Anrufe reagiert.«

»Okay. Aber seine Firma hat ebenfalls versucht, ihn zu erreichen. Genau wie wir.«

»Nicht ans Telefon zu gehen ist unhöflich, aber kein Verbrechen.«

»Das erklärt aber nicht, warum er zwei Tage lang nicht zur Arbeit erschienen ist.«

Sie traten in den Hausflur, warteten bis die Drohnen die Wohnung verlassen hatte und schlossen dann die Tür hinter sich.

»Junges Glück - oder ein gebrochenes Herz? Ich denke, wir sollten einmal persönlich mit den Eltern reden.«

Als sie unten auf der Straße ins Auto stieg, blickte Fatima zum Horizont, an dem - sehr zu ihrer Erleichterung - kein Rauch zu sehen war.

<hr />

Die Sache mit dem vermissten Datenstick war nicht der Grund für die Durchsuchung gewesen. Auch nicht die Tatsache, dass Hans Straubner seinem Arbeitsplatz zwei Tage lang unentschuldigt ferngeblieben war, das Treffen mit seinen Eltern verpasst hatte und nicht auf Anrufe reagierte. Aber als diese Informationen bei der Dienststelle zusammengelaufen waren, hatte man Fatima und Bergmann losgeschickt - zusammen mit zwei Rettungssanitätern, nur für den Fall, dass es sich um einen medizinischen Notfall handelte. Die beiden hatten die Beamten nach der ersten, hastigen Durchsuchung der Wohnung entlassen können.

»Ich frage mich wirklich, ob wir die Sache nicht zu den Akten legen können - was erfordert hier eigentlich noch das Eingreifen der Polizei?«

Sie wand sich zu Bergmann um, der auf dem Fahrersitz saß und sich gähnend streckte, während der Autopilot des Wagens ein Überholmanöver durchführte.

»Na ja, ist ja nicht so, dass wir allzu viel zu tun haben. Haben Sie nicht gehört, dass die Verbrechensquote auf einem historischen Tief ist?«

Er gestikuliert in Richtung des Radios, und der gefällige Synthi-Pop wurde leiser.

»Die Abteilung Cyber-Kriminalität hat ordentlich was zu tun.«

»Und daher bin ich froh, dass ich einen einfacheren Job habe als die Kollegen. Und natürlich alle Kollegen vor uns. Habe ich schon mal erzählt, dass mein Großvater bei der Kripo war? Damals, vor dem Tag der Erkenntnis?«

Sie verdrehte die Augen. Natürlich hatte er das erzählt, dutzende Male, und das wusste er ganz genau.

»Damals war es wirklich hart. Armut. Hass. Gewalt. Und der drohende Krieg – die Angst vor der Bombe.«

Sie blickte aus dem Fenster, blendete die altbekannten Geschichten aus und versuchte, sich auf das Radio zu konzentrieren, in dem jetzt die Nachrichten liefen. Es waren nur noch zwei Tage bis zum zweiundfünfzigsten Jubiläum der Erkenntnis, und die Vorbereitungen für die Feierlichkeiten waren in vollem Gange. Auch hier in der Stadt würde es ein großes Spektakel geben.

Fatima gestikulierte in Richtung des Radios, um Bergmann damit zu übertönen, und er senkte die Lautstärke durch eine Bewegung seiner Hand. Ein altes Spiel. Aber immer noch interessanter als das leidige Gerede über den Tag der Erkenntnis und die Zeit davor.

Straubners Eltern wohnten in einem der Viertel, die nur wenige Jahre nach dem Tag der Erkenntnis errichtet worden waren, seitdem aber in bemerkenswert gutem Zustand gehalten würden. Die Wohnung war einfach, aber geschmackvoll eingerichtet, und die Straubners baten Fatima und ihren Kollegen, auf dem Sofa im Wohnzimmer Platz zu nehmen. Sie selbst nahmen sich zwei Stühle und ließen sich gegenüber von den Beamten nieder, mit dem Rücken zur Digitaltapete, die mit dem Entertainmentsystem verbunden war. Straubners Vater wirkte auf Fatima leicht nervös, aber vielleicht lag das nur daran, dass er zwei Fremde dort sitzen sah, wo normalerweise er und seine Frau Platz nahmen. Oder an dem Bildschirm in seinem Rücken.

»Eine Freundin? Davon hat er nie etwas erzählt. Sind Sie sicher?«

Die Mutter gab Bergmann das Tablet mit dem Bild der Unbekannten zurück. Ihre Zweifel waren nicht echt, bemerkte Fatima, nur ein Versuch, die Kränkung zu überspielen.

»Hat sie etwas mit dem Verschwinden meines Sohnes zu tun? Dann sollten Sie dieses Weib sofort aufspüren!«

Weder Bergmann noch sie ließen sich durch den Ton aus der Ruhe bringen, den der Vater anschlug.

»Wir sind uns nicht sicher, ob das wirklich ein Fall für die Polizei ist, Herr Straubner. Ich kann und will das Verhalten ihres Sohnes nicht entschuldigen, aber nichts deutet darauf hin, dass er Opfer eines Verbrechens geworden ist.«

Oder eines begangen hat, fügte sie in Gedanken hinzu.

»Gibt es irgendetwas, was Sie uns bisher nicht gesagt haben? Etwas, das die Abwesenheit Ihres Sohnes in ein anderes Licht rücken würde?«, wollte Bergmann wissen. »Hatte er emotionale Probleme irgendeiner Art?«

Die Eltern schüttelten den Kopf. Fatimas Einschätzung nach eine ehrliche Reaktion, nicht der Versuch, ein peinliches Geheimnis zu hüten. Genaugenommen wirkten die beiden erleichtert, wenn auch verständlicherweise verärgert. Ein Seitenblick auf Bergmann verriet ihr, dass er zum selben Schluss gekommen war.

»Unser Sohnemann vergnügt sich also lieber mit seiner Freundin, als seine Eltern zu treffen oder zur Arbeit zu gehen? Für wen hält er sich - einen Teenager?«

»Das werden Sie ihn selbst fragen müssen. Wir sind Polizisten, keine Pädagogen.« Sie stand lächelnd auf, und auch die Eltern mussten schmunzeln. Einer Eingebung folgenden fügte sie hinzu »Hat sich Ihr Sohn schon immer für Augmented-Reality-Overlays interessiert? Die der düsteren Art, Endzeit, Apokalypse und so weiter?«

Die Mutter wurde wieder ernst und rückte ihre Brille zurecht - keine Datenbrille, sondern eine altmodische Sehhilfe. Bergmann ließ sich aufs Sofa zurücksinken.

»AR-Overlays? Natürlich. Das gehört ja zu seinem Job. Aber nur die normalen. Unser Hans ist keine düstere Person.« Sie seufzte. »Aber er hat sich immer sehr für Geschichte interessiert.«

»Wissen Sie, wie er den Tag der Erkenntnis immer genannt hat? Tag des Abgrunds. Wenn das mal nicht düster ist.« Der Vater schnaubte. Anscheinend hatte Fatima alte Wunden aufgerissen. »Wenn er sich doch nur für Geschichte interessiert hätte, für all das, was wir seitdem erreicht haben. Stattdessen hat er sich immer nur dafür interessiert, was davor geschehen ist.«

Die Mutter legte ihm eine Hand auf die Schulter.

»Aber das sind alte Geschichten, die sicher nichts mit der Sache zu tun haben, nicht wahr?«

Die Beamten schüttelten synchron die Köpfe.

Auf dem Rückweg übernahm Fatima das Steuer. Eine reine Formalität – der Wagen befreite sich selbstständig aus der Parklücke und fädelte sich perfekt in den Verkehr ein. Sie hatte noch nie persönlich eingreifen müssen und das Lenkrad seit der Fahrschule eigentlich nur berührt, um darauf besonders eingängige Rhythmen mit zu trommeln. Doch gerade war ihr nicht nach Musik, und im Radio kamen sowieso nur langweilige Nachrichten über die aktuellen Debatten im Weltrat und die anstehenden Wahlen in den Wiedervereinigten Staaten. Mehr aus Langeweile schaltete sie die AR-Funktion der Frontscheibe ein und war augenblicklich damit beschäftigt, die Werbe-Pop-Ups wegzuklicken und die Advertisement-Overlays zu entfernen, die diverse Geschäfte und Lokale am Straßenrand in grellen Farben markierten. Es war wirklich eine Schande, dass die Polizeiautos nicht standardmäßig mit Adblockern ausgerüstet waren. Mehr als fünfzig Jahre nach der Erkenntnis war eben immer noch nicht alles perfekt. Vielleicht sollte sich der Weltrat einmal damit befassen, dachte sie.

»Ich hab sie!«

Bergmanns Triumph riss sie aus ihren Gedanken. Sie wartet auf eine Erklärung, doch die kam erst nach einem fragenden Blick in Richtung ihres Kollegen.

»Die Freundin. Ich habe ihr Bild durch eine der öffentlichen Suchmaschinen gejagt.«

Er schaltete die Frontscheibe von AR auf Display-Modus. Die Abbildung der Straße vor ihnen schrumpfte auf ein Viertel der Größe zusammen und positionierte sich direkt vor dem Fahrersitz. Der Standardscreen des Autos wurde durch den von Bergmanns Tablet ersetzt und zeigte zwei Bilder von Straubners mutmaßlicher

Freundin - eines, das sie in seiner Wohnung gesehen hatten, und eines, das die Suchmaschine auf einer Webseite der Universität gefunden hatten. Es war mit dem Namen Vanessa Fournier verknüpft.

»Geben Sie mir dreißig Sekunden, und ich habe eine Adresse«, versprach er grinsend. »Soll ich bei der Zentrale anfragen, ob wir der Sache weiter nachgehen sollen?«

»Nur zu, Bergmann. Ich wette um einen Zehner, dass wir auf etwas Wichtigeres angesetzt werden.«

Keine zehn Minuten später zahlte sie ihren Kollegen aus.

Vanessa Fournier wohnte in einem der Gebäude, die zwei Jahrzehnte nach der Erkenntnis hochgezogen worden waren. Die Zahl der Studenten war hier und auch an anderen Orten stetig gestiegen, nachdem die Neugestaltung des Bildungssystems und die Maßnahmen zur weltweiten Armutsbekämpfung gegriffen hatten. Die nahe der Universität errichteten Wohnheime waren nicht wirklich luxuriös, erfüllten ihren Zweck aber zur Zufriedenheit aller. Im Treppenhaus standen Fahrräder und Blumentöpfe, und an den Wänden und Türen hingen Posterscreens, die Plakate für vergangene und kommende Veranstaltungen präsentierten - Konzerte, Partys und auch die eine oder andere politische Kundgebung. Bergmann beäugte die Unordnung skeptisch, doch auf Fatima wirkte sie eigenartig gemütlich.

Im obersten Stockwerk angekommen betätigte Bergmann unter dem wachsamen Kameraauge der Aufzeichnungsdrohne die Klingel. Kurz darauf stand Vanessa Fournier in der Tür der Wohnung, die sie sich laut den Namensschildern mit zwei weiteren Personen teilte. Die junge Frau betrachtete die Beamten skeptisch, auch nachdem beide ihren Dienstausweis präsentiert hatten.

»Ja, bitte?«

Fatimas Erfahrung nach war es die Reaktion von jemandem, der die Polizei nicht erwartet, aber nicht zum ersten Mal mit ihr zu tun hatte.

»Frau Fournier, dürften wir kurz hereinkommen?«, bat Bergmann mit einem freundlichen Lächeln. »Wir würden Ihnen gern ein paar Fragen stellen.«

»Und was für Fragen wären das?«

»Die Art von Fragen, bei der Ihre Antworten uns vermutlich klarmachen, dass wir hier unsere Zeit verschwenden. Kennen Sie einen Hans Straubner?«

Ihre Skepsis verwandelte sich in amüsierte Ungläubigkeit.

»Ja, meinen Freund kenne ich. Gut genug, um zu wissen, dass Sie hier wirklich Ihre Zeit verschwenden.«

Sie drehte sich um und trat in die Wohnung. Die Beamten folgten ihr in die Küche der Wohngemeinschaft.

»Ich meine, Hansi und die Polizei? Halt, lassen Sie mich raten - seine Eltern haben ihn angezeigt, weil er nicht zum Essen gekommen ist wie vereinbart?«

Fatima zog eine Augenbraue hoch. Vanessas Kichern verstummte, und sie ließ sich am Esstisch nieder.

»Ernsthaft? Ich dachte, es wäre nur ein Scherz gewesen, als er gesagt hat, dass sein Vater die Bu- die Polizei ruft, wenn er den Termin sausen lässt.«

»Wann haben Sie Ihren Freund das letzte Mal gesehen?«, fragte Bergmann. Fatima ließ den Blick über das dreckige Geschirr streifen, das neben dem Herd auf den Abwasch wartete.

»Vor zwei Stunden. Er ist in der Stadt, was besorgen.«

Da waren zwei Kaffeetassen auf dem Abwasch. Und zwei Weingläser mit eingetrockneten Rotweintropfen, vermutlich vom Vortag.

»Ihm ist doch nichts zugestoßen?«

Ihre Sorge war nicht gespielt, und Fatima schüttelte schnell den Kopf.

»Nein, nein. Seine Eltern haben sich nur Sorgen gemacht, da sie ihn nicht erreichen können.«

»Er macht gerade ein paar Tage digitales Fasten. Kein Handy, keine Emails, keine Datenbrille. Und, ganz unter uns, sein Vater und er haben nicht das beste Verhältnis. Ist nicht das erste Mal, dass er seine Eltern ein bisschen schmoren lässt.«

»Eine Sache verstehe ich da nicht ganz«, warf Bergmann ein. »Das digitale Fasten ist ja schön und gut, aber wie will Herr Straubner da seine Arbeit für die Agentur erledigen?«

»Gar nicht, wie im Urlaub so üblich?«

Fatima und Bergmann blickten sich an.

»Wir haben von seinem Arbeitgeber gehört, dass er dort seit zwei Tagen nicht erschienen ist.«

»Den Urlaub hat Hans vor Monaten genehmigt bekommen. Ich habe Ende der Woche meine Abschlusspräsentationen. Und dann fliegen wir für zehn Tage nach Südamerika.«

»Sie studieren Digitales Multimedia Design, genau wie es Herr Straubner getan hat?«

»Nein, mein Abschluss ist etwas allgemeiner und weniger wirtschaftsorientiert ausgerichtet. Mit einem großen Anteil Kunstgeschichte. Malerei, Skulpturen, digitale Kunst - ich habe von allem ein bisschen gemacht.«

»Und Ihre Abschlussarbeit?«

»Multimedia Performance. Es geht um die Relevanz der Werke alter Meister in der heutigen Zeit. Die Hälfte der Arbeit ist eine Abhandlung zu dem Thema, die andere eine Reihe von AR-Overlays.«

Das verständnislose Nicken der Beamten brachte Vanessa zum Grinsen.

»Ich bin mit der Arbeit sehr zufrieden, und meine Professorin auch. Und, ja, Hans hat mich ein wenig beraten. Aber das ist mein Projekt.«

»Und so haben Sie ihn kennengelernt?«

Einen Moment lang glaubte Fatima, sie würde auf diese Frage keine Antwort erhalten. Sie hätte es der jungen Frau nicht übelgenommen. Doch Vanessa war wohl zu der Entscheidung gekommen, dass es die Polizei zwar nichts anging, aber es einfacher war die Frage zu beantworten, als eine Konfrontation zu riskieren.

»Nein, das war bei einer Podiumsdiskussion zur Lage in Äthiopien.«

Bergmann runzelte die Stirn.

»Aber ist da nicht alles in Ordnung? Gut, über Äthiopien weiß ich nicht viel, aber in Afrika hat sich doch alles gebessert, seit dem Tag der Erkenntnis.«

»Im Prinzip schon.« Vanessas Tonfall und Haltung nahmen etwas Belehrendes an. »Aber wie viele ehemalige Entwicklungsländer ist Äthiopien heute nach dem Index der menschlichen Entwicklung etwa auf dem Stand eines europäischen Industriestaats Ende des zwanzigsten Jahrhunderts. Und der Aufschwung, der dort in den Dekaden nach dem Tag der Erkenntnis stattgefunden hat, der hat in den letzten Jahren, nun, an Schwung verloren.«

Fatima nahm es nickend zur Kenntnis. Es klang nach einer Sache, für die sich Studenten eben interessierten. Nur, dass sich seit dem Tag der Erkenntnis die Probleme verkleinert hatten. Die letzte Hungersnot auf der Welt lag dreißig Jahre zurück, und der letzte Diktator war vor mehr als fünfundzwanzig friedlich abgesetzt worden.

»Um nochmal auf die eigentliche Sache zurückzukommen – Sie haben Ihren Freund vor zwei Stunden das letzte Mal gesehen?«

Bergmann wollte die Sache offensichtlich abschließen.

»Ja. Und er ist seit Sonntagabend hier.«

»Stört das Ihre Mitbewohner nicht? Ich meine, die Wohnung ist recht klein.«

»Nein, die sind in den Semesterferien. Habe Sie sonst noch Fragen?«

»Eine noch«, meldete sich Fatima wieder zu Wort. »Könnte ich vielleicht kurz Ihre Toilette benutzen?«

»Klar. Aus der Küche raus, dann links und gerade durchs Wohnzimmer durch. Die Datenbrille, die dort liegt hat übrigens meine Präsentation geladen, falls Sie sich das zufällig ansehen wollen. Also, falls das dieser alte Krimi-Trick ist, und Sie nicht wirklich müssen.«

Auf dem Rückweg von der Toilette machte Fatima im Wohnzimmer halt und setzte die Datenbrille auf, die sie in einem Regal entdeckte. Zuerst geschah nichts, doch dann richtete sie ihren Blick auf die kahle Wand hinter dem Sofa. An der Sitzgelegenheit lehnten ein paar Rahmen, die wohl abgehängt worden waren, um der Präsentation eine Projektionsfläche zu bieten.

Auf der weißen Fläche erschien langsam ein farbenfrohes Bild, so als würde es aus den Tiefen der Wand auftauchen. Für ein paar Sekunden verharrte es dort, dann begann es zu zerlaufen, und die Farben breiteten sich in Fatimas Blickfeld aus. Die Wand war wieder kahl, aber das Sofa war jetzt als ein buntes, aus deutlich sichtbaren Pinselstrichen zusammengesetztes Gemälde zu sehen. Der Effekt breitete sich weiter aus, und bald war der ganze Raum im Stil des alten Meisterwerks zu sehen, selbst ihre Hände. Nur an der Wand blieb dort, wo das Bild erschienen war, ein weißes Rechteck zurück.

Fatima schaltete die Präsentation aus und wollte die Datenbrille gerade absetzen, als ihr ein anderer Menüpunkt auffiel. Nach kurzem Zögern wählte sie ihn aus, und das gemütliche Wohnzimmer mit den bunt zusammengewürfelten Möbelstücken und dem fröhlichen Schnickschnack verwandelte sich in einen Raum mit Schutthaufen, fleckigen Wänden und bröckelndem Putz. Sie blickte kurz aus dem Fenster und sah die ihr bekannten Ruinen. Da war noch mehr Rauch am Horizont, so als wäre das Feuer nähergekommen.

Nur kurz nachdem sie eine Zusammenfassung und die Aufzeichnung des Gesprächs an die Zentrale übermittelt hatten, meldete sich diese bei Kommissarin Nader. Die Beamten saßen vor Vanessa Fourniers Haus im Auto und diskutieren wie so oft darüber, welchen Imbiss sie in ihrer Mittagspause aufsuchen sollten. Fatima nahm das Gespräch an und schaltete Bergmann dazu, aber das Gespräch war kurz und einseitig.

»Verstanden. Auf Wiederhören«.
Sie beendete die Verbindung.
»War das ein Scherz?«
»Nein, Bergmann. Vegane Burger gehen immer.«
Er verdrehte die Augen.
»Erstens sitze ich gerade am Steuer. Und zweites rede ich von der Zentrale. Vielleicht sollten wir Straubner weiter suchen - nur um ihn darüber zu informieren, dass seine Firma scheiße ist. Da informieren die doch glatt die Polizei, weil das System den Urlaubsantrag falsch abgelegt hat und er aus Versehen einen Datenträger mit nach Hause genommen hat, den er für seine Arbeit gebraucht hat. Von unserer verschwendeten Arbeitszeit ganz zu schweigen.«

Fatima aktivierte den Display- Modus des Wagens.
»Du hast recht. Vielleicht sollten wir der Sache noch kurz weiter nachgehen. Nicht offiziell, aber in unserer Mittagspause. Es gibt da noch eine Sache, die mich brennend interessiert.«

In diesem Moment trat Vanessa aus dem Haus und ließ ihren Blick über die an der Straße geparkten Autos streifen. Fatima hatte das Gefühl, dass sie nach ihnen Ausschau hielt. Doch der Wagen war nicht sofort als Polizeiauto zu erkennen, und dass die Scheibe im Displaymodus größtenteils abgedunkelt war, half ebenfalls dabei, sie zu verbergen. Vanessa schien zufrieden und machte sich auf den Weg.

»Lust auf eine kleine Spazierfahrt?«
Bergmann blickte sie enttäuscht an.
»Ich kann dem Wagen eine Adresse geben, aber nicht den Befehl, unauffällig einer Person zu folgen.«
Wieder so etwas, um das sich die da oben ruhig mal kümmern könnten.

»Aber Sie haben einen Führerschein, oder? Wir schalten den Autopiloten aus - ich übernehme die Verantwortung.«
»Das werden Sie nicht bereuen.«
Er ließ mit einem breiten Grinsen auf dem Gesicht die Fingerknöchel knacken. Für einen Moment fragte sie sich, ob sie

vielleicht einen Fehler machte. Aber ihr Gefühl sagte Fatima, dass sie Bergmann vertrauen konnte. Und dass Vanessa mehr wusste, als sie zugegeben hatte.

※ ※

»Das hat Spaß gemacht.«

Bergmann nahm die Hände vom Lenkrand und schnallte sich ab. Sie waren Vanessa bis zu einem Einkaufszentrum am Rand der Innenstadt gefolgt, hatten aber auf der Suche nach einem Parkplatz wichtige Minuten verloren.

»Ich gebe es zu, Bergmann, ein bisschen neidisch bin ich. Das nächste Mal übernehme ich das Steuer.«

Während sie noch ausstieg, setzte er schon seine Datenbrille auf und schaltete sie in den AR-Modus.

»Ich weiß immer noch nicht ganz genau, warum wir ihr gefolgt sind, aber wir sollten versuchen, an ihr dran zu bleiben.«

»Irgendetwas stimmt an der Geschichte nicht. Suchen Sie nach einem Lageplan oder einer Auflistung der Geschäfte.«

Sie betraten das Einkaufszentrum durch den Haupteingang. Bergmann kam kurz ins Stocken und murmelte etwas von aggressiven Werbe-Overlays. Die anderen Besucher schienen sich daran nicht zu stören. Die meisten hatten Datenbrillen auf, chatteten, telefonierten und betrachteten im AR-Modus die Schaufenster. Andere saßen in Cafés und auf Ruhebänken, in Videochats oder Webseiten vertieft. Das Shoppingcenter war gut besucht, verwinkelt und verteilte sich zu allem Übel auf mehrere Etagen.

»Können Sie die Zielperson sehen?«

Fatima ließ den Blick über die Menge schweifen und schüttelte den Kopf. Dann erinnerte sie sich daran, dass Bergmann die Geste vielleicht übersah, so tief wie er in die Augmented Reality vertieft war.

»Nein. Vielleicht hat sie uns bemerkt und erfolgreich abgeschüttelt. Falls nicht - gibt es hier etwas, dass Frau Fournier aufsuchen würde? Ein Geschäft oder ein Café?«

Sie hielt auf die Rolltreppen zu und unterdrückte den Impuls, ihren Kollegen an der Hand zu nehmen, damit er nicht stolperte.

»Ich weiß nicht. Cafés, Kleidergeschäfte, Schuhgeschäfte, sogar ein echter Buchladen – das könnte alles ihr Ziel sein. Vielleicht auch der Sexshop. Wir kennen sie nicht wirklich.«

»Denken Sie auch an das, was wir über Straubner wissen.«

Sie erreichten die Rolltreppen.

»Aufwärts oder abwärts?«

»Rauf. Bessere Übersicht. Halt, warten Sie!« Er zog sie am Ärmel zurück, gerade als sie den Fuß auf die erste Stufe gesetzt hatte. »Erstes Untergeschoss.«

Sie drängten sich auf die abwärts führende Rolltreppe und ernteten dafür einige böse Blicke und leichte Flüche. Fatima blickte nach unten, konnte Vanessa Fournier aber immer noch nicht entdecken. Sie zog ihre eigene, selten genutzte Datenbrille aus der Jackentasche und schaltete sie in den AR-Modus,

»Okay, was gibt es dort unten?«

Die Werbeeinblendungen waren genauso penetrant wie Bergmanns Reaktion hatte vermuten lassen.

»Ein Laden für Datenbrillen. High-End-Zeug, Modding, Designer-Overlays – und Softwarelizenzen für das Erstellen von eigenen Overlays.«

Nachdem sie einige Einblendungen weggeklickt hatte und am Ende der Rolltreppe beinahe gestolpert war, fand sie das Geschäft. Die Route wurde als gelbe Linie in ihr Blickfeld eingeblendet, die über den Köpfen der Konsumfreudigen schwebte und zu einer Glastür neben einem Schaufenster voller formschöner Datenbrillen führte. Fatima wollte gerade das weitere Vorgehen mit Bergmann absprechen, als Vanessa aus der Eingangstür von Gibson AR trat, dicht gefolgt von einer anderen Person. Ihr Blick traf den von Fatima.

Sie hätte sich nicht gewundert, wenn Vanessa die Flucht ergriffen hätte. Stattdessen setzte sie ihre Datenbrille auf und bedeutet der anderen Gestalt, sich in die den Polizisten entgegengesetzte Richtung zu bewegen. Fatima konnte jetzt sehen, dass es ein Mann mit kurzem, braunen Haar war.

»Herr Straubner!« Sie hoffte, dass ihre Stimme nicht in dem Hintergrundrauschen des Einkaufszentrums unterging. »Wir haben nur ein paar Fragen an Sie!«

Sie beschleunigte ihre Schritte. Doch plötzlich überkam sie ein Schwindelgefühl. Sie blickte auf den Boden, der vor ihren Augen verschwamm und sich dann aus groben, graublauen Pinselstrichen neu zusammensetzte. Ein paar Schritte hinter ihr hörte sie Bergmann keuchen. Fatima blieb stehen und riss sich die Datenbrille vom Gesicht. Doch die anderen Menschen im Einkaufszentrum reagierten nicht so schnell wie sie.

Innerhalb einer Sekunde wurden die ohnehin schon erratischen Besucherströme zu einem ausgewachsenen Chaos. Personen stolperten herum und torkelten ineinander, als die Welt sich vor ihren Augen in eine Landschaft aus expressionistischen Farben und diffusen Formen verwandelte. Einige kreischten vor Schreck. Bergmann prallte auf Fatima, hielt sich an ihr fest und murmelte eine Entschuldigung.

Und nicht nur die Datenbrillen waren betroffen. Die Werke alter Meister zeigten sich auf allen Bildschirmen, von den SmartAds an den Wänden über die Displays in den Schaufenstern bis hin zu den Touchscreens der Aufzüge. Dann wurden sie durch einen Ort, eine Uhrzeit und ein Datum ersetzt, und der Spuk endete. Die Menge atmete erleichtert auf, doch Fatima ballte die Fäuste.

Von Fournier und Straubner fehlte jede Spur.

◁🚀 🚀▷

Bergmann saß im Wagen und rieb sich die Augen.

»Was ist da drinnen gerade passiert?«

Sie winkte das Radio leiser, in dem aktuell ohnehin nur über irgendwelche Spannungen bei der Aufteilung der Mars-Territorien berichtet wurde. Würde es nicht sowieso noch ein Jahrzehnt dauern, bis die Besiedlung beginnen sollte? Fatima hatte sich noch nie wirklich für Raumfahrt interessiert, und widmete sich lieber ihren eignen Problemen und der Frage ihres Kollegen.

»Virtual-Tagging, vielleicht sogar digitaler Vandalismus«, antwortete Fatima zwischen zwei Bissen von ihrem Burger. »So würden es jedenfalls die Kollegen von der Cyber-Kriminalität beschreiben.«

»Und Ihre Interpretation?«

»Frau Fournier hat für Chaos gesorgt, um sich zusammen mit Straubner dem Zugriff der Behörden zu entziehen.«

»Was keinen Sinn ergibt, da sie vorher nichts getan hatten, was einen Zugriff gerechtfertigt hätte. Hat das Datum eine Bedeutung?«

»Das dürfte wohl ein Trailer für ihre Abschlusspräsentationen gewesen sein. Es war jedenfalls ein Teil ihrer Arbeit, den wir da drinnen genießen duften.«

Bergmann rieb sich erneut die tränenden Augen, und in Fatima kam langsam der Verdacht auf, dass dafür nicht der Expressionismus verantwortlich war, sondern die scharfe Currywurst. Immerhin hatte das Einkaufszentrum ihnen eine breite Auswahl an Imbissen geboten.

»Dann hatte sie den einfach zufällig vorbereitet und zweckentfremdet?«

»Sie haben recht. Dass sie wirklich sämtliche Overlays in der Passage übernehmen konnte ...«

Sie ließ den Gedanken noch eine Sekunde reifen, dann legte sie ihr Mittagessen beiseite und schaltete die Frontscheibe in den Display-Modus. Sie rief die Webseite des Einkaufszentrums auf und suchte im Impressum, bis sie die Information gefunden hatte, nach der sie gesucht hatte. Bergmann las es und verschluckte sich an seiner Currywurst.

Hustend fragte er: »Und was bedeutet das genau? Was hat Straubner getan?«

»Nichts. Noch nicht.«

»Deshalb sind sie gerannt? Wie schlimm ist es?«

Sie zuckte mit den Schultern, während sie weitere Informationen aus dem Netz abrief.

»Schwer zu sagen. Straubner kann nicht nach Hause, nicht zu seiner Freundin und nicht zu seinen Eltern. Aber ich glaube, wir können ihn früher oder später dort antreffen.«

Sie deutete auf das Display. Bergmann verschluckte sich erneut.

Auf dem Platz um das Denkmal herum herrschte reges Treiben. Arbeiter waren dabei Zäune und Absperrungen aufzustellen, während andere die große Bühne aufbauten. Lastwagen voller Audio-Anlagen, riesiger Bildschirme und WiFi-Equipment warteten darauf, ausgeladen zu werden. Am Rand des Geschehens schossen Informations- und Imbissstände aus dem Boden. Zahllose Touristen und Einheimische saßen um den Platz herum, redeten, aßen und beobachteten die Arbeitenden. Die Vorbereitungen für die Feierlichkeiten zum Jahrestag der Erkenntnis waren im vollen Gange.

Das Denkmal schien von dem Treiben seltsam unberührt. Fatima hatte gehört, dass es viel diskutiert wurde, als man es zehn Jahre nach dem Tag der Erkenntnis errichtet hatte. Manchen war es zu abstrakt, anderen nicht abstrakt genug. Sie war damit aufgewachsen und hatte sich einfach an »das Knäuel« gewöhnt. Die Frage, wie man diesen Ruck, der durch die Menschheit gegangen war, in eine einzige Skulptur fassen konnte, hätte sie ohnehin nicht beantworten können. Der Weg, den der Künstler gewählt hatte, war ein chaotisches Wirrwarr aus mannshohen Bronzesträngen - die Zeit davor - und ein einzelner, klarer Strang, der daraus hervorschoss und in gerader Linie gen Himmel stach - die Zeit danach. Möglicherweise ein wenig zu simpel, dachte sie jetzt. Ein bisschen zu sauber.

Hans Straubner saß alleine auf einer der Bänke am Rand des Platzes und spielte an einer modifizierten Designer-Datenbrille herum, die so aussah, als hätte er sie erst vor einer Stunde bei Gibsons AR erstanden. Vielleicht bemerkte er Fatima und Bergmann deshalb erst, als sie sich zu beiden Seiten von ihm auf die Bank fallen ließen. Oder er hatte sie kommen gesehen und aufgegeben.

»Herr Straubner? Mein Name ist Fatima Nader, Kriminalkommissarin. Das ist mein Kollege Hauptmeister Linus Bergmann. Wir haben ein paar Fragen an Sie.«

»Natürlich. Aber werden es auch die richtigen Fragen sein?«

Oder vielleicht suchte er das Gespräch.

Bergmann gähnte und streckte sich. Fatima wusste genau, dass er aufmerksam zuhörte, auch wenn er vorgab, nur für das Treiben auf dem Platz Augen zu haben.

»Es sind die Fragen, die mich interessieren, Herr Straubner. Ich will die Karten offen auf den Tisch legen - offiziell interessiert sich die Polizei nicht mehr für Sie. Keine Aufzeichnungsdrohnen, sehen Sie? Mein Kollege und ich befinden uns gerade in der Mittagspause.«

»Ist eine ziemlich ausgedehnte Mittagspause«, fügte besagter Kollege hinzu.

»Dann hat mich die Firma nicht angezeigt?« Er wirkte ernsthaft überrascht. »Ich habe eine Mail erhalten, in der die durchgeführte Hausdurchsuchung dokumentiert wird. Erscheint Ihnen das verhältnismäßig?«

Fatima schüttelte den Kopf.

»Was Ihre Firma wegen der Sache unternimmt kann ich nicht sagen. Aber, ja, ich habe mich gewundert, dass der Richter so schnell eine Durchsuchung angeordnet hat.«

»Die Firma versteht sich auf Lobbyarbeit.« Das letzte Wort sprach er aus wie ein Schimpfwort. »Wie zu Beginn des 21. Jahrhunderts.«

»Hat Ihre Firma versucht, Sie zu erreichen?«

»Sie haben nach dem Datenstick gefragt, aber ich habe nicht geantwortet. Ich war ja im Urlaub.«

Bergmanns Körperhaltung wurde etwas angespannter. Vermutlich juckte es ihn in den Fingern, die Mails und Anrufprotokolle des Mannes zu überprüfen, um die Aussage zu verifizieren. Doch Fatima hielt das weder für angebracht noch notwendig.

»Und?«, fragte Bergmann stattdessen. »Läuft es auf der Arbeit gut?«

»Die Bezahlung stimmt. Sobald ich aus dem Urlaub zurück bin, werde ich kündigen.« Straubner schüttelte den Kopf. »Ich will etwas tun, bei dem es um mehr als Profit geht. Und bei einer Firma, die sich nicht dieser Methoden bedient.«

Die Arbeiter begannen damit, hinter der Bühne das Gerüst hochzuziehen, an dem später eine riesige digitale Leinwand aufgespannt werden würde.

»Was war auf dem Datenträger, Herr Straubner? Wie sensibel sind die Daten? Wie wertvoll?«

»Die Konkurrenz könnte sich dafür interessieren. Und der Kunde wäre nicht sehr erfreut, wenn Details an die Öffentlichkeit geraten würden.« Er setzte ein schiefes Grinsen auf. »Aber es ist sicher nicht das, an was Sie denken. Es geht um ein Projekt, das auf das bestehende Daten- und Overlay-System einer Hotelkette aufsetzt.«

»Das gleiche System, das auch in dem Einkaufszentrum verwendet wird?«

Straubner nickte.

»Ein sehr Ähnliches. Das Einkaufszentrum gehört zu den Kunden der Firma. Ich habe selbst beim letzten Update mitgearbeitet.«

»Und dieses System wird hier auch bei den Feierlichkeiten eingesetzt?«

Er nickte abermals.

»Ja, aber das ist eine andere Abteilung. Sie haben die Overlays und die Menüs designt. Sie wissen schon - Ablauf, Lageplan, zusätzliche Informationen und so weiter. Ist auch technisch eine Herausforderung, das alles für zehntausende von Nutzern gleichzeitig zur Verfügung zu stellen. Was wird mit Vanessa geschehen?«

Der plötzliche Themenwechsel überraschte Fatima, und so war es Bergmann, der zuerst antwortete.

»Die wird eine Geldstrafe zahlen müssen. Nicht mehr, nicht weniger. Aber im Gegensatz zu ihr haben Sie nichts getan. Oder hatten Sie etwas mit dem Datenstick geplant?«

Eine Taube landete vor ihnen und gurrte. Straubners Hände spielten nervös mit der Datenbrille.

»Ich habe einfach vergessen, dass ich ihn in der Tasche hatte. Ich habe ihn sogar mitgewaschen.«

Bergmann lächelte triumphierend.

»Ich glaube Ihnen, Herr Straubner. Wie bereits gesagt - Sie haben nichts getan. Aber wir sind hier, weil wir glauben - weil ich glaube -, dass Sie etwas planen.«

Straubner widersprach Fatima nicht. »Es ist das Endzeit-Overlay, nicht wahr? Ich habe es auf der alten Datenbrille in Ihrer Wohnung gesehen. Und auf der von Vanessa.«

»Ich wollte testen, ob es auch auf älteren Geräten läuft.«

Sie nickte.

»Sie wollen es während der Feierlichkeiten ins Netz einschleusen, genau wie Vanessa es mit dem Trailer für ihre Präsentation im Einkaufszentrum gemacht hat. Ich nehme an, dass solche Systeme gut gegen Hackerangriffe gesichert sind, insbesondere dieses hier - aber Sie wissen, wie es funktioniert.« Sie holte tief Luft. »Aber warum? Das ist es, was ich nicht verstehe.«

Es war offensichtlich, dass sie einen Nerv getroffen hatte. Straubner grunzte abschätzig, riss sich aber gleich darauf zusammen. Diesmal hatte sein Kopfschütteln etwas Energisches.

»Natürlich, warum auch? Wir leben in einer goldenen Zeit ohne Hunger und Krieg. Die Umweltverschmutzung geht zurück, die Armut sinkt und die Verbrechensrate ist auf einem historischen Tief. Ganz zu schweigen von der Verminderung der Militärausgaben. Nichtnur hier in der Stadt, oder unserem Land oder der Union - nein, auf der ganzen Welt. Vor zweiundfünfzig Jahren hatte mehrere Staaten den Finger auf dem roten Knöpfchen, während alle um sie herum in Dreck, Armut und Unterdrückung verreckten.«

»Aber wir haben den Knopf nicht gedrückt. Wir haben uns kollektiv vom Abgrund abgewandt, weil es unser aller Ende gewesen wäre.« Fatima deutete auf das Denkmal. »Der Tag der Erkenntnis.«

»Passt Ihnen daran etwas nicht?«, wandte sich Bergmann in provozierendem Ton an Straubner.

»Im Gegenteil - was wir erreicht haben, ist wunderbar. Und wer interessiert sich da schon noch dafür, was vorher war? Alle feiern, dass wir uns vom Abgrund abgewandt haben, aber niemand will wissen, warum wir damals am Abgrund standen. Haben Sie in letzter Zeit Nachrichten gehört?«

Offensichtlich rechnete er nicht mit einer Antwort und fuhr nach der Andeutung einer Pause fort.

»Der Aufschwung geht hier weiter, während er in anderen Teilen der Welt erlahmt. Und wir haben Konzerne, die daraus Kapital schlagen. Wir haben Politiker, die dafür Stimmung machen, dass ihre Länder sich aus der Gemeinschaft zurückziehen, weil sie angeblich davon profitieren würden. Und anstatt darüber zu reden, wie man den Mars bewohnbar machen kann, streitet man im Weltrat darüber, wem welcher Anteil daran zusteht.«

Danach musste er Luft holen, und Fatima nutzte die Chance, um ihn zu unterbrechen.

»Aber das ist doch längst nicht mit dem vergleichbar, was vorher war.«

»Nein. Aber ist der Anfang. Und wenn wir die Fehler unserer Vorfahren vergessen, können wir nicht aus ihnen lernen.«

»Wenn Sie die Feierlichkeiten sabotieren, wird das ernsthafte Konsequenzen haben.«

»Ich weiß um die Konsequenzen. Darum geht es ja - dass unser Handeln Konsequenzen hat. Oder unser Nichthandeln. Wir können nicht erwarten, dass unser Utopia ein Utopia bleibt, wenn wir nicht daran arbeiten.«

Bergmanns Gesichtsausdruck machte klar, dass er nicht viel von der Richtung hielt, die das Gespräch genommen hatte.

»Wir könnten Sie festnehmen, Herr Straubner. Und Sie wieder gehen lassen, wenn die Feierlichkeiten vorbei sind.«

»Und warum? Weil es Ihnen ein Konzern befohlen hat? Weil Ihnen meine Meinung nicht zusagt?«

»Weil Sie einen Sabotageakt planen?«

»Ein politisches Statement. Und sind Sie nicht in der Mittagspause?«

Mit einer Geste gab Fatima ihrem Kollegen zu verstehen, dass er von Straubner ablassen sollte. Bergmann leistete Folge, verschränkte die Arme aber beleidigt vor der Brust.

»Es gibt andere, die Ihre Auffassung teilen, nicht wahr, Herr Straubner? Mit denen Sie Ihr Programm geteilt haben.«

»Was ist mit Ihnen? Glauben Sie, wir sollten aufhören, über die Vergangenheit zu reden - oder wollen Sie auch nicht vergessen, wie es dazu kam, dass damals die Finger auf den roten Knöpfen lagen?«

»So wie unsere Finger jetzt?«

Er nickte.

»Und was sollen wir nun tun, Frau Kommissarin?«

Aus ihrer Perspektive hatte der Teil des Denkmals, der sich in den Himmel reckte, etwas von einer Rauchsäule.

ENDE

YANN KREHL

Yann Krehl wurde 1981 in Offenburg geboren und lebt in Karlsruhe. Er schreibt Comicscripts, Hörspiele und Kurzgeschichten und arbeitet nebenbei noch hauptberuflich als Softwareentwickler.

www.YannKrehl.com

AUFBRUCH

JENS GEHRES

Raumhafen *Walhalla*, Sol-System, 27. April 3517

Frieden!

Aus allen Lautsprechern und auf sämtlichen Holobildschirmen des terranischen Sonnensystems gab es seit drei Wochen nur ein Thema: Der hart erkämpfte Verhandlungsfrieden zwischen der Earth Coalition und der Proxima Centauri-Kolonie.

In dem über zwanzig Jahre andauernden Kolonialkrieg hatten sich gigantische Raumflotten beider Parteien in dem Versuch, das gegnerische Sonnensystem zu erobern, im Vakuum des Alls gegenseitig zerstrahlt und dabei einen hohen Blutzoll gezahlt. Nun war es vor kurzem den Diplomaten der Kriegsgegner gelungen, einen Verhandlungsfrieden auf der neutralen Kolonie Eri zu unterzeichnen und die Kampfhandlungen zu beenden. Ein Teil dieses Friedensvertrages war die vollständige Abrüstung der Kriegsflotten und die Umrüstung der todbringenden Raumschiffe zu Forschungs-, Handels- und Passagierschiffen.

Eines der für den Umbau bestimmten Schiffe war die *ECS Nelsons Victory*, ein terrestrisches Schiff der Behemoth-Klasse. Sie war das einzige Superschlachtschiff der ECN (Earth Coalition Navy), das die dritte Kuiperschlacht von 3516, den letzten Angriff der Proxis auf das terrestrische System, überstanden hatte.

Ihrer Offensivwaffen beraubt und mit einem neuen Sprungtriebwerk der Eris ausgestattet, würde sie sich bald als Deep-Space-Forschungsschiff auf den Weg machen, um Planeten zu suchen, die von den Menschen besiedelt werden konnten.

Captain of the List Hieronymus Hochstetter, von Earth President Connelly persönlich gerade zum Forschungskapitän befördert, stand in seiner besten und frisch gestärkten Paradeuniform der ECF an einem der Duraplastfenster des Raumhafens *Walhalla* und besah sich sein neues Schiff mit gemischten Gefühlen. Hochstetter war ein großer, schlanker, athletisch gebauter Mann aus dem zentraleuropäischen Bundesstaat der Earth Coalition. Er hatte braune, strubbelige Haare und trug einen der zurzeit wieder in Mode kommenden Gesichtsbärte, der früher einmal *Mutton Chops* genannt worden war.

Erst vor wenigen Tagen hatte Hochstetter überraschend eine Abkommandierung zur *Nelsons Victory* aus etwas makaberen Gründen erhalten: Sein Vorgänger Captain Lithvey war bei einem Flugwagenunfall ums Leben gekommen. Während des kurzen Fluges vom Mars nach *Walhalla* hatte Hochstetter sich nur einen groben Überblick über die Konstruktionspläne und die Mannschaftslisten machen können.

Das machte ihm Sorgen. Normalerweise hatte ein Captain mit einem neuen Kommando mehrere Monate Zeit, um sich mit Schiff und Crew vertraut zu machen. Oft hatte er auch das Privileg, die Führungsoffiziere selbst auswählen zu dürfen. Hochstetter hatte aber aus Zeitgründen darauf verzichten müssen, nur einen Offizier konnte er persönlich bestimmen. Nun würde er in wenigen Stunden das Kommando über das ehemalige Superschlachtschiff übernehmen und fühlte sich schrecklich unvorbereitet.

Kein Detail auslassend glitt der Blick seiner braunen Augen über die Schiffshülle der *Nelsons Victory* und suchte nach möglichen Problemen. Hinter ihm strömte, von ihm unbeachtet, der Menschenstrom des Raumhafens *Walhalla* vorbei.

Im Zuge des Kommandowechsels würde das Schiff auch einen neuen Namen bekommen. Die Verantwortlichen hatten aus der Schiffstaufe ein riesiges Ereignis mit Liveholoübertragung und altertümlicher Blaskapelle gemacht, sogar das Werfen einer Flasche altirdischen französischen Champagners gegen die Schiffshülle war vorgesehen. Ab dann war die *Nelsons Victory* kein Kriegsschiff mehr, sondern ein Deep-Space-Forschungsschiff der ECF.

Der mehr als sechs Kilometer lange und fast einen Kilometer durchmessende Koloss lag im größten Raumdock auf *Walhalla* und wurde umschwirrt von Reparaturdrohnen, Konstruktionsarmen und erischen Raumtechnikern in schweren Arbeitsanzügen, die letzte Hand an das neue Sprungtriebwerk des Superschlachtschiffes legten.

Hochstetter wurde aus seinen Gedanken gerissen, als sich hinter ihm eine Frau vernehmlich räusperte.

»Hrm, hrm. Entschuldigen Sie, Captain«, sagte die Frau mit einer angenehmen Altstimme.

Hochstetter begann zu grinsen, wandte sich aber noch nicht um. Er konnte schemenhaft das Spiegelbild des schlanken, weiblichen Offiziers der ECF in der Scheibe erkennen. Diese Stimme hatte er seit zwölf Jahren nicht mehr gehört, sie war ihm jedoch immer noch wohlbekannt.

»Willkommen auf *Walhalla*, Commander Kawikani«, antwortete Hochstetter förmlich, grinste dabei weiter. »Wie ich sehe, sind Sie überpünktlich, wie stets. Aber etwas anderes habe ich von meinem neuen Ersten Offizier auch nicht erwartet.«

Er wandte sich zu ihr um und musterte sie.

Commander Iwalani Kawikani war eine schwarzhaarige, zierliche Frau von etwa Vierzig, die in der amerikanischen Föderation auf der Insel Hawaii geboren worden war. Sie war immer noch so schön wie vor zwölf Jahren, aber wirkte gereifter. Ihr exotisches Aussehen hatte allerdings ihrer Karriere bei der ECF mehr als einmal geschadet: Ihr Erscheinungsbild ähnelte zu sehr den Bewohnern von Proxima Centauri.

Die proxischen Kolonisten waren vor achthundert Jahren fast vollständig aus dem Indisch-indonesischen Staatenbund aufgebrochen. Das Misstrauen gegenüber den Proxis war trotz des Friedensvertrages nach wie vor groß und hatte ihrer Beförderung mehr im Weg gestanden als alles andere. Wenn sie einen kaukasischen Phänotyp gehabt hätte, wäre sie wahrscheinlich bereits unter Hochstetters Kommando zum Commander befördert worden. So hatte sie über zehn Jahre darauf warten müssen, fünf davon als Subcommander auf einem Asteroidenminenschiff.

Vorurteile aus den Köpfen der Menschen zu bekommen war immer noch schwieriger, als Verträge zu unterschreiben.

Aber jetzt stand sie vor ihm, bereit, an seiner Seite das Kommando über dieses gigantische Forschungsschiff zu übernehmen.

»Es freut mich, Sie wiederzusehen, *Captain* Hochstetter«, betonte Kawikani. »Wie ich sehe, bin nicht nur ich befördert worden.«

»Bei dir wurde es auch langsam mal Zeit«, Hochstetter ließ seine professionelle Maske fallen und wandte sich der alten Freundin zu. »Wenn es mir damals möglich gewesen wäre, hätte ich dich unter meinem Kommando bereits zum Commander befördern lassen, meine Empfehlung hattest du.«

Kawikani zuckte mit den Achseln: »Alte Geschichten, Hieronymus. Jetzt ist es soweit, das ist das Einzige, was zählt.«

Sie drehte sich dem Duraplastfenster zu und sah sich das ausgemusterte Schlachtschiff an.

»Ganz schön großer Pott, was?«, sagte sie misstrauisch. »Über zweihundert Decks. Ich hab gehört, die Eris würden uns eins ihrer neu entwickelten Sprungtriebwerke in dieses Monstrum einbauen. Wie funktioniert das überhaupt?«

»Es hat irgendetwas mit Raumkrümmung zu tun. Na ja, so ganz kann dir das wohl nur ein erischer Techniker erklären …«, sagte Hochstetter. Er sah sich gedankenverloren sein neues Kommando an und dachte über die Möglichkeiten des innovativen Sprungtriebwerks nach.

Die bisherigen Gravitationsantriebe konnten Schiffe bis auf etwa 90 Prozent der Lichtgeschwindigkeit beschleunigen. Das reichte gerade so aus, um in mehreren Jahre andauernden Flügen nahe gelegene Sonnensysteme zu erreichen.

Ein interstellarer Krieg wurde so zu einem lange währenden, strategischen Schachspiel. Wollte ein Sonnensystem gegen ein anderes Krieg führen, stellte es eine gigantische Flotte zusammen und hoffte darauf, dass die Menge der Schiffe für den Sieg ausreichen würde. Der Anmarsch der Truppen dauerte etliche Jahre, oft war die Technik der Kriegsschiffe hoffnungslos veraltet, wenn sie endlich am Ziel ihres Angriffs angekommen waren. Das hatte in den letzten Jahrhunderten schon zu mehreren Raumschlachten geführt, die für die Angreifer fatal geendet hatten.

Den Kolonisten von Epsilon Eridani B war es vor etwa einem Jahr gelungen, ein Sprungtriebwerk zu konstruieren, das es einem Schiff ermöglicht, Distanzen zwischen 20 und 30 Lichtjahren mit minimalem Zeitverlust zu überbrücken.

Die Militärs beider Seiten wollten sich sofort auf diese Technologie stürzen, um den Kolonialkrieg rasch zu beenden. Die Eris waren allerdings nicht bereit, für einen der Kriegsgegner Partei zu ergreifen. Stattdessen hatten sie sich, entsetzt über den ständig wieder aufflammenden, blutigen Konflikt, den Kriegsparteien als Vermittler angeboten und ihnen den Zugang zur Technik des Sprungtriebwerks verweigert.

Nach langen Verhandlungen wurde ein Friedensvertrag unterzeichnet. Als Zeichen des guten Willens aller Beteiligten wurde zugestimmt, *ein* ÜL-Triebwerk in *ein* gemeinsames Forschungsschiff einzubauen. Die Earth Coalition stellte das Schiff zur Verfügung, die Proxis ihre überlegenen Computer und Kommunikationstechniken, die Eris ihren Sprungantrieb. Das Schiff sollte nun eine mehrere Jahre andauernde Forschungsreise zu weiter entfernten Sonnensystemen unternehmen, um neue, kolonisierbare

Planeten zu entdecken, damit die Ressourcenkriege endlich der Vergangenheit angehörten.

Die viertausend Personen starke Mannschaft war ein Schmelztiegel aus Mitgliedern der Earth Coalition, der Proxis und erischer Techniker. Zu allem Überfluss hatten sie auch noch fast sechstausend Zivilisten an Bord, teils Familienmitglieder der Crew, teils unverzichtbare Spezialisten, die auf den frisch entdeckten Exoplaneten Forschungen durchführen sollten. Nachdem das Schiff auf seinen neuen Namen getauft wurde, sollte es medienwirksam das Raumdock verlassen. Kurz darauf würde es in die Nähe des Systems Tau Ceti springen, um dort die Forschungsreise zu beginnen.

Hochstetter seufzte. Eine Mammutaufgabe lag vor ihm: es würde schwierig werden aus diesen vielen einzelnen Individuen aus drei Sonnensystemen eine Crew zu formen, auf die er sich in allen Situationen verlassen konnte. Zum Glück hatte er in Commander Kawikani einen Offizier, dem er voll vertrauen konnte, alles andere würde sich finden.

Eine schriftliche Nachricht auf dem Kommunikator unterbrach seine Gedanken: »Captain Hochstetter, bitte kommen Sie umgehend ins Büro des Stationskommandanten. Gez. Earth President Walter Connelly.«

»Es geht los«, sagte er zu Kawikani und wandte sich zum Gehen. »Du kannst gleich mitkommen, ich wette, wir sollen noch vor den Feierlichkeiten unsere Brückenoffiziere kennen lernen.«

»Hoffentlich ist bei den Proxis kein militärischer Betonkopf dabei …«, seufzte sie und ging neben Hochstetter her. »Ich habe keine Lust darauf, meine Energie in einem Kleinkrieg zwischen den Offizieren zu verschwenden.«

»Das wird sich wohl nicht vermeiden lassen«, sagte Hochstetter gedehnt. »Du weißt, dass die Proxis keine zivile Raumflotte so wie wir haben. Bei ihnen sind alle Raumfahrer Mitglieder des Militärs, also wird es wohl ein Offizier werden.«

»Solange er macht, was ich ihm befehle, ist es mir so was von egal, wo er herkommt«, brummte Kawikani. »Ich werde nur nicht zulassen, dass irgendjemand außer dir meine Befehle in Frage stellt.«

»Das ist das Vorrecht des Captains«, grinste Hochstetter. »Lassen wir uns überraschen.«

Sie hatten das Büro des Stationskommandanten rasch erreicht, mussten sich bei den aufgestellten Wachen ausweisen und wurden dann eingelassen.

Im Büro selbst war nur ein verwaister Schreibtisch, aber aus dem angrenzenden Sitzungssaal waren Stimmen zu hören. Hochstetter und Kawikani gingen hinein und sahen, dass etwa dreißig Personen aus mehreren Sonnensystemen an einem großen Tisch saßen, alle in verschiedene, verhalten geführte Gespräche vertieft. Auf der linken Seite saßen vier indisch aussehende Männer in Uniformen des proxischen Militärs und redeten auf Hindi. Auf der rechten Seite waren fünf fernöstlich wirkende Männer und Frauen in den farbenprächtigen Kleidern der Eris, die sich leise lachend unterhielten. Ein anderer war Earth President Connelly, der zu ihnen aufblickte und sie mit einer Handbewegung an den Tisch einlud. Kurz nachdem sie sich gesetzt hatten, bat er um Ruhe.

»Da wir nun alle anwesend sind, werde ich rasch erläutern, wie die Schiffstaufe und ihr Aufbruch auf die wichtigste Forschungsmission der Menschheit vonstatten gehen sollen«, begann Connelly zu sprechen, »Zunächst muss ich mich bei Ihnen entschuldigen, Captain Hochstetter. Ich hoffe, Sie werden mir vergeben.«

»Wofür entschuldigen?«, fragte Hochstetter überrascht.

»Sie sind immer noch der Meinung, dass Sie auf eine Forschungsmission aufbrechen sollen, habe ich recht?«

»Ja, allerdings ...«, sagte Hochstetter vorsichtig und blickte kurz zu Kawikani hinüber, nur um dann wieder Connelly anzusehen. »Ist das denn nicht der Fall?«

»Doch. Im Grunde genommen schon«, sagte Connelly gedehnt.

»Im Grunde genommen schon?«, hakte Hochstetter nach. »Mein von der Earth Coalition, den Proxis und den Eris unterschriebener Forschungsauftrag lautet: Mehrere Exoplaneten zu finden, die von Menschen kolonisiert werden können, damit die Ressourcenkriege überflüssig werden. Ich hoffe doch sehr, er ist nicht hinfällig?«

»Nein, natürlich nicht. Ihr *offizieller* Auftrag ist auch richtig so«, bestätigte Connelly. »Allerdings wird jetzt noch ein geheimer, *inoffizieller* Auftrag hinzukommen.«

Hochstetter runzelte die Stirn.

»Tun Sie mir bitte einen Gefallen, Mr. President«, knurrte Hochstetter mit einem gefährlichen Unterton in der Stimme. »Sagen Sie mir bitte, dass es sich nicht um einen militärischen Geheimauftrag handelt...«

»Nein, er ist nicht militärisch«, beruhigte ihn Connelly. »Aber vielleicht kann Ihnen das ja Admiral Mohan näher erläutern?«

Einer der proxischen Militärs stand auf und wandte sich an Hochstetter: »Ich bin Admiral Mahima Mohan von der proxischen Navy. Ich werde Sie nun auf ein paar Besonderheiten, genauer gesagt: geheime Klauseln des Friedensvertrages zwischen unseren beiden Völkern und den Eris hinweisen.«

Er räusperte sich kurz und fuhr fort: »Wie Sie alle wissen, haben unsere Systemnationen den Friedensvertrag unterschrieben, um den Koloniekrieg zu beenden. Die meisten Bewohner der Earth Coalition glauben allerdings, dass wir diesen Krieg vor etwa zwanzig Jahren begonnen haben, um das Solsystem zu erobern. Ich bin darauf nicht besonders stolz, aber nun werde ich Ihnen erläutern, warum uns damals keine andere Wahl blieb.«

»Jetzt bin ich aber mal gespannt«, raunte Kawikani Hochstetter leise zu. Hochstetter nickte besonnen, aber noch bevor er antworten konnte, fuhr Admiral Mohan schon fort.

»Vor etwa dreißig Jahren ist proxischen Wissenschaftlern ein katastrophaler Umstand aufgefallen: Eine der Sonnen unseres Doppelsternsystems, Proxima Centauri Alpha, ist in eine Phase erhöhter Aktivität getreten. Sie wird ihre Strahlung in naher Zukunft um mehrere Prozentpunkte erhöhen, infolgedessen wird sich die habitable Zone des Sonnensystems, in der Leben noch möglich ist, nach außen verschieben.« Ein leises Raunen ging durch den Sitzungssaal. »Der von uns kolonisierte Planet Proxima Centauri B wird *sich dann nicht mehr in dieser habitablen Zone* befinden. Das Wasser und die von uns in hunderten von Jahren kultivierte, atembare Atmosphäre werden durch die zunehmenden Sonnenwinde vom Planeten verdampfen oder weggeblasen werden. Unsere proxische Kolonie ... meine, ... unsere Heimat, mit einer Bevölkerung von etwa drei Milliarden Menschen, wird in knapp vierzig Erdjahren von jetzt an unbewohnbar geworden sein.«

Er brach kurz ab, man sah dem nach außen harten Militär an, dass ihn dieser Umstand ängstigte und in Verzweiflung stürzte. Sein Gesicht war bleich, als er den Kopf hob, um weiterzusprechen: »Wir waren bis heute nicht in der Lage, etwas dagegen zu unternehmen. Als die niederschmetternde Diagnose vor etwa dreißig Jahren feststand, wurde händeringend nach einer Lösung gesucht. Bei den folgenden Wahlen wurde Sanjay Vinayak zu unserem neuen Präsidenten gewählt. Viele hielten ihn für einen starken Führer ... «

»Er war derjenige, der den ersten Angriff auf das Sol-System befahl!«, warf Ewgenij Lubov, der Außenminister der Earth Coalition, wütend ein. »Ist denn niemand von ihrer Regierung auf die Idee gekommen, jemanden um Hilfe zu bitten?«

Admiral Mohan wollte gerade sichtlich entrüstet zu einer Antwort ansetzen, als Connelly die Hand hob und um Stille bat.

»Dazu kann *ich* etwas sagen«, sagte er mit einem verschwörerischen Unterton und blickte seinen Außenminister herausfordernd an. »Die Proxis, genauer gesagt Sanjay Vinayak persönlich, haben vor etwa dreißig Jahren in einer streng geheimen Anfrage die Earth Coalition um Hilfe in dieser Angelegenheit gebeten.«

»Und diese Hilfe wurde von Ihrer Regierung verweigert!«, fuhr Admiral Mohan ihn an. »Wir sandten auch Diplomaten in andere Sonnensysteme, aber nur die EC wäre in der Lage gewesen, uns zu helfen!«

Perplex wanderte Lubovs Blick zwischen seinem Präsidenten und dem Admiral hin und her.

»Stimmt das? Ich habe noch nie etwas davon gehört, dass Vinayak hier auf der Erde war um uns um Hilfe für seine Kolonie zu bitten«, sagte Lubov verwirrt.

»Das könnte daran liegen, dass es ein *geheimes* Treffen gewesen ist«, knurrte Connelly. »Mein Vorgänger und seine Minister waren zu dieser Zeit der Meinung, dass selbst wenn die Erde und der Mars ihre Ressourcen bündeln, wir nicht in der Lage wären, drei Milliarden weitere Menschen in unserem Sonnensystem unterzubringen. Selbst wenn die Evakuierung von Proxima Centauri B mit damaligen Mitteln etwa sechzig Jahre gedauert hätte: wo hätten wir denn drei Milliarden Flüchtlinge unterbringen sollen? Sie verpflegen, beherbergen und mit dem Nötigsten versorgen? Es war vollkommen unmöglich, den Proxis hier im Solsystem eine neue Heimat zu bieten. Zu dieser Zeit belief sich die Population des Systems auf etwa 15 Milliarden. Die Ressourcen des Solsystems reichten eben so aus, um *unsere* Bevölkerung zu erhalten und es ist danach nicht gerade besser geworden. Herrgott nochmal! Achthundert Jahre lang haben wir Generationsschiffe mit Unterlichtantrieben auf Reisen geschickt, die im schlimmsten Fall Jahrzehnte dauerten, *gerade weil* wir in unserem Sonnensystem keinen Platz für noch mehr Menschen hatten! Und plötzlich klopft Vinayak an und will seine ganze Bevölkerung bei uns zwischenlagern, bis sie einen anderen Planeten gefunden haben, den sie besiedeln können!«

»Als Ihre Regierung die Unterstützung verweigerte, haben sie unsere Kolonie zu einem langsamen und qualvollen Tod verurteilt!«, fauchte Mohan.

Connelly sah ihn verstehend an: »Es war damals nicht meine Entscheidung, Ihnen *jegliche* Hilfe zu verweigern. Aber nach seiner Rückkehr nach Proxima Centauri sofort zum Angriff auf das Solsystem zu blasen, war ebenfalls nicht die beste Entscheidung Vinayaks. Nicht, wenn man fast vier Jahre Reisezeit hat, um sich alternative Lösungen einfallen zu lassen.«

Mohan senkte den Kopf.

»Es blieb uns nichts anderes übrig. Auch wir wollen leben«, murmelte er.

Betretenes Schweigen machte sich am Konferenztisch breit.

»Das ist ja alles ganz interessant, aber was hat das jetzt mit unserer Forschungsmission zu tun?«, fragte Hochstetter schließlich unverblümt.

Connelly holte tief Luft und erklärte: »Ich wurde erst nach der dritten Kuiperschlacht zum Präsidenten der Earth Coalition gewählt. Mein Ziel war es, den sinnlosen Krieg zu beenden. Dieses Ziel wurde noch wichtiger nachdem ich erfahren hatte, *weshalb* wir überhaupt Krieg führten: Weil *unsere* Regierung einer anderen die Hilfe verweigert hatte. *Unser* Egoismus hatte dazu geführt, dass zwei Sonnensysteme in einen zwanzig Jahre andauernden, blutigen Krieg mit Millionen von Toten traten. Warum waren immer ausreichend Geld und Ressourcen für Krieg und Vernichtung da, aber nichts für die bitter notwendige Hilfe?

Mahatma Ghandi, den die Proxis noch mehr verehren als wir hier auf der Erde, sprach eine traurige Wahrheit aus, als er sagte: *Die Welt hat genug für jedermanns Bedürfnisse, aber nicht für jedermanns Gier.*

Es erwies sich allerdings als unmöglich, den Krieg nur mit Verhandlungen zu beenden. Die Proxis kämpften um die nackte Existenz und wir konnten nicht mit ihnen teilen: Einer von uns beiden musste untergehen, damit der andere überleben konnte.

So stellte sich die Situation dar, als ich das Präsidentenamt übernahm. Wir alle warteten jeden Tag darauf, dass uns die Proxis eine neue Invasionsflotte schickten. Ein Teil unserer Verteidigungsflotte flog im Kuipergürtel Patrouille, der Rest hielt Position auf der Uranusbahn. Ein tief gestaffelter Verteidigungsring war um das Solsystem errichtet worden. All das band Unmengen von Ressourcen, die anderswo besser eingesetzt gewesen wären.

In dieser ausweglosen Situation sprang regelrecht das erste sprungfähige Schiff der Eris in unser Sonnensystem hinein: die Menschheit hatte einen Antrieb entwickelt, der gigantische Distanzen in wenigen Minuten überbrücken konnte.

Den Friedensvertrag kennen Sie. Die Eris bestanden darauf, dass wir *alle* zusammenarbeiten, um die Kolonie der Proxis zu retten, egal welche Lösung wir finden. Dafür stellen sie uns *genau ein* Triebwerk zur Verfügung.

Unser vorläufiger Plan ...«, er nickte Captain Hochstetter zu, » ... besteht nun darin, zunächst alle Sonnensysteme, in die in den letzten achthundert Jahren Kolonisierungsschiffe aufgebrochen sind, mit Ihrem neuen, sprungfähigen Schiff anzufliegen und festzustellen, ob sie kolonisierbar sind oder ob die bereits kolonisierten Planeten bereit sind, Flüchtlinge von Proxima aufzunehmen. Deshalb werden Sie eine so stark gemischte Crew haben: erische Techniker, proxische und terrestrische Diplomaten, Crewmitglieder aus allen beteiligten Kolonien.«

Hochstetters und Kawikanis Mund standen vor Erstaunen offen.

»Das sind ... wie viele mögliche Kolonien?«, keuchte Kawikani schließlich.

»So zwischen vier- und fünftausend. Und nicht von allen haben wir Aufzeichnungen, weder wer wohin aufgebrochen ist, noch was aus ihnen geworden ist«, sagte Connelly knapp. »Und ich muss nochmal betonen: dies ist keine militärische Erkundungsmission! Sie dient nicht dazu, besiedelte Planeten auszuspionieren, um sie sofort zu erobern! Beide ehemaligen Kriegsparteien werden sich gegenseitig kontrollieren, damit genau das *nicht* der Fall ist. Wir müssen eine ganze Planetenbevölkerung retten und wir haben nur noch etwa dreißig Jahre Zeit. Wir müssen unsere Ressourcen und Anstrengungen vereinen und eine gemeinsame Lösung finden. *Dann* ... und ich muss es noch einmal betonen: *nur dann* können wir weitere Ressourcenkriege vermeiden.«

»Wenn wir einen geeigneten Planeten gefunden haben, sollen wir dann in das Solsystem zurückspringen und Ihnen Bericht erstatten?«, fragte Hochstetter mit gerunzelter Stirn.

»Zeit ist bei Ihrer Mission ein wichtiger Faktor, Captain«, gab Connelly zur Antwort. »Wenn Sie ein System erkundet haben, werden Sie mit einem DSMT, einem Deep-Space-Mail-Torpedo, ein unbemanntes, sprungfähiges Kleinstschiff der Eris, mit uns Kontakt aufnehmen. Wir leiten dann alles Weitere in die Wege und Sie setzen Ihre Mission fort. Ich gehe nämlich nicht davon aus, dass Sie bereits nach Ihrem ersten Sprung in der Lage sein werden, uns eine Lösung präsentieren zu können. Falls sich eine der neuen Kolonien bereit erklärt, proxische Flüchtlinge aufzunehmen, stellen uns die Eris ihren Sprungantrieb zur Verfügung. Sie haben schon damit begonnen, terrestrische und proxische Kriegsschiffe, Passagierschiffe und Frachter in großen Stückzahlen umzurüsten, die Flüchtlinge von Proxima rasch und sicher zu den jeweiligen Planeten bringen können. In beiden Systemen sind dafür erische Werften eingerichtet worden.«

Die erische Delegation nickte beflissen und einer ihrer Diplomaten fügte hinzu: »In etwa einem Jahr werden wir so viele Schiffe umgerüstet haben, dass wir in der Lage sein werden, mit einem Konvoi zehn Million Menschen in Stasis zu transportieren. Mehr Transporter für die Evakuierung zu bauen, lassen die Ressourcen der Systeme nicht zu. Je nach Entfernung des Zielsystems sollte eine solche Umsiedelung ungefähr einen Monat dauern.«

»Selbst dann sind noch mindestens dreihundert Konvois dieser Art notwendig, um den Planeten zu evakuieren«, rechnete Hochstetter nach, »Das sind etwa fünfundzwanzig Jahre, wenn wir einen Konvoi pro Monat durchführen können. Da bleibt uns nicht lange, einen Planeten zu finden, der groß genug ist, um Proxima zu ersetzen.«

Connelly nickte: »Das ist der wichtigste Grund, warum Sie so rasch aufbrechen sollen. Wir haben einfach nicht genug Zeit, um lange zu diskutieren, sie zerrinnt uns zwischen den Fingern. Wenn wir erfolgreich sein wollen, müssen wir uns beeilen. Ich lege die Zukunft der Proxis in Ihre Hände, Captain Hochstetter.«

Hochstetter bejahte verstehend und schluckte dann. Er war sich der Last auf seinen Schultern für das Überleben von drei Milliarden Menschen verantwortlich zu sein, gerade erst bewusstgeworden.

»Wäre es nicht besser, mehr Schiffe mit Sprungantrieb auszurüsten um nach einem solchen Planeten Ausschau halten zu können?« Er sah zu der erischen Delegation hinüber und zog die Augenbrauen hoch.

»Wir haben bereits ein umfassendes Konstruktionsprogramm auf den Weg gebracht«, sagte der Diplomat nickend. »In diesem Moment sind schon etwa zwanzig Forschungsschiffe zu alten Koloniewelten unterwegs. Zurzeit werden auf unseren Werften gerade vierzig kleine, rasch zu produzierende Forschungsschiffe mit Sprungantrieb konstruiert, die weiter entfernte Systeme anfliegen sollen, die noch nicht von Kolonieschiffen angeflogen worden sind. Je geringer die Masse des Schiffes, desto höher ist die Distanz, die das Sprungtriebwerk überbrücken kann. Im Moment springt unser kleinstes Forschungsschiff knapp dreißig Lichtjahre, wir wollen die Entfernung in den nächsten Jahren auf fünfzig erweitern.«

»Und wie weit springen wir mit der *Nelsons Victory*?«, fragte Hochstetter die erische Delegation. »Immerhin war sie mal ein Superschlachtschiff, sie ist fast zehnmal so groß wie Ihre größten sprungfähigen Schiffe.«

»Es hängt, wie bereits ausgeführt, in erster Linie von der Masse ab«, sagte einer der Diplomaten ausweichend. »Die größte Sprungentfernung für die *Victory* sollte zwischen zehn und fünfzehn Lichtjahren liegen. Wir geben Ihnen ein etwa zweihundert Mann starkes Team von hochspezialisierten Antriebstechnikern mit, die den Antrieb warten und ihn eventuell während des Fluges verbessern können.«

Hochstetter nickte, aber so ganz glücklich war er mit seiner neuen Aufgabe nicht. Auf Anhieb fielen ihm hunderte von Problemen ein, die auf so einer Mission auftauchen konnten. Außerdem wurde er das unbestimmte Gefühl nicht los, dass hier unter Zeitdruck ein Plan zur Rettung von drei Milliarden Menschen zusammengeschustert wurde, der nur geringe Erfolgsaussichten aufwies. Hoffentlich irrte er sich und die Leute, die das Schiff ausgerüstet und die Crew ausgewählt hatten, hatten gewusst, was sie taten. Sie würden es wohl erst auf der Reise herausfinden, aber dann war es für tiefgreifende Fehlerbehebungen zu spät.

Connelly warf einen Blick auf seine Armbanduhr, klopfte kurz auf den Tisch und sagte: »Es wird Zeit, Sie mit dem Rest Ihrer Führungsoffiziere bekannt zu machen, Captain Hochstetter. Ihren Ersten Offizier, Iwalani Kawikani, haben Sie ja bereits getroffen, wie ich sehe. Darf ich Ihnen nun Ihren Kommunikationsoffizier vorstellen? Lieutenant Simran von der Proxischen Navy.«

Eine junge und schlanke Proxianerin in Uniform erhob sich und nickte Hochstetter zu.

»Zu Ihren Diensten, Captain«, sagte sie mit einer melodisch klingenden Stimme in akzentfreiem Coalition-Englisch. »Ich hoffe, ich werde mich meiner Aufgabe würdig erweisen.«

Hochstetter stutzte kurz über ihren Tonfall, runzelte die Stirn und sah Simran mit verengten Augen an: »Auf unserer Reise werden wir dutzende von Planeten besuchen. Sie wurden vielleicht von Menschen besiedelt, die hunderte verschiedene Sprachen sprechen. Die verbale Kommunikation ist für ein diplomatisches Vorgehen essentiell. Werden Sie dazu in der Lage sein einen Austausch in diesem Fall zu gewährleisten?«, fragte er den Lieutenant.

Simran nickte: »Ich beherrsche fast alle bei den Menschen gebräuchlichen Sprachen, zurzeit etwa siebentausend, darunter knapp eintausend Dialekte. Außerdem verstehe ich noch circa viertausend andere Kommunikationsformen. Und ich lerne ständig dazu.«

Hochstetter zog erstaunt die Luft ein, auch Kawikanis Kopf fuhr herum.

»Sie sind ein *Schwätzer*...«, hauchte Kawikani ehrfürchtig. »Ich habe schon von euch gehört. Androiden der neusten Generation, vom proxischen Militär für die Kommunikation und das Codebrechen konstruiert. Ich hätte niemals gedacht, dass ich mal so eine Maschine treffen würde.«

Simran verzog leicht die Mundwinkel.

»Wir sind auch mehr als Maschinen, mehr als die Summe unserer Teile«, verteidigte die zierliche Frau sich. »Nach der Entwicklung der Emotions-Komponente 4.0 verfügen wir über dieselben Gefühle wie Menschen. Ihre Militärs nennen uns abfällig *Schwätzer*, weil es uns gelungen ist, jeden Code zu knacken, den ihre Kryptographen sich ausgedacht haben. Und weil wir perfekt jede Stimme imitieren können, die wir länger als zwanzig Sekunden gehört haben. Für etliche proxische Siege aus den finalen Schlachten des Koloniekrieges sind wir verantwortlich. Wir selbst bevorzugen den Terminus Sprach- und Kommunikationswesen. Wir wurden für den Krieg gebaut und viele von uns wurden darin vernichtet. Ich bin eine der letzten meiner Art. Da wir nur noch so wenige waren und das militärische Forschungsprogramm, das uns erschuf, eingestellt wurde, beschloss die proxische Regierung, uns mit Menschen rechtlich gleichzustellen und uns selbst über unsere Zukunft entscheiden zu lassen. Nachdem der Krieg beendet war, wurde mir eine Stelle im Kommunikationszentrum auf dem zentralen Raumhafen von Proxima angeboten. Ich lehnte ab und meldete mich freiwillig als Kommunikationsoffizier für diese Mission.«

»Warum?«, fragte Hochstetter nach. Er hatte sich erstaunlich schnell davon erholt, dass sein neuer Funker eine denkende und fühlende Maschine war.

»Wenn wir scheitern, wird niemand mehr da sein, der mir auf Proxima eine Stelle anbieten könnte«, sagte sie mit kaum verborgenem Zynismus und blickte Hochstetter in die Augen. »Sie brauchen einen kompetenten Kommunikationsoffizier, um die Mission erfolgreich zu bewältigen. Wir sind für das Überleben einer ganzen Planetenbevölkerung verantwortlich. Meine moralischen Unterprogramme würden rebellieren, wenn ich diese Aufgabe einem weniger fähigen Offizier überließe. Ich bin die Beste für den Job. So einfach ist das.«

Sie grinste und fügte hinzu: »Außerdem bin ich schrecklich neugierig.«

Leichtes Lachen ertönte an dem Konferenztisch.

»Nun, zumindest an Ihrer Sprachkompetenz wird die Mission sicherlich nicht scheitern«, warf Connelly ein. Er sah wieder auf die Uhr. »Captain Hochstetter, es wird Zeit, dass Sie und Ihre Führungsoffiziere an Bord gehen. Der Rest der Delegation begibt sich mit mir in die große Halle neben Raumdock Acht, um den Feierlichkeiten der Schiffstaufe und des Aufbruchs beizuwohnen. Die Crew des Schiffes kann die Taufe live auf den Holomonitoren an Bord verfolgen.«

Connelly stand auf und viele andere taten es ihm gleich.

»Wer wird mein zweiter Offizier werden? Auf der Crewliste war diese Position noch unbesetzt«, warf Hochstetter ein, aber sein Einwand ging im Stühlerücken und Fußgetrappel der aufbrechenden Leute unter. Connelly und seine Entourage verschwanden durch eine breite Tür direkt hinter Connellys Stuhl, zurück blieben Hochstetter, Kawikani, Simran und Mohan. Die beiden proxischen Offiziere kamen zu ihnen hinüber.

»Ich dachte, Connelly hätte Sie darüber informiert«, sagte Mohan. Seine Stimme klang zu gleichen Teilen zerknirscht, besorgt und belustigt.

»Worüber?«, gab Hochstetter frustriert zurück. »Ich muss mich erst mal daran gewöhnen, dass mein Kommunikationsoffizier eine Androidin ist. Mein Bedarf an Überraschungen ist für heute gedeckt.«

»Oh, ich kann Sie beruhigen, Ihr zweiter Offizier ist ein Mensch«, sagte Mohan lächelnd.

Hochstetter sah ihn fragend an, aber Kawikani stieß ihm mit dem Ellenbogen in die Rippen.

»Bist du so schwer von Begriff oder tust du nur so?«, zischte sie ihren Captain an. »Was glaubst du, wer noch übrigbleibt, nachdem alle anderen in die Halle aufgebrochen sind?«

Hochstetter riss verstehend die Augen auf und Mohan sagte langsam: »Ja, Captain. Sie haben Recht mit Ihrer Vermutung: Ich habe mich freiwillig vom Admiral zum Subcommander degradieren lassen. *Ich* bin Ihr zweiter Offizier.«

Ein Androide als Kommunikationsoffizier und ein ehemaliger proxischer Admiral als Zweiter auf der Brücke des wichtigsten Forschungsschiffes der Menschheit, schoss es Hochstetter durch den Kopf, während er mit seinen neuen Brückenoffizieren zum Personentunnel von Raumdock acht ging, *Und ich bin der Captain dieses Kahns. Na, das kann ja heiter werden.*

Nach einem längeren Marsch durch die Tunnel des riesigen Superschlachtschiffs und der Fahrt mit zwei Aufzügen betraten sie die Hauptbrücke.

Das Schiff war zwar gigantisch, seine Brücke allerdings war nur etwa zweimal so groß wie die des letzten Schiffes, das Hochstetter kommandiert hatte. Die Front dominierte ein mannshoher und doppelt so breiter Holobildschirm, auf dem nun die Feierlichkeiten der Schiffstaufe zu sehen waren.

Hochstetter setzte sich auf den interaktiven Kommandosessel der *Nelsons Victory*, der mit zwei bequem zu erreichenden Touchpads und Displays ausgestattet war. Rechts neben ihn nahm Kawikani Platz, links Mohan. Simran setzte sich an die Kommunikationskonsole und überprüfte verschiedene Verbindungen.

Auf Hochstetters kleinem Holoschirm erschienen das fröhliche Gesicht und der breite Oberkörper eines erisch aussehenden Mannes in der unordentlichen, ölverschmierten Uniform eines Ingenieurs der ECF. Hochstetter fühlte sich unwillkürlich an einen Sumoringer erinnert. Plötzlich fragte er sich, wie dieser gewaltige Kerl in einen der Wartungstunnel passte, die wie ein Blutkreislauf jedes Raumschiff durchzogen. Er musste trotz seiner Masse ziemlich gelenkig sein. Lächelnd begann der Techniker zu sprechen: »Guten Morgen, Captain Hochstetter. Ich bin Lieutnant Kiyoshi Minato, Ihr Erster Antriebstechniker. Ich freue mich, Ihnen das

Sprungtriebwerk als funktionsfähig und bereit für den initialen Sprung melden zu können.«

»Danke, Lieutenant ... Minato?«, fragte Hochstetter unsicher nach.

»Lieutenant Kiyoshi, Captain. Bei uns wird der Familienname zuerst genannt«, strahlte ihn sein Antriebstechniker an. »Aber denken Sie daran, wir müssen etwa zweihunderttausend Kilometer Entfernung zwischen uns und allen anderen Objekten im Umkreis haben, bevor wir springen können. Beim Sprung entsteht eine leichte Gravitonschockwelle, die sonst Schaden an technischen Konstruktionen verursachen könnte.«

»Ich werde daran denken«, sagte Hochstetter. Kiyoshi nickte und das Holobild verschwand.

Hochstetter sah auf den Hauptschirm und erkannte Connelly hinter seinem Rednerpult, der anscheinend langsam zum Ende seiner Rede zu kommen schien. Neben ihm stand die First Lady, Aileen Connelly, die für die Schiffstaufe vorgesehene Champagnerflasche in der Hand. Sie schob sie gerade in die kleine Schleuse, mit der sie mittels Pressluft gegen den Rumpf des ehemaligen Kriegsschiffs geschleudert werden sollte. Winzige, ferngesteuerte Treibladungen würden dann das Banner, das den Namen verdeckte, von der Schiffshülle wegziehen.

Hochstetter wurde bewusst, dass noch nicht mal *er* wusste, welchen Namen sein Schiff denn nun bekommen sollte. Er schnaubte kurz amüsiert auf und grinste in sich hinein.

Auf dem Holobildschirm war nun die First Lady an das Rednerpult getreten. Als Taufpatin hielt sie die Taufrede. Und die ließ, wie Hochstetter belustigt feststellte, keinerlei Pathos vermissen.

Laut drang die angenehme Altstimme der First Lady durch die Halle: »Dieses Schiff war einst zum Kampf konstruiert worden, nun soll es, seiner Waffen beraubt, uns alle in ein besseres und glücklicheres Zeitalter führen! Gemeinsam mit Freunden und ehemaligen Feinden wird es aufbrechen, die Menschheit einem Traum näher zu bringen: Utopia! Einer Welt ohne Krieg und Mangel!«

Applaus brandete auf, der kurz Aileen Connelly übertönte.

Mit erhobenen Armen bat sie um Ruhe, wand sich zu dem Schiff hinter der Duraplastscheibe um und fuhr fort: »Ich grüße dich mit einem dreimaligen Hipp-Hipp-Hurra! Ich wünsche dir und deiner Besatzung allzeit gute Fahrt und dir immer eine Handbreit freien Raum unter dem Kiel!«

Sie nahm tief Luft, drückte den Auslöser und sagte dann: »Hiermit taufe ich dich auf den Namen ... *Infinity*!«

Erneut brandete auf dem Bildschirm Applaus auf und im Hintergrund begann eine altmodische Blaskapelle zu spielen. Hochstetter stöhnte innerlich auf, als er das uralte Lied aus dem 21. Jahrhundert erkannte, lächelte aber äußerlich weiter.

Aber was hätten sie auch sonst zu Gehör bringen sollen?

Kawikani beugte sich zu ihm und Hochstetter entging nicht, dass es ihr nur mühsam gelang, sich das Lachen zu verkneifen: »Die *Hymne des Aufbruchs*? Geht es nicht noch etwas theatralischer?«

»Anscheinend nicht...«, gab Hochstetter, immer noch lächelnd und mit zusammengebissenen Zähnen, zischend zurück.

»Seit dreihundert Jahren ist kein Schiff mehr mit der *Hymne des Aufbruchs* getauft worden! Die offizielle Benutzung dieses Musikstücks war *stets* für Kolonieschiffe vorgesehen. Schließlich soll sie ihnen Glück bringen. Was sind wir nun, ein Forschungsschiff oder ein Kolonieschiff?«, raunte Kawikani ihm zu.

»Glück können wir jede Menge gebrauchen ... aber ansonsten ... bin ich mir noch nicht sicher, was wir nun wirklich sind«, murmelte Hochstetter und Kawikani setzte sich wieder aufrecht hin. Dann sagte der Kommandant laut genug, um die Musik zu übertönen: »Steuermann! Bringen Sie uns mit Manövertriebwerken aus dem Raumdock!«

»Aye, Captain.«

Kurz darauf begann sich das neueste Forschungsschiff der ECF langsam aus dem Dock zu bewegen.

Während die Holokamera die *Infinity* beim Verlassen des Liegeplatzes beobachtete, hatte im Hintergrund inzwischen ein gemischter Kinderchor angefangen, die vielstimmige Hymne zu singen.

Die erste Strophe tönte über die Brücke: »*Wir sind auf einer ewigen Reise, träumen ewig von einer wundersamen Welt ohne Mauern, ... wir existieren für immer und fragen uns, was die Zukunft bringt ...*«

Aber als er sich an den Text erinnerte, ihn erneut hörte, wusste Hochstetter plötzlich, *warum* sie die Hymne spielten.

Und was er tun konnte, ... nein: Tun *musste*, um die Gemeinschaft auf diesem Schiff zu stärken.

Er stand auf, legte die rechte Hand auf seine Brust in Höhe des Herzens und begann laut mitzusingen: »*... wir sind alle miteinander verbunden, eine niemals endende Synergie, wir sind eine Verbindung, eine unendliche Gemeinschaft, unsterbliche Harmonie, eine ewige Einheit ...*«

Neben ihm war Kawikani aufgestanden, hatte die Hand auf die Brust gelegt und fiel ein.

»*Hier kommt er, der Aufstieg eines herrlichen Zeitalters ...*«

Mohan stand auf.

Simran stand auf.

Dann der Steuermann.

Schließlich standen alle Brückenmitglieder und sangen die Hymne.

Hochstetter hätte seine Kapitänsmütze darauf verwettet, dass die ganze Besatzung mitsang, denn das Schiff dröhnte von vielen Stimmen.

Der Captain bemerkte, dass Mohan weinte, aber tapfer weitersang.

Nachdem die letzten Töne des Liedes verklungen waren, legte Hochstetter behutsam die Hand auf die Schulter eines ehemaligen Feindes, der jetzt nur ein einsamer, verängstigter Mensch war, und flüsterte so leise, dass nur der Ex-Admiral es hören konnte: »Wir werden es schaffen, Ihre Leute zu retten. Ich verspreche Ihnen, dass dieses Schiff und seine Crew nicht ruhen, bis wir erfolgreich waren.«

Mohan nickte und murmelte: »Vielen Dank. Ich hatte gehofft, dass Sie so etwas sagen würden ...«

»Sprungparameter erreicht, Captain«, informierte ihn der Steuermann.

»Dann wollen wir mal unseren fürstlichen Lohn verdienen!«, brummte Hochstetter leichthin und setzte sich wieder. »Sprung einleiten!«

Mit einem lautlosen Lichtblitz verschwand die ECS *Infinity* in der Unendlichkeit des Alls, ihrem ersten Ziel entgegen. Und mit sich nahm sie die Hoffnung von drei Milliarden Menschen.

ENDE

JENS GEHRES

Schon als Schulkind verfasste er Science Fiction-Kurzgeschichten und Abenteuer für Pen&Paper-Rollenspiele. Seit einigen Jahren hat er seine Autorenaktivität allerdings intensiviert und arbeitet gleichzeitig an mehreren Romanen und Kurzgeschichten von der Space Opera und klassischer Science-Fiction über Steampunk bis zur Fantasy.

https://www.facebook.com/AutorJensGehres/

DER GELBE RITTER

THOMAS KODNAR

Der gelbe Ritter war irgendwo zwischen der Milchstraße und HX-049B unterwegs. Himbutur betrachtete die Bildschirme mit stetig wachsendem Unmut, den Kopf in der Hand, den vorderen Ellenbogen auf dem dunklen Glastisch abgestützt, und gab sich große Mühe, wach zu bleiben. Eigentlich sollte sich dieser Versuch nicht allzu schwierig gestalten - der Schmerz in ihren *hinteren* Ellenbogen hatte sie die letzten Tage effizient um den Schlaf gebracht. Aber vielleicht war genau das der Grund, aus dem sie an diesem Abend von dem dumpfen Gefühl im Stich gelassen wurde: Es schien sie heute nicht rastlos, sondern nur noch müder zu machen. Statt sie mit seiner üblichen Eindringlichkeit an den nachbarlichen Streit, der zu den Wunden geführt hatte, zu erinnern, pochte der Schmerz mit einem rhythmischen Pulsieren, das etwas nahezu Beruhigendes hatte. Hätte Himbutur nicht Stunden des Beobachtungsdienstes vor sich, wäre sie dankbar für diesen neuen Umstand gewesen, hätte ein Traumprogramm ausgewählt und die Augen und Ohren geschlossen. Stattdessen starrte sie auf die Bilder, die der Ritter übermittelte und unterdrückte jedes Gähnen und Stöhnen, das ihr über die Lippen zu gelangen drohte. Die immer gleiche Szenerie zog mit nervenraubend langsamer Geschwindigkeit an dem Satelliten vorbei und wurde auf die drei Projektionen übertragen, die Himbuturs Aufmerksamkeit in Anspruch nahmen, ohne sich in irgendeiner Form für diese undankbare Aufgabe zu revanchieren. Dabei hatte der neue Job versprochen, spannend zu werden.

Seit gerade einmal siebenundsechzig Jahren war der gelbe Ritter zwischen den Galaxien unterwegs. Trotzdem hatte er bereits mehr Ergebnisse geliefert als seine drei Vorgänger zusammen. Allerdings hatte er jegliche bemerkenswerten Eindrücke aus dem Universum in den ersten Monaten seiner Karriere gesendet – nach der Aufnahme des fossilen Bakteriums auf Polyhyp-012 schien der Ritter beschlossen zu haben, dass er alles geleistet hatte, was von einem Satelliten erwartet werden konnte. Zumindest gefiel Himbutur der Gedanke, die mit ihrem Beruf verbundene Langeweile wäre das Resultat absichtlicher Dienstverweigerung einer Maschine; die Feindseligkeit dem imaginierten Arbeitskollegen gegenüber brachte ein wenig von der so deutlich mangelnden Spannung in ihre Nächte.

Himbutur lehnte sich zurück und streckte die Arme und Beine von sich. Ihre Stütze passte sich ihren Bewegungen an, verformte sich, um ihren Körper ideal zu tragen und dafür zu sorgen, dass zu den Schmerzen in ihren Ellenbogen keine neuen anderswo hinzutraten. Das Modell hier an ihrem Arbeitsplatz war ein erheblich Moderneres als das bei ihr zuhause; eines der wenigen Dinge, die ihr an ihrem Job gefielen. Andererseits bedeutete das auch, dass ein paar Stunden Schlaf hier sehr viel erfüllender wären als in ihrer Wohnung. Himbutur fragte sich, was ihre Vorgesetzte wohl sagen würde, würde sie darum bitten, zwischen ihren Diensten zum Ausruhen hierbleiben zu dürfen. Sie stellte sich vor, wie sich alle drei Nasenlöcher von Raknan aufblähen und ihre Lippen sich zum schmalsten Strich der visuell wahrnehmbaren Welt verengen würden, und begann zu lachen. Dann erinnerte sie sich an die Kameras, die hinter ihr an der Wand hingen, räusperte sich und nahm hastig eine manierlichere Haltung ein. Sie sollte sich mit Raknan nicht anlegen. *Disper* Raknan. Es war besser, ihren Namen ohne Titel nicht einmal zu *denken*: Himbutur war sich bis heute nicht sicher, wie viele Ebenen die Kameras im Gebäude aufzeichnen konnten.

Sie machte sich wieder daran, die metergroßen Projektionen des Ritters anzustarren. Eine zeigte Schwärze, unterbrochen von einigen mehr oder weniger hellen Lichtern; eine andere genau die gleiche Dunkelheit - bloß ohne auch nur einen einzigen Lichtfleck; die dritte: Pünktchen in verschiedenen Grautönen, die ein ungeschultes Auge für das Rauschen antiker Fernseher halten würde. Auf dieses letzte Bild sollte Himbutur eigentlich ihr Hauptaugenmerk legen. Meistens wurde ihr aber schwindelig davon.

Himbutur zog den Telecast aus ihrer Tasche. Jede Bewegung auf jedem Gerät, das in dieses Gebäude gelangte, wurde aufgezeichnet, weswegen sie nicht einfach Zeitungen lesen oder ihre privaten Nachrichten abrufen konnte - aber nach einigen Jahren der Arbeit beherrschte Himbutur mittlerweile gute Techniken, um die wachsamen Server auszutricksen.

Die Internetseite der IKARUS - der *Interplanetarischen Kartierungs- und Unionisierungs-Sondereinheit* - wies einen Seitenbalken auf, der die neuesten Informationen lieferte, die in der Presse zum Thema Universum auftauchten. Und diejenigen, die für die Programmierung dieses Balkens zuständig waren, schienen nicht gerade die vorsichtigsten oder vorausschauendsten aller Köpfe zu sein - die Kriterien dafür, welche Nachrichten erschienen und welche nicht, ließen offenbar jeden Artikel durch, der auch nur im Entferntesten mit Sternen, Großstädten oder galaktischen Routen zu tun hatte. Beim Großteil der Texte fehlte der genuin astronomische Bezug völlig. Dafür konnte Himbutur dankbar sein: Es war Teil ihres Berufs, diese Seite gelegentlich abzurufen und nach Inhalten zu durchsuchen, die für sie relevant sein könnten. Wenn sie hin und wieder etwas lesen musste, das nicht von Gravitationswellen, sondern von der Premiere des Films *Gravitationswelle* handelte, oder sich durch die Auswahl des vielversprechenden Titels *PKA-388 bebt* nicht über tektonische Verhältnisse auf besagtem Planeten informierte, vielmehr über die aufsehenerregenden Zwischenfälle während der Prominentengala, die dort stattgefunden hatte

– nun, dann konnte ihr das kaum zum Vorwurf gemacht werden. Vielleicht waren bei der Programmierung des Neuigkeitenbalkens gar keine Fehler oder Ungenauigkeiten passiert – vielleicht hatten die Zuständigen von IKARUS Angestellten wie Himbutur einfach einen Gefallen tun wollen.

Himbutur verlor sich für einige glorreiche Minuten in der Meldung eines Staus auf dem Turanga-Pfad zwischen Nivelon und Kyklo-B1, die sehr ausführlich und plastisch den verursachenden Unfallhergang beschrieb. Nur peripher nahm sie ein blinkendes rotes Licht wahr. Sie vermutete, dass es von der Festplatte kam, die die Projektionen in den Raum warf; manchmal, wenn sich länger nichts Spannendes getan hatte, ging sie automatisch in einen Modus über, in dem sie sich selbst aufräumte und Sicherheitskopien wichtiger Dateien anlegte. Das merkwürdige Leuchten wurde nach einer Weile endlich störend genug, um Himbutur vom konzentrierten Lesen abzuhalten. Ihre Hand war schon auf halbem Wege zu der Festplatte – als sie innehielt. Ihre Augen weiteten sich. Beinahe wäre ihr der Telecast aus der Hand gefallen.

Das rote Blinken kam nicht von der Festplatte. Es durchschnitt das sonst so einheitliche grauweiße Rauschen der dritten Projektion.

Der gelbe Ritter meldete etwas.

Etwas Großes.

Es gab vieles, das die pseudoatomische Kamera des Ritters theoretisch aufnehmen und an Himbuturs Büro weiterleiten konnte. Über neunzig Prozent dieser hypothetischen Möglichkeiten hätten nicht mehr Aufmerksamkeit verdient als eine Notiz, einen winzigen Eintrag in ein Protokoll für die Vorgesetzte – wenn überhaupt: Genau solche Kleinigkeiten erledigte die Festplatte ohnehin von selbst. Aber in drei Fällen musste Himbutur zur Stelle sein, um sich um die Angelegenheit zu kümmern.

Wenn das Rauschen so langsam wurde, dass es für das menschliche Auge zum Stillstand gekommen war, bedeutete das, dass der Ritter mit einem Problem zu kämpfen hatte: Entweder, er hatte unter Umständen etwas entdeckt, war sich allerdings nicht sicher, ob es sich um etwas Wichtiges handelte oder nicht - oder er bemerkte in der Ferne ein unerwartetes Hindernis, das automatisch zu umgehen sein Programm ihm nicht erlaubte. Wenn das Bild für Himbutur wie erstarrt wirkte, musste sie also ihren Technikerkollegen Bartem und die Raumfahrtgesellschaft *Wangan* davon in Kenntnis setzen - und natürlich auch Disper Raknan. Die würde zwar nichts tun können, aber Bescheid wissen wollte sie über alles, was in der Firma vor sich ging. Mit dieser Situation war Himbutur bereits mehrfach konfrontiert gewesen.

Sollte die Projektion völlig ausfallen, die anderen beiden aber noch intakt sein, dann musste Himbutur den gelben Ritter umgehend zurückrufen und zur Reparatur schicken. Das war glücklicherweise erst einmal passiert.

Das dritte, worauf Himbutur unbedingt zu achten hatte, war ein rotes Blinken inmitten der winzigen Punkte, die durch das Bild huschten wie krabbelnde Insekten. Als sie hier zu arbeiten begonnen hatte, hatte man ihr gesagt, dass sie das vermutlich nie erleben würde; bisher war es auch noch nie vorgekommen.

Bis jetzt.

Himbutur wusste nicht, wie lange sie nur dasaß und die Stelle anstarrte, an der in kurzen Intervallen der grelle rote Punkt erschien und verschwand. Als sie endlich aus ihrer Starre erwachte, ließ sie den Telecast letztlich tatsächlich achtlos auf den Tisch fallen, so eilig hatte sie es, die Tastatur ihrer Festplatte an sich zu ziehen. In ihrem Kopf jagten die Gedanken einander - sie durchkramten sich selbst auf der Suche nach der Erinnerung an die korrekte Vorgehensweise für diese Situation.

Zuerst musste sie herausfinden, ob es sich um einen Fehler handelte.

Himbutur führte eine Funktionsüberprüfung durch, eine Systemdiagnose, eine zweite Funktionsüberprüfung, einen - eigentlich überflüssigen - Qualitätsmeter, ließ einen Segmentraster jede Einheit des Ritters lesen und ihre Zustände quantifizieren, um völlig sicher zu gehen, dass der Satellit ordnungsgemäß arbeitete. Nach wenigen Augenblicken hatte sie mehrmals das gleiche beruhigende, glockenartige Geräusch gehört, mit dem die Festplatte ihr versicherte, dass es zu keiner Fehlermeldung gekommen war.

Und - und dann ...

Himbuturs Finger zitterten. Was war zu tun? In ihrem Kopf herrschte ein Rauschen, das wie das hörbare Äquivalent zu dem Gestöber auf der Projektion klang - nur ohne den blinkenden roten Punkt, der das Chaos unterbrach.

Den Fokus auf den Punkt legen. Das war der nächste Schritt.

Sie vertippte sich mehrere Male auf ihrer Tastatur, die plötzlich viel zu klein wirkte im Vergleich zum Ausmaß der Aufgabe, der sie sich ausgesetzt fand. Als sie endlich den richtigen Befehl eingegeben hatte, veränderte sich das Bild. Für einen kurzen Moment, der sie befürchten ließ, sie hätte etwas falsch gemacht, füllte das rote Licht die gesamte Projektion aus. Himbuturs Herz schlug so schnell, dass es Schmerzen in ihrer Brust verursachte, die sich bis auf die Oberfläche ihres Körpers auszubreiten schienen. Dann -

Schwarz. Das Bild war schwarz. Allerdings nicht lange. Es tauchten Zahlen und Zeichen auf, deren Bedeutung sie erst nicht verstand. Aber je umfangreicher die Meldung des Ritters wurde, desto mehr begann Himbutur zu begreifen. Das zu *glauben*, was ihre Interpretation der Zeilen besagte, traute sie sich nicht.

Es erschien eine letzte kurze Zeichenfolge, dann endete die Meldung: *PKA-001 / C-BASIERT / 0K / 100%*.

Himbutur bemerkte, dass sie den Atem angehalten hatte. Sie setzte ihre Ventilation wieder in Gang, als sie sich in ihre Stütze zurückfallen ließ.

Es gab Leben in der Milchstraße. Und nicht einfach nur in der Milchstraße. Wenn die Koordinaten, die ihr angezeigt wurden, auch nur annähernd korrekt waren, dann kam das Signal, das der Ritter aufgeschnappt hatte, von dem Planeten, den Himbuturs Vorfahrinnen und Vorfahren vor so langer Zeit verlassen hatten, weil die Bedingungen dort unzumutbar geworden waren. Himbutur wusste nicht genau, wieso, aber sie spürte, dass sich Tränen in ihren Augen bildeten. Ein Planet, den IKARUS als ›zerstört‹ eingestuft hatte, hatte sich erholt.

Und Himbutur war die Erste, die es hatte erfahren dürfen.

Eines blieb zu tun: Ihre Vorgesetzte musste in Kenntnis gesetzt werden. Ihre Vorgesetzte - und alle anderen im Universum.

Mit immer noch bebenden Fingern griff sie nach ihrem Telecast.

ENDE

THOMAS KODNAR

Geboren 1992 in der Wiener Neustadt. Absolviert gegenwärtig das Doktorstudium der Philosophie an der Universität Wien. Affiliiert mit dem clubpoesie *Wiener Neustadt*, dem Verein *Doomsday Films* und der Kulturinitiative *glashaus*. Bevorzugt die Genres Fantasy und Horror. Vegetarier mit Hang zum Veganismus.

IN GUTEN HÄNDEN

JOACHIM TABACZEK

»Bist du sicher, dass wir hier richtig sind?«
»Ziemlich sicher. Masse, Spektralklasse, Planeten ... alles passt.«
»Okay, aber ...«
»Ich weiß.«
Logamu runzelte die Stirn. »Und was genau ist das? Plasma? Gas?«
Enkida stellte ein paar zusätzliche Fragen an ihr Implantat. »Weder noch«, sagte sie überrascht. »Satelliten. Wahrscheinlich Energiekollektoren.«
»Ernsthaft? Das alles?«
»Sieht so aus.«
»Und wie viele? Ich meine ... wie viele braucht man für sowas?« Logamu deutete auf das Bild der Sonne, die als grauweiß gefleckte Scheibe vor ihnen hing. Sie sah aus wie das Schwarzweißbild einer schimmligen Orange.
»Etwa hundert Milliarden. Genug, um ein Drittel der Oberfläche zu verdecken.«
»Und was machen sie mit all der Energie?«
»Verteilen sie anscheinend quer durchs Sonnensystem.«
»Und wozu?«
»Keine Ahnung.«

Logamu machte ein paar Schritte um das Bild herum, um es von allen Seiten zu betrachten. »Und was ist mit den hellen Flecken? Fehlen da die Satelliten? Oder ist das alles noch im Bau?«

Enkida verschob ein paar weitere Symbole vor ihrem inneren Auge. »Anscheinend ist das Absicht. Die Kollektoren sind so verteilt, dass die Planeten noch den Großteil des normalen Lichts bekommen.«

»Na, wie beruhigend. Sehr rücksichtsvoll.« Logamu schüttelte staunend den Kopf. »Das heißt, es sind wirklich noch Menschen hier.«

»Muss wohl.«

Gerade wegen dieser Frage waren sie hier. Die Menschheit hatte sich in den letzten Jahrtausenden fast dreihundert Lichtjahre weit ausgebreitet und dabei gewaltige technische Fortschritte gemacht, aber die Lichtgeschwindigkeit war eine unüberwindbare Grenze geblieben. Deswegen war alles, was an Nachrichten über andere Sternensysteme zu bekommen war, fast immer unvollständig und oft nur eine Sammlung von Gerüchten. Speziell über das Sonnensystem und die Erde kursierten hundert widersprüchliche Geschichten, aber eine Behauptung, die man regelmäßig hörte, war, dass die Erde schon lange von den Menschen verlassen sei. Enkida und Logamu hatten mehr oder weniger aus einer Laune heraus beschlossen, dem nachzugehen. Nach einer Reise von knapp zwei Jahrhunderten hatte ihr Schiff sie schließlich geweckt, als sie gerade den Asteroidengürtel passierten.

Und das erste, was sie sahen, war ein künstliches Bauwerk von einer Größenordnung, die es nach allem, was Enkida wusste, nirgendwo sonst gab. Nicht nur war die Erde also immer noch bewohnt, anscheinend war sie sogar technologisch weiter fortgeschritten als alle anderen ...

Enkidas Gedankengänge wurden von einem Signal ihres Implantats unterbrochen. Logamu sah ebenfalls alarmiert auf. »Jemand will was von uns.«

»Was heißt jemand?«

»Keine Ahnung.« Logamu schaute kurz ins Nichts und blinzelte dann überrascht. »Jemand, der weiß, wie wir Videodaten verschicken.«

Enkida schluckte und wechselte einen Blick mit Logamu. Das ging alles zu schnell. Sie hatte sich noch nicht einmal richtig an den Gedanken gewöhnt, dass doch jemand hier war, und jetzt versuchte dieser Jemand schon, mit ihnen zu reden? Aber es half ja nichts. Sie nickte kurz.

Vor ihr wurde das Bild der Sonne durch eine Metallskulptur aus Dutzenden von unterschiedlich großen Kugeln mit eingravierten Schriftzeichen ersetzt. Im ersten Moment runzelte Enkida nur verwundert die Stirn und versuchte zu verstehen, was sie sah. Ein Gebäude? Ein Kunstwerk? Dann bemerkte sie, dass die Gestalt sich bewegte, und zugleich erklang eine glockenspielähnliche Stimme.

»Willkommen im Sonnensystem.«

Enkida erstarrte. Außerirdische, dachte sie einen verrückten Moment lang. Unmöglich ... bisher war die Menschheit noch nirgendwo auf Leben gestoßen, das höher entwickelt war als ein Bakterium, und jetzt, ausgerechnet hier ...

»Es kennt unsere Sprache?«, hörte sie Logamu staunend fragen.

Das brachte Enkida zur Vernunft. So ein Quatsch. Natürlich war das hier kein Außerirdischer. Ein Computer, ein automatisches System, das war alles. Wahrscheinlich eine Station irgendwo im Sonnensystem, die sie entdeckt und einen Standardgruß geschickt hatte. Sie atmete wieder auf und schüttelte den Kopf über sich selbst.

Die Stimme erklang noch einmal. »Ist es bei Ihnen nicht üblich, einen Gruß zu erwidern?«, fragte sie unverändert freundlich.

Enkida schreckte erneut zusammen. Also doch nicht nur ein automatisches System. Und wenn es sofort eine Antwort erwartete, dann musste es außerdem ganz in der Nähe sein ... ohne dass ihr Schiff es bemerkt hatte.

Enkida warf Logamu einen schnellen Blick zu. Er nickte und konzentrierte sich auf sein Implantat, um die Umgebung des

Schiffes abzusuchen. Enkida ihrerseits stellte sich etwas aufrechter hin, wischte sich die Haare aus der Stirn und aktivierte die Kamera. »Entschuldigen Sie. Wir hatten Sie nicht erwartet.«

»Kein Problem«, kam kurz darauf die Antwort. »Und wen hatten Sie erwartet, wenn ich fragen darf?«

Enkida zögerte. Die Menschheit hatte mit künstlichen Intelligenzen nicht nur gute Erfahrungen gemacht, und sie fragte sich, wie diese hier zu ihnen stehen mochte. »Wir dachten, dass wir hier vielleicht auf Menschen treffen würden«, sagte sie schließlich.

»Ich verstehe. Nein, tut mir leid. Derzeit gibt es keine Menschen im Sonnensystem. Wir verwahren es für sie, bis sie wiederkommen.«

Enkida stutzte. »Verwahren?«

»Genau. Wir sorgen für die Sicherheit der Erde und halten alles für die Rückkehr der Menschen bereit.«

Enkida wechselte einen Blick mit Logamu, der sich gerade wieder aus seiner Konzentration löste. *Keine zweihunderttausend Kilometer*, übermittelte er durch sein Implantat. *Das Schiff konnte es bis vor ein paar Sekunden nicht wahrnehmen.*

»Suchen Sie denn ganz speziell nach Menschen?«, fragte das Metallgebilde. »Oder kann ich Ihnen auch helfen?«

Enkida schüttelte verwirrt den Kopf. »Vielleicht ... ich meine ... was ist, wenn ich Ihnen sagen würde, dass wir selbst Menschen sind?«

Das Wesen betrachtete sie einen Moment lang stumm, dann erklang auf einmal herzliches Gelächter. »Hahahaha. Verzeihen Sie. Ich kann natürlich gut verstehen, dass Sie mich auf die Probe stellen wollen. Aber wenn Sie einen echten Menschen kennen würden ...« Das Wesen lachte noch einmal. »Entschuldigung. Ich will Sie wirklich nicht beleidigen. Aber allein Ihr Aussehen ... Ihr Schiff ... glauben Sie mir, ich würde einen Menschen erkennen, wenn ich einen vor mir hätte.«

»Ach wirklich?«

»Ganz sicher.«

Enkida warf Logamu einen Blick zu. Die Verzögerung, mit der das fremde Wesen antwortete, war seit Beginn des Gesprächs nicht merklich größer geworden, obwohl ihr Schiff sich immer noch mit Tausenden von Kilometern pro Sekunde bewegte. *Folgt es uns?*

Ja.

Einfach so?

Anscheinend hat es mit fast fünfzigtausend g beschleunigt.

Um Himmels Willen. »Und wer sind Sie?«, fragte Enkida das Wesen.

»Ich heiße Konrad.«

»Und was sind Sie?«

»Eine künstliche Lebensform. Von Menschen geschaffen.«

Also gut. Wenigstens so viel war klar. Aber an Enkidas allgemeiner Verwirrung änderte das wenig. »Und Sie sind hier, um das Sonnensystem zu verwahren«, wiederholte sie hilflos.

»Genau. Vor allem die Erde, aber auch den Rest.«

Einen Moment lang wurde es still. Enkida und Logamu schauten sich ratlos an.

»Und ... wozu brauchen Sie die ganze Energie, die Sie von der Sonne einsammeln?«, fragte Logamu schließlich, wahrscheinlich nur, um überhaupt etwas zu sagen.

»Wir verwenden sie für alles Mögliche. Aber das meiste fließt in die Stabilisierung der Planetenbahnen.«

Wieder ein kurzes Schweigen. »Sie ... verändern die Planetenbahnen?«

»Ja. Genau wie die Bahnen aller anderen Körper, die größer sind als ein Zentimeter. Die Gefahr, die sie für die Erde darstellen, ist natürlich sehr klein, aber wir wollen kein Risiko eingehen.«

»Wie bitte?«

»Wir nehmen unsere Aufgabe sehr ernst.«

Enkida und Logamu starrten das Wesen an, bis es freundlich fortfuhr: »Wenn Sie sich für unsere Arbeit interessieren, laden wir Sie gerne ein, sie aus der Nähe zu betrachten. Möchten Sie vielleicht die Erde sehen?«

»Ja, bitte«, sagte Enkida mit einer Stimme, die aus weiter Ferne zu kommen schien.

Die Reise zur Erde dauerte noch zwei Tage, während derer Enkida und Logamu das Sonnensystem genauer studierten. Bei näherem Hinsehen war tatsächlich unverkennbar, dass der Asteroidengürtel zwischen Jupiter und Mars eine Regelmäßigkeit und Einheitlichkeit aufwies, die nicht natürlich sein konnte. Auch die äußeren Planeten, deren Bahnen sich früher teilweise überlagert hatten, zogen nun fein säuberlich getrennte Kreise um die weit entfernte Sonne. Innerhalb des Marsorbits war der Weltraum wie leergefegt, und Konrad bestätigte, dass man alles, was der Erde derart nahe kam, entweder in eine höhere Umlaufbahn verschoben oder für andere Zwecke aufgebraucht hatte. Was Kometen anging, ließ man sie wohl gar nicht mehr ins Sonnensystem, sondern hielt sie draußen im Kuiper-Gürtel fest, wo man anscheinend noch mit Aufräumen beschäftigt war.

Auf dem Weg zur Erde gesellten sich noch andere Wesen von Konrads Art zu der kleinen Reisegruppe, bis das Schiff schließlich von einem guten Dutzend umschwärmt wurde. Sie sahen alle unterschiedlich aus, von einer Art weiß schimmerndem Hai über ein Gebilde mit unzähligen rotierenden Armen bis hin zu einer Gestalt, die ganz aus riesigen, zerbrechlichen Flügeln bestand. Alle behandelten ihre Besucher mit einer Mischung aus ernsthafter Höflichkeit und enthusiastischer Neugier, die Enkida gleichzeitig amüsierte und ihr das Gefühl gab, eine Art exotisches Streicheltier zu sein.

Das Schiff landete schließlich in einer weiten Ebene mit hohem Gras, das sich sanft in einem schwachen Wind wiegte. Auf Konrads Anraten stiegen die beiden Besucher in ihren Raumanzügen aus, auch wenn auf den ersten Blick nichts Bedrohliches zu erkennen war. In der Ferne lagen blaue Bergketten friedlich im Dunst. Unter dem Schiff war wie aus dem Nichts ein Landeplatz aus einem korallenfarbenen Material entstanden, aber sonst war nirgendwo etwas Künstliches zu sehen, abgesehen von Konrad und zwei anderen Wesen seiner Art, die um ihre Gäste herum in der Luft schwebten.

»Wo sind wir?«, fragte Enkida, während sie sich umschaute. Die hoch am Himmel stehende Sonne sah aus dieser Perspektive fast normal aus, bis auf einen etwas ausgefransten Rand. Ein schwaches silbernes Glitzern wie von Feenstaub lag in der Luft. »Die Kontinente sahen beim Anflug anders aus, als wir erwartet hatten.«

Die drei Wesen schwiegen kurz, als müssten sie sich erst untereinander abstimmen. »Das meiste, was ihr seht, gehörte früher zu Südamerika«, sagte Konrad dann.

»Was heißt denn früher? Und was ist mit Südamerika passiert?«

»Wir mussten Form und Position der Kontinente für eine Übergangszeit verändern«, entgegnete Jessica, die aussah wie ein zwei Meter großer Seeigel mit langen Greifarmen.

»Wieso das?«, fragte Logamu. »Ich dachte, ihr wärt hier, um alles unverändert zu verwahren.«

Wieder schienen sich die Wesen insgeheim auszutauschen. »Uns sind am Anfang ein paar Fehler unterlaufen«, gab Konrad schließlich zu.

»Was denn für Fehler?«, fragte Enkida.

»Leider wissen wir das selbst nicht mehr genau«, sagte Viktor, dessen schillernde, abstrakte Gestalt sich alle paar Sekunden von innen nach außen kehrte und eine neue Form annahm.

»Wieso nicht?«

»Wir wissen fast nichts mehr über unsere ersten Jahrtausende«, sagte Konrad.

»Unsere ursprüngliche Konstruktion war fehlerhaft«, fügte Jessica hinzu. »Die Haltbarkeit unserer Speichermedien war geringer als vorhergesagt. Und der fortschreitende Datenverlust, der sich daraus ergab, wurde zu spät diagnostiziert.«

»Wir waren zu sehr in die Arbeit vertieft«, fügte Konrad hinzu. »Es gab viel zu tun, und wir hatten immer nur den nächsten

Schritt vor Augen. Bis wir uns eines Tages umschauten und feststellten, dass wir nicht mehr wussten, was genau wir getan hatten und warum.«

Enkida und Logamu tauschten Blicke aus. *Das erklärt einiges*, sandte Logamu, aber Enkida war sich da noch nicht so sicher.

»Und was hat das mit den Kontinenten zu tun?«, fragte sie.

»Das ist etwas komplizierter«, sagte Konrad.

»Was auch immer damals unsere Gründe waren, sie hatten uns dazu verleitet, die Erde bis zur Unkenntlichkeit zu entstellen«, sagte Viktor. »Die Konsequenzen dieser Tat verfolgen uns bis heute.«

Enkida sah sich beunruhigt um. »Ganz so unkenntlich sieht es hier doch gar nicht aus ...«, sagte sie unsicher.

»Leider doch«, führte Viktor aus. »Auf euch mag diese Landschaft annehmbar wirken, aber sie ist so weit von einer Welt der Menschen entfernt, wie sie nur sein kann.«

»Wieso das?«, fragte Logamu.

»Sie ist zu friedlich«, sagte Konrad.

»Zu still«, fügte Viktor hinzu.

»Ohne jede Herausforderung«, schloss Jessica.

Einen Moment herrschte Schweigen, bis Enkida fragte: »Wie bitte?«

»Nach allem, was wir wissen, war das Leben der Menschen ein ewiger Kampf gegen eine wilde, unerbittliche Natur«, dozierte Jessica.

»Geprägt von Stürmen und Sintfluten, denen sie tapfer die Stirn boten«, ergänzte Viktor.

»Voller exotischer und gefährlicher Länder, die sie besuchten«, fügte Konrad hinzu.

Enkida starrte die drei mit offenem Mund an. Logamus Stimme in ihrem Kopf klang ähnlich perplex, wie sie sich fühlte. *Wofür halten die uns? Odysseus und die zwölf Marines? Woher haben die das?*

»Seid ihr sicher?«, fragte Enkida vorsichtig. »Ich meine, wenn euch so viele Erinnerungen fehlen ... vielleicht irrt ihr euch einfach? Oder seht etwas in einem falschen Kontext? Das wäre doch eine viel simplere Erklärung, als dass sich die gesamte Welt verändert hätte.«

»Nein«, sagte Jessica. »Unser faktisches Wissen ist lückenhaft, das ist wahr. Aber die Natur unserer Schöpfer ist klar. Sie ist eins der Axiome unseres Daseins.«

Ein flaues Gefühl machte sich in Enkidas Magen breit. Logamus Implantat übermittelte ein Stöhnen. »Und ... was genau ist die Natur dieser Menschen?«, fragte Enkida.

»Ihre konkreten Errungenschaften können wir euch aus den bekannten Gründen nicht nennen«, sagte Jessica. »Aber sie sind große Entdecker und Reisende.«

»Willensstarke und unbeugsame Krieger«, fügte Viktor hinzu.

»Brillante Erfinder und weise Philosophen,« sagte Konrad.

»Freiheitsliebend und Beschützer aller Schwachen.«

»Begierig, sich jeder Herausforderung zu stellen.«

»Fähig, sich an alles anzupassen.«

Enkida ächzte innerlich bei jedem enthusiastisch vorgebrachten Satz. So redest du nie über mich, kommentierte Logamu, aber auch sein Humor klang gezwungen.

»Und ... was die Erde angeht ...«, fing Enkida an.

»Wie gesagt, die einzige Erklärung ist, dass wir sie selbst verändert haben«, sagte Konrad. »Auch wenn wir nicht mehr wissen, warum. Also tun wir alles, um unseren Fehler wiedergutzumachen.«

»Und die Erde wieder in eine Welt zu verwandeln, die Wesen wie die Menschen hervorbringen konnte«, ergänzte Viktor.

Brillant, stöhnte Logamu. *Welcher Idiot hat ihnen das nur eingetrichtert?*

Enkida versuchte, sich zu fangen. »Und ... wie weit seid ihr damit?«, fragte sie. »Ich meine ... hier sieht doch alles noch sehr friedlich aus ...«

»Wir sind recht weit«, sagte Jessica. »Dieser Abschnitt ist einer der wenigen, in denen unsere Arbeit gerade erst begonnen hat.«

»Wir wollten euch nicht gleich erschrecken«, erklärte Konrad.

»Und wir waren ungewiss, wieviel ihr überleben könnt«, ergänzte Viktor.

Enkida schaute die drei hilflos an. »Okay ...«

»Wobei auch dieser Ort nicht völlig ungefährlich ist. Die Nanomaschinen, die ihn umgestalten, sind ein wenig aggressiv geraten«, sagte Jessica und machte eine verscheuchende Geste mit einem ihrer Greifarme. Die glitzernden Staubwolken um sie herum wirbelten auf und verteilten sich. Enkida bemerkte jetzt erst, dass sie seit der Landung beständig dichter geworden waren. Und dass die Oberfläche ihres Raumanzugs sich an einigen Stellen verfärbt hatte ...

»Möchtet ihr ein paar der anderen Gegenden sehen?«, fragte Konrad freundlich.

Enkida nickte hastig.

Schon nach den ersten Schritten durch den Regenwald wurde klar, dass sie ohne ihre Raumanzüge hier verloren gewesen wären. Die Luft war kaum atembar, die Pflanzen, zwischen denen sie sich hindurch zwängten, sonderten ätzende Flüssigkeiten ab, und das ferne Brüllen, das sie hörten, klang nur noch entfernt nach den Tierarten, die Enkida vor Jahrhunderten einmal in einem Naturreservat gesehen hatte.

»Was wurde aus den einheimischen Lebewesen?«, fragte Logamu, dem anscheinend Ähnliches durch den Kopf ging.

»Sie litten ebenfalls unter unseren früheren Verfehlungen«, sagte Viktor. »Sie waren so friedlich und zahm geworden wie das Land selbst.«

»Wir haben sie in Habitaten auf der Venus und dem Mars untergebracht«, fügte Konrad hinzu. »Alles, was ihr hier seht, sind Neuzüchtungen.«

»Spezies, die mit unseren Korrekturen Schritt halten können«, ergänzte Jessica.

»So dass die Erde wieder eine Heimat für die stolzen Raubtiere wird, mit denen einst die Menschen ihre Kräfte maßen«, schloss Viktor.

Wundervoll, kommentierte Logamu. *Dann können wir ja nur hoffen, dass sie wenigstens auch ihr Wissen über Dinosaurier verloren haben.*

Enkida hörte ihn jedoch kaum, weil ihr eine plötzliche Eingebung kam. Sie wusste nicht, ob es an dem lag, was die Wesen gerade gesagt hatten, oder ob einfach nur ihr Verstand endlich aufgeholt hatte, aber es war, als hätte jemand in ihrem Kopf das Licht angeschaltet. Sie blieb stehen und starrte erst Konrad an, dann die beiden anderen. Auf ihrem Gesicht breitete sich ein Grinsen aus, und sie musste sich zurückhalten, um nicht lauthals zu lachen.

»Alles in Ordnung?«, fragte Konrad.

»Alles bestens«, sagte sie und hörte das Lachen auch in ihrer Stimme.

Im nächsten Moment fuhr sie zusammen, als der Grund unter ihren Füßen erzitterte. Sie schaute sich erschrocken um, sah ein Rauschen wie von einem starken Wind durch die Blätter gehen, dann fingen die Bäume um sie herum an zu schwanken. Der Boden schien unter ihr wegzurutschen, und sie und Logamu verloren das Gleichgewicht und fielen hin. Ein vielstimmiges Krachen ging durch den Wald, als überall Äste zersplitterten und Bäume umstürzten. Das Getöse hielt fast eine Minute lang an, dann beruhigte sich die Erde, und das Chaos verstummte. Eine kurzzeitige Stille kehrte ein.

Logamu kam zitternd auf die Füße und sah sich mit wilden Blicken um. »Erdbeben auch noch?«, schrie er. »Seid ihr vollkommen übergeschnappt?«

Die drei Wesen, die von dem Beben unberührt in der Luft schwebten, zögerten. Um sie herum setzten zaghaft die Geräusche der Wildnis wieder ein. »Die tektonischen Aktivitäten sind ein unbeabsichtigter Seiteneffekt«, sagte Jessica schließlich.

»Wir hatten es ein bisschen zu eilig damit, die Erde wiederherzustellen«, erklärte Konrad. »Wir mussten dafür sehr viel Energie hierher umleiten. Mehr, als sich kurzfristig abstrahlen ließ. Um zu verhindern, dass die Oberfläche sich allzu sehr aufheizte, mussten wir den Rest im Erdinneren speichern.«

»Selbstverständlich nur für eine Übergangszeit«, fügte Viktor hinzu.

Enkida rappelte sich ebenfalls wieder auf und legte beruhigend einen Arm um Logamu, der immer noch zitterte.

»Unglücklicherweise hat die daraus resultierende Erhitzung des Erdmantels zu einer unerwartet hohen Beanspruchung der Erdkruste geführt«, fuhr Jessica fort.

»Daher die Beben«, sagte Konrad. »Und die Vulkane.«

»Ach, die Vulkane«, wiederholte Enkida. Nach dem ersten Schrecken hatte sie jetzt wieder Mühe, ein Lachen zu unterdrücken.

»Genau. Deswegen mussten wir auch die Kontinente umverteilen. Um ein paar annähernd stabile Gegenden zu schaffen, während wir an der Behebung des Problems arbeiten.«

»Annähernd stabil?«, rief Logamu.

»Ich fürchte ja. Das Beben, das ihr gerade erlebt habt, war noch eins der schwächeren.«

Logamu schluckte.

»Aber ihr arbeitet daran«, hakte Enkida nach und versuchte, ihre zuckenden Mundwinkel unter Kontrolle zu halten.

»Natürlich«, versicherte Viktor.

»Wobei wir vorerst noch damit beschäftigt sind, ein vollständiges Auseinanderbrechen der Erdkruste zu verhindern«, schränkte Jessica ein.

Enkida hob eine Augenbraue. »Ach so?«

»Leider ja«, sagte Konrad. »Der Druck aus dem Erdinneren ist durch die Erhitzung zu groß geworden.«

»Aber ihr habt das im Griff?«

»Oh ja. Keine Sorge.«

»Wir haben mehrere Tausend künstliche Schwarze Löcher unter der Erdkruste verteilt«, erklärte Jessica. »Die Schwerkraft, die ihr derzeit spürt, ist um einiges größer als für die Erdoberfläche normal. Die zusätzliche Anziehungskraft hält die Erdrinde zusammen.«

»Aber macht ihr dadurch alles nicht noch instabiler?«, fragte Enkida.

»Es ist ein sorgfältig austariertes Gleichgewicht«, gab Jessica zu.

»Und, wie gesagt, nur ein Behelf für eine kurze Zeit«, sagte Viktor.

»Macht euch deswegen keine Sorgen«, wiederholte Konrad. »Wir haben das, wie du schon bemerktest, im Griff.«

»Natürlich«, antwortete Enkida mit sorgfältig neutral gehaltener Miene und warf einen Seitenblick auf Logamu, der sich nicht ganz so gut unter Kontrolle hatte. Das markerschütternde Brüllen eines vorsintflutlichen Untiers in der Ferne untermalte seinen Schrecken noch.

»Können wir noch mehr sehen?«, fragte Enkida.

Die drei Wesen führten ihre Besucher bereitwillig weiter auf der Erde umher, wo fast nichts mehr so zu sein schien, wie es vor Jahrtausenden einmal gewesen war.

Die großen Eisflächen an den Polen befanden sich noch im Experimentierstadium, da die eigentlich angepeilten Temperaturen von minus hundertzwanzig Grad aufgrund der vulkanischen Aktivität nur schwer zu halten waren. Andererseits boten die dadurch entstandenen Berge und Schluchten ihre ganz eigenen Herausforderungen, so dass erwogen wurde, die Gebiete einfach so zu lassen, wie sie waren. Die sengenden Sandwüsten in Äquatornähe, in denen Wasser beinahe von selbst zum Kochen kam, wurden hingegen voller Stolz vorgeführt, ebenso wie die tropischen Inseln, wo Tausende von giftigen Tierarten, parasitären Pilzen und tödlichen Viren auf jeden Eindringling warteten.

Unbestreitbar schön, aber auch kalt und unheimlich wirkten die glitzernden Städte mit ihrer fremdartigen Architektur, die man als Ersatz für die verlorengegangenen Bauten der Menschen errichtet hatte. Die großen Museumsflächen, auf denen man die wenigen verbliebenen menschlichen Bauwerke ohne Rücksicht auf Herkunft oder Stil zusammengestellt hatte, empörten vor allem den Hobby-Historiker Logamu. Die trostlosen radioaktiven

Wüsten mit ihren nachgebauten Ruinen, über deren Sinnhaftigkeit noch diskutiert wurde, verschlugen hingegen auch Enkida einen Moment lang die Sprache.

Bis die Führung wenig später am Landeplatz des Schiffes endete, hatte sie sich jedoch wieder erholt. Die Nanomaschinen hatten in der Zwischenzeit angefangen, neugierig an der Schiffshülle zu knabbern, bis ein strenger Befehl der Verwahrer sie davon abgehalten hatte, so dass Teile der Oberfläche jetzt merkwürdig schillerten. Konrad versicherte den Besuchern aber, dass die Funktionstüchtigkeit des Schiffes nicht darunter leiden würde.

»Davon bin ich überzeugt«, sagte Enkida lächelnd.

»Es war schön, so interessierte und verständnisvolle Gäste wie euch bei uns zu haben«, sagte Konrad mit einer komplizierten Bewegung, die vielleicht als Verbeugung gemeint war.

»Wir hoffen, dass ihr uns in guter Erinnerung behalten werdet«, fügte Jessica hinzu.

»Ganz sicher«, sagte Enkida. Logamu, der anscheinend beschlossen hatte, alles nur noch grimmig und mit verschlossener Miene zu verfolgen, schwieg.

»Wir würden euch gern einen längeren Aufenthalt gestatten«, versicherte Viktor, »aber unser Auftrag ist klar. Das Sonnensystem ist und bleibt allein den Menschen vorbehalten.«

»Selbstverständlich«, stimmte Enkida zu. »Habt ihr denn eigentlich eine Vorstellung, wann mit ihrer Rückkehr zu rechnen ist?«

»Nein«, sagte Konrad, »aber wir erwarten sie natürlich jeden Tag.«

Enkida nickte, und nach ein paar letzten Abschiedsworten wandte sie sich ab und ging an Bord des Schiffes. Logamu folgte stumm.

Die drei Wesen blieben noch eine Zeitlang um den Landeplatz versammelt, während das Schiff sich wieder in die glitzernde Luft erhob und an der ausgefransten Sonne vorbei zurück ins All flog. Konrad und Viktor war aufgrund ihrer Gestalt nichts anzumerken, aber Jessica winkte den Besuchern noch einige Minuten lang mit ihren Greifarmen nach.

Enkida schaffte es, sich unter Kontrolle zu halten, bis sie die Erdatmosphäre verlassen hatten, aber nach einem Blick auf Logamus Gesichtsausdruck prustete sie schließlich los.

»Das findest du witzig?«, rief er.

»Du etwa nicht?«

»Bist du verrückt? Diese wahnsinnigen Blecheimer haben die Erde zerstört!«

»Du übertreibst. Sie haben sie nur umgestaltet«, sagte Enkida mit unschuldiger Miene. »Und auch das nur, um sie für die Menschen zu verwahren.«

»Die wissen nicht mal mehr, was Menschen sind!«, empörte sich Logamu.

Enkida kicherte. »Ach komm. Du glaubst doch nicht, dass das echt war.«

Logamu hielt verwirrt inne. »Was?«

»Glaubst du ernsthaft, dass eine Spezies, die das ganze Sonnensystem umgestaltet, nicht mal zwei und zwei zusammenzählen kann? Ob sie nun wirklich ihr Gedächtnis verloren haben oder nicht, wir haben doch genügend Spuren auf der Erde hinterlassen, dass man sich ein Bild von uns machen kann. Die wussten genau, wer wir sind.«

Logamu starrte sie an. »Du meinst, das war alles nur gespielt?«

»Vielleicht nicht alles. Dass sie gerne Experimente durchführen und dabei nicht immer richtig aufpassen, glaube ich sofort. Wobei ich bezweifle, dass es so extrem ist, wie sie es uns gezeigt haben. Aber all die ehrfürchtigen Lobgesänge auf die menschlichen Überwesen?« Enkida schüttelte den Kopf und fing erneut an zu kichern.

Logamus Gesichtsausdruck wurde wieder finster. »Das heißt, sie haben uns die ganze Zeit nur ausgelacht?«

»Das klingt so negativ. Sie haben sich einen kleinen Scherz mit uns erlaubt. Und den haben wir anscheinend auch verdient. Wenn die Menschen hier ihnen tatsächlich ein Bewusstsein gegeben und sie dann als Arbeitssklaven zurückgelassen haben ... da können wir doch froh sein, wenn sie das mit Humor nehmen.«

»Humor?«, rief Logamu. »Wenn du Recht hast und sie wirklich wissen, wer wir sind, dann war das doch vor allem eine Drohung.«

»Eine Warnung«, beschwichtigte Enkida. »Das natürlich auch. Sie haben uns gezeigt, wozu sie in der Lage sind. Aber wenigstens auf eine nette Art.«

»Das sagst du so. Und wenn sie nun in Wirklichkeit schon ihren Rachefeldzug planen? Oder auch den Rest der Galaxie übernehmen wollen?«

»Dann hätten sie uns gar nicht wieder gehen lassen. Komm, werd' nicht paranoid. Sieh es als das, was es war. Ein freundlicher Hinweis, dass die Erde jetzt ihnen gehört.«

»Selbst wenn. Das macht es doch nicht besser. Sollen wir das einfach akzeptieren?«

»Hattest du den Eindruck, dass wir da viel Auswahl hätten?«

Logamu schaute auf das Bild des sich entfernenden Planeten, das vor ihnen in der Luft hing, und schüttelte frustriert den Kopf. »Aber ...«

»Was? Willst du deswegen einen Krieg anfangen?«

»Nein, natürlich nicht. Aber es geht schließlich um die Erde!«

Enkida zuckte die Achseln. »Na und? Ist das wichtig? Du hast es doch gesehen. Die letzten Menschen, die hier gewohnt haben, sind schon vor Jahrtausenden gegangen. Und was uns angeht, wir sind doch nur Touristen. Du wolltest ein paar alte Zivilisationsstätten sehen, und mich hat einfach interessiert, was aus dem Sonnensystem geworden ist. Wir hatten beide nicht vor, hier zu bleiben. Und anscheinend geht es auch dem Rest der Menschheit so.«

»Das kann ja sein. Trotzdem ist es nun mal die Erde. Sollen wir sie aufgeben?«

»Wieso nicht?« Enkida warf ihrerseits einen letzten Blick auf die kleiner werdende Welt. »Wir haben schließlich noch den ganzen Rest der Galaxie für uns. Wir brauchen nicht mehr stur an etwas festzuhalten, nur weil wir glauben, dass es uns gehört.«

»Das meine ich ja auch nicht. Aber das hier ist der Ort, von dem wir alle stammen. Das ist doch wichtig.«

»Ich sage ja auch gar nicht, dass wir das vergessen sollen. Aber wir müssen doch auch alte Dinge loslassen können.«

Sie wischte das Bild der Erde zur Seite und ließ stattdessen die Sterne erscheinen, die vor ihnen lagen. »Lass uns lieber überlegen, wohin wir als nächstes wollen.«

ENDE

JOACHIM TABACZEK

Joachim Tabaczek stammt ursprünglich aus Bielefeld, hat dort Physik studiert und arbeitet heute als Software-Architekt in Aachen. Geschichten über die Zukunft haben ihn schon immer fasziniert, genug, dass er sie nicht nur mit Begeisterung verschlang, sondern am liebsten auch selbst schreiben wollte. Leider stand ihm dabei lange Zeit sein Verhältnis zu seiner eigenen Zukunft im Weg, das darin bestand, anstrengende Dinge am liebsten auf morgen zu verschieben. Mittlerweile ist jedoch neben einigen Kurzgeschichten auch sein erster Roman im Selbstverlag erschienen, und der zweite ist in Arbeit. Bis zum Durchbruch als Bestseller-Autor ist es also nur noch ein winziger Schritt ... oder auch nicht, aber in einem Buch über Utopien kann ein bisschen Optimismus ja nicht schaden.

HEIMAT

HERBERT GLASER

Das schrille Klingeln des mechanischen Weckers durchdrang die enge Schlafkabine und riss Roger aus seinen Gedanken, während er auf dem Rücken liegend an die Decke starrte.

»Ich hasse dieses Ding«, schimpfte Anja und stellte den Alarm mit einem gezielten Hieb ab, »wieso können wir uns nicht vom Zentralrechner wecken lassen wie alle anderen auch?«

»Damit wir unser früheres Leben nicht vergessen.« Roger drehte sich auf die Seite und legte zärtlich die Hand auf die Schulter seiner Frau. »Du weißt doch, wie viel mir das bedeutet.«

»Von diesem total veralteten Ding bekomme ich noch einen Hörsturz! Ich denke auch so oft genug an die Vergangenheit!«

»Warum kommst Du dann heute nicht mit? Es dauert lange, bis es wieder eine solche Gelegenheit gibt.«

Nachdenklich ließ sich seine Frau auf das Bett zurücksinken. »Ich weiß. Aber es tut einfach noch zu weh.«

»Wie Du meinst. Dann gehe ich mit Ben alleine. Mit zwölf ist er alt genug, um alles zu verstehen."

»Wollt Ihr mitfahren,« erkundigte sich der für die Einteilung zuständige Samuel, »noch gibt es freie Plätze?«

Ben sah seinen Vater fragend an. »Ich dachte, die Mobile dürfen nur für Arbeitseinsätze benutzt werden?«

»Normalerweise schon,« klärte Roger ihn auf, »aber die Stationsleitung macht eine Ausnahme, wenn die Erde dem Mars so nah ist wie in diesen Tagen. Es ist das erste Mal seit unserer Ankunft und kommt nur alle paar Jahre vor.«

Er wandte sich wieder Samuel zu. »Nein danke, zwei Raumanzüge reichen ... und für jeden ein Fernrohr.«

Roger klopfte Ben auf die Schulter und ignorierte dessen skeptischen Gesichtsausdruck. »Wir wollen uns die Aussicht doch redlich verdienen, oder?«

»Wie lange müssen wir denn laufen?«, erkundigte Ben sich, während sie mühsam die klobigen Schutzanzüge anlegten.

»Ungefähr eine Stunde.«

»Das ist aber bestimmt total anstrengend!«

»Du warst doch schon ein paar Mal außerhalb der Station.«

»Aber immer nur zwischen den Gebäuden. Jetzt müssen wir durch den ganzen Krater und dann noch auf den Hügel klettern. Und in diesen Dingern ist es furchtbar unbequem!«

»Vertrau mir Ben, Du wirst es nicht bereuen.«

Sorgfältig überprüfte Roger beide Anzüge und die Funkgeräte, dann gab er Samuel ein Zeichen. Die innere Tür der Schleuse öffnete sich.

»Lass uns aufbrechen, damit wir vor den anderen ankommen. Das Mobil startet erst in 60 Minuten.«

Nach der Hälfte des Weges legten die beiden eine Pause ein.

»Kannst Du Dich noch an die Zeit auf der Erde erinnern,« wollte Roger von seinem Sohn wissen, »bei unserem Start bist Du gerade mal vier Jahre alt gewesen?«

»Nicht wirklich ... nur dass alles so ... laut war.«

»Laut?«

Roger beugte sich zu Ben hinunter, um dessen Gesicht durch die halbrunde Sichtscheibe des Helms zu sehen.

»Vermutlich meinst Du die Panik, die überall herrschte, weil die Erde unbewohnbar geworden war. Zerstört von der Menschheit - von uns allen. Leider konnten die Raumschiffe, die die Erde so schnell wie möglich verlassen mussten, nur wenige Menschen aufnehmen. Immerhin passten wir genau in das Schema: junge Familie, mindestens ein Kind. Und dann hatten wir unglaubliches Glück, als der Computer unsere Namen auswählte.«

Mit großen Augen sah Ben zu seinem Vater hoch. »Was passierte mit den anderen Menschen?«

»Sie mussten zurückbleiben. Die meisten werden nicht überleben.«

Wortlos machte Ben kehrt und marschierte weiter.

30 Minuten später erreichten sie den Fuß des Kraterrands. Roger spähte über die Schulter zur Station zurück. »Sieh mal, das Mobil ist gerade losgefahren - auf zum Endspurt!«

Vom Ehrgeiz gepackt kletterte Ben los. Roger konnte kaum mithalten. Oben angekommen lehnten sich beide zur Erholung erst einmal an einen mannshohen Felsbrocken.

»Ben,« beendete Roger die Pause, »bist Du bereit?«

»Na klar, kann´s kaum erwarten.«

Sie holten ihre Fernrohre aus den seitlichen Taschen ihrer Anzüge und spähten durch die Sucher nach oben. Die Erdkugel war im Okular deutlich zu sehen.

»Derart nah kommen sich Mars und Erde nur etwa alle 16 Jahre,« begann Roger zu erklären, »das liegt an der sogenannten Perihelopposition. Die beiden Planeten bewegen sich nämlich nicht kreisförmig um die Sonne, sondern auf verschieden ausgeprägten elliptischen Bahnen. Aus diesem Grund ...«

Er drehte sich zu Ben. »Alles okay bei Dir?«

»Ich habe noch nie eine schönere Farbe gesehen, Pa.«

Gerührt schloss sein Vater kurz die Augen. »Deshalb nennt man die Erde auch den Blauen Planeten. Die Farbe kommt von den riesigen Ozeanen, die einen Großteil der Oberfläche bedecken.«

»Sie sieht gar nicht kaputt aus, sondern wunderschön.«

Ein Lächeln huschte über Rogers Gesicht.

»Stimmt ... wie das Paradies.«

»Schade, dass Mama nicht hier ist.«

Lange Zeit standen die beiden da und beobachteten ihren Heimatplaneten.

Inzwischen waren auch die Insassen des Mobils auf der Anhöhe eingetroffen und genossen andächtig die Aussicht.

»Glaubst Du, ich kann die Erde später mal besuchen?«, brach Ben das Schweigen.

Roger wählte seine Worte mit Bedacht. »Wir kamen auf den Mars, damit die Menschheit überlebt. Du und die anderen Kinder ... ihr gebt uns Hoffnung. Wenn die Erde wieder bewohnbar ist - in einer fernen Zukunft - werden eure Nachkommen dorthin zurückreisen. Ich habe mit Dir heute diesen Ausflug gemacht, damit Du nie vergisst, wo Deine Heimat ist.«

»Das werde ich nicht, Pa, versprochen!«

»Und wenn doch,« erklang Anjas Stimme plötzlich über Funk, »werde ich Dich daran erinnern.«

Sie hatte sich aus der Gruppe gelöst und kam ihnen entgegen. Ben wirbelte herum. »Mama!«, rief er immer wieder, während er ihr entgegenlief. »Du bist ja doch gekommen!« Begeistert fiel er ihr in die Arme.

Als Roger die beiden erreicht hatte, legte er den Helm an den seiner Frau und schaute sie mit glänzenden Augen an. »Schön, Dich hier zu sehen.«

»Was blieb mir anderes übrig? Sonst hätte ich mir jahrelang anhören müssen, was ich verpasst habe.«

ENDE

HERBERT GLASER

Herbert Glaser, geboren 1961 in München, arbeitet als Sounddesigner bei einem Münchner Fernsehsender.
Nach erfolgreichem Abschluss eines einjährigen Online-Kurses über das Verfassen von Kurzgeschichten schreibt er regelmäßig eigene Texte.
Seine Erzählung »Der alltägliche Terror« wurde in der Anthologie »3. Bubenreuther Literaturwettbewerb 2017« veröffentlicht.
Er ist Vater von drei erwachsenen Kindern und lebt mit seiner Frau nördlich von München.

GUERILLA

DOROTHE REIMANN

Und Sie machen ein Interview für die Zeitung? Hier? Mit mir? Das finde ich wirklich cool! Was, das Wort kennen Sie nicht? Oh, zu meiner Zeit bedeutete das nicht kalt, sondern sowas wie krass, geil. Auch nicht? Ach, fragen Sie einfach. Ich erzähle Ihnen alles. Aber nur bis drei Uhr, dann gibt es Kaffee ...«

»Hey du! Komm her!« Der Polizist, der mich rief, hatte richtig miese Laune. Das war irgendwie zu verstehen, denn er stand vor einem der wenigen städtischen Blumenbeete, das wunderbar bepflanzt war mit Rosen, und mittendrin wuchs: Hanf; groß, grün, eindeutig duftend.

»Wer, ich?« Ich schaute betont unschuldig, hielt mein Buch fest vor die Brust geklammert, als sollte es mich beschützen.

Er sah mich von oben bis unten an. »Warst du das hier, Bengel?«

»Ich? Nein! Muss das nicht so?«

Eine Ader an seinem Hals schwoll an, kurz bevor er zu schreien begann: »Willst du mich verarschen, Junge? Das ist Hanf! Gras! Dope! Ich kenne dich, du machst nur Mist, und bestimmt ist auch dieser aus deinen schrägen Hirnwindungen gekrochen!«

Nur mit Mühe konnte ich mich aus dieser Nummer herausreden, damals.

Das ist lange her, doch so begann es eigentlich.

Eines Tages beschloss die kurz vorher gegründete Weltregierung, das Internet abzuschaffen. Komplett. Es einfach auszustellen.

Die Geschichte kennen Sie wahrscheinlich, oder? Mein Enkel sagt immer: »Opa, das hab' ich schon im Geschichtsunterricht gehabt!«

Man hatte etwas anderes gefunden, das die Welt zusammenhielt, Märkte steuerte, schneller als in Echtzeit. Es war das *Gehirn*. Ein organisches Ding mit einem Datendurchsatz, der über die Geschwindigkeit der leistungsfähigsten Supercomputer hinausging. Zuerst an den Börsen ausprobiert und für gut befunden, brauchte man das normale Internet nicht mehr, und die Welt beschloss, darauf zu verzichten. Man habe sich weiterentwickelt, die Menschheit sei zu abhängig, blabla. Oh, wie haben wir sie gehasst, diese Weltregierung! Kein *Facebook* mehr, keine Online-Spiele, es war entsetzlich! Wenn ich jemandem was sagen wollte, musste ich mit ihm oder ihr sprechen! Da hin gehen, oder telefonieren!

Eine ganze Weile lang verbrachte ich in meinem Zimmer. Natürlich, es gab Fernsehen, aber das war doch nicht das gleiche! Kein *Netflix* mehr, kein *Amazon Prime* ... Sie sagten, dies würde nach gewisser Zeit das *Gehirn* übernehmen, doch ich glaubte nicht daran.

Und so kam es, dass ich mir ein neues Hobby suchte. Nach *World of Warcraft* schien mir Guerilla eine gute Alternative, schließlich hing ein Che Guevara Plakat über meinem Bett. Klar, ich war vierzehn, konnte nicht in den Untergrund gehen. Und Leute erschießen - in echt? Ach nein, doch lieber nicht! Aber der Gedanke blieb: Guerilla!

Guerilla-Gardening! Das war es! Bäume und Blumen pflanzen, wo man sie nicht haben wollte, der Obrigkeit Ärger bereiten. Hätte ich gewusst, was daraus wurde - ach, ich beginne am besten von vorn.

Eine meiner ersten Taten war natürlich der unerlaubte Anbau von Hanf in jenem Blumenbeet. Der Bulle lag vollkommen richtig, aber das musste ich ihm ja nicht sagen.

Zwei Wochen später erst fanden sie die anderen Büsche, mittlerweile recht groß und kräftig duftend. Die wuchsen in Gegenden, die nicht so oft polizeilich überprüft wurden. Sozialschwache Viertel. Ich vermute, als die Schmiere die gefunden hat, waren die Gewächse schon abgeerntet.

Dann besorgte ich mir andere Samen und Pflanzen, Ableger, Stecklinge. Meine Oma war leidenschaftliche Gärtnerin, von ihr lernte ich, Absenker zu machen, so vermehrt man Rosen, aber nur solche, die nicht aufgepfropft sind. Von ihr bekam ich eine Kiste mit Samen von Blumen, Bäumen und allem Möglichen. Sie zeigte mir so viel, dass ich sie klammheimlich zu Ausflügen einlud.

Wir sagten bei ihr im Altenheim Bescheid, dass wir in den Park gingen. In Wirklichkeit betrieben wir Guerilla-Gardening.

Wo der Park war? Na, dort hinten. Nur jetzt ist da eine Anlage mit Bäumen und Büschen, Unterholz und Tieren. Damals gab es nur eine Art Moosteppich. Das war auch vor Ihrer Zeit. Aber als ich vierzehn war, junger Mann, gab es einfach fast keine Bäume mehr. Nein, nicht nur hier, überall. Zurück zu Oma:

»Junge«, meinte sie manchmal, ihre Wangen ganz rot vor Eifer, »ich fühle mich so lebendig, wenn wir das hier machen! Wie nennst du das gleich? Wild Gärtnern?«

»Guerilla-Gardening, Oma!«

»Ach, genau! Ihr jungen Wilden immer mit euren lustigen Begriffen!«

Ich zog sie mit mir. »Komm, lass uns weitermachen, wir haben noch viel vor!«

Mit Oma pflanzte ich Büsche und Blumen, nachts traf ich mich mit Freunden in alten Gebäuden, sogenannten *Lost Places*, die wir uns früher online angeschaut hatten, stemmte den Betonboden auf, bis wir Erde erreichten, und dann setzten wir dort Bäume ein, vorgezogen in unseren Verstecken. Schnell wachsende Sorten wie Espen und Pappeln. Wir wollten ja etwas davon haben, bevor die

Schmiere kam und das Ordnungsamt, freuten uns auf die Runden jede Nacht, wenn die keinen davon gefällt hatten. Diese *Imps*, wie wir sie nannten. Oma sagte *Imperialisten* oder *Bonzenschweine* zu denen. Ich hab nie gefragt, was das bedeutet, aber ihr Tonfall erklärte alles. Oma war 72, sie benutzte komische Wörter.

Viele der Bäume, die wir pflanzten, unser Gartenkollektiv, wie Oma es nannte, stehen da hinten noch.

Sie sind noch zu jung, um sich daran zu erinnern, oder? Die ersten Luftschiffe, der Verzicht auf Kohle und Erdöl? Ja, Sie sind höchstens 25. Das reicht nicht aus!

Die Welt um uns her veränderte sich rapide. Das *Gehirn* war nicht länger nur Befehlsempfänger, sondern auch Ideengeber. Es schlug, so habe ich es gehört, der Weltregierung vor, schnellstmöglich alles abzuschalten, was nicht nachwachsende Rohstoffe verbrauchte.

Und was tat diese *Mischpoke*, wie Oma sagte? Sie nickten und schalteten die Atomkraftwerke ab, die Kohlekraftwerke und was nicht sonst noch. Benzin gab es von einem Tag auf den anderen nicht mehr.

Niemand protestierte! Alle fanden das total prima! Was Erwachsene so prima finden.

Ich war sauer. Und meine Leute auch. Nix mit Führerschein machen, es gab ja keine Autos mehr für die Normalbevölkerung. Die LKW fuhren mit Biodiesel, einige Nutzer konnten sich Elektroautos leisten. Doch wurde der Biostrom auch teurer. Nur mit Solarkollektoren und Windenergie war das irgendwie zu erwarten. Obwohl das *Gehirn* schon ein paar gute Ideen hatte, was die Speicherung von Strom anging. Die *Tesla Corporation*, die nach und nach sowohl *Thyssen-Krupp* als auch *Monsanto* geschluckt hatte, kümmerte sich darum.

Wir jedoch gärtnerten weiter. Überall standen jetzt Bäume und Büsche, vorzugsweise da, wo keine stehen sollten. Doch die *Imps* scherten sich einen Scheiß darum! Wir wurden dreister, pflanzten mitten in der Nacht nach der Ausgangssperre für Minderjährige direkt vor dem Rathaus dreißig Bäume. Linden. Den Rasen hoben wir aus, um ein Beet anzulegen, in das wir bunte Sommerblumen steckten, natürlich auch Hanf. Unser Markenzeichen.

Am nächsten Tag holte ich Oma aus dem Altenheim ab, damit sie sich unsere Leistung anschauen konnte. Eigentlich war ich ziemlich sicher, dass wir nurmehr die Überreste sehen würden, denn man würde die Bäume längst entfernt haben. Darauf bereitete ich sie vor, auf dem Spaziergang.

»Junge, wie habt ihr denn die Bäume dahinbekommen? Dazu braucht man doch einen LKW!«

Ich nickte, schüttelte dann aber den Kopf. »Der Papa vom Ping hat einen großen Wagen, der steht nachts immer draußen. Den haben wir - geliehen. Den Rest haben wir vorher schon im leeren Gebäude von *EON* nebenan gelagert, das war ja eine lang geplante Aktion!«

»Soso, lange geplant. Und nun müssen wir uns ansehen, wie sie die wieder ausgraben und sich aufregen, die *Imperialisten*?« Sie warf den Kopf in den Nacken und lachte. »Das haben sie verdient! Nur schade um die schönen Bäume!«

Der Spaziergang zog sich hin, Oma war ja auch nicht mehr so fit, vielleicht ängstigte sie sich auch ein wenig vor dem, was kommen würde.

Kurz vor dem Rathaus zwängten wir uns durch einen Menschenauflauf, es mochten Hunderte sein, die dort standen. Innerlich rieb ich mir die Hände: Sollte es wahr sein? Würden sie jetzt aufstehen und rebellieren? Mir mein Internet zurückbringen? Die gute Zeit von früher?

»Was ist denn da los, dass eine alte Frau nicht einmal zum Rathaus gehen kann?« Oma war durchtrieben, sie kehrte die alte, bedürftige Dame heraus, und sofort machte man ihr Platz. Jemand bot an, sie unterzuhaken, doch Oma, die schlaue, zeigte auf mich. »Mein Enkel hier, der liebe Junge, hilft mir schon!« Ihre Stimme zitterte, und ich weiß bis heute nicht, ob das gespielt war, oder nicht.

Aber man ließ uns durch, bis ganz vorn. Und da sahen wir es: Bäume. Dreißig wunderbare Bäume, direkt vor dem Rathaus! Ein leiser Wind wehte, die wenigen Blätter schwangen hin und her. Raunen ging durch die Menge, einige weinten.

»Warum weinen die denn?«, fragte ich, völlig verwirrt. Ich hatte mit allem gerechnet, ein tobender Mob, der mit Stadtangestellten kämpfte, Panzerfahrzeuge, die diese beschützten, sodass sie ihre Arbeit tun konnten, Sperren aus Gittern mit Stacheldraht oben drauf ... Aber nicht damit: weinende Menschen.

»Ach Junge«, flüsterte Oma, »sie weinen, weil sie sich freuen! Es gibt hier doch sonst keine Bäume!«

»Aber die gab es doch früher auch nicht! Und da hat es niemanden gestört!«

Meine Oma nickte nur, doch als ich sie ansah, musste ich schlucken. Sie war ganz bleich, durchscheinend fast, und über ihre Wangen kullerten Tränen. Langsam sackte sie zusammen, ich konnte Oma gerade noch auffangen und vorsichtig auf den Boden betten. Da standen viele Menschen um mich her.

»Ruf doch einer einen Rettungswagen!«

»Die alte Dame ist ohnmächtig!«

Helfende Hände wollten mich von ihr wegziehen, während ein Arzt sich kümmerte, doch ich schüttelte sie alle ab. »Oma!«

»Mein Junge!« Sie flüsterte, leise wie der Wind. »Du hast es den *imperialistischen Bonzen* gezeigt! Mach weiter so! Durch dich habe ich einige der schönsten Tage meines Lebens gehabt. Ich habe dich lieb.« Dann schwieg sie.

Jemand packte mich an der Schulter. Es war Ping, einer meiner Freunde. Er winkte hektisch, und ich ging mit ihm, während sich Fremde um meine tote Oma kümmerten.

»Batman, was machen wir denn jetzt? Das ist mal alles anders gelaufen, als wir dachten!«

Ich nickte, dachte jedoch an meine Großmutter. »Sie hat gesagt, die Menschen freuen sich über die Bäume«, meinte ich dann nachdenklich.

»Ja, aber das ist nicht das Ziel!« Ping war sauer.

Ich beruhigte ihn, vertröstete auf die nächsten Tage. Wir würden uns treffen und alles besprechen. Doch dann kam es ganz anders ...

Sie wissen es ja, hier ist auch der Zeitungsartikel von damals. Ich habe ihn extra rausgesucht:

Bäume in Berlin! Das Weltgehirn hat den Vorschlag der Guerilla-Gärtner angenommen, überall Bäume zu pflanzen, damit der drohende Klimawandel gestoppt werden kann. Die Guerilla-Gärtner wollen anonym bleiben, somit wird eine allgemeine Belobigung ausgesprochen. Durch die Bäume, lebende Wesen in den Städten, ist es dem Gehirn nun möglich, sich mehr mit der Erde zu vernetzen. In kurzer Zeit wird die Menschheit sich der meisten Probleme entledigt haben. Ein Hoch auf die anonymen Guerilla-Gärtner aus Berlin!

Der alte Mann, der mittlerweile wieder allein im Garten des Heimes saß, in dem einst seine Oma lebte, sah mit trüben Augen in die untergehende Sonne. Er hörte Bäume rauschen und fand die Welt, so wie sie heute war, wunderschön. »Oma«, meinte er nach einer Weile zu niemandem bestimmten, »ich glaube, ich habe dich durchschaut. Eigentlich - eigentlich war es deine Idee, das Guerilla-Gardening, oder? Wenn sich das *Gehirn* mit Bäumen verbinden kann, dann ganz sicher auch mit schlauen alten Leuten, die ihre Enkel beeinflussen, damit sie die Welt verändern, nicht wahr?«

ENDE

DOROTHE REIMANN

Dorothe Reimann wurde 1975 in Papenburg / Emsland geboren und lebt heute in der Nähe von Hannover, wo sie als Jünger der Schwarzen Kunst arbeitet. Seit sie lesen kann gehört ihr die Welt der Bücher, und darüber kam sie auch zum Schreiben von Kurzgeschichten.

Einige ihrer Geschichten sind in diversen Büchern der »Schreibgruppe Prosa« veröffentlicht, andere finden sich in den Anthologien »Mütter« und »Ætherseelen« von der Edition Roter Drache, in der Storysammlung »Herzenswünsche«, und im »Arbeitsbericht Migration« des Bundesamtes für magische Wesen.

Dorothe sieht die Welt um sich herum mit etwas anderen Augen, was sich auch in der leicht morbiden, schaurigen Thematik ihrer Geschichten niederschlägt. Sie lässt sich auf kein Genre festlegen, was dem geneigten Leser noch einiges an Überraschungen bieten wird.

https://www.facebook.com/DoroheReimannAutorin

KOMMT ZUM RINGELRANGEL-PLATZ!

ANDREAS RAABE

Es ist Shen, die den Vorschlag macht.

»Kommt«, so spricht sie, während sie mit großer Geste einen Arm hebt und mit dem anderen winkt. »Kommt, wir wollen zum RingelRangel-Platz. Kommt doch schon! Kommt!«

Jedes weitere Wort drängender als die vorhergehenden, bis wir uns ihr nicht länger widersetzen können. Und - wollen wir das überhaupt?

Vielleicht, vielleicht nicht, wie so oft streiten zwei Strömungen um die Vorherrschaft. Da ist zum einen die Neugier, das Verlangen nach Abenteuer. Und zum anderen ist da die Furcht vor dem, was kommen mag - wenn auch erst danach, nach der Aufregung - und die Frage, ob es das wert ist. Denn niemand muss zum RingelRangel-Platz. Jedem steht es frei und manch einer setzt niemals seinen Fuß auf ihn oder verschwendet gar einen Gedanken an ihn. Wir jedoch... Wir taten es bereits und nun tun wir es wieder.

Ja, wir tun es!

Das ist nun sicher.

Wir folgen Shen, die wie immer vorausläuft. Schon ist sie in den Weg eingebogen. Sie könnte schneller laufen, ganz gewiss könnte sie das, doch sie will uns Gelegenheit geben, zu ihr aufzuschließen und gemeinsam mit ihr zu laufen.

»Kommt!«, ruft sie erneut, mit einer Stimme, die von der Bewegung verzerrt wird.

Ihr Ruf ist verlockend, und wir, wir wollen uns verlocken lassen, von ihr und von dem, was der RingelRangel-Platz für uns bereithält. Es ist der Reiz des Verbotenen, des Alten, des Wilden, des Unbekannten.

Was wird es wohl dieses Mal sein? Wir werden uns wohl überraschen lassen müssen, in welcher Form sich der RingelRangel-Platz heute präsentiert.

Und das Danach ... nun, es kommt danach, darum können wir uns kümmern, wenn es soweit ist.

Jetzt, in diesem Moment, sind wir nur auf der Suche nach Abenteuer und Aufregung.

Und wir sind?

Nun, wir sind vier.

Als erste Shen, die Strahlende, das Haar voll Gold, das Lachen silbern, der Körper so lang und dünn, als stamme sie halb von jungen Bäumen ab.

Als nächstes Nor, das Gegenteil von Shen. Wo sie groß ist, ist er klein, wo sie schlank ist, ist er breit. Haar besitzt er nicht und seine Haut ist dunkel wie der Schatten auf der anderen Seite eines von grellem Licht beschienenen Objekts. Die Farbe seines Lachens kennen wir nicht, denn er lacht nie. Dennoch kann er grinsen und er tut es häufig, erfüllt von stiller Belustigung, als wäre all dies ein Spiel, das er besser versteht als wir.

Dann ist da Wun, die weder groß noch klein ist, sondern genau dazwischen. Egal ob sie spricht oder lacht, sie wird nie laut, und doch kann man sie niemals überhören, als legte sie in alles, was sie tut, ein besonderes Gewicht. Alles an ihr ist Würde, sogar jetzt, als sie mindestens so aufgeregt ist wie wir. Aber selbst in ihrer Hast liegt eine eigentümliche Ruhe. Als könnte sie mit einem einzigen Schritt Ziele erreichen, für die wir anderen vier Schritte benötigen.

Zuletzt bin da ich, mehr Gedanke als Körper, und doch überall dabei. Mehr Beobachter als Handelnder, mehr Erzähler als Hauptfigur, doch die Rollen sind nicht klar definiert und manches Mal überschreite selbst ich die dünn gezogenen Grenzen.

»Wollen wir fliegen?«, fragt in diesem Moment Shen und bleibt stehen. »Oder wollen wir laufen?« Dabei deutet sie erst auf einen Weg und dann auf einen anderen. Sie zweigen von dem Boulevard ab, den wir bis hierher benutzt haben. Breiter als hundert Schritte ist die Straße, an den Seiten begrenzt von Häuserfronten wie von Klippen, die sich erheben und erheben. Doch nicht glatt wie etwas Künstliches, nein, die Häuser wirken wie aus Stein geschlagen, roh und unfertig, und an ihren Hängen wachsen Büsche und Blumen und Bäume. Kletterranken klammern sich daran bis weit hinauf, bis zum fernen Rand der Gebäude, dort, wo viele Wolken sind und wenig Luft. Nur die Fenster zwischen all dem Grün verraten noch, dass dies Häuser sind, dass Menschen darin leben. Manche arbeiten für das große Ganze, andere forschen oder schaffen Kunst in jeder Form, während wieder andere einfach nur da sind und ihr Leben genießen, denn dafür ist das Leben da.

Vielleicht schauen sie gerade herab zu uns. Von so weit oben sind wir zu klein, um uns noch erkennen zu können, fast keine Menschen mehr, nur noch bewegte Punkte. Und doch werden sie wissen, wer wir sind und warum wir hier sind. Denn dieser Weg führt allein zum RingelRangel-Platz, er kennt kein anderes Ziel. Unsere Absicht ist also offensichtlich, nur die Entscheidung über das Wie ist noch offen. Benutzen wir den einen Weg und die eigenen Füße und Muskeln oder doch den, wo gasgefüllte Flugrochen darauf warten, uns mit einem Schlag geschmeidiger Luftflossen davon zu tragen?

Beim letzten Mal sind wir geflogen, ich erinnere mich daran. Gleichzeitig blicke ich nach unten.

Der Boden unter unseren Füßen wirkt alt, obwohl er neu ist. Schmuckmoos bedeckt alles, so dass wir wie auf einem lebenden Teppich laufen, der mit jedem Tritt den Duft von Erde, von dampfendem Leben freisetzt. Selbst jetzt, wo wir bloß stehen. Vor uns die tiefen Schluchten, die die beiden Wege in die Hausklippen geschlagen haben. Sie sind schmaler als der Boulevard, aber immer noch viele Dutzend Schritte breit. Ranken haben sich in ihnen zwischen den Wänden gespannt. Vögel und kleine Tiere leben darin, frei und unbewacht. Aber auch die Krabbelkäfer, kaum größer als ein Daumen, die nur deshalb gezüchtet wurden, um die Wände zu warten und zu pflegen. Finden sie eine Beschädigung, reparieren sie sie. Entdecken sie etwas Verdorrtes, entfernen sie es. Nur den Krabbelkäfern - und der Kunstfertigkeit ihrer Entwickler - ist es zu verdanken, dass die begrünten Wände derart wachsen und gedeihen und dass das Moos unter unseren Füßen niemals verschwindet.

»Ich will laufen«, sagt Nor, dessen breiter Körper nicht zum Laufen, aber noch weniger zum Fliegen geeignet erscheint. »Fliegen ist zu passiv.«

»Das stimmt«, sagt auch Wun mit bedeutungsvoller Stimme. »Ich will spüren, wie meine Muskeln arbeiten. Ich will meinem Herz zuhören, wie es pocht, meinen Lungen, wie sie Luft einsaugen.«

Und ich, ich schließe mich ihnen an.

»Dann ist es abgemacht«, nickt Shen und ihr Lächeln wirft silbernes Licht über uns. »Lasst uns laufen!« Und noch während sie das sagt, bewegen sich ihre Beine und tragen sie fort.

Wir folgen ihr, erst lachend, dann keuchend, und beides fühlt sich gut an.

Bald haben wir sie eingeholt und eilen neben ihr her.

»Schneller!«, ruft Nor, obwohl er eigentlich der Langsamste von uns ist. Und dann überholt er uns. Für einen Moment gönnen wir ihm seinen Triumph, dann schließen wir zu ihm auf und laufen von da an weiter als eine Gruppe.

Über uns, auf den durchhängenden, leicht im Wind schwankenden Ranken, sitzen die Glasvögel und singen ihr Lied, ihre Stimmen wie Scherben, die unter Schritten knirschen. Sie sind es, die alle Abfälle sammeln und zu den Verwertungsnestern schleppen. Nur dank ihrer Arbeit - und dem Können ihrer Erschaffer - sind wir in der Lage zu laufen, ohne zu stolpern, denn sie halten die Wege und Plätze frei. Sie entfernen was tot ist, und kalt, und keinen Nutzen mehr erfüllt, um es dorthin zu bringen, wo es einen neuen Sinn erhält.

Der Gesang der Glasvögel untermalt unsere Schritte mit einem rauen Rhythmus als ob sie uns anfeuern. Und tatsächlich laufen wir alle schneller, als wollten wir uns dem Tempo ihrer klirrenden Stimmen anpassen. Selbst die würdige Wun kommt mit einem Mal rascher voran, obwohl sie sich nicht anders zu bewegen scheint als zuvor. Alle keuchen, nur die goldene Shen lacht, als wollte sie ihre Stimme denen der Glasvögel hinzufügen, als wollte sie allen zeigen, wie leicht ihre langen Gliedmaßen sie voran tragen.

Bald ändert sich die Umgebung, als hätten wir durch unsere Bewegung eine Metamorphose in Gang gesetzt. Vor uns wird der Weg erst schmaler, dann breiter. Mit einem Mal weichen die Wände vor uns zurück, als wollten sie uns genügend Raum geben um uns auszutoben.

Aber wird es reichen?

Braucht unsere Aufregung nicht noch viel, viel mehr Raum?

»Ich kann den RingelRangel-Platz sehen!«, ruft Shen, aber den können wir alle sehen, alle zugleich.

Denn der Platz ist eine Ebene. Wie ein Loch in den Häuserwänden, das nicht enden will. Dieser Mangel, das Fehlen von etwas, nur das ist zu erkennen, nicht jedoch, was sich auf der Ebene, auf dem RingelRangel-Platz befindet. Denn über ihm liegt ein Schleier, eine Unschärfe, die sich auch durch ein Blinzeln nicht vertreiben lässt. Was auf dem RingelRangel-Platz ist, kann nur der sehen, der sich dort aufhält. Und davon trennen uns nur noch wenige Schritte.

Unbemerkt hebt sich der Schleier, so dass sich vor uns die Ebene erstreckt. Die Häuser jedoch, die ihn auf allen Seiten umgeben, sind nun verschwunden. Bilder von Wolken und Himmel und fernen Bergspitzen haben sich über sie gelegt und verstärken die Illusion endloser Weite.

Unter unseren Füßen spüren wir grobes Gestein. Doch es sind keine Steine. Dem Blick offenbaren sich Knochen jeder Art und

Größe, ausgebleicht von einer fremdartig roten Sonne, die nur über dem RingelRangel-Platz steht, nicht jedoch über den Häusern jenseits davon.

»Wie interessant«, sagt Nor und grinst dabei.

Die würdige Wun macht unterdessen einige vorsichtige Schritte nach vorne und wieder zurück, als prüfe sie, wie sich die Knochen unter ihren Füßen verschieben.

»Scheint stabil zu sein«, erklärt sie schließlich.

»Perfekt zusammengefügt«, nickt auch Shen, die Strahlende. »Wie bei einem Mosaik.«

Und so ist es wirklich. Jemand muss sich große Mühe gegeben haben, all die Gebeine so zusammenzulegen, dass es keine Lücken zwischen ihnen gibt. Und dies ist umso schwieriger, da es derart viele unterschiedliche Knochen sind, teilweise von Menschen, teilweise von Tieren. Manche erkenne ich wieder: Dort den Schädel eines Pferdes, hier die Klauen eines großen Greifvogels. Und das hier, das könnte der Oberschenkelknochen eines Menschen sein.

Diese Szene ist neu. Beim letzten Mal gab es noch einen schmatzenden Sumpf und davor spitze Felsen und davor rauchende Trümmerstädte und davor ...

»Rasch!«, ruft Shen und klingt dabei atemlos, obwohl das Laufen sie kaum angestrengt haben kann. »Rasch, wir wollen zum Kampfplatz dort hinten. Sie sind kurz vor einem Beginn.«

Und so eilen und folgen wir ihr. Zunächst sind wir allein auf der weiten Knochenebene, doch bald begegnen wir Anderen, die aus allen Richtungen dem gleichen Ziel entgegenstreben. Eine Säule ist es, derart breit und hoch, dass man sie schon von Weitem - selbst vom Rand des RingelRangel-Platzes - aus erkennen kann. Weitere Menschen warten bereits dort, in losen Gruppen zusammenstehend.

»Wollt ihr euch der Sache des Fend anschließen?«, fragt die Säule, kaum dass wir weniger als zwanzig Schritte von ihr entfernt sind. »Oder wollt ihr die Ziele der Nemm verteidigen?«

Gleichzeitig rollen gebündelte Informationen durch unser Sensorium, simultan übertragen. Blanke Fakten ohne die emotionale Tiefe, wie sie die Stimme der Säule zu vermitteln vermag.

Der Fend beansprucht eine kleine Insel vor seiner Küste für sich. Eigentlich nur Felsen, tot und leer, und doch will er sie besitzen. Die Nemm jedoch möchte ihre Insel behalten. Zwar sieht sie keinen Nutzen in ihr, und doch widerstrebt es ihr, sie abzugeben. Drohungen müssen nun ausgestoßen, Waffen in Stellung gebracht und Truppen in Bewegung gesetzt werden.

Doch es gibt keine Truppen mehr, auch keine Waffen; außer für den äußersten Notfall, der bislang nie eingetreten ist.

Und womit sollte man schon drohen in einer Welt, in der jeder beinahe alles haben kann? Die dank komplett nachzüchtbarer Körper und übertragbarer Persönlichkeits-Backups weder Krankheit noch Tod kennt. Die dank Geburtenkontrolle kein Elend mehr erfahren muss, weil es keinen Mangel mehr gibt. Wo Ressourcen gerecht und sinnvoll verteilt werden, anstatt sie an einem Punkt zu horten und sie anderen vorzuenthalten.

Und doch gibt es noch Gefühle, und Gefühle sind stark und müssen gelebt werden. Doch warum sollte jemand deshalb leiden? Warum deswegen sterben?

Einst - in den Stillen Jahren - dachte man anders. Es war die Zeit nach dem großen Brand, als die Erde verheert war durch endlose Kriege, durch Neid und Niedertracht, als jeder nur stärker sein wollte als der andere, größer und gemeiner, so dass bald alle geschwächt waren und klein und verloren.

In den folgenden Stillen Jahren versuchte man, sämtliche Gefühle zu kontrollieren, ja, am besten sie völlig auszuschalten. Und tatsächlich waren die Stillen Jahre eine Zeit des Friedens, der Ruhe. Eine Zeit, in der die Welt und die Menschheit endlich heilen konnten. Aber es war auch eine Zeit des Stillstands. Denn ohne Emotionen gab es auch keine Kreativität mehr, keinen Fortschritt, keine neuen Entdeckungen. Darum heißen sie auch die Stillen Jahre. Weil es keine Schreie des Leids mehr gab, des Kummers, aber auch keine Ausrufe der Freude, kein Gelächter.

Und so erkannten die Klügsten während der Stillen Jahre, dass sie die Gefühle wieder zulassen mussten. Und so geschah es denn auch, wenn auch mit Bedacht, um sicher zu gehen, dass es nie mehr zu einem großen Brand kommt. Und darum haben wir nun wieder alle Gefühle. Doch zu unserem Schutz und damit wir niemals vergessen, gibt es Dinge wie den RingelRangel-Platz.

Und darum sind wir hier.

»Wem schließt ihr euch an?«, fragt die Säule mit einer Stimme, die direkt in unseren Köpfen entsteht.

Beide Gruppen - Fend und Nemm - klingen gleichermaßen sinnvoll oder blödsinnig, so dass es letztendlich bedeutungslos ist, für wen wir uns entscheiden. Zumal wir eines wissen: Dies alles ist bloß Teil einer Inszenierung. Doch auch das ist bedeutungslos und so schließen wir uns Fend an.

»Gut«, sagt die Säule, nachdem wir unsere Entscheidung verkündet haben. »Ihr gehört zum Volk Dreieck. Euer Feind ist das Volk Kreis.«

Von nun an hören wir nur noch den Fend in den Köpfen, den Anführer der Dreiecker.

»Nieder mit den Kreisern!«, ruft er. »Wir verachten die Lebensart der Kreiser! Denn nur die Ziele der Dreiecker sind gut und richtig. Wer etwas anderes denkt ist ein Verräter und nicht besser als ein Kreiser!«

Noch während er derart auf uns einredet, erscheinen Keulen in unseren Händen. Nicht mehr als Trugbilder, doch das vernetzte Sensorium täuscht Materie vor, wo keine ist. Die Knüppel wirken fest und schwer, so dass sich mein Arm senkt, sobald ich das Gewicht in der Hand spüre. Beim letzten Mal waren es noch Speere und davor bloß spitz zugeschlagene Steine und davor ...

»Schaut mal«, ruft Shen, und selbst sie, mit ihrer silbernen Stimme, kann dabei kaum den Fend übertönen, der noch immer in unseren Köpfen wütet. Doch wir alle verstehen, was sie meint, denn im gleichen Moment bemerken wir es ebenfalls. Unsere virtuelle Kleidung, die im Alltag eine nichtmaterielle Schicht aus Form und Farbe um uns legt, wurde neu konfiguriert. Wir tragen nun Felle und Leder, beides nur grob zugeschnitten und hastig vernäht. Auf Brust und Rücken erscheint ein großes, rotes Dreieck, unübersehbar und damit ein eindeutiges Zeichen der Zugehörigkeit zum Fend und seinem ewigen, großen Reich.

So wie wir werden auch alle anderen gekennzeichnet. In der Kleidung ähneln sich alle, nur die Art des Symbols unterscheidet sich. Ungefähr die Hälfte erhält das rote Dreieck des Fend, der Rest den blauen Kreis der Nemm.

Auch sie, die Anhänger der Nemm, hören nun gewiss ihre Stimme im Schädel, wie sie gegen die Dreiecker hetzt und die Kreiser zu den einzig wahren Menschen erklärt. Und während Fend uns befiel »Greift sie an! Vernichtet alle Kreiser, denn sie haben nichts Besseres verdient!«, ruft sie ihren Gefolgsleuten sicherlich etwas Äquivalentes zu.

Noch zögern alle und wiegen unruhig die Waffen in den Händen. Noch wissen wir alle, dass sie nicht echt sind. Doch je länger die Illusion währt, umso stärker wird die Unsicherheit. Und der Zweifel wächst: Ist dieser Knüppel tatsächlich nicht echt? Ganz sicher? Er fühlt sich doch so wirklich an. Man könnte beinahe vergessen, dass ...

Und doch wollen wir ihn nicht benutzen, nicht ohne Grund. Da ist etwas Wildes in uns, das sich austoben will. Aber da ist auch etwas Vernünftiges, das stärker ist.

Doch plötzlich hebt einer seine Keule - ob Kreiser oder Dreiecker, kann ich nicht erkennen - und schlägt damit auf einen anderen ein. Waren dies zwei wirkliche Menschen oder bloß Trugbilder, die erschaffen wurden, um den Kampf zu starten? Wir werden es nie erfahren, denn im gleichen Moment verbreitet sich das Chaos wie die Schockwelle um einen Einschlag.

Plötzlich schwingen alle ihre Keulen und schreien.

»Mir nach!«, brüllt Shen, den Knüppel hoch erhoben, mit einer Stimme, die nicht mehr silbern ist, sondern nach Blech und Rost klingt.

»Kämpft!«, ruft Nor, während er sich unter einem Schlag hindurch duckt. Kurz darauf schlägt er dem anderen in den Bauch.

Die würdige Wun wird unterdessen von einem Treffer zu Boden geschickt. Dort verharrt sie kurz, immer in Gefahr, erneut getroffen zu werden. Doch da bin ich schon bei ihr und verteidige sie gegen weitere Angreifer, wobei ich selbst den einen oder anderen Schlag einstecken muss. Und jeder Einzelne davon ist schmerzhaft. Denn auch wenn die Keulen Illusion sind, ihre Treffer sind es nicht. Die Wirkung wird berechnet und exakt auf unser Sensorium übertragen, so als wären wir tatsächlich getroffen worden.

Und bald kämpfen wir nicht mehr nur mit Knüppeln. Denn die sind schlecht gefertigt, sie zerbrechen, werden fallen gelassen oder man verliert sie in der Hast der Schlacht. Von da an wird mit Händen und Fäusten gekämpft, mit Ellbogen und Knien, mit Zähnen und Schreien.

Von allen Seiten rücken die Kreiser an, bevor uns eine Gruppe von Dreieckern zur Hilfe eilt und die Angreifer vertreibt. Danach drehen wir den Spieß um.

Wun, längst wieder auf den Beinen, und ich verfolgen sie. Sie hat ihre Keule noch und schwingt sie gleichmäßig über ihrem Kopf, während ich meine verloren habe und nur meine Fäuste und meine Stimme erheben kann.

»Wo sind Shen und Nor?«, fragt Wun, aber ich weiß es nicht. Überall sind Menschen und alle kämpfen und schreien. Viele liegen bereits am Boden und rühren sich nicht mehr. Da ist Blut auf dem Knochenpflaster. Es versickert in den Ritzen und doch wird es mehr und mehr.

Dann entdecke ich Shen, sie strahlt nicht mehr, sie brennt. Blut hat sich mit ihrem goldenen Haar vermischt und lässt es schimmern wie die letzte Glut vor dem endgültigen Erlöschen.

Da!

Ein Schlag trifft sie und sie fällt.

»Nur wir sind gut!«, brüllt der Fend. »Alle anderen sind schlecht!«

Nor, der Shen am nächsten ist, springt herbei. Doch auch er fällt unter den Hieben. Sein mächtiger Körper schützt ihn länger und beinahe scheint es, er könnte sich noch einmal erheben, doch dann sinkt er endgültig darnieder und bleibt still, das Grinsen vom Gesicht verschwunden.

Wie lange müssen wir noch kämpfen?

Haben wir die Kreiser denn noch immer nicht besiegt?

Warum hört es nicht auf?

»Vernichtet die Kreiser!«, kreischt der Fend. »Sie haben das Leben nicht verdient, weil sie nicht wie wir sind!«

Ich schlage um mich, treffe und verfehle diesen und jenen, und stolpere dabei vorwärts, immer Wun hinterher, die läuft, als gäbe es ein Ziel zu erreichen. Kurz blickt sie sich um und winkt mir zu. Doch als ich zu ihr aufschließen will, trifft mich etwas in die Seite. Ich stürze auf Knochen und Blut und spüre Füße auf mir. Vielleicht schreie ich, vielleicht auch nicht.

Es tut so weh, oh, so weh.

Alles steht in Flammen, alles erfriert, alles, alles, alles ...

Vor dem Fenster singen die Glasvögel ihr Scherbenlied, als ich erwache. So ist es immer nach dem RingelRangel-Platz.

Wir liegen im Aufsteh-Raum, wir vier: Shen, Nor, Wun und ich. So ist es jedes Mal wieder, weil wir dem RingelRangel-Platz vorher gesagt haben, dass wir zusammen bleiben wollen, in der Schlacht und danach.

Wer gewonnen hat? Die Kreiser oder die Dreiecker? Fend oder Nemm?

Keiner würde so etwas fragen, denn es ist ohne Bedeutung.

Es gibt keine Gewinner, die gibt es niemals, die hat es niemals gegeben, nicht mal in den Zeiten, als solche Schlachten noch real waren und nicht nur semivirtuell.

Natürlich könnte man eine vollständige virtuelle Realität für die Gefechte erschaffen, das wäre leicht. Aber es hat sich als wichtig erwiesen, dass es eine gewisse körperliche Beteiligung gibt. Wir brauchen das Gefühl von echter Anstrengung, von echter Verletzung, von echtem Schmerz, um die Erfahrung zu intensivieren.

Man schaue uns nur an: Die strahlende Shen, wie matt sie dort liegt, die Augen noch immer geschlossen. Automatische und echte

Ärzte stehen bei ihr und richten Knochen, heilen Haut, füllen verlorenes Blut wieder auf.

Nor dagegen geht es schon besser, er hat den Kopf zu mir gedreht und grinst. Es wirkt etwas schief, wegen der frischen Narbe auf seiner Wange, doch sie verheilt und schwindet, noch während ich hinsehe, denn so gut hat sich die Biotechnologie entwickelt, seit wir unsere Ressourcen nicht mehr in Konflikten aufbrauchen, sondern zielgerichtet zum größten Wohle aller verwenden.

Wun steht sogar schon auf ihren Beinen und schreitet langsam durch den Raum, als könnte sie es kaum erwarten, dass auch wir uns endlich erheben.

Nun, bei Shen wird dies wohl noch einige Zeit dauern, und bei mir ebenfalls, denn eine meiner Augenhöhlen ist leer und das neue Auge wird gerade frisch gezüchtet.

Und wenn ich ehrlich bin, benötige ich auch diesen Moment der Ruhe. Bloß etwas Erholung nach der anstrengenden Schlacht und bevor wir den nicht weniger anstrengenden Anderen-Raum betreten.

Als wir schließlich alle geheilt und unverletzt auf unseren Füßen stehen, umarmen wir uns zunächst. Jeder jeden und dann noch einmal wir uns alle. Wir sind erleichtert, es überstanden zu haben, sowohl den Rausch der Gewalt als auch den eigenen scheinbaren Tod, und zugleich fürchten wir ein wenig den Anderen-Raum. Doch wir wissen, dass kein Weg an ihm vorbei geht, denn sonst war alles, was wir auf dem RingelRangel-Platz erlebt haben, vergeblich und ohne Sinn.

Und daher straffen wir uns und gehen langsam den Gang hinunter, der vom Aufsteh-Raum zum Anderen-Raum führt. Die Wände um uns sind hell und milchig, und beinahe glaube ich, Pflanzen auf der anderen Seite wachsen zu sehen, nur als unscharfe Schatten erkennbar und vielleicht nicht echt.

Und während wir gehen, erinnern wir uns, warum wir hier sind.

Wir sind zum RingelRangel-Platz gegangen, weil wir den Rausch der Gewalt erfahren wollten, die Lust der Bewegung, die

Raserei der Maßlosigkeit, das Verlieren in Wahnsinn, so wie es unsere Vorfahren noch kannten. Denn wir sind bloß Menschen und unsere Gelüste sind mitunter absonderlich. Wir handeln nicht immer logisch, denn häufig sind die Gefühle stärker. Sie lassen uns singen und malen und schreiben und Kunstwerke und Erfindungen jeder Art erschaffen. Sie lassen uns größer werden, als der Verstand sich vorstellen könnte. Doch zugleich machen sie uns klein und gemein, denn sie können uns überwältigen und jegliche Vernunft und Menschlichkeit vergessen lassen. Und daran erinnert uns der RingelRangel-Platz.

Doch das ist nur die halbe Wahrheit. Und darum gibt es den Anderen-Raum. In ihm erfahren wir, was die anderen während der Schlacht gespürt haben. Denn alles, was wir gesehen, geschmeckt, gehört, gefühlt oder auf sonst irgendeine Weise im Laufe des sinnlosen Gefechts zwischen Dreieck und Kreis gefühlt haben, wurde aufgezeichnet; von jedem einzelnen. Und im Anderen-Raum erleben wir, was diejenigen empfanden, die wir in der Schlacht geschlagen und getreten oder auf sonstige Art verletzt haben. Wir werden auf sensorische Weise so sehr mit den Anderen verschmelzen, als wären wir sie. Wir werden durch ihre Augen schauen, mit ihren Ohren hören und mit ihren Mündern schreien. Wir werden alles fühlen, was sie gefühlt haben: Ihren Schmerz, ihre Angst, ihre Verzweiflung, und wir werden mit ihnen leiden. Wir werden erfahren, was wir angerichtet haben in unserer Raserei, und wie sich unsere Taten für andere angefühlt haben.

Und dann schämen wir uns dafür und erkennen, dass wir das nicht hätten tun dürfen, dass wir alle nur Menschen sind, jeder einzelne, und keiner besser ist als der andere. Und dies ist die wichtige Lektion des Anderen-Raums: zu fühlen wie die Anderen. So dass es kein »Wir gegen Die« mehr gibt, wie in den Jahren, die zum Großen Brand geführt haben, sondern nur noch ein »Wir alle gemeinsam«.

Doch so wichtig diese Lektion auch sein mag, wir sind bloß Menschen, und von Zeit zu Zeit vergessen wir sogar die bedeutsamen

Dinge des Lebens. Und darum ist es gut, sich immer wieder aufs Neue daran erinnern zu können.

Oh ja, zunächst freuen wir uns auf den RingelRangel-Platz und auf die Aufregung des Kampfes, denn er ist stets neu und anders und weckt etwas Altes in uns, das wir vor Jahrtausenden noch brauchten, als wir kaum aufrecht gehen und noch weniger sprechen konnten.

Doch die Neugier und die Aufregung schwinden und machen Platz für Angst und Scham, wenn wir erkennen, was wir heute damit anrichten.

Und da ist auch schon der Anderen-Raum, seine Tore weit geöffnet, sein Inneres hinter einem virtuellen Schleier verborgen. Während wir darauf zugehen, versuche ich mich daran zu erinnern, wen ich alles im Laufe der Schlacht verletzt habe. Ich denke an diesen Keulenhieb und jenen Faustschlag und an die wilde Freude, die ich an den kleinen, bedeutungslosen Erfolgen hatte.

Bald werde ich wissen, wie es ist, von mir geschlagen zu werden, wie es sich anfühlt, von mir besiegt zu werden, während ich triumphierend lache. Und ich werde erkennen, wie sehr ich im Unrecht war. Wir alle, egal auf welcher Seite.

Und diese Erkenntnis wird uns lange Zeit begleiten. Solange, bis sie schließlich doch verblasst und wir wieder Lust bekommen auf die Erfahrung des RingelRangel-Platzes.

Doch das liegt in ferner Zukunft. Jetzt erwartet uns der Anderen-Raum. Wir werden bereuen, wir werden weinen mit der Heftigkeit kleiner Kinder und uns in den Armen liegen, bis wir nicht länger beben. Und dann werden wir uns verzeihen und davon gehen, hinein in eine Welt voller Wunder und Freuden, die niemals vergessen darf, wie schlecht sie einst war, wie kaltblütig und hart.

»Kommt«, sagt Shen, sanft und mit einem traurigen Lächeln. »Kommt doch.«

Und dann betritt sie den Anderen-Raum.

ENDE

ANDREAS RAABE

Wer ist dieser Andreas Raabe?
Unbestätigten Gerüchten zufolge wurde er geboren, lebt und schreibt. Beweise für seine Existenz sind jedoch rar.
Ein heimlich aufgenommenes Foto soll ihn angeblich zeigen.
Doch wo sehen wir ihn da?
In einem Raumschiff, in einer Zeitmaschine? Oder sitzt er etwa - wie es die Phantasten und Träumer behaupten - in einem Bus?
Und wohin mag seine Reise wohl gehen?
Bis an die Grenzen des Denkbaren?
Oder in die Gegenrichtung?

20 MINUTEN

MARCUS R. GILMAN

Minute 0:

Arjun war aufgeregt, obwohl es dafür keinen Grund gab. Er hatte sich sehr gut vorbereitet, den Stadtplan studiert, Kleidung ausgewählt und eine Tasche gepackt. Seine Ausrüstung war besser als alles, was irgendjemand da draußen hatte. Aber es war immer ein Unterschied, für etwas zu planen, Optionen durchzugehen und es dann tatsächlich durchzuziehen.

Auf der anderen Seite der Tür herrschten 45° Celsius, ein Sommertag in Mumbai. Einer der wichtigsten Tage im Leben seiner Großmutter. Heute würde er teilhaben. Er durfte es nur nicht verpatzen. Drei Wochen hatte er sich vorbereitet, intensiv vorbereitet. Alles hing davon ab, dass es so ablief wie geplant. Er öffnete die Tür und trat hinaus. Die Hitze traf ihn wie ein dumpfer Schlag ins Gesicht, dann kam der Gestank.

Minute 1:

Arjun sah auf die Uhr. 20 Minuten, länger würde es nicht dauern. Das war gut so. Er wollte hier so schnell es ging wieder raus. Das Wissen, dass er so sicher und gut trainiert war wie nur möglich, nutzte wenig, um sein Stammhirn zu beruhigen. Alle tierischen Instinkte in ihm kämpften gerade gegen die auf ihn einstürzenden Eindrücke an. Es war grauenvoll. Um ihn herum drängten sich Menschen. Ungewaschene, kranke Menschen. Der Gestank war unerträglich. Abgase, Abfall auf der Straße. Er griff in die Tasche und nahm die Eukalyptussalbe heraus. Ein Strich unter seiner Nase verdrängte den schlimmsten Gestank. Eine Atemmaske wäre besser gewesen, hätte aber zu viel Aufmerksamkeit erregt. Jetzt war es Zeit, das Haus zu finden. Seine Schwester hatte ihn vor Dieben gewarnt, er fasste die Tasche enger und bahnte sich einen Weg in die Richtung, in der das Gebäude liegen sollte.

Arjun wünschte, er hätte eine Jacke mitgenommen, statt nur ein T-Shirt zu tragen. Er stieß ständig mit Menschen zusammen und sie rieben an seinen nackten Armen. Die Haut dort hatte begonnen zu jucken und er kämpfte gegen den Drang, sich zu kratzen. Es widerte ihn an. Arjun wusste, dass das Jucken nur in seinem Kopf war, das machte es aber nicht besser. Er fand diese stinkende, kranke Masse unerträglich und wünschte sich nur, hier raus zu kommen. Aber bevor er hier wieder raus konnte, hatte er etwas zu erledigen.

Minute 3:

Arjun stützte sich mit einer Hand an einer schmutzigen Hauswand ab und leerte seinen Mageninhalt in einem einzigen Schwall auf die Straße. Gerade hatte er einen Mann gesehen, der seine Notdurft direkt in die Abflussrinne verrichtet hatte, nur wenige Schritte weiter wusch eine alte Frau in genau dieser Rinne ihre Wäsche. Seine Augen tränten und sein Mund war fast taub vom Geschmack nach Galle. Er musste weiter. Keine Zeit für eine Pause, egal wie schlecht ihm war. Die Uhr zeigte ihm, dass es nur noch siebzehn Minuten waren. Schwindelig von Gestank und Elend drängte er sich weiter durch die Menge. Immer wieder stellten sich ihm Menschen in den Weg, die ihm irgendetwas hinhielten. Er achtete nicht auf sie. Keinen Blickkontakt herstellen, wiederholte er unaufhörlich in Gedanken. Sobald nur ein Bettler sich auf ihn eigeschossen hatte, war es vorbei, er würde hier nicht mehr herauskommen.

Statt auf die Personen in seinem Weg zu achten, fixierte er den Blick auf einen fernen Punkt, an dem er das Haus vermutete.

Minute 4:

Der Smog war schlimmer, als Arjun gedacht hatte. Der Mangel an Sauerstoff hatte bereits Kopfschmerzen ausgelöst und beeinträchtigte die Konzentrationsfähigkeit. Seine Ohren dröhnten von der Kakophonie aus Stimmen und Motorenlärm. Es war fast unmöglich, bestimmte Stimmen oder Geräusche herauszufiltern, so verworren waren alle Klänge um ihn herum. Damit war es allerdings auch leichter, das Flehen der Bettler zu ignorieren. Immer wieder ertappte er sich dabei, wie er am Himmel nach Vishnus Nadel suchte, aber die konnte dort natürlich nicht sein. Die Smogschwaden ließen ohnehin kaum einen Blick zum Himmel zu. Die Sonne war nur ein verwaschener Punkt, verhüllt von Abgasen.

Arjun trat auf etwas Weiches und beglückwünschte sich, Militärstiefel zu tragen. Wäre er barfuß gewesen, wie so viele der Slumbewohner ... Den Gedanken wollte er gar nicht zu Ende denken.

Noch 16 Minuten. Die Zeit dehnte sich unerträglich, jede Sekunde wie eine halbe Ewigkeit in der Hölle dieses Slums ... Arjun drängte sich schneller durch die Menge.

Minute 7:

Da war es. Das Haus seiner Großmutter. Es war gar nicht so schwer zu finden gewesen, dachte er jetzt. Der Mobilfunkmast auf dem flachen Dach ließ es hervorstechen. Wäre die Luft nicht so schrecklich verpestet, hätte er es bestimmt schon früher gesehen. Arjun schob sich energischer durch die Menge und erntete dafür einige zornige Blicke und Flüche, aber das war ihm egal. Er wolle nur noch hier raus und sich in diesem Gebäude verkriechen.

Minute 9:

Verdammt! Der doppelte Sicherheitszaun, der das Haus seiner Großmutter und vor allem die Wasserpumpe im Hof schützte, versperrte ihm jetzt den Weg. Er hätte die Route besser planen sollen. Er hatte sich nicht genau auf das Tor des Zauns zubewegt, sondern auf einen beliebigen Punkt entlang der Länge der Einzäunung. Darüber zu klettern war keine Option, er war wahrscheinlich alarmgesichert und oben zeigten ihm Hütchen, dass dort eine Hochspannungsleitung lief. Er würde nie lebend auf die andere Seite kommen. Auf sein Glück hoffend, drehte sich Arjun nach rechts und hetzte den Zaun entlang. Hoffentlich lag in dieser Richtung das Tor.

Minute 11:

Arjun war außer Atem, als er das Tor endlich erreichte und hatte den widerwärtigen Geschmack der Abgase im Mund. Seine Lungen brannten vom Smog, den er eingeatmet hatte. Er wünschte sich jetzt nichts sehnlicher, als eine Woche in einem Sauerstoffzelt zu verbringen, sobald das hier vorbei war.

Vor dem Tor befand sich eine Barriere, dahinter zwei Sicherheitsleute mit automatischen Waffen. Natürlich, nicht jeder durfte hier hinein. Auf dem Hof hinter dem Haus stand eine Wasserpumpe, vielleicht die einzige für über 1000 Menschen. Arjun war auf dieses Hindernis vorbereitet. Er griff in seine Tasche und zog den Bewohnerausweis hervor. Der linke Sicherheitsmann winkte ihn durch, ohne den Ausweis anzusehen.

Er hatte immer noch 9 Minuten und es blieben nur wenige Schritte bis zur Tür.

Sie war verschlossen.

Panik stieg in Arjun auf. Niemand würde aufmachen, wenn er klopfte, und er mochte außerdem die Sicherheitsleute auf sich aufmerksam machen. Er hetzte zur Rückseite des Hauses und fand, was er gesucht hatte: Ein offenes Fenster im ersten Stock.

Arjun sah sich um. Die Menschen waren alle wegen der Wasserpumpe hier und wurden durch die Absperrungen in eine sich über den Hof windende Schlange gepresst. Die meisten würden ihn weder sehen, noch einfach erreichen können. Zudem war es unwahrscheinlich, dass jemand seinen Platz in der Reihe aufgeben würde, um einen Dieb zu fangen. Viele standen hier schon seit Stunden um eine Wasserration an, und die Schlange zu verlassen hieße, sich wieder ganz hinten anzustellen.

Minute 14:

Die Menschen standen noch apathischer in der Schlange, als Arjun angenommen hatte. Nur Wenige drehten sich auch nur um, als er nach einer Leiter oder einem anderen Hilfsmittel suchte, um das offene Fenster zu erreichen.

Kein Einziger alarmierte die Sicherheitsleute am Eingang. Sie würden das Gelände räumen und niemand würde Wasser bekommen. Arjun konnte sich bildlich ausmalen, dass sie bei der Räumung schonungslos von ihren Waffen Gebrauch machen würden.

Er erinnerte sich plötzlich an seinen Bruder Rudra und sah nervös das Haus entlang in Richtung des Tors, konnte die Sicherheitsleute aber aus seiner Position heraus nicht sehen. Angespannter als zuvor setzte er die Suche fort.

Auf dem Hof und auf der anderen Seite der Schlange stand ein Schuppen aus Blechplatten, vielleicht war darin etwas zu finden, das ihm helfen würde.

Minute 17:

Endlich! Im unverschlossenen Schuppen hatte tatsächlich eine kleine Leiter gestanden, mit der er das Fenster erreichen konnte. So lautlos wie möglich war Arjun hindurch gestiegen. Zum Glück führte es nicht in eine Wohnung, sondern ins Treppenhaus. Niemand im Haus hatte ihn gesehen. Jetzt atmete er kurz durch, dann schlich er die Treppe hoch. Er musste in den zweiten Stock. Noch drei Minuten. Arjuns Herz klopfte ihm bis zum Hals. Er musste herausfinden, in welchem Zimmer Großmutter war und dann lauern. Das konnte nicht allzu schwer sein. Viele Räume hatten die Wohnungen hier nicht. Arjun tippte die Tür vor sich sanft an. Sie schwang nur ein Stück weit auf, als sei es der Wind gewesen. Der Raum war leer, er konnte eine weitere Tür sehen.

Minute 18:

Unten machte sich jemand an der Tür zu schaffen. Da kamen sie bereits. Jetzt hatte Arjun auch die Großmutter gefunden, sie war mit Onkels und Tanten im Zimmer hinter der anderen Tür. Niemand hatte ihn bisher bemerkt. Die Sohlen seiner Stiefel waren auf bestmögliche Lautlosigkeit optimiert. Seine Hände waren klebrig vom Staub des schmutzigen Hauses und dem Schweiß der Anspannung. Er wischte sie an der Hose ab, bevor er in die Tasche griff und eine Pistole herauszog, dann tauchte er in eine dunkle Ecke des Treppenhauses und wartete. Unten öffnete sich die Tür zum Hof.

Minute 19:

Arjun zitterte vor Anspannung, dann setzte er seinen ganzen Willen ein, um das Zittern zu beenden.
Konzentriere Dich!
Es war soweit. Das Licht, das unten durch die offene Tür fiel, wurde dreimal kurz verdunkelt; Arjun konnte Schritte hören. Sie kamen die Treppe hoch, ließen die alte Aluminiumtreppe klappern und knirschen. Arjuns Hand fasste den Griff der Waffe enger. Er hob die Pistole und zielte in Erwartung der Männer auf den Stufen.
Drinnen im Zimmer hörte er die Kinder spielen. Sie ahnten nichts von dem, was sich hier gleich abspielen würde. Ihr Spiel hatte sie in den Raum direkt hinter Arjun gebracht.

Minute 20:

Der erste Mann tauchte auf der Treppe auf. Es war ein kahlköpfiger, breitschultriger Kerl, der eine Machete in der Hand hielt. Gut, Arjun hatte mit der Pistole trainiert und war im Vorteil. Sein Finger krümmte sich bereits um den Abzug, doch bevor er diesen nach hinten zog, erkannte er den Irrtum.

Nein, das war keine Machete, die der Einbrecher hielt, das war eine Vibro-Klinge. Er war auch nicht breitschultrig, sondern trug einen militärischen Körperpanzer. Seine 9-mm-Pistole war nutzlos. *Rudra, Du Hund!*, fluchte Arjun innerlich. Er hatte allerdings damit gerechnet, dass sein Bruder versuchen würde, etwas zu manipulieren, und war vorbereitet.

Arjun griff blitzschnell in das kleine vordere Fach seiner Tasche und holte eine Handvoll erbsengroßer Kugeln heraus, die er in Richtung Treppe warf. Noch in derselben Bewegung drehte er sich zur Tür und löste den Verschluss seiner Uhr. Innerlich zählte er von drei herunter.

Er ließ sich gegen die Tür fallen und drückte diese mit seinem Gewicht auf, dann schleuderte er seine Uhr auf den Boden.

Der Raum war auf einmal von grünem Licht erfüllt, draußen auf der Treppe explodierten die Mikrogranaten, während das Stasisfeld ihn und die Kinder beschützte.

Eine retro-synthetische Stimme ertönte.

»Aufgabe erfolgreich abgeschlossen!«

Arjun brauchte einen Moment, bis die Übelkeit, die die Simulation erzeugt hatte, verflogen war. Die Wut auf seinen Bruder, der das Programm manipuliert hatte, kochte aber weiter. Arjun öffnete den Virtua-Pod, in dem er lag.

»Rudra, was sollte dieser Mist!«, fuhr er seinen Bruder an.

Der stand einige Schritte entfernt im Raum und schob, wie seine Bewegungen zeigten, im Netz virtuelle Codeblöcke. Er zuckte erschrocken zusammen, die Augen verloren den glasigen Blick, der auf den Aufenthalt im Netz hinwies, und fokussierten sich auf Arjun. Rudra schaute jetzt etwas enttäuscht drein.

»Ach komm schon, Arjun, war doch alles nur Spaß. Außerdem warst du ja wirklich sehr gut ausgerüstet.«

»Weil ich wusste, dass du bestimmt irgendetwas an meinem Programm veränderst, damit ich die Prüfung nicht bestehe!«

Rudra wollte gerade noch etwas zu seiner Verteidigung sagen, als ein sanfter Gong erklang und das holographische Bild von Frau Randhawa, Arjuns Geschichtslehrerin, im Raum erschien.

»Arjun Avadekar, deine Aufgabe bestand darin, die Zustände Mumbais im mittleren 21. Jahrhundert am Beispiel eines Familienmitglieds zu untersuchen und dies als Simulation mit Spannungselementen umzusetzen. Was hast du herausgefunden?«

»Es war eine grauenvolle Zeit, Frau Randhawa.«

»Das ist grundsätzlich richtig, aber kannst du bitte genauer erklären, womit du diese Aussage begründest?«

»Die Lebensumstände waren einfach unerträglich. Überbevölkerung, schlechte hygienische Zustände, grassierende Krankheiten und die Luftverschmutzung. Die Luft brannte beim Atmen in den Lungen. Außerdem war jeder jederzeit bedroht, Opfer eines Verbrechens zu werden. Ich habe die Zeit in der Simulation und mein Erlebtes natürlich geloggt …« Er zögerte einen Moment und suchte nach Worten.

»Das klingt ausgesprochen interessant, Arjun. Kannst du mir bitte das Log und den Code für die Simulation übermitteln?«

»Ich muss leider noch eine kleine Änderung vornehmen. Mein Bruder«, er warf Rudra einen mörderischen Blick zu, »hat am Ende des Programms den Code manipuliert, sodass die Ergebnisse nicht mehr historisch korrekt sind.«

»Moment!«, empörte sich Rudra. »Deine Minigranaten und das Stasis-Feld sind auch nicht historisch korrekt!«

»Wie bitte?«, fragte das holographische Bild der Lehrerin.

Arjun bemühte sich, die Wut auf seinen Bruder, der ihm vielleicht gerade die Prüfung versaut hatte, zu kontrollieren.

»Frau Randhawa, meine Großmutter hat uns von einem Raubüberfall auf ihr Haus erzählt, als sie noch ein kleines Kind war. Am 12. Juli 2046, um genau zu sein. Der Überfall wurde von einem Nachbarn aufgehalten. Ich habe in der Simulation am Ende die Rolle dieses Nachbarn übernommen. Mein Bruder hat allerdings den Code im letzten Moment so verändert, dass die Räuber nicht zeitgemäße Militärausrüstung trugen und deshalb unter gewöhnlichen Umständen nicht hätten aufgehalten werden können. Dies hätte dazu geführt, dass ich die Simulation nicht erfolgreich hätte durchspielen können und die gesammelten Daten verloren gewesen wären. Infolge dessen hätte ich diese Prüfung nicht bestanden. Da ich aber davon ausging, dass mein Bruder es genau darauf anlegen würde, war ich entsprechend vorbereitet.«

»Ich verstehe. Übersende mir den Code sofort, ich werde versuchen, die offensichtlichen Ungereimtheiten bei der Bewertung zu ignorieren.«

»Selbstverständlich, Frau Randhawa. Vielen Dank.« Arjun startete den Datentransfer mit einem unguten Gefühl im Magen und der Zorn auf seinen Bruder loderte wieder auf.

»Das wird schon gut gehen«, meinte Rudra etwas kleinlaut.

Arjun sprang aus dem Virtua-Pod und packte seinen kleinen, wenn auch zwei Zentimeter größeren, Bruder am Kragen.

»Ich hoffe für dich, dass das gut geht. Ich weiß ja nicht, ob du so doof bist oder es wirklich nicht weißt: Alle Code-Veränderungen sind ebenfalls gelogged. Wenn ich nicht bestehe und Vater herausfindet, dass du dich in mein Abschlussprojekt gehackt hast, kannst du vergessen, in den nächsten Jahren eine Orbit Jump zu machen oder den Mond zu besuchen. Von der Akademie ganz zu schweigen.»

»Ach komm …« Rudra war sichtlich blass geworden. Er hatte sich darüber tatsächlich keine Gedanken gemacht, welche Konsequenzen sein Spaß haben mochte.

Bevor Arjun eine weitere Tirade über seinem Bruder ausschütten konnte, ging die Tür der zur Bildungsbehörde gehörenden Virtua-Anlage auf und Saanvi, Arjuns und Rudras ältere Schwester trat ein.

»Hört auf, euch zu streiten, Jungs!«, befahl sie den beiden.

Arjun ließ von seinem Bruder ab, knurrte ihm aber noch ein »Glück gehabt!« zu.

»Na Arjun, wie ist es gelaufen?«

»Eigentlich gut, aber Rudra hat mit dem Code gespielt, als ich schon in der Simulation war. Er hat die Kleidungsparameter der Einbrecher manipuliert. Ich hoffe, das macht mir jetzt nicht das Projekt kaputt.«

Saanvi warf ihrem jüngsten Bruder einen strengen Blick zu, dieser grinste etwas schief. »War doch nur ein Spaß.«

»Das werden wir bald herausfinden«, meinte Saanvi kühl. »Kommt, Großmutter wartet bereits auf Dich, Arjun. Sie ist sehr gespannt und möchte alles gerne persönlich von dir hören. Du weißt ja, wie sie ist.«

Nalika Chakrabarti, die Großmutter mütterlicherseits der Avadekar-Geschwister, lebte fast auf der anderen Seite der Neu Mumbai-Arkologie, die die frühere Stadt in den letzten 100 Jahren allmählich ersetzt hatte. Die alte Dame war jetzt 117 und hatte ihre Eigenheiten. Darunter fiel auch, dass sie niemals für wichtige Dinge Video- oder gar Holoanrufe tätigte und kein implantiertes Interface für die Virtua-Pods hatte. Allerdings hatte die Mehrheit der älteren Generation solche Schnittstellen nicht. Das machte einen persönlichen Besuch, gerade wenn es um Punkte wie die Abschlussprüfung eines ihrer Enkel ging, unumgänglich.

Die Geschwister fuhren ins fünfte Untergeschoss der Arkologiesektion und bestiegen den bereits etwas veralteten Hyperloop-Zug, der fünf Minuten später eintraf und sie in nicht ganz zehn Minuten ins Nordquartier brachte, in dem Großmutter ihr Apartment hatte.

Der Wohnbereich des Nordquartiers bot einen wunderbaren Blick über den inneren Park der Arkologie und auch Vishnus Nadel, Indiens Weltraumlift, war deutlich am Horizont im Süden zu sehen.

Auf Teilen der verschachtelten Dachterrassen standen Solarkollektoren, die golden in der Sonne glänzten. Saanvi wunderte sich regelmäßig, warum die Arkologie immer noch Solarstromanlagen besaß, wo doch auf der untersten Ebene zwei Fusionsreaktoren Strom erzeugten.

Großmutter hatte sie bereits erwartet und Tee und Gebäck vorbereitet.

Nachdem sie alle begrüßt und der Erzählung Arjuns gelauscht hatte, nippte sie einen Moment an ihrem Tee, bevor sie resümierte:

»Du hast also den Slum, in dem ich als Kind vor der Umsiedlung gelebt habe, als geschichtliches Studienprojekt genommen. Sehr schön, das gefällt mir. Und so wie Du das Erlebnis beschreibst, war die Simulation ziemlich realistisch.« Arjun lächelte erfreut, als sie das sagte. Es bestärkte ihn in der Hoffnung, bestanden zu haben.

Sie drehte sich Rudra zu, die Hilfsmotoren ihres Exoskeletts surrten leise.

»Aber sag mir Rudra, wie hast Du es geschafft, die Sicherheit der Virtua-Anlage der Bildungsbehörde zu umgehen, und das auch noch in so kurzer Zeit?«

Ihr jüngster Enkel zögerte einen Moment, sie wusste jedoch, dass er sie nicht belügen würde. »Nani, ich habe Arjuns Programm bereits geändert, als er zuhause daran arbeitete. Die Simulation hat immer einen Zugang für mich offengehalten.«

Sie hob ermahnend den Zeigefinger, konnte sich aber ein Grinsen kaum verkneifen, als sie weitersprach:

»Rudra, Rudra, weißt Du denn nicht, dass Deine Signatur trotzdem ausgelesen werden kann?«

»Es war den Spaß wert«, antwortete Rudra mit gespielt gleichgültiger Miene.

»Und wie lange hast Du nach dem Überfall weiter in diesem Slum gelebt, Nani?«, fragte Saanvi.

»Noch eine ganze Zeit. Ich habe Dharavi erst verlassen, als ich ein Stipendium für ein Internat bekam.« Sie klatschte zweimal in die Hände und Anindya, ihr Robothelfer, kam fast lautlos herein und räumte den Tisch ab.

»Lasst mich euch etwas zeigen, Kinder. Ich habe schon lange eine Animation vorbereitet, ich denke, es wird vor allem Dich interessieren, Arjun.«

Der Tisch projizierte jetzt ein Bild Mumbais, wie es in Großmutters Jugend ausgesehen hatte. Eine gigantische Ansammlung flacher Bauten, die sich wie ein Geschwür über die Provinz Maharashtra ausbreiteten und im Vergleich zur Arkologie, die das alte Mumbai ersetzt hatte, primitiv und ungesund aussah. Die wabernde Wolke aus Abgasen über der Stadt, die die Projektion ebenfalls zeigte, verstärkte diesen unguten Eindruck. 21 Millionen Menschen hatten dort gelebt. Viele in Umständen wie denen, die Arjun vor kurzem erlebte. Der Gedanke daran ließ ihn erschaudern.

Großmutter bemerkte sein Unwohlsein. »Ja, Arjun, es war so schlimm, aber wir haben etwas Besseres daraus gemacht«, beruhigte sie ihn.

Jetzt erschien eine Jahreszahl, 2042, Großmutters Geburtsjahr. Die Anzeige zählte langsam hoch und mit jedem Jahr veränderte sich Mumbai ein wenig.

»Die Animation beruht auf historischen Satellitenbildern. Einschließlich der Smogwolke«, kommentierte sie.

Dann kam 2053, das Jahr, das alles umwälzte. In diesem Jahr gingen weltweit die ersten Fusionsreaktoren in Betrieb und befreiten die Menschheit von einem Tag auf den anderen vom Schreckgespenst der Energiekrise und der Abhängigkeit von fossilen Brennstoffen. Die Abgaswolke über der Stadt verschwand und kam nicht wieder.

Stattdessen begann jetzt am nördlichen Rand Mumbais die Arkologie zu entstehen und ersetzte innerhalb weniger Jahre den Stadtteil Mulund vollständig. Während der erste Teil immer weiterwuchs, erschienen überall im Stadtgebiet weitere Baustellen, die andere Segmente errichteten und sich schließlich zur heutigen Arkologie Neu Mumbai vereinten.

Arjun wollte der Großmutter gerade eine Frage zu ihrer frühen Zeit in der unvollständigen Arkologie stellen, als ihn sein Netz-Implantat über einen Anruf informierte. Es war Frau Randhawa.

Er entschuldigte sich kurz bei den Familienmitgliedern, dann transferierte er seine Aufmerksamkeit ins Netz, konnte aber gerade noch hören, wie seine Schwester »Wir passen auf Rudra auf!« sagte.

Arjun fand sich in einem virtuellen, hell eingerichteten Zimmer wieder, das einen Blick von den Ausläufern des Himalaya nach Süden bot. Zwei Sofas standen sich mit einem kleinen Tisch aus Marmor zwischen ihnen gegenüber.

Auf einem Sofa saß Frau Randhawa und ein Mann, den Arjun nicht kannte.

»Guten Tag, Arjun«, begrüßte sie ihn. »Bitte setzte Dich. Ich möchte Dir noch ein paar Fragen stellen. Das hier ist Herr Mukherjee, er ist Beisitzer bei dieser Prüfung und hat vielleicht auch die eine oder andere Frage.«

Arjun wurde nervös. Der Schaden, den Rudra angerichtet hatte, war wohl doch schlimm genug gewesen, um eine mündliche Einzelprüfung zu rechtfertigen.

»Arjun, bitte erlaube mir Beobachtungszugriff auf Deine Datenverbindungen und deaktiviere alle Datenspeicher und Gedächtniserweiterungen.« Sie wartete einen Augenblick, bis Arjun ihr die Zugänge eingerichtet und die passenden Zugriffsdaten übermittelt hatte.

»Danke, Arjun. Und wie ich sehe, hast Du alle Datenverbindungen bereits geschlossen. Rechnest Du damit, dass Dein Bruder Dir ein unerwünschtes Datenpaket schickt?«

»Ja, Frau Randhawa, genau damit rechne ich. Ist dies ein speziell geschützter Raum?«

»Alle von der Bildungsbehörde genutzten Sicherheitsmaßnahmen greifen«, versuchte ihn die Lehrerin zu beruhigen.

»Die Parameter der peripheren Umwelt haben wohl keine hohe Priorität, da ist ein riesiger Rakshasha am Horizont, der mit Sternen jongliert«, meinte Arjun und zeigte auf das Fenster hinter den Prüfern.

Beide Lehrer drehten sich um und sahen, was nur ein Ablenkungsversuch seitens Arjuns Bruder sein konnte.

Frau Randhawas Avatar manipulierte einige Momente etwas, das Arjun mit seinen eingeschränkten Zugriffen auf diesen Raum nicht sehen konnte. Dann erschien ein Meteorit am Himmel, der den Rakshasha wie ein übergroßer Medizinball traf und außer Sicht schoss.

In Großmutter Nalikas Apartment krümmte sich Rudra plötzlich keuchend zusammen und rollte vom Sitzkissen, auf dem er gerade noch gesessen hatte.

Saanvi schaute einen Moment überrascht, kommentierte dann aber nur mit einem fast schon gehässigen: »Da ist wohl einer in eine Sicherheitssperre gelaufen.«

Im virtuellen Prüfungszimmer hatte Arjun die Aufgabe bekommen, die Auswirkungen der Kernfusion auf die menschliche Zivilisation in den vergangenen hundert Jahren darzulegen.

Arjun berichtete also, wie durch die fast kostenlose Elektrizität Autos mit Verbrennungsmotoren beinahe über Nacht verschwanden und Flugzeuge und Schiffe nur wenig länger mit fossilen Brennstoffen betrieben worden waren.

Außerdem wurde es sehr einfach, große Treibhäuser zu betreiben und durch Elektrolyse gefiltertes Meerwasser zur Bewässerung zu nutzen. Hungersnöte gehörten damit der Vergangenheit an.

Dieser Durchbruch hatte die Wissenschaft im Allgemeinen beflügelt und es wurden in den Jahren 2071 bis 2075 an mehreren Instituten Materialien und Techniken entwickelt, mit denen sich Fusionstriebwerke bei Raumschiffen und Weltraumaufzüge umsetzen ließen. Damit hatte die Kolonisation des Weltraums begonnen und jetzt gab es Kolonien und Außenposten auf dem Mond, Mars, der oberen Atmosphäre der Venus und auf Ceres.

Hinzu kam außerdem, dass im Zuge des Wissenschaftsbooms ebenfalls in den 2070ern große Sprünge bei der Geneditierung gemacht wurden, sodass genetische Defekte, die die Menschheit lange geplagt hatten, fast verschwunden waren und man für jede Krankheit eine maßgeschneiderte Medizin herstellen konnte. Die Jahre von 2053 bis 2078 nannte man deshalb auch die ›Goldene Zeit der Wissenschaft‹.

Schließlich hob Frau Randhawa die Hand, um ihn zu unterbrechen.

»Sehr gut, Arjun. Ich denke, das genügt.« Herr Mukherjee nickte bestätigend. Arjun wusste, dass sie gerade zwischen sich ihre Eindrücke und Resultate austauschten.

»Du hast bestanden. Die genauen Ergebnisse werden Dir umgehend übermittelt, ich gratuliere.«

Beide Prüfer erhoben sich, um ihm die Hand zu schütteln, dann löste sich der virtuelle Raum auf und Arjun fand sich im Apartment seiner Großmutter wieder.

Rudra war nicht im Zimmer. Die Maßnahme, die Frau Randhawa getroffen hatte, war wohl recht drastisch gewesen.

»Wo ist Rudra?«, fragte er seine Großmutter und Schwester.

Erstere sah ihn kritisch an. »Er hat nochmal Deine Prüfung gestört, nicht wahr?«

»Ja, und meine Prüferin hat eine Abwehrmaßnahme ausgelöst.«

Großmutter nickte. »Anindya hat ihn zum medizinischen Zentrum gebracht. Die Gegenmaßnahme hatte eine Biofeedback-Komponente, es ist aber nichts Ernstes und ihm hoffentlich eine Lehre.«

»Wie ist es denn bei Dir gelaufen?«, wollte Saanvi wissen. »Heute ist ja schließlich Dein Tag.«

Arjun grinste. »Bestanden. Jetzt hoffe ich nur, dass ich die nötige Punktezahl für die Spezialisation auf Asteroidenbiotope habe.«

Seine Großmutter erhob sich so schnell, wie ihr Exoskelett es zuließ, und umarmte ihn.

»Du machst Deine Familie sehr stolz, Arjun. Ich gratuliere!«

ENDE

MARCUS R. GILMAN

Marcus R. Gilman (geboren 1973, nach eigenen Angaben in Innsmouth) ist ein Nerd, der für das Nerdsein schon einmal eine Auszeichnung bekommen hat und gerne Kurzgeschichten schreibt und blogged. Beruflich versucht er, Kinder zu Cthulhu-Anhängern zu machen und ihnen vielleicht auch noch Englisch beizubringen. Mehr gibt es unter www.meta-punk.de

DER BRAND

DALIAH KARP

»Guten Morgen, Sunny, es wird Zeit aufzustehen. Dich erwartet ein wunderbarer Tag. Du bist ein wunderbarer Mensch. Liebe und Frieden und ...«, weiter kam der fröhliche Singsang seiner PCA, der persönlichen Computer Assistentin, nicht, da Sunny missmutig seinen Earer, einen knopfgroßen Kopfhörer, der in der Ohrmuschel befestigt werden konnte, herausriss und auf den Boden warf. Doch es half nichts. Automatisch wurde der Raumlautsprecher aktiviert und die gut gelaunte Frauenstimme säuselte: »*Guten Morgen, Sunny, du wunderbarer Mensch. Es ist verständlich, dass du keine gute Laune hast, weil du gerade geweckt wurdest. Nun aber wird es Zeit aufzustehen. Heute ist wunderbares Wetter. 20 Grad und kein Regen. Ich empfehle dir eine leichte Kombination aus Hose und Hemd. Möchtest Du die Nachrichten hören?*« Sunny knurrte eine Verneinung. Er hatte im Gegensatz zu seiner PCA das Gefühl, dass heute kein wunderbarer Tag wurde. Mochte das Wetter noch so schön sein.

Es surrte. Sunny, 41 Jahre alt, etwas füllig um die Hüften, kurze, struppige braune Haare mit grauen Strähnen, ein paar Falten um die Augen und ein Drei-Tage-Bart, stand stöhnend auf, stapfte schwerfällig durch das Zimmer dem Surren entgegen und schnappte sich am anderen Ende des Raums aus dem RID, dem Recycle-Instant-Drucker, die Kleidung für heute. Er zog den Pyjama aus, warf ihn in die Wiederverwertungsbox des Gerätes, und schlüpfte in Hose, Hemd und dem Wetter angepasste Schuhe. »Hm, heute mal Lila und Grün. Das kann ja nur ein *wunderbarer* Tag werden«, schimpfte er und trat gegen seinen RID. »*Lieber Sunny, das lila Hemd und die grüne Hose sehen wirklich wunderbar aus!*«, säuselte die PCA aus dem Raumlautsprecher, während sie den Wandmonitor aktivierte und Sunnys lebensgroßes Spiegelbild an die Wand projizierte. Sunny rollte mit den Augen, seufzte und setzte sich wieder den Earer ins Ohr. Dann machte er eine kurze Handbewegung in Richtung Fenster. Sofort öffneten sich nahezu lautlos die Vorhänge des Schlafzimmers, ebenso die Schiebetüren und Sunny trat auf den Balkon. Der Blick in das grüne, dicht bewaldete Tal, aus dem lautes Vogelgezwitscher tönte, besänftigte seine schlechte Laune.

Seit der großen Katastrophe vor 74 Jahren, also etliche Jahre vor seiner Geburt, hatte der Mensch gelernt, die Ressourcen der Erde nicht mehr rücksichtslos auszubeuten, sondern im Einklang mit der Natur zu leben - natürlich ohne dabei auf die Vorzüge moderner Technik zu verzichten. Der Menschheit blieb damals auch nichts anderes übrig, als in Sachen Umweltschutz radikal umzudenken. Der zu lange ignorierte und von den Menschen verantwortete Klimawandel hatte letztendlich dazu geführt, dass es in den Wochen der großen Katastrophe nahezu gleichzeitig auf allen Kontinenten zu schweren Stürmen, Tsunamis, Überschwemmungen und damit einhergehend zu vielen Hundert Millionen Toten und einem beinahe Komplettverlust der Verkehrs-, Energie- und Kommunikationsinfrastruktur gekommen war. Diejenigen, die diese Tage überlebt hatten, brauchten zwei Jahrzehnte, bis sie sich wieder in funktionierenden und zivilisierten Gemeinschaften organisiert, neue Städte gebaut und gelernt hatten, die Natur zu respektieren und zu schützen. Die Energieversorgung für den zivilen Bereich basierte mittlerweile überwiegend auf der schon vor der Katastrophe genutzten Solarenergie. Diese wurde vor allem für die Versorgung der privaten Haushalte verwendet. Jeder Wohnblock war dafür speziell ausgestattet: Die Häuserwände waren mit kleinen verspiegelten Solarpaneelen verkleidet, so dass die Städte von Weitem wie riesige Diamanten glitzerten, von Nahem spiegelte sich das dunkle Grün der Bäume auf den Wegen zwischen den Häusern und das helle Grün mit bunten Tupfen der Gärten auf den Hausdächern spiegelten. Der Hauptteil der Energie, die für den Transport, die produzierende Industrie und die Versorgung aller öffentlichen Gebäude und Anlagen nötig war, wurde jedoch von emissionsfreien Fusionskraftwerken produziert. Ein Müllproblem gab es auch nicht mehr: Die Welt-Umwelt-Verordnung Nr. 273 aus dem Jahr 2102 erklärte konsequentes Recycling zum Ziel, seit 2107 wurde auf der Erde nichts hergestellt, was nicht komplett wiederverwertet werden konnte.

Nachdem Sunny zehn Minuten die Aussicht ins Grüne bewundert und mehrere tiefe Züge der angenehm kühlen Morgenluft laut seufzend eingesogen hatte, schnappte er sich seine Flyer. Er klappte die seiner Ansicht nach beste Erfindung des 22. Jahrhunderts auseinander, mit der man kurze Strecken bequem abwärts fliegend zurücklegen konnte. Sunny liebte es zu fliegen. Er zog sich die Flyer über die Schultern und schwang sich über das Balkongeländer. Langsam ließ er sich vom Wind in Richtung Tal treiben. Mit ihm flogen ein paar Vögel ihre Runden und schienen fröhlich zu ihm rüber zu pfeifen. Sunny landete punktgenau auf seinem Parkplatz in der Lichtung, legte die Flyer in die Parkbox und stieg mit den anderen, nach und nach eintreffenden Bürgern von Greenvalley in den U-Train-Eingang hinab. Er war kaum am Bahnsteig angekommen - es könnte vielleicht doch noch ein wunderbarer Tag werden, *Frieden!* - da glitt bereits der U-Train beinahe geräuschlos in den Bahnhof, öffnete die Türen und ließ die Passagiere einsteigen. Sunny mochte die Fahrt und das Gefühl, in den Sitz gedrückt zu werden, wenn die Bahn auf 300 Stundenkilometer beschleunigte. Er lächelte zufrieden. Nach einer Viertelstunde erreichte der elektrisch betriebene Zug die Central Station von Greenvalley und Sunny stieg aus. Er machte sich auf den Weg in sein Büro.

stand auf dem großen Holzschild, das Sunny auf seiner Bürotür befestigt hatte. Er liebte das Holzschild. Er hatte es selbst aus Altholz zurechtgeschnitten und die Buchstaben mit einem altmodischen Brenner eingraviert. In einer Welt des Friedens und Glücks gab es zwar offiziell keine kapitalen Verbrechen mehr, aber hin und wieder wurden doch kleinere Umweltvergehen gemeldet und mussten von Ermittlern wie ihm aufgeklärt werden.

Sein letzter Fall war bereits eine Woche her und wie immer nicht sehr aufregend gewesen: Eine Schulklasse hatte beim Besuch des geschützten Strands von Greenvalley mehrere leere Flaschen gefunden, die nicht in die überall bereitstehenden Recycler entsorgt und der automatischen Wiederverwertung zugeführt, sondern verbotener Weise im Sand liegen gelassen worden waren. Sunny hatte die Flaschen natürlich sofort untersucht, als er sie von der aufgebrachten Lehrerin bekommen hatte. Das war ein sehr einfacher Fall, denn er konnte die deutlich hinterlassenen Fingerabdrücke mit seinem Handscan schnell zuordnen. Sie waren nämlich in der Fingerabdruckdatei der Umweltpolizei, auf die er als Umweltermittler Zugriff hatte, bereits gespeichert: Wiederholungstäter. Keine zwei Stunden und Sunny hatte die beiden Delinquenten, einen Vierzehn- und einen Fünfzehnjährigen aus den Tropical Hills, auf ihrem Weg von der Schule nach Hause abgefangen, verhaftet und dem Umweltrichter überstellt (die übliche Strafe war zwölf Tage lang das Reinigen von Bändern in der großen Recycle-Fabrik, ein Job, der sonst von Robotern erledigt wurde). Dafür gab es 20 Points auf seinem Konto. Nicht gerade üppig, aber wenn er noch ein paar Aufträge in dieser Woche bekam, hatte er die 1.000er-Marke voll und konnte sich endlich das neue RID-Modell kaufen (das hoffentlich bessere Farbkombinationen ausspuckte).

Sunny ging in sein Büro hinein, das aus einem kleinen Arbeitszimmer und einem winzigen Bad bestand. Das große Schiebefenster bot eine für ihn immer wieder überwältigende Aussicht auf den botanischen Garten von Greenvalley mit unzähligen Palmen, blühenden

Obstbäumen, bunten Stauden in allen Größen und Formen sowie in verschiedenen Grüntönen schimmernden Farnen, deren Blätter im Wind hin- und herwogten. Er setzte sich an den alten Schreibtisch und blickte hinaus. »*Guten Morgen, Sunny, Du siehst wunderbar aus. Du wirst einen wunderbaren Tag haben. Frieden*«, säuselte die Stimme der Büro-PCA ihm in seinem Earer zu. Sunny brummte »Hmmm«. Er aß das Müsli, dass die ESS, die Eat-Smart-Station, an der Wand neben dem Arbeitsplatz auf einem Tablett hinaus geschoben hatte, sobald er sich hingesetzt hatte, und trank die empfohlenen 250 ml lauwarmen Quellwassers. Dann legte die Füße auf seine Schreibtischplatte und schloss zufrieden die Augen.

Ruckartig wurde er von einem Klopfen aus seinem Nickerchen gerissen. »Herein«, rief Sunny verdutzt und fragte sich, wer um diese Uhrzeit vor seiner Bürotür stehen möchte. Die Tür öffnete sich und ein unsicher wirkender, magerer Junge, zehn, vielleicht elf Jahre alt, mit schulterlangen blonden Haaren und blassem Gesicht betrat langsam das Büro. »Friede!«, sagte der verblüffte Sunny, der alles, nur kein Kind erwartet hatte. »Müsstest du nicht in der Schule sein?«, fragte er den Jungen. Der fing an zu weinen.

»Na na, kein Grund für Kummer, das Leben ist doch schön und es ist ein wunderbarer Tag«, versuchte Sunny zu trösten. »Was kann ich für dich tun? Hast du ein Umweltvergehen beobachtet?«

Der Junge schluckte, drehte sich um, schloss die Tür und zog Sunnys Ohr an seinen Mund. Er flüsterte: »Meine Eltern sind verschwunden. Bitte helfen sie mir. Ich will zu ihnen. Und ich habe Angst.« Sunny schob den Jungen von sich und blickte ihm in die Augen. Er wirkte furchtbar verstört.

»Ähm, ja, und warum kommst du zu mir und gehst nicht zur Polizei?«, fragte Sunny.

Der Junge schluckte und raunte eindringlich: »Ich kann da nicht hingehen, mein Vater war der Polizeichef bis vor einem Monat. Nach dem großen Brand in Wald-4 wurde er entlassen. Sie verdächtigen ihn, das Feuer gelegt zu haben, um einen Baumdiebstahl zu vertuschen.«

Sunny erinnerte sich an den Vorfall, der durch die Medien gegangen war und für einige Unruhe in der Bevölkerung gesorgt hatte. Der Polizeichef hieß Mart Green und war bis zu dem Brand ein angesehener Bürger des Bezirks gewesen. Er wurde sogar als der nächste Bürgermeister hoch gehandelt. Dann kamen das verheerende Feuer und die halbherzigen Ermittlungen hinterher, die nur von Polizisten durchgeführt wurden. Sunny und seine Kollegen, die privaten Umweltermittler, waren von den Untersuchungen ausgeschlossen worden. Der Zugang zu dem Brandgebiet blieb ihnen verwehrt. Schließlich wurde offiziell festgestellt, dass Mart Green Chef einer Baumschmuggler-Bande war. Er hatte in Wald-4 heimlich illegale Rodungen durchführen lassen. Als ein Mitglied der Gang die Fällungen bei der Polizei anzeigte, brannte keine fünf Minuten später der gesamte Wald-4 lichterloh. Green wurde seines Amtes enthoben und bis zum Prozess unter Hausarrest gestellt.

»Dein Vater ist Mart Green?«, fragte Sunny.

»Ja. Ich bin Mick, sein Sohn«, schniefte der Junge. »Gestern Abend waren er und meine Mutter noch ganz normal zu Hause. Wir haben zu Abend gegessen. Dann bin ich ins Bett gegangen. Heute Morgen wurde ich nicht von Mutter geweckt, wie sonst üblich, sondern von unserer PCA. Ich stand auf und rief nach meinen Eltern. Es war so unheimlich ruhig in der Wohnung. Ich lief durch alle Zimmer. Sie waren nicht da. Zuerst dachte ich, dass sie in der Nacht oder am frühen Morgen meinen Vater abgeholt und ihn mit meiner Mutter zum Gericht oder zur Polizei gebracht haben. Er stand ja unter Hausarrest und durfte nicht die Wohnung verlassen. Doch als ich die Wohnungstür öffnete, saß der Wachoffizier ganz normal davor. Er schaute mich verwirrt an, als ich ihn fragte, ob er meine Eltern gesehen hätte. Und als er per IPA eine Meldung machen wollte, rief ich schnell, dass ich sie gerade in der Küche höre, und schloss die Tür. Eine halbe Stunde später bin ich wie immer losgegangen, grüßte den Wachoffizier und tat so, als ob ich mich auf dem Weg zur Schule machte. Ich bin aber nicht zur Schule gegangen. Ich habe im Net nach Hilfe gesucht und dort Sie dort gefunden.« Der Junge weinte. »Ich habe Angst. Wo sind sie nur? Das waren bestimmt die Leute von der Polizei, die meinem Vater den Baumschmuggel und den Brand in die Schuhe geschoben haben.«

Sunny horchte auf und fragte: »In die Schuhe geschoben? Du meinst, dein Vater ist unschuldig? Und die Polizei hat ihn als Sündenbock hingestellt?«

»Ja. Vater war außer sich vor Wut, als der Wald-4 brannte. Er liebte den Wald. Er würde nie einen Baum, der gesund ist, fällen und heimlich verkaufen. Erst recht nicht einen ganzen Wald niederbrennen.«

Sunny überlegte, was er tun sollte. Wenn er offiziell in der Wald-4-Angelegenheit ermittelte, würde er Ärger mit der Polizei bekommen. Allerdings konnte er nicht zulassen, dass der Junge seine Eltern womöglich nie mehr sehen würde. Und irgendwie fühlte er sich auch geschmeichelt, dass Mick Green ihn, den kleinen Umweltermittler, um Hilfe bei diesem großen Vorfall bat.

»Helfen sie mir, meine Eltern zu finden? Das tun sie doch? Schließlich heißen sie doch Finder!«, bettelte der Junge.

Sunny kratzte sich nachdenklich am Kinn. »Mick, wenn ich deine Eltern finden soll, brauche ich mehr Informationen. Hat dein Vater Unterlagen zu dem Waldbrand? Oder sind die alle bei der Polizei?«

Mick lächelte das erste Mal, seitdem er Sunnys Büro betreten hatte und holte einen winzigen Memo-Clip aus der Hosentasche. »Hier ist bestimmt etwas drauf! Vater hat immer Sicherungskopien von allem Möglichen gemacht, auch von seinen Arbeitsunterlagen. Obwohl das Kopieren von Polizeiunterlagen eigentlich nicht erlaubt ist. Der Clip lag auf dem Boden vor meinem RID. Er ist auf den Fliesen so gut wie unsichtbar. Ich habe ihn nur zufällig gefunden, weil ich heute Morgen beim Anziehen draufgetreten bin. Ich denke, Vater hat ihn dort absichtlich hingelegt, damit nur ich ihn finde. Aber ich habe mir die Daten noch nicht angesehen. Ich wollte so schnell wie möglich zu ihnen.«

Sunny nahm den Memo-Clip und legte ihn auf sein Handset. Sekunden später waren die Daten übertragen und wurden auf der

Monitorwand gegenüber von Sunnys Schreibtisch angezeigt. Es gab nur einen einzigen Ordner. Er hieß *Mick*. Sunny und *Mick* blickten sich an. Sunny sagte: »Öffne Ordner Mick!«. Im Ordner war wiederum nur eine einzige Datei. Eine Video-Datei. »Video abspielen!«, befahl Sunny dem Computer.

Mart Greens Gesicht erschien auf dem Monitor. Er saß offensichtlich im dunklen Schlafzimmer seiner Wohnung. Hinter ihm war Micks Mutter zu erkennen. Green blickte eindringlich in die Kamera. Er flüsterte leise und nachdrücklich: »Mick, ich kenne jetzt das Geheimnis von Wald-4. Ich brauche noch ein paar Beweise. Deine Mutter und ich werden für einige Tage untertauchen müssen, um sie zu organisieren. Es geht nicht anders. Du darfst niemanden etwas sagen. Geh einfach normal zur Schule und tu so, als seien wir zu Hause. Suche uns nicht! Wir kommen wieder.«

Sunny sah zu Mick rüber und räusperte sich. »Tja, also, Mick. Dann solltest du vielleicht das tun, worum dich dein Vater gebeten hat. Wenn du dich beeilst, kommst du auch noch halbwegs rechtzeitig zur Schule.«

Mick war verwirrt. Unsicher nahm der Junge seine Schultasche und wollte schon gehen, als der Wandmonitor sich plötzlich einschaltete.

»ACHTUNG!«, dröhnte es aus dem Raumlautsprecher, unterlegt mit einem Alarmsignal. Ein Polizist erschien auf dem Bild, der laut Namensschild Sam Flowers hieß. »An alle Polizisten und Umwelterrmittler. Heute Nacht hat Mart Green, der Hauptbeschuldigte des Wald-4-Skandals, unerlaubt seine Wohnung verlassen und damit gegen die Hausarrestauflagen verstoßen. Seine Frau und sein Sohn sind ebenfalls verschwunden. Wer Mart Green oder seine Familie sieht, meldet dies bitte sofort der Polizei! Es ist eine Belohnung von 10.000 Points ausgesetzt.« Dann wurde der Wandbildschirm wieder dunkel und der Raumlautsprecher verstummte.

»10.000 Points!«, pfiff Sunny durch die Zähne. »Junge, dein Vater scheint der Polizei viel wert zu sein!«

Micks Augen wurden größer, er blinzelte eine Träne weg und schluchzte: »Sie werden mich doch jetzt nicht ausliefern?«

Sunny wägte die Aussicht auf eine verlockende Belohnung und die Möglichkeit, endlich einmal einen spannenden Fall zu lösen, gegeneinander ab. Er seufzte, als er an all die schönen Points dachte. »Nein, ich werde dich natürlich nicht ausliefern. Du bleibst erst einmal bei mir. Ich helfe dir, deine Eltern zu finden. Hoffentlich mit den Beweisen, die dein Vater noch besorgen wollte. Aber erst einmal müssen wir dafür sorgen, dass dich keiner erkennt!« Sunny schob den Jungen ins Badezimmer, schnappte sich eine Schere und seinen Rasierer und fing an, Micks lange blonde Haare auf wenige Zentimeter zu stutzen. Dann nahm er etwas von der Kastanienpaste, mit der er normalerweise die eine oder andere graue Strähne in seiner Frisur farblich überdeckte und verteilte sie auf Micks Kopf. Nach zehn Minuten bürstete er die getrocknete Paste ab und entsorgte die Krümel und die abgeschnittenen Haare im Bio-Recycler. Während Mick die neue Frisur interessiert von allen Seiten im Spiegel betrachtete und feststellte, dass er mit seinen nun kurzen, dunklen Haaren wie ein vollkommen anderer Junge aussah, setzte sich Sunny an seinen Schreibtisch und dachte nach.

Neu-Holz war ein sehr rarer Rohstoff. Das Fällen eines gesunden Baums war grundsätzlich verboten. Wer dabei erwischt wurde, musste für mindestens zehn Jahre ins Gefängnis. Zertifiziertes Neu-Holz wurde nur von der Welt-Holz-Behörde zu horrenden Preisen verkauft. Dabei handelte es sich um Holz von kranken Bäumen, die gefällt werden mussten. Nutzwälder gab es keine mehr, da sie nicht den ökologischen Standards entsprachen. Seit Sunny zurückdenken konnte, war Neu-Holz Mangelware. Wer alte Holzmöbel zu Hause stehen hatte, besaß damit automatisch ein kleines Vermögen. Die Möbel, die heute in den Geschäften zum Kauf angeboten wurden, bestanden aus Recycle-Materialen wie Hartpappe oder Bio-Plastik. Sunnys alter Schreibtisch war aus echtem Holz. Während er grübelte, strich er sanft über die Maserung. Wer bereit war, illegal geschlagenes Neu-Holz zu erstehen, konnte dieses nicht mit seinen Points-Konten bezahlen. Das würde sofort auffallen. Die gefällten Bäume aus Wald-4 konnten also nur gegen andere Ware getauscht worden sein. Nein, auch das würde früher oder später auffallen. Aber am meisten würde es Verdacht erregen, wenn jemand aus dem Nichts heraus über viel Holz verfügte. Es gab nur noch wenige Tischler, keiner von ihnen würde seine Lizenz riskieren, um illegales Holz zu verarbeiten. Es ergab alles keinen Sinn. Auch das Feuer ergab keinen Sinn. Wenn es doch schon herausgekommen war, dass in Wald-4 Bäume fehlten, warum hatte man den ganzen Wald in Brand gesteckt? Wohl kaum, um eine Baumsäge mit Fingerabdrücken verschwinden zu lassen.

Sunny rief nach Mick und öffnete nochmals die Video-Datei. »Mick, diese ganze Geschichte mit dem Wald-4 stinkt doch zum Himmel! Ich bin mir sicher, dass dein Vater dir mitteilen wollte, was er schon herausgefunden hat. Warum sonst macht er sich die Mühe mit der Video-Datei und versteckt den Memo-Clip in deinem Zimmer? Er hätte dich genauso gut wecken und dir alles erklären können. Fällt dir irgendetwas in dem Video auf, ein verdeckter Hinweis?« Sie schauten sich den kurzen Film immer wieder an.

Plötzlich rief Mick: »Ja, da ist etwas, was anders ist!« Er atmete tief durch und erklärte: »Die Nachttischlampe steht nicht an ihrem Platz! Das Video ist so dunkel, ich habe es zuerst gar nicht gemerkt. Aber die Lampe fehlt. Es ist eine alte Lampe von meinen Ur-Großeltern. Vater hat sie selbst umgebaut, so dass die heutigen Leuchtdioden passen.«

»Hervorragend!«, rief Sunny. »Ich bin mir sicher, dass dein Vater dort weitere Informationen versteckt hat.« Sunnys detektivischer Ehrgeiz war geweckt. Er holte aus der großen Schublade im Schreibtisch eine Polizeiuniform, die er vor ein paar Jahren heimlich aus der Recycle-Box eines defekten RIDs auf der Polizeiwache mitgenommen hatte. Sie hatte ihm das eine oder andere Mal dabei geholfen, seine Ermittlungen etwas offizieller aussehen zu lassen. Er zog sich um, steckte eine gefälschte Polizei-ID-Card ein und nickte Mick zu. »Los geht's. Dann zeig mir mal, wo ihr wohnt.«

Die Wohnung der Greens lag nicht weit von Sunnys Büro entfernt. »Dort oben im zweiten Stock wohnen wir.« Mick zeigte mit dem Finger auf eine Reihe großer Fenster hinter einem Balkon. »Okay«, flüsterte Sunny. »Du musst mir jetzt ein wenig helfen, Mick. Du klingelst gleich bei dir. Wenn sich der wachhabende Polizist über die Video-Sprechanlage meldet, erzählst du ihm, du wärst ein Freund von Mick und dass du ihn besuchen möchtest. Verwickle ihn möglichst lange in ein Gespräch und lenke ihn ab, bis ich drin bin.«

»Und wenn er mich erkennt?«, fragte der Junge ängstlich.

»Nein, du siehst mit den kurzen, dunklen Haaren vollkommen anders aus. Verstell deine Stimme ein wenig. Das müsste reichen. Ich bin mir sicher, dass der Polizist dich nicht erkennt.«

Mick klingelte und tat, was ihm aufgetragen worden war. Sobald das blasse Gesicht des müde wirkenden Wachpolizisten auf dem Monitor erschien, begann Mick zu plappern. Er erzählte ohne Punkt und Komma eine lange Geschichte, fing damit an, dass er Mark hieße und ein Freund von Mick sei, dann, dass er Mathe echt nicht leiden konnte, dass Mick ja so ein Mathegenie sei, dass er mit Mick unbedingt Mathe üben müsste für die nächste Klassenarbeit und ob der Polizist sich vielleicht vorstellen könnte, wie kompliziert die ganzen Formeln wären, alles vollkommen überflüssig, aber egal, es musste ja geübt werden und Mick könnte das super erklären.

Während Mick also eine nicht enden wollende Mathelitanei anstimmte, duckte sich Sunny geschickt an der Video-Kamera zur Haustür vorbei und öffnete das Schloss mit einem praktischen, aber natürlich illegalen, Passepartout-Chip, den er sich bei seinem Freund Carl vor zwei Jahren hatte anfertigen lassen. Dann lief er über die Hintertreppe in den dritten Stock. Dort klingelte er an der Tür zu einer Wohnung, die direkt über der Wohnung der Greens lag. Eine alte, gutmütig dreinblickende Frau öffnete.

»Liebe, Frieden und einen guten Tag, junge Dame«, flötete Sunny lächelnd und hielt ihr seine gefälschte ID-Card unter die Nase.

»Rob Brown von der 4. Polizeiwache. Ich müsste mal kurz ihren Balkon prüfen.«

»Ihnen auch Liebe und Frieden. Was ist denn mit meinem Balkon nicht in Ordnung?«, fragte die ältere Dame besorgt und ging einen Schritt zur Seite, um Sunny hineinzulassen.

»Reine Routine, machen sie sich keine Sorgen«, brummte der Umwelt-Detektiv und schritt entschlossen zum Balkon. Die Glastüren öffneten sich automatisch, als er auf sie zuging und eine wischende Handbewegung machte. Auf dem Balkon angekommen, erklärte er der alten Frau mit einem ernsten Unterton in der Stimme: »Alles bestens hier oben, ich schaue mir aber den Balkon noch von unten an. Sicher ist sicher. Bin gleich wieder zurück.« Er kletterte über das Geländer, fluchte, dass er ein wenig aus der Form gekommen war und hangelte sich langsam einen Stock tiefer, indem er sich an den Rankpflanzen festhielt, die zwischen den Solarpaneelen die Fassade begrünten. Er ließ sich vorsichtig auf den Balkon im zweiten Stock hinabgleiten und plumpste etwas lauter und unsanfter als geplant auf den Balkonboden. »Alles in Ordnung?«, fragte die alte Dame von oben besorgt.

»Sieht auf den ersten Blick wirklich gut aus!«, rief Sunny und rieb sich den schmerzenden Hintern. »Ich muss mir aber alles in Ruhe anschauen, dauert fünf Minuten.«

Dann öffnete er leise mit seinem Passepartout-Chip die Balkontür der Greens und schlüpfte in die Wohnung. Sie war nicht groß. Kinderzimmer, Wohnzimmer mit Küche, Badezimmer und Schlafzimmer. Er ging in Richtung Schlafzimmer und blieb erschrocken stehen. Keine fünf Meter vor ihm stand der Wachpolizist in der geöffneten Wohnungstür. Er starrte genervt auf den Monitor der Video-Sprechanlage und hörte der nicht enden wollenden Geschichte zu, die Mick immer noch zum Besten gab. Sunny schlich sich leise ins Schlafzimmer und hoffte, dass der Polizist ihn nicht sah. Er schloss sanft die Schlafzimmertür. Die Lampe befand sich normalerweise auf dem Nachttisch seines Vaters, hatte Mick gesagt. Im Video war sie dort nicht mehr zu sehen. Dennoch fand er sie problemlos: Micks Vater hatte sie auf den kleinen Schreibtisch gestellt, der in der hintersten Ecke des Schlafzimmers der Eltern stand. Er hob die Lampe hoch und untersuchte sie von allen Seiten. Nichts. Komisch. Dann hatte er eine Idee: Er entfernte die Leuchtdiode aus der Schraubhalterung im Lampenschirm und da fiel auch schon ein Memo-Clip raus. Schnell schraubte er die Leuchtdiode wieder fest und stellte die Lampe zurück auf den Schreibtisch. Den Memo-Clip ließ er in seine Hosentasche gleiten. Dann sah zu, dass er wieder zur Nachbarin nach oben kam. Er lugte vorsichtig aus der Schlafzimmertür.

»Junge, jetzt mach mal Pause. Ich habe dir doch vor zehn Minuten schon mal gesagt, dass Mick nicht da ist. Keiner ist da. Und ich kann dir mit den Matheaufgaben auch nicht helfen. Mathe war nie mein Ding.«, rief der Polizist sichtlich genervt in die Video-Sprechanlage.

»Das macht der Kleine wirklich gut.«, dachte Sunny und schlich zum Balkon.

»Mein Gott, sie machen aber Sachen!«, sagte die alte Dame, als Sunny sich schnaufend über ihr Balkongeländer schwang. Sie schüttelte vorwurfsvoll den Kopf. »Sie hätten abstürzen können! Warum haben sie denn nicht die Treppe genommen und bei den Nachbarn unten geklingelt?«

»Die sind gerade nicht da, ich wollte nicht extra noch einmal kommen.« Sunny lächelte breit und verabschiedete sich. Unten angekommen schummelte er sich wieder geschickt an der Kamera der Video-Sprechanlage vorbei. Mick stand immer noch davor und plapperte ins Mikro. Auf einen Wink von Sunny verabschiedete er sich bedauernd und flitzte mit Sunny davon.

»Haben sie etwas gefunden?«, fragte er zehn Minuten später außer Atem in Sunnys Büro.

»Ja!«, nickte Sunny und legte den Memo-Clip aus der Lampe auf seinen Handscan.

Auf dem Wandbildschirm wurde ein Ordner angezeigt: *Wald-4*. »Öffne Ordner *Wald-4*«, sagte Sunny. Der Ordner enthielt mehrere Dokumente. Das erste war eine Kopie der Anzeige des Baumschmugglers gegen Mart Green. Das zweite war ein Foto von Wald-4 nach dem Feuer, aufgenommen von einer Drohne. Sunny zuckte zusammen. So schlimm hatte er sich die Folgen des Brandes nicht vorgestellt. Alles war schwarz, es standen nur noch ein paar verkohlte Baumreste. Mindestens 50 Hektar verwüstete, ehemalige Waldlandschaft. Baumlos. Tierlos. Das dritte Dokument war die Kopie einer Heiratsurkunde, das vierte ein Auszug aus dem Familienregister von Greenvalley. Sunny las als erstes die Anzeige. Der Polizist Sam Flowers hatte sie aufgenommen. Ein gewisser Edward Silver war zur Polizeiwache gekommen und hatte Mart Green als Kopf einer Baumschmuggler-Bande angezeigt, der er selbst angehörte. Er konnte den Baumschmuggel nicht weiter mit seinem Gewissen vereinbaren und meldete daher das Umweltvergehen. Länger war die Anzeige nicht. Sie enthielt auch keine weiteren Daten zu Silver. Keine Anschrift, keine Personen-ID, nicht einmal ein Foto. Die Anzeige war vom 24. April 2116, 14:30 Uhr Greenvalley-Zeit. Sunny schloss die Datei, stutzte und öffnete sie erneut. »Haben sie etwas gefunden?«, frage Mick aufgeregt.

Sunny sah auf das Datum der Anzeige und schloss wieder die Datei. »Ja«, sagte er zufrieden. »Das Datum ist der 24. April 2116. Die Datei mit der Anzeige wurde aber erst am 25. April erstellt, das siehst Du hier an der Dateiinformation unter dem Dateinamen.«

»Und was bedeutet das?«, fragte Mick verwirrt.

»Das bedeutet, dass der gute Sam Flowers ein falsches Datum notiert hat. Und dass diese ominöse Anzeige erst nach dem Brand aufgesetzt und vordatiert wurde. Ganz davon abgesehen, dass er keine weiteren Angaben zu Edward Silver hinterlegt hat, was mehr als ungewöhnlich ist. Es sieht ganz danach aus, als ob sich Flowers die Anzeige ausgedacht hat.«

Sunny schaute sich nun die beiden übrigen Dateien an. Die Erste war eine Kopie der Heiratsurkunde von Fiona und Sam Flowers. Die Zweite zeigte den Familienstammbaum von Fiona Flowers: eine geborene Hunter.

»Hunter!«, pfiff Sunny durch die Zähne.

»Hunter?«, fragte Mick. »So heißt doch der neue Polizeichef.«

»Ganz genau«, brummte Sunny. »Ich wette um 1.000 Points, dass es hier gar nicht um die Vertuschung eines Baumschmuggels geht, sondern um etwas ganz anderes. Und Chief Hunter hat damit zu tun!« Sunny trommelte mit den Fingern auf der Schreibtischplatte und überlegte. »Merkwürdig. Sehr, sehr merkwürdig«, murmelte er.

»Was haben sie jetzt vor?«, fragte der Junge. »Haben sie schon eine Idee, wo meine Eltern sein könnten?« Sunny schüttelte den Kopf. Er machte eine Handbewegung vor dem ESS-Sensor, der daraufhin ein Tablett mit einem Vollkornriegel und einem Glas Wasser herausschob.

»Kleiner, du isst erst einmal etwas und wartest hier. Ich werde zur Polizeiwache fliegen und dem Chief einen Überraschungsbesuch abstatten.«

»Und was ist, wenn der Polizeichef sie nicht mehr gehen lässt? Dann sind sie auch weg, und niemand kann mir helfen, meine Eltern zu finden, Mr. Finder!«, jammerte Mick. Eine Träne lief ihm über die Wange.

»Keine Sorge, ich werde alles live aufzeichnen, so dass ganz Greenvalley mein Zeuge sein wird«, versprach Sunny entschlossen.

Er drückte auf den Handscan und rief seinen Freund Bob an, der als Reporter bei Greenvalley-TV arbeitete.

»Liebe und Frieden, Sunny, altes Haus, wie geht's so? Alles grün bei dir?«, rief Bob fröhlich und grinste in die Kamera seines Handscans.

»Alles grün, viel Liebe und Frieden, Bobby. Ich habe da etwas für dich. Eine super Story!«, sagte Sunny in einem verschwörerischen Ton.

»Super Story ist toll, Sunny. Aber bitte erzähl mir nicht wieder, dass pubertierende Teenies ihren Abfall nicht recycelt haben. Ich brauche mal was Spannendes. So etwas wie ›*Das ist der wahre Grund für den Brand in Wald-4!*‹. Das wollen die Leute hören«, schwadronierte Bob.

»Genau«, sagte Sunny. »Ich bin dabei herauszufinden, was der wahre Grund für den Brand in Wald-4 ist.«

»Neeeeiiin, nicht waaaahr!!!«, quiekte Bob. »Du machst dich über mich lustig!« Sunny schwieg und grinste.

»Du machst dich nicht über mich lustig? Das ist dein Ernst? Du bist an DER Story dran? Ich dachte, ihr Umwelt-Detektive seid da außen vor?«, rief Bob. Sunny musste lächeln, als er im kleinen Monitor seines Handscans sah, wie aufgeregt Bob auf einmal war. In Kürze berichtete Sunny, was bisher passiert war und was er herausgefunden hatte.

»Und wie komme ich ins Spiel?«, fragte Bob.

»Du, lieber Bobby, bist live dabei. Ich werde jetzt gleich Polizeichef Hunter einen Besuch abstatten und alles mit meiner Linsenkamera aufzeichnen. Du verteilst das Live-Video direkt auf sämtliche Multiscreens von Greenvalley. Ich bin mir sicher, es wird sehr interessant und spannend.«

Sunny schaltete seinen Handscan aus, setzte sich die Videolinse ins Auge und schnappte sein Büro-Flyer-Set. Dann zwinkerte er Mick aufmunternd zu und lief die Treppen rauf zum Dach. Dort schnallte er sich die Flyer um, checkte seine Handscan-Linsen-Video-Leitung zu Bob, nahm Anlauf und sprang ab. Das Polizeipräsidium lag nur ein paar Flugminuten entfernt. Sunny konnte sich ganz bequem dorthin trudeln lassen, ohne viel lenken und denken zu müssen. Der Wind stand günstig. Während er sich dem großen Balkon des Büros von Chief Hunter unterhalb des Dachs des Polizeipräsidiums näherte, erzählte er Bob bzw. seinen Zuschauern, was er bisher herausgefunden hatte und dass er nun auf den Weg zum Polizeichef sei, um ihn in Sachen Wald-4 zur Rede zu stellen. Sunny war sich sicher, nur noch wenige Minuten von der ganzen

Wahrheit entfernt zu sein. Gekonnt landete er auf dem Balkon und klappte die Flyer zusammen, so dass er sie bequem in seinem Rucksack verstauen konnte.

»Jetzt wird's spannend!«, raunte er in das Handscan-Micro. Er ging zur Glastür und sah, wie Chief Hunter, ein dicklicher Mann um die 60, mit kurzen, grauen Haaren und einer kleinen Nase mit einem gigantischen Schnauzbart darunter, ihn verdutzt anstarrte. Sunny lächelte und klopfte an die Tür, die der Polizeichef daraufhin per Handbewegung öffnete.

»Frieden und Liebe, Chief Hunter«, grüßte Sunny.

»Frieden und Liebe, Herr ...??? Warum kommen sie nicht durch die Bürotür, wie es sich gehört?«, fragte der Polizeichef sichtlich schlecht gelaunt.

»Weil ich mich gar nicht erst von ihrer Sekretärin abwimmeln lassen wollte. Ich habe etwas sehr Wichtiges mit ihnen zu besprechen. Es geht um Wald-4«, erwiderte Sunny. Er schloss die Balkontür, stellte sich vor und berichtete Hunter von seinen bisherigen Ermittlungen. »Ganz offensichtlich ist die Anzeige gegen Mart Green von ihrem Schwiegersohn gefälscht worden. Es gibt nämlich gar keine Baumschmugglerbande. Der Brand wurde von jemand anderem gelegt. Und ich vermute, dass sie mit drin stecken. Eine kleine Familienangelegenheit, stimmt's? Sonst hätte ihr Schwiegersohn es bestimmt nicht gewagt, diese Anzeige zu fingieren«, schloss der Umwelt-Detektiv seinen Bericht.

Der Polizeichef starrte Sunny verwirrt an.

»Was erzählen sie da für einen Unsinn! Ich habe meinen Schwiegersohn zu nichts angestiftet!«.

In diesem Moment sprang Hunters Wandbildschirm an und zwei Jungs winkten fröhlich dem Chief zu. »Friede und Liebe, Opa. Darf ich mit meinem Freund Mike an den Strand? Die Schulleitung hat uns eben frei gegeben, weil so viele Lehrer fehlen. Mum und Dad kann ich nicht erreichen. Bitte! Darf ich?«, sagte der kleinere der Beiden. Bevor der Polizeichef etwas antworten konnte, rief Sunny aufgeregt dazwischen: »Moment mal, dich kenne ich doch!«

Sunny zeigte auf den größeren der beiden Jungs. »Dich habe ich letzte Woche der Umweltpolizei übergeben. Du bist einer der beiden Kerle aus den Tropical Hills, die diese Sauerei am geschützten Strand hinterlassen haben! Müsstest du jetzt nicht Recycle-Bänder putzen, Freundchen?«

Chief Hunter runzelte die Stirn und starrte abwechselnd Sunny und den Wandbildschirm an. Er wollte gerade etwas sagen, da drehten sich die beiden Jungs erschrocken um und rannten weg. Wenige Sekunden später kappten sie die Leitung. Der Monitor schaltete sich ab.

Chief Hunter räusperte sich und öffnete erneut den Mund, um etwas zu sagen, als die Tür zu seinem Büro aufgerissen wurde. Ein hagerer Mann in Polizeiuniform stürmte herein: Sein Schwiegersohn Sam Flowers. Er riss Sunny um, warf sich auf ihn und versuchte, die Kameralinse aus Sunnys Auge zu entfernen.

»Hilfe!«, schrie Sunny.

Der Polizeichef erhob sich und griff Sam Flowers am Kragen. Er zerrte ihn von Sunny runter, gab ihm eine Ohrfeige und brüllte ihn an: »Sam, was ist los mit dir? Du kannst doch hier nicht einfach meinen Gast zusammenschlagen! Frieden und Liebe!« Dann legte er ihm elektronische Handfesseln an und fixierte ihn an der Wand. Sam Flowers schnaufte: »Frieden und Liebe, dass ich nicht lache, er filmt dich die ganze Zeit. Auf allen öffentlichen Bildschirmen bist du zu sehen. Und auch mein Junge.«

»Ja und?«, fragte der Chief ohne sich aus der Ruhe bringen zu lassen. »Helft mir weiter, ihr zwei: Ein Umwelt-Detektiv spaziert einfach so über den Balkon in mein Büro, mein Schwiegersohn stürmt ebenso ungefragt durch die Tür. Mein Enkel ist mit einem Umweltverschmutzer befreundet und haut mitten im Gespräch ab. Und das alles wird live übertragen? Ist das ein schlechter Witz?«

»Ganz und gar nicht«, raunte Sunny dem Polizeichef zu. »Jetzt wird mir einiges klar. Zuerst dachte ich, dass sie, Chief Hunter, sich die lächerliche Anklage gegen Mart Green ausgedacht haben, um ihn loszuwerden. Aber offensichtlich ist Sam Flowers nicht ihr Gehilfe, sondern der Kopf der ganzen Wald-4-Verschwörung!«

Der Polizeichef wirkte ehrlich entsetzt. Er sah Sunny direkt ins Auge bzw. in die Linse, die ihn filmte. »Liebe Bürgerinnen und Bürger, Frieden und Liebe euch allen. Ich weiß wirklich nicht, was hier vor sich geht. Ich bin bis eben davon ausgegangen, dass Mart Green ein Baumschmuggler ist und den Brand in Wald-4 gelegt hat. Ich werde ab sofort die Ermittlungen in diesem Fall übernehmen. Bis dahin: Frieden und Liebe.« Dann holte der Chief aus und schlug Sunny mit der Faust aufs Auge. Sunny sank ohnmächtig zu Boden, während seine Video-Linse im hohen Bogen rausflog. Sie landete direkt vor den Füßen des Chiefs, der sie zertrat.

»Raus mit der Sprache, Sam, was steckt hinter den Vorwürfen von diesem Umwelt-Detektiv?«

Sam Flowers schluchzte auf und beichtete die wahre Geschichte: Sein Sohn war mit ein paar Freunden heimlich in den geschützten Wald gegangen. Sie hatten dort Cowboys und Indianer gespielt – und waren auf die dumme Idee gekommen, ein Lagerfeuer zu machen. Dumm, weil es seit Wochen nicht mehr geregnet hatte und ein Funke ausreichte, um den ganzen Wald in Brand zu setzen. Der Polizeichef kratzte sich nachdenklich an seinem Kinn. Dann sagte er: »Das ist wirklich keine schöne Geschichte. Sehen wir zu, dass wir diesen Möchtegern-Polizisten hier aus dem Weg räumen. Sagen wir mal, er war Teil der Mart Green-Gruppe und tief in den Baumschmuggel verstrickt. Lass uns ein paar Kollegen rufen, die ihn in die Arrestzelle bringen, bevor er wieder zu sich kommt.«

Gerade als der Polizeichef seinen Schwiegersohn von den Handschellen befreien wollte, knallte es gewaltig. Die Glastür des Balkons vom Büro bekam erst einen Sprung, dann zerfiel sie in abertausende kleiner Stücke. Mart Green und seine Frau stiegen durch die Öffnung und streiften sich ihre Flyer ab.

»Jetzt langt es aber, Hunter. Schlimm genug, dass dein Enkel und dein Schwiegersohn solch einen Mist gebaut haben. Aber dass du da mitmachst, das hätte ich nicht gedacht. Das Spiel ist aus. Die Videoübertragung von Mr. Finder hast du zwar erfolgreich unterbrochen, aber ich bin dafür seitdem auf Sendung. Mach schön Winke-Winke in die Kamera!«. Chief Hunter sank zusammen und schwieg. Sein Schwiegersohn fing laut zu jammern an. In diesem Moment kam Mick gemeinsam mit einem Trupp Umweltpolizisten ins Büro gestürmt, die Flowers und Hunter abführten.

»Mummy, Daddy!«, rief der Junge überglücklich. Er hatte nicht damit gerechnet, seine Eltern hier wiederzusehen. Als er in Sunnys Arbeitszimmer vor dem Wandbildschirm Zeuge wurde, wie der Chief ausholte und dann kurz darauf das Bild erlosch, rannte er los, um dem Umwelt-Detektiv im ehemaligen Büro seines Vaters zur Hilfe zu eilen. Erleichtert fiel er nun seinen Eltern in die Arme. Eine kleine Träne rollte über sein Gesicht. Er zwinkerte Sunny glücklich zu, der sich gerade mühsam aufrappelte und sein schmerzendes Auge rieb. Was danach folgte, war ein riesiges Medienspektakel. Der Wald-4-Skandal war auf der ganzen Welt *das* Nachrichtenthema. Mart Green wurde in allen Punkten freigesprochen und wenig später zum Bürgermeister gewählt. Sunny Finder erlangte eine gewisse Berühmtheit. Die von Bürgermeister Green angebotenen 10.000 Belohnungs-Points lehnte Sunny jedoch generös ab. Er bat dafür um ein kleines Brett aus echtem Neu-Holz.

»Guten Morgen, Sunny, es wird Zeit aufzustehen. Dich erwartet ein wunderbarer Tag. Du bist ein wunderbarer Mensch. Liebe und Frieden und«, weiter kam der Singsang seiner PCA nicht, da Sunny ihr ungeduldig ins Wort fiel: „Ich bin wach, möchte nicht die Nachrichten hören und habe mir auch schon passende Sachen für diesen wunderbaren sonnigen Tag aus dem RID geholt!" Er lächelte breit und beeilte sich, den ersten U-Train des Tages zu bekommen, denn er konnte es kaum erwarten, endlich sein neues Büroschild zu montieren:

SUNNY FINDER
UMWELTERMITTLER & PRIVATDETEKTIV

ENDE

DALIAH KARP

Daliah Karp, geboren 1972 in Berlin, studierte Politikwissenschaft in Paris und Köln und arbeitete anschließend viele Jahre als Online-Redakteurin. Sie lebt mit ihrer Familie im Kölner Norden. Für ihre beiden von Science Fiction- und Fantasy-Literatur begeisterten Söhne hat sie sich immer schon gerne Geschichten ausgedacht. »Der Brand« ist ihre erste Kurzgeschichte, die sie veröffentlicht.

DER ERSTE SCHRITT

OLAF STIEGLITZ

»Weißt du«, murmelte Elif, »seit ich neun Jahre alt war, habe ich immer versucht, mir vorzustellen, wie die Raumschiffe von Außerirdischen aussehen könnten ...«

»Ich weiß, was du meinst, mir ging es nicht anders«, antwortete Lukas, der neben ihr ging. Er ließ seinen Blick an dem gewaltigen Gebilde entlang gleiten. »Aber das?«

»Erinnerst du dich noch, wie alle am Anfang versuchten, es zu beschreiben?«

Die Sicherheitsleute und Berater waren zurückgeblieben. Den Knopf in ihrem Ohr musste Elif bei Akiro, einem der Assistenten, lassen. Die Außerirdischen hatten darum gebeten, dass das erste Gespräch nur mit den zwei ausgewählten Vertretern stattfinden sollte.

»Niemand konnte es. Man muss das Ding einfach gesehen haben.« Lukas schüttelte den Kopf. Etwas, das schon immer eine Angewohnheit von ihm gewesen war. Er schüttelte oft den Kopf, auch wenn es überhaupt keinen Sinn ergab. Doch in letzter Zeit war häufiges Kopfschütteln völlig in Ordnung. Außerirdische waren auf der Erde gelandet und alles hatte sich verändert.

»Meine Tochter konnte es eigentlich ganz gut beschreiben. Sie meinte zu mir: 'Mama. Das Ding sieht aus, als hätte man einen Plastikspielzeugbus und einen Gummikraken zusammengeklebt und dann hat der Hund es zuerst angefressen und dann drauf gekotzt.'«

Lukas schaute weiter das unglaubliche Gebilde an, auf das sie zugingen. Die Augen der ganzen Welt waren auf sie gerichtet. Er fragte sich, was man davon halten würde, wenn man wüsste, worüber sie gerade sprachen.

»Ich korrigiere mich. Deine Tochter ist ein Genie. Man kann es doch beschreiben.«

Sie standen jetzt vor dem, wovon die klügsten Wissenschaftler der Welt mit 89 Prozent Wahrscheinlichkeit annahmen, dass es sich um den Eingang zu dem Schiff handelte. Ein großer Teil ihrer Überzeugung stammte daher, dass man einen roten Teppich dorthin ausgerollt und von den Außerirdischen keine Beschwerde deswegen bekommen hatte. Elif hoffte, dass es auf anderen Planeten nicht üblich war, rote Teppiche vor Abstrahldüsen oder Müllentsorgungsanlagen auszurollen.

Als sie vor dem Schiff und der mutmaßlichen Einstiegsluke angekommen waren, mussten sie die Köpfe in den Nacken legen, aufgrund der schieren Größe des Fahrzeugs. Die ganze Bauweise wirkte so fremdartig, dass die Wissenschaftler und Ingenieure bei den verschiedenen Teilen und Anbauten nur raten konnten, wenn es um die jeweilige Funktion ging.

Lukas und Elif kannten sich, seit sie vor Jahren begonnen hatten, zusammen für die Vereinten Nationen zu arbeiten. Lange versuchte sie, vor ihm zu verbergen, was für ein Nerd sie war – bis herauskam, dass seine Science-Fiction-Sammlung von Büchern, Serien und Filmen die ihre sogar noch übertraf. Vielleicht hatten sie beide deshalb so gute Ergebnisse in den psychologischen Tests erhalten. Es ging darum, wer für den ersten Kontakt mit den Außerirdischen am besten geeignet sein mochte. Die Existenz der Aliens bedeutete für sie keinen Schock, sondern einen lang gehegten Traum, der sich erfüllte.

»Beam me up, Scotty«, murmelte Lukas und lächelte. Wieder war Elif froh, dass sie die Knöpfe in ihren Ohren zurückgelassen hatten. Sie bezweifelte, dass die Worte genauso gut angekommen wären wie die von Neil Armstrong bei der Mondlandung. Sie warf dem Mann, mit dem sie in den letzten Tagen akribisch auf dieses Treffen vorbereitet worden war ein Grinsen zu, das er erwiderte.

»Wehe, du klugscheißerst jetzt, dass die Worte in der Serie nie gesagt worden sind«, meinte Lukas und zwinkerte.

»Luke, ich bin dein Vater«, antwortete sie einfach nur und er musste lachen.

»Ich liebe dich«, sagte er leise. Schon vor der Landung der Außerirdischen hatte es sich zwischen ihnen angebahnt. Seit Jahren arbeiteten sie beide als Sonderbotschafter der Vereinten Nationen und waren zu den brisantesten Verhandlungen einer von Krisen geschüttelten Welt geschickt worden. Heute standen sie vor der wichtigsten Aufgabe ihres Lebens.

»Ich weiß«, erwiderte sie und diesmal lachten sie beide.

Die riesige Eingangsluke öffnete sich auf eine Art und Weise, die den irdischen Ingenieuren vermutlich schlaflose Nächte bereiten würde. Silbrige Tentakel schlängelten sich aus der entstehenden Öffnung, verbanden sich miteinander und bildeten eine Art Treppe.

Elif hörte, wie Lukas neben ihr tief einatmete. Es gab da etwas, was sie dem Mann niemals erzählt hatte. Obwohl sie ihm sonst alles anvertraute, fürchtete sie sich in diesem Fall, dass er sie auslachen könnte. Ja, sie beide träumten schon immer von außerirdischem Leben. Aber ihr Traum ging noch ein Stück weiter. Sie dachte an ihre Mutter, die jeden Abend zu Gott betete, damit er der Welt endlich Frieden brachte. Elif trug in ihrem Herzen insgeheim eine andere Hoffnung. Seit sie ein Kind war, wünschte sie, dass eines Tages Aliens auf die Erde kämen und der Menschheit helfen würden, eine neue, eine bessere Welt aufzubauen.

◁🚀 🚀▷

Ganz egal, wie viele Science-Fiction-Geschichten man kannte, ganz egal, in wie vielen Nächten man wach lag, um sich Außerirdische und ihre Raumschiffe auszumalen – am Ende sah die Wahrheit dann doch anders aus als alles, was man sich vorstellen konnte. Von der Vernunft her wusste Elif, dass es so sein musste. Das Wort ›Alien‹ stand nicht umsonst für fremd, fremdartig. Natürlich war die Technologie der Außerirdischen, ihr Design und die Ästhetik, so anders, dass ein Mensch niemals darauf hätte kommen können. Trotzdem empfand Elif Enttäuschung, als weder das Schiff, noch seine Insassen irgendeinem der Bilder entsprachen, die sie als 14-Jährige in den langweiligeren Schulstunden gezeichnet hatte. Vermutlich ging es Lukas genauso. Nicht bei dem Schiff, und auch nicht bei den beiden Außerirdischen, vor denen sie nun standen.

»Wie würde deine Tochter die wohl beschreiben?«, flüsterte Lukas aus dem Mundwinkel. Da Elif nicht wusste, wie viel die Aliens hören und verstehen konnten, sagte sie nichts. Nur in Gedanken beantwortete sie die Frage: *Als hätten zwei Kinder gleichzeitig an einem Bild gemalt. Wobei das eine einen Wolf mit zu vielen Zähnen malen wollte und das andere ein geschupptes Känguru. Und beide Kinder konnten nicht besonders gut malen.*

Lukas und sie waren längere Zeit durch die Korridore des Schiffes geirrt. Scheinbar hielten die Außerirdischen es für einen unverzeihlichen Bruch der Etikette, Besucher an der Türe abzuholen. Elif war sich noch nicht einmal sicher, ob sie die ganze Zeit Gänge benutzt, oder ob sie auch Lüftungsschächte und Rohrleitungen durchquert hatten. Aber am Ende erreichten sie diesen Raum, der überraschend stark an einen schon lange nicht mehr verwendeten Swimmingpool erinnerte, in dem eine Anzahl von Schrottskulpturen willkürlich verteilt herumstanden und dessen Boden etwa knöcheltief von einer stinkenden, trüben Flüssigkeit bedeckt war.

Das kleinere der Wolfskängurus – nein, diesen Namen sollte sie wohl besser sofort wieder streichen – der kleinere Außerirdische stieß eine Art niederfrequentes Brummen aus, das auf beunruhigende Weise an ein Knurren erinnerte, obwohl ein Teil von ihr hoffte, es könnte mehr mit einem Schnurren zu tun haben. Der Größere der beiden gab ein zischelndes Bellen in Richtung des Anderen ab und das Geräusch verstummte. Elif fragte sich, was gerade zwischen den beiden vorgegangen sein mochte.

Das größere Alien wendete sich ihnen zu und ... begann zu reden. Wobei das Wort *reden* hier in einer sehr losen Bedeutung verwendet wurde. Das Wesen zischte, heulte, gackerte und gluckste und zwinkerte dabei hektisch mit den Augen. Die Schuppen an seinem Kopf und Nacken spreizten und glätteten sich wieder. Gleichzeitig erschien in der Luft vor ihnen das dreidimensionale Abbild eines in den Klatschblättern recht bekannten Hollywoodsternchens mit enormer Oberweite, das die Rede des Außerirdischen für sie übersetzte. Möglicherweise hatten die Aliens die Blondine namens Patsie Pershin aufgrund ihrer starken Medienpräsenz für eine seriöse Repräsentationsfigur gehalten. Elif musste sich ein Lachen verkneifen, als das Hologramm der vor allem für ihre Sexskandale bekannte Frau nun beim ersten offiziellen Gespräch zwischen der Erde und einer fremden Spezies als Dolmetscherin fungierte.

»Wir grüßen die Menschen von der Erde.«

Lukas zog scharf den Atem ein. Elif sah es auch. Der kleinere Außerirdische hatte erneut mit diesem seltsamen Brummen angefangen und diesmal fuhr er an seinen Händen Fortsätze aus, die verdächtig nach Krallen aussahen. Es fiel ihr schwer zu glauben, das könnte in einer sozialen Interaktion etwas anderes bedeuten als eine Drohung. Andererseits zeigten Menschen ihre Zähne beim Lächeln, was für jemanden, der mit der Geste nicht vertraut war, ebenfalls verstörend sein mochte. Der Gedanke an Zähne lenkte ihre Aufmerksamkeit wieder auf die äußerst umfangreichen Gebisse der Aliens. Diese reichten aus, um jeden Hai neidisch zu machen.

Lukas räusperte sich und begann zu sprechen. Es war im Vorfeld vereinbart worden, dass er die Formalien übernehmen sollte. »Wir bedanken uns bei Ihnen. Im Namen der Erde und der Vereinten Nationen möchten wir Sie ganz herzlich auf unserer Welt willkommen heißen. Wir wünschen uns, dass dies der Beginn ...«

Das kleinere Alien fuhr mit dem Kopf nach vorne, sein Knurren - Elif war sich inzwischen sicher, dass das kein Schnurren war! - wurde durchdringender. Die ausgefahrenen Krallen kratzten schrill über die metallene Oberfläche eines der Gebilde vor ihm, dessen Funktion für die Menschen nicht zu erkennen war. Der größere der beiden Außerirdischen stieß ein dröhnendes Hupen aus, das Elifs Ohren klingeln ließ. Der Kleine trat einen Schritt zurück, wobei die Brühe, in der sie alle standen, leise platschte. Er zog die Krallen wieder ein, das Knurren verstummte erneut.

Der Große produzierte einen ganzen Schwall der seltsamen Laute, die wohl seine Sprache darstellten.

Die dreidimensionale Darstellung der blonden Skandalnudel Patsie Pershin räkelte sich ein wenig und warf ihnen klimpernde Blicke zu. Sie wirkte dabei nicht so künstlich wie das Original.

»Danke. Wir sind Abgesandte der Liga der neun Völker.« Als der Große mit dem Sprechen aufhörte, kam von dem Kleinen ein seltsames Geräusch. Natürlich konnte das alles Mögliche bedeuten, von einem Niesen bis hin zu einem höflich vorgetragenen Kopulationsangebot. Aber Elif hatte das unbestimmte Gefühl, dass es ein trockenes Lachen war. Wenn das stimmte, worüber lachte das Alien? Über die Worte seines Kameraden?

»Sind auch Angehörige der anderen Völker an Bord?« Elifs Neugierde war geweckt und sie stellte die Frage, ohne lange darüber nachzudenken. Eigentlich hatte man abgesprochen, dass bei diesem ersten Gespräch keine Fragen gestellt, sondern nur grundlegende Informationen ausgetauscht wurden. Das wäre vielleicht besser gewesen, wenn man die jetzige Reaktion der beiden Außerirdischen sah.

Sowohl der Große als auch der Kleine begannen nun, laut zu knurren, und fuhren ihre Krallen aus. Ihre waagerecht geschlitzten Pupillen weiteten sich und die Schuppen des Großen spreizten sich zitternd, als er laut eine Antwort bellte.

Patsie Pershin kicherte und legte die Spitze des Zeigefingers auf eines ihrer Grübchen. »Aber nein. Wir teilen uns niemals ein Schiff mit einem anderen Volk.« Irgendwie hing ein unausgesprochenes *du Dummchen* in der Luft. »Wir sind die Growl. Die anderen ... nicht.« Patsie gab erneut ihr nerviges Kichern von sich. Elif fragte sich, was sie von dieser Aussage halten sollte.

Die beiden Außerirdischen - Growl - schienen sich wieder beruhigt zu haben. Das Knurren verstummte, zuerst bei dem Großen, dann auch bei dem Kleinen. Krallen wurden eingezogen, die Schuppen beim Größeren glätteten sich. Er gab ein Gackern von sich, das beinahe kläglich klang.

»Wir wollen Frieden«, sagte die simulierte Hollywood-Blondine und gewährte Lukas einen tiefen Einblick in ihr Dekolleté.

Lukas und Elif arbeiteten lange genug als Diplomaten für die Vereinten Nationen, dass diese Formulierung ihre Instinkte weckte, so wie der Klingelton Pawlows Hunde zum Sabbern brachte.

»Seien Sie bitte versichert, dass auch die Erde an einem Frieden mit Ihnen interessiert ist! Wir wünschen uns ...«

Der kleinere Außerirdische stieß ein schreckliches Heulen aus und hieb mit den Händen - Pfoten? - auf das Metallgebilde vor sich. Dieses brach laut scheppernd zusammen und übertönte die Antwort des Größeren. Die Krallen fuhren aus dessen Fingern und eine gelblich-schaumige Substanz tropfte aus seinem zähnestarrenden Maul.

Die beiden Menschen traten unwillkürlich einen Schritt zurück. Absurderweise ging Elif der Gedanke durch den Kopf, einen wie schlimmen Bruch der Etikette es wohl darstellen würde, wenn sie sich einfach umdrehten und davon rannten, so schnell sie konnten. Und ob es die künftigen Verhandlungen sehr belastete, wenn sie und Lukas heute von den Aliens umgebracht würden.

Langsam beruhigten sich die Außerirdischen. Der Kleinere wühlte mit ausgefahrenen Klauen durch seine Haarmähne und eine Flüssigkeit, die menschlichem Blut überraschend ähnlich sah, lief die Schuppen an seinem Hals hinab. Der Größere fuhr die Krallen wieder ein und zwang sich scheinbar zur Ruhe, bevor er mit seiner glucksenden, gackernden Sprache fortfuhr.

»Entschuldigen Sie bitte, das haben Sie missverstanden«, strahlte Patsie Pershin mit einem Lächeln voller Jacketkronen. »Die Galaxis wird vom Krieg zwischen den Spezies zerrissen. Die Liga taumelt auf den Untergang zu. Wir brauchen den Frieden. Wir möchten, dass die Menschheit uns dabei hilft. Sie ist das friedfertigste Volk, das wir finden konnten.«

Die Botschafter der Vereinten Nationen schauten fassungslos von der kichernden Blondine zu den beiden Außerirdischen. Elif traute ihren Ohren nicht. Was zur Hölle? Gab es eine Fehlfunktion bei der Übersetzung? Das durfte doch nicht wahr sein!

»Ääähh ... Entschuldigung, aber ich glaube, da liegt ein Irrtum vor. Die Menschheit ... sie ... äh, wir ... also ich denke, da muss es doch noch einen besseren Kandidaten geben als uns!«

Zum ersten Mal sprach der kleinere der beiden Außerirdischen. Das so menschlich wirkende Blut lief über sein Gesicht, als er leise etwas zischelte. Die Übersetzung kam auch für ihn von Patsie Pershin.

»Die gab es. Ja. Insgesamt zwei der uns bekannten Völker waren noch friedlicher als die Menschheit. Aber beide wurden von anderen Spezies in interstellaren Kriegen ausgelöscht. Die Menschen der Erde sind die besten Kandidaten, die übrig sind. Wir brauchen Hilfe. Die nächste Auseinandersetzung wird nicht nur das Ende der Liga bedeuten. Wir befürchten, dass sie einen Steppenbrand auslösen wird, der das intelligente Leben aus der Milchstraße fegt.«

Lukas wischte sich mit der Hand über das Gesicht und warf Elif einen hilflosen Blick zu. Aber sie konnte ihm nicht helfen. Sie war fassungslos. Das Gespräch entwickelte sich völlig anders, als sie es erwartet hatte.

»Aber ... aber ...« Der Schock saß bei Lukas dem Anschein nach ähnlich tief wie bei ihr. Elif hatte noch niemals erlebt, dass er dermaßen nach Worten suchte. »Ich fürchte, Sie verkennen die Menschheit. Wir haben ebenfalls einige Probleme mit Krieg und Gewalt. Selbst heute gibt es überall auf der Welt furchtbare Konflikte. Terrorismus, Bürgerkrieg, Völkermord. Wir sind alles andere als friedfertig. Es tut mir leid, aber es ist so.«

Der Große antwortete diesmal und Patsie Pershin gurrte in völlig unangebrachter Weise die schreckliche Aussage. »Glauben Sie uns, wir sind schlimmer. Seit über zweihundert Ihrer Erdenjahre tobten zu jeder Zeit in der Galaxis Dutzende von interstellaren

Konflikten. In diesem Zeitraum wurden mehr Zivilisationen ausgelöscht, als neue entdeckt. Jede Kolonisierung neuer Welten führt fast unvermeidlich innerhalb kurzer Zeit zu Rebellion und Bürgerkrieg. Von den neun Gründungsmitgliedern der Liga sind zwei inzwischen ausgerottet, drei weitere befinden sich im Krieg untereinander. Ein Volk hat die Liga verlassen und noch eins wird bald folgen. Und das sind keine Ausnahmen. Für jede neue Zivilisation, die das Raumzeitalter erreicht, stoßen wir auf zehn Spezies, die sich vorher selbst ausgelöscht haben.«

Jedes grauenhafte Wort, das von der strahlenden Patsie Pershin verkündet wurde, war eine vom Himmel fallende Bombe, die das Weltbild von Elif zerstörte. Das konnte doch nicht wahr sein! Immer und immer wieder ging dieser Gedanke durch ihren Kopf. Was war mit den Außerirdischen, die der Erde den Frieden bringen sollten? Was war mit den Träumen und Hoffnungen aus ihrer Kindheit? Das hier musste ein furchtbarer Alptraum sein. Aber es sah nicht so aus, als würde sie in absehbarer Zukunft daraus erwachen.

Lukas konnte nur schwach mit dem Kopf schütteln. »Aber wir sind nicht besser. Auch wir haben schon oft genug am Rand des Abgrundes gestanden.«

Die kichernde, virtuelle Blondine gurrte nun wieder die Worte des Kleineren der beiden. War die Absurdität der Situation zu Anfang noch ein Anlass zur Belustigung für Elif gewesen, so verursachte das gekünstelte Lächeln des Hollywoodsternchens ihr jetzt nur noch Übelkeit.

»Ja, Sie standen am Abgrund. Wir wissen das. Wir haben Sie beobachtet. Sie erforscht. Aber in all der Zeit, in der die Menschheit dort stand, hat sie den Schritt nach vorne immer vermieden. Auf Ihrer Welt verfügen mehrere Ihrer Nationen seit fast siebzig Jahren über Nuklearwaffen! Wir kennen keine Rasse, die das so lange überlebte. Doch die Menschen haben den roten Knopf nie gedrückt.«

Der kleinere Außerirdische beugte sich vor, sein blutverschmiertes Gesicht musterte die beiden menschlichen Botschafter. »Und es ist mehr als das. Auf Ihrer Welt existieren Völker, die sich äußerlich voneinander unterscheiden. Verschiedene

Phänotypen. Wir kennen keine andere Spezies, die nicht so lange Krieg mit sich selbst führte, bis solche Unterschiede ausgemerzt waren. Es gibt sogar mehrere Religionen auf Ihrem Planeten!«

Hilflos zuckte Lukas mit den Schultern. »Aber trotzdem sind all das Gründe, aus denen wir Menschen gegeneinander kämpfen! Glaube und Rassenunterschiede haben uns zu schrecklichen Gräueltaten gegen einander verleitet.«

Die Schuppen des Größeren spreizten sich erneut, als er wieder das Wort ergriff. »Ja, das wissen wir alles. Aber trotzdem ist die Mehrheit der Menschen dagegen, Krieg aus diesen Gründen zu führen. Sie wollen den Frieden. Genetische Untersuchungen haben sogar ergeben, dass eine ganz ähnliche Spezies von Ihrer Art assimiliert worden ist. Sie wurde nicht ausgerottet, sondern ging in Ihrem Genpool auf.«

Elif runzelte die Stirn, aber Lukas überlegte nur kurz, bevor er nickte. »Ah, okay, Sie meinen den Neanderthaler. Aber trotzdem ...«

»Ja, es gibt Ausnahmen. Wir wissen das. Noch immer werden militärische Konflikte von Ihnen geführt. Aber der Wille zur Verständigung ist spürbar. Sie ziehen sie dem Krieg vor. Deswegen brauchen wir Sie. Die Menschheit soll uns zeigen, wie der Frieden funktioniert. Sie müssen zwischen den Völkern der Galaxis vermitteln.«

»Aber ... aber nein. Sie verstehen das nicht«, stammelte Lukas. »Wir sind nicht so. Nicht wirklich. Seit Jahrhunderten wünschen wir den Frieden und trotzdem kommt es immer wieder zu Krieg. Unsere Instinkte ...«

»Erzählen Sie uns nichts über Instinkte! Die Völker der Liga sind noch nicht einmal in der Lage, ein Raumschiff miteinander zu teilen. Unsere Instinkte würden uns unvermeidlich einander an die Gurgel gehen lassen. Selbst wir beide halten es kaum aus, mit Ihnen in einem Raum zu sein, denn unser Blut schreit danach, Sie als etwas Fremdes zu bekämpfen.«

Der Kleinere wischte sich das Blut vom Gesicht und streckte die beschmierte Handfläche vor. »Wir wissen, dass auch Ihr Volk Probleme hat. Mit Krieg. Mit Gewalt. Mit dem Töten. Wie gesagt, es gab bessere Kandidaten als Sie, aber leider existieren diese Rassen nicht länger. Im Moment sind die Menschen vielleicht keine gute Chance, aber sie sind die beste Chance. Die einzige, die wir haben.«

Lukas wollte etwas erwidern, aber endlich hatte Elif ihre Sprache wiedergefunden und antwortete an seiner statt.

»In Ordnung. Ja, wir werden Ihnen helfen. Wir werden alles tun, was wir können, um den Krieg in der Galaxis zu beenden.«

Lukas drehte sich zu ihr um und starrte sie mit aufgerissenen Augen an. »Elif!«

»Nein, Lukas.« Jetzt war es an ihr, den Kopf zu schütteln.

»Meine Mutter hat immer gebetet, dass Gott uns irgendwann den Frieden bringt. Ich habe davon geträumt, eines Tages würden Außerirdische landen und für uns den Krieg beenden.« Sie stieß ein bitteres Lachen aus. »Aber wie es aussieht, funktioniert das so nicht. Es wird niemand kommen, der uns die Sache abnimmt. Wir werden die Verantwortung für unsere Zukunft selbst übernehmen müssen. Wir wissen nun, dass es keinen anderen Weg gibt. Wir wissen, dass kein höheres Schicksal existiert, das uns vor der Ausrottung bewahren wird. Denn viele andere Spezies haben sich bereits selbst oder gegenseitig ausgelöscht. Wenn man nicht mit aller Kraft um den Frieden kämpft, dann gibt es auch keinen. Sondern Krieg. Und den Untergang.«

Sie trat einen Schritt nach vorne und stellte überrascht fest, dass die Außerirdischen nach Pfefferminz rochen. Einer Eingebung folgend hob auch sie die Hand und streckte die Innenfläche zu den beiden aus, die den weiten Weg gemacht hatten, um die Menschheit um Hilfe zu bitten.

»Wir werden natürlich mit den Führern unserer Welt reden müssen. Lukas und ich können das nicht entscheiden. Aber ich werde alles tun, um meinen Mitmenschen begreiflich zu machen, worum es geht. Um unser Fortbestehen. Und um das der anderen Völker in der Galaxis. Es wird ein langer Weg werden. Ein harter und steiniger Weg. Aber ich werde mich Ihrer Bitte nicht verschließen und ich glaube, die anderen Menschen auf dieser Welt werden das auch nicht tun. Es wird keine einfache Reise werden, aber hier und jetzt machen wir den ersten Schritt.«

Der alte Growl löste das Sensorband vom Kopf und die künstliche Realität verschwand. Er mochte die Geschichte, wie damals beim ersten Kontakt zwischen den Menschen und seinem eigenen Volk der Grundstein für den Friedensprozess in der Galaxis gelegt wurde. Die Aufnahme hatte man nachträglich aus den Erinnerungen von Elif und Lukas erstellt, da das eigentliche historische Ereignis nicht aufgezeichnet worden war.

Keiner der damals Anwesenden sollte die Gründung der Neuen Liga der Völker noch miterleben. Der Weg dahin war lang und voller Rückschläge gewesen, aber weder Elif und Lukas, noch die ihnen nachfolgenden menschlichen Diplomaten hatten jemals aufgegeben. Ebenso wenig wie ihre Partner bei den Growl und später auch den anderen Völkern.

Heute würde der Neuen Liga das zwanzigste Mitglied beitreten. Und seit fast hundert Jahren gab es keinen Krieg mehr. Zur Zeit des ersten Kontaktes mit den Menschen wäre das undenkbar gewesen. Deshalb war es wichtig, sich zu erinnern. An das, was war und an das, was um ein Haar mit der Galaxis geschehen wäre. Nur wer sich erinnerte wusste, wofür man dankbar sein konnte. Aber auch, dass der Frieden kein Geschenk war, sondern harte Arbeit bedeutete. Ebenso wie ein Wagnis.

Und weder die Arbeit noch das Wagnis würden je zu Ende sein.

ENDE

DER ELTER

JENS GEHRES

Eurocity vier, Stadtteil Amsterdam, zentraleuropäischer Bundesstaat der Earth Coalition, am 29. Juli 3502.

»Das meinen Sie jetzt nicht ernst, oder?«, sagte Jasper van Andereen, der Direktor des Amsterdamer Adoptionsbüros. Fassungslos sah er zu seiner Kundin und blinzelte sie entgeistert an.

»Ich fürchte, Direktor van Andereen, ich meine es sehr ernst«, antwortete Rona de Ruiter mit Nachdruck. »Mir ist noch nie weniger nach Scherzen zu Mute gewesen, glauben Sie mir das.«

»Ich habe Sie richtig verstanden? Sie wollen Ihre beiden fünfjährigen Zwillingskinder Ruben und Roos zur Adoption freigeben? Und die ... Person, die Ihre Kinder adoptieren soll, bringen Sie gleich mit?«

»Das ist korrekt«, nickte sie.

»Aber ... Miss de Ruiter ... «, stotterte van Andereen hilflos. »Haben Sie irgendeine Ahnung davon, was passiert, wenn ich diese Adoption zulasse? Wenn ich sie auch nur in Erwägung ziehe?«

Rona de Ruiter hob ihre linke Augenbraue und sah den Direktor des Adoptionsamtes herausfordernd an. Kühl entgegnete sie: »Was glauben Sie denn, was passieren wird?«

Van Andereen schnaubte und sagte entrüstet: »Der Richter am Vormundschaftsgericht wird mich entweder auslachen oder für verrückt erklären! Und wie soll ich diese Adoption begründen?«

»So, wie Sie alle ihre Adoptionen begründen: Unter dem Gesichtspunkt des Kindeswohls, das alle anderen Faktoren in den Schatten stellt«, warf die Person ein, die neben Rona de Ruiter saß.

»Aber Sie sind … «, begann van Andereen diese Person anzusprechen, zögerte dann jedoch.

»Ja?« Frostige Verachtung war in Rona de Ruiters Stimme zu hören, auch wenn sie nur ein Wort gesagt hatte.

»Aber Sie … es … «, startete van Andereen einen neuen Versuch, fing jedoch an zu stottern. Schließlich keuchte er voller Verzweiflung: »Aber das ist eine Maschine!«

»Und?«, de Ruiters Augen blitzten.

Van Andereen hätte sich nicht darüber gewundert, wenn Eisblumen am Fenster und auf seinem Schreibtisch erschienen wären, die Temperatur in Rona de Ruiters Stimme war inzwischen im negativen Bereich angelangt.

»Eine Maschine kann doch kein menschliches Kind adoptieren! Auch keine Zwillinge! Glauben Sie mir, das geht einfach nicht! Er … Es ist … kein Mensch!«, Jasper van Andereen klang nun schon fast flehentlich.

»Ich muss Sie korrigieren, Direktor van Andereen«, unterbrach ihn der Androide, der sich als ›Joris Kuijpers‹ vorgestellt hatte, »Seit der Novellierung des Androidengesetzes vom 8. Oktober 3501 sind menschenähnliche Roboter mit einer KI die Standard 18 übertrifft, der humanen Emotionskomponente 4.0 und einem sozial-interaktiv-Upgrade über sieben rechtlich den Menschen gleichgestellt.«

»Das mag ja sein«, musste der Direktor einräumen. »Aber es ist noch kein Mensch, … und auch sonst keine Person … bisher auf die Idee gekommen, dass ein Androide in der Lage sein könnte, ein menschliches Kind zu adoptieren.«

»Bloß, weil es bisher noch niemand gemacht hat, heißt das noch lange nicht, dass man es nicht kann. Es gibt immer ein erstes Mal«, de Ruiters Stimme klang frostig. »Das trifft auf so ziemlich alles zu, was Menschen jemals erschaffen oder getan haben. Es gab immer ein erstes Mal. Und es gab immer jemanden, der gesagt hat:

Das geht so nicht, das ist unmöglich. Bis jemand gekommen ist, der es einfach getan hat.«

»Das mag sein, Miss de Ruiter, aber ... was sagt eigentlich der Kindsvater dazu?«, fiel dem Direktor plötzlich ein.

Jasper van Andereen hätte es nicht geglaubt, wenn er es nicht selbst gesehen hätte: Das Gesicht von Rona de Ruiter wurde noch verschlossener als ohnehin schon und ihre Stimme noch frostiger. »Ich fürchte, der wird gar nichts dazu sagen, Direktor van Andereen.«

Sie legte ihre linke Hand auf den Schreibtisch und van Andereen sah, dass sie zwei Ringe trug. Der an ihrem Ringfinger konnte nur ihr Ehering sein, ineinander verschlungene Fäden aus Gelb- und Weißgold. Der schlichte, schwarze Ring an ihrem kleinen Finger sah zwar einfach aus, aber er reflektierte das Licht in Farben, wie es nur veredelter Duraniumstahl tat.

Van Andereen kannte die Bedeutung: Im ersten Kolonialkrieg gegen die Proxis, nach der ersten Kuiperschlacht, hatte die Verteidigungsflotte des Solsystems über zwei Millionen Tote und etwa doppelt so viele Verwundete zu beklagen. Allerdings gab es ein Problem: Wenn ein Raumschiff, egal ob Zerstörer, Kreuzer oder mächtiges Schlachtschiff, durch eine Schiffskiller-Rakete oder ein Versagen des Reaktors vaporisiert wurde, blieb in den Tiefen des Alls meist nur eine expandierende Wolke aus heißen Gasen und Metallfragmenten zurück.

Es wurde zwar eine Trauerfeier abgehalten, aber es gab keine Leichen, die man beerdigen konnte.

Irgendeine Offizierswitwe hatte kurz nach der Schlacht mit einer traurigen Tradition begonnen. Ein befreundeter Offizierskollege ihres Mannes hatte ein Metallfragment des Schiffes mitgebracht, auf dem ihr Partner gefallen war. Sie war damit zu einem Goldschmied gegangen und hatte sich aus dem verrußten Stück schwarzen Duraniumstahls, das kaum größer war als ein Daumen, einen einfachen, schmucklosen Ring anfertigen lassen. Sie trug ihn seit diesem Tag an ihrem linken kleinen Finger, direkt neben dem Ehering.

Viele andere Witwen und Witwer aus dem Kolonialkrieg hatten diese Tradition übernommen. Ein schwarzer Ring am linken kleinen Finger bedeutete nun, dass man um einen nahen Angehörigen, meist den Partner, trauerte. Es war zu einem Symbol für ein Opfer geworden, das einem Krieg geschuldet war, den viele für sinnlos hielten.

Die pazifistischen Bewegungen auf der Erde und dem Mars benutzten inzwischen sogar ein Piktogramm einer weißen Hand mit einem schwarzen Ring als Symbol für den von ihnen verlangten Frieden. Auf Aufklebern, Plakaten und Holoprojektionen war die Handfläche mit dem Ring zu sehen. Vor einigen Jahren waren noch Slogans dabei aufgetaucht, solche wie: ›Stoppt den Krieg!‹ oder ›Zwei Millionen sind genug!‹, aber inzwischen reichte die Hand allein meist aus, so stark war die Metapher geworden.

»Mein Mann ist in der ersten Kuiperschlacht gefallen«, Rona de Ruiters Stimme klang nun traurig, sie drehte den schwarzen Ring leicht hin und her. »Er war Besatzungsmitglied auf dem Träger *Karel Doorman*. Der Ring ist aus einem Stück der Kommandobrücke gefertigt.«

Plötzliches Erkennen weitete die Augen von Jasper van Andereen und er schluckte. Atemlos fragte er: » ... de Ruiter ... war Ihr Mann etwa ... Robbin de Ruiter? Captain Robbin de Ruiter? Der Mitgründer des Robotik- und Kybernetikgiganten *de Ruiter & de Groot*?«

»Ja, allerdings, das war er. Und ich bin seine einzige Erbin«, sagte sie.

Van Andereen sah nun noch verwirrter aus als vorher.

»Es tut mir leid für Ihren Verlust, Miss de Ruiter. Viele von uns haben ein ähnliches Opfer zu beklagen. Auch ein Freund von mir ist während der Kuiperschlacht gefallen. Aber ... eins verstehe ich nicht: Sie wirken auf mich wie eine gesunde Frau in den Zwanzigern oder Dreißigern. Mit Hilfe der Medizin können Sie mehrere hundert Jahre alt werden. Warum sollten Sie nicht in der Lage sein, Ihre Zwillinge selbst zu erziehen? Sie können sich dabei jede pädagogische Hilfe leisten, die man für Geld kaufen kann. Wo ist das Problem?«

Der Androide öffnete den Mund, als wollte er antworten, aber de Ruiter hob rasch die Hand und gebot ihm Einhalt.

»Es ist einfacher, wenn ich es Ihnen zeige«, sagte sie gelassen und schob ihren langen rechten Ärmel nach oben.

Es begann am Unterarm: Die Haut schien alt und fleckig, tiefe Furchen durchzogen den Unterarmmuskel und einzelne Adern waren durch die dünner werdende Epidermis zu sehen.

Van Andereen schrak zusammen. Er hatte von dieser Krankheit gehört, sie jedoch noch nie zu Gesicht bekommen.

Das Methusalem-Syndrom.

Der Fluch der medizinischen Forschung. Diese hatte Prozesse hervorgebracht, die das Altern der Menschen so stark verlangsamten, dass sie mehrere hundert Jahre erreichen konnten. Eine relativ teure Version davon war das DNA-Re-Aging, die Verlangsamung des Zellalterns mithilfe einer DNA-Manipulation. Allerdings gab es einen verschwindend geringen Anteil der Bevölkerung, der regelrecht allergisch auf diese Behandlung reagierte. Statt den Alterungsprozess der Zellen zu verzögern, *beschleunigte* das Verfahren die Zellalterung um ein Vielfaches: Je nach Krankheitsfall alterten sie mit bis zu zwanzigfacher Geschwindigkeit. Selbst eine regelmäßige Zellregenerationsbehandlung konnte die Krankheit nur bremsen, nicht aufhalten, meist verblieb den Betroffenen nur ein Jahr, manchmal sogar nur wenige Monate.

Entsetzt starrte der Direktor die Todgeweihte an. Sie aber schaute gleichmütig zurück.

»Ja, Direktor van Andereen, ich leide am Methusalem-Syndrom. Ich habe nicht mehr lange zu leben, trotz unserer modernen Medizin. Ich kann mich nicht einmal mehr klonen lassen. Selbst wenn es noch erlaubt wäre, meine DNA ist zu stark geschädigt.«

Sie schob ihrem Ärmel wieder nach unten und sah van Andereen mit stechendem Blick an.

»Laut meinen Ärzten, die zu den Besten ihrer Zunft gehören, habe ich zwischen einem und drei Monaten Lebenszeit übrig. Ich werde sie so oft wie möglich mit meinen Kindern verbringen, bis ich nicht mehr dazu in der Lage bin.«

Sie holte Luft und pustete kurz aus. Dann richtete sie sich auf, jeder Zoll ihres Körpers eine Frau, die wusste, was sie wollte und die über Leichen gehen würde, um es zu erreichen. Sie sah dem Direktor tief in die Augen und sagte mit Grimm in der Stimme: »Eins kann ich Ihnen allerdings versprechen: Ich werde in dieser Zeit auch dafür Sorge tragen, dass meine Kinder den besten Erzieher erhalten werden, den ich finden kann. Und es wird ein Androide sein. Dieser Androide hier neben mir.«

Van Andereen schüttelte resigniert den Kopf: »So viel Verständnis ich für Ihre Situation aufbringe, aber warum muss es unbedingt ein Androide sein? Miss de Ruiter, ich wiederhole mich noch einmal: Ein Androide kann keine menschlichen Kinder adoptieren. Das geht einfach nicht. Er ist dazu nicht in der Lage, weder pädagogisch, noch sozial oder emotional. Das ist Fakt.«

In dem Moment, als er sie aussprach, wusste van Andereen, dass er diese Worte besser unausgesprochen gelassen hätte: de Ruiters Gesicht hatte das Aussehen einer erstarrten Maske angenommen. Wenn Blicke hätten töten können, wäre er bereits zu Staub zerfallen, bevor sein Körper den Boden berührt hätte. Er verfluchte sich innerlich für diesen Fehler. Jetzt würde de Ruiter ihn für einen intoleranten und rückständigen Beamten halten. Denkbar schlechte Voraussetzungen, um die entschlossene Frau von ihrer lächerlichen Entscheidung abzubringen. Rasch sprach er weiter: »Mit Ihrem Vermögen könnten Sie sich die besten Hauslehrer und Kindermädchen leisten, die man für Geld bekommt. Ich wette, die Stiefmütter stehen Schlange, nachdem Sie erst einmal eine Anzeige in einem Holoprogramm oder zwischen den Nachrichten schalten. Wenn Sie das nicht wollen: Sie kennen doch bestimmt jemanden, der jemanden kennt, der Ihnen da weiterhelfen kann.« Aber Rona de Ruiter schüttelte energisch den Kopf: »Ich will keine Hauslehrer, keine Kindermädchen und keine Stiefmütter! Ich will Joris Kuijpers, meinen von mir selbst programmierten Elter.«

»Ihren ... was?«, fragte van Andereen perplex.

De Ruiters sah auffordernd zu ihrem Androiden und er antwortete lehrbuchhaft mit einer angenehmen Baritonstimme: »Ein Elter ist die künstliche Einzahl von Eltern. In der Soziologie wird der Begriff für eine rechtliche Person verwendet, die die soziale Fürsorgeverantwortung für ein oder mehrere Kinder übernimmt. Er ist in allen pädagogischen und sozialen Belangen einem biologischen Elternteil gleichzusetzen.«

Gereizt gab van Andereen zurück: »Das ist ja ganz interessant, Miss de Ruiter, aber warum sind Sie der Meinung, dieser ... Androide ... Elter, oder wie Sie das nennen, ist ein besserer Vater oder Mutter oder ... was auch immer ... für Ihre Kinder als ein normaler Mensch? Das würde mich jetzt tatsächlich interessieren!«

»Muss ich Ihnen das wirklich erklären?«, Rona de Ruiter wirkte erstaunt. »Bei dem Beruf, den Sie haben, bin ich eigentlich davon ausgegangen, dass dieser Fakt für Sie offensichtlich wäre. Dieser Androide, den ich als Elter programmiert habe, *ist* der beste Elternteil, den ich für Geld kriegen kann. Er muss nicht schlafen, seine Energie erhält er aus derselben Nahrung wie wir. Er wird nicht damit anfangen, sich zu betrinken oder sich mit *Sternenstaub*, der neuen Modedroge, das Gehirn zersetzen. Er wird meine Kinder oder einen anderen Menschen niemals körperlich verletzen. Ich habe ihn mit den besten Pädagogikroutinen ausgestattet, die es gibt. Moral, soziale Kompetenz, Wissen und emotionale Intelligenz sind nur ein Teil davon, er kann meinen Kindern alles vermitteln. *Alles*, was sie wissen müssen, um gute, erfolgreiche Menschen zu werden. Ich werde nur noch wenige Monate leben. Ich werde nicht dabei sein können, wenn meine Kinder aufwachsen, wenn sie das erste Wort lesen, sich das erste Mal verlieben oder ihren Schulabschluss machen. Aber ich kann erst beruhigt sterben, wenn ich mir bei einer Sache sicher sein kann: Ich will gewiss sein, dass meine Kinder von jemand Kompetentem erzogen werden. Jemandem, der mindestens so kompetent ist wie ich, der im günstigsten Fall sogar besser ist als ich. Und ich habe mich für diesen Androiden entschieden. Der Elter wird sie nie im Stich lassen, er wird für sie da sein, *immer*. Er wird noch bei ihnen sein, wenn meine Kinder bereits selbst Kinder haben und diese bereits selbst wieder Kinder in die Welt gesetzt haben.«

Van Andereens gerunzelte Stirn und sein verkniffener Mund sprachen Bände darüber, was er von der Entscheidung de Ruiters hielt.

»Der perfekte Elternteil«, sagte er sarkastisch und sah das künstliche Wesen namens Joris Kuijpers verächtlich an. »Sie machen keine Fehler, was?«

»Oh doch, ich werde Fehler machen«, sagte der Androide gelassen. »Fehler gehören zu einer normalen Entwicklung dazu, sie sind sogar *essentiell* für eine normale Entwicklung. Man darf nur nicht die Person an sich für ihre Fehler verurteilen. Das wäre das Schlimmste, was man einer Person, besonders einem Kind, antun kann. Wir *lernen* aus unseren Fehlern. Wenn ein kleines Kind trotz der Warnung seiner Eltern einmal eine heiße Herdplatte angefasst und sich verbrannt hat, wird es sich beim nächsten Mal daran erinnern und vorsichtiger sein. Und es wird erkennen, wie die Warnung gemeint war: als Schutz vor Schmerzen und nicht als die Verweigerung von Spaß.

Kinder müssen innerhalb akzeptabler Grenzen, die sie mit zunehmendem Alter erweitern, ihre eigenen Erfahrungen machen dürfen. Sie sollen an ihnen wachsen können, ohne daran zu zerbrechen.

Ich werde immer für diese Kinder da sein, wenn sie mich brauchen und sie in Ruhe lassen, wenn sie mich nicht brauchen. Mit dieser Einstellung unterscheide ich mich nicht wirklich von einem kompetenten menschlichen Elternteil.«

Van Andereen sah den Androiden mürrisch an und musste ihm widerwillig Recht geben.

Als Direktor des Adoptionsamtes hatte er oft mit Eltern zu tun, die völlig mit der Erziehung ihrer Kinder überfordert waren oder sich die Elternschaft leichter vorgestellt hatten.

Ein Kind schaltete man nun mal nicht einfach ab wie einen Holofernseher, der einem auf die Nerven ging.

Diese Eltern standen am anderen Ende der Adoptionskette. Ihre Kinder wurden ihnen vom Jugendamt entzogen, weil sie Gewalt, Vernachlässigung und, im schlimmsten Fall, sexuellen Übergriffen ausgesetzt waren.

Trotz des engmaschigen Netzes aus Vorsorgeuntersuchungen, Kinderversorgung, ärztlicher Zuwendung und Kontrollen geschah es nach wie vor, dass Eltern mit ihren Kindern überfordert waren, aus welchen Gründen auch immer. Die Anzahl dieser Fälle war verschwindend gering im Vergleich zu denen, die normal oder gar herausragend liefen, nach van Andereens Meinung war jedoch jedes verlorene Kind ein Kind zuviel.

Nur deswegen hatte er einen Job. Er mochte ihn manchmal nicht besonders (so wie es heute der Fall war) und oft war es ein undankbarer Job, aber notwendig war er.

»Worüber denken Sie so lange nach?«, fragte de Ruiter unvermittelt. »Das Problem, das wir miteinander haben, wurde in der menschlichen Geschichte schon oft thematisiert: Dürfen Kinder in Fabriken arbeiten oder wird Kinderarbeit verboten, damit sie zur Schule gehen können? Dürfen Frauen wählen? Dürfen Frauen gewählt werden? Dürfen gleichgeschlechtliche Partner heiraten? Dürfen gleichgeschlechtliche Partner ein Kind adoptieren?

Wenn *alle* Menschen, *alle* Personen vor dem Gesetz gleich sind, dann müssen Sie diese Fragen mit *Ja* beantworten.

Heute ist es völlig normal, dass Frauen wählen oder gleichgeschlechtliche Partner heiraten dürfen. Aber damals wie heute gab es sture, engstirnige Menschen, die gerne alles beim Alten gelassen hätten. Sie hatten Angst vor Veränderungen. Wenn dieser Androide hier neben mir sozial und rechtlich mit einem Menschen gleichgestellt ist, dann können Sie die folgende Frage relativ einfach beantworten, Direktor van Andereen: Darf ein Androide menschliche Kinder adoptieren?«

Van Andereen kannte die Antwort bereits, aber sie gefiel ihm nicht besonders.

Widerwillig musste er de Ruiter Recht geben: Dieser androidische Elternteil ... oder der Elter, wie sie ihn nannte, würde ihm adoptionstechnisch keinerlei Probleme machen.

Er war perfekt, auch wenn er es selbst von sich nicht behauptete. Schnell ging er im Kopf die Anforderungen durch, die ihm irgendeinen Hebel in die Hand geben konnten, um die Adoption zu verhindern.

Natürlich nur im Sinne des Kindeswohls.

Er wollte niemanden diskriminieren und de Ruiter war definitiv im Recht: der Androide erfüllte alle Voraussetzungen. Er war rechtlich und sozial einem Menschen gleichgestellt. So sehr er sich auch dagegen zur Wehr setzte, wenn das Gesetz sagte, dass dieser Androide mit einem Menschen zu vergleichen war, musste er ihn auch wie einen solchen behandeln und ihm die gleichen Rechte und Pflichten einräumen, die er einem menschlichen Bewerber entgegengebracht hätte.

Das Dumme war nur: Jasper van Andereen scheute sich davor, von diesem ... Geschöpf als *Person* zu denken.

Das konnte er einfach nicht.

Es widerstrebte ihm innerlich.

Dann erkannte er allerdings, dass er in dem Fall nicht besser war, als diejenigen Menschen, die Frauen aus irgendwelchen Gründen vor hunderten von Jahren das Wahlrecht verweigerten.

Diese unleugbare Tatsache gefiel ihm nicht besonders.

Er überlegte fieberhaft, was er noch tun konnte, aber ihm fiel nichts ein.

Vielleicht konnte er ein wenig Zeit schinden um jemanden zu fragen, der sich besser damit auskannte.

»Vielleicht ist die Zeit für Umbrüche gekommen«, sagte er gönnerhaft und setzte sein bestes falsches Lächeln auf. »Ich werde Ihren Fall prüfen und Ihnen dann Bescheid geben.«

»Sie werden ihn jetzt gleich prüfen?«, fragte de Ruiter und ihr Gesicht hellte sich auf.

»Äh ... ich werde jetzt die notwendigen Formulare ausfüllen ... «, entgegnete van Andereen ausweichend und das Lächeln verschwand so schnell, wie es gekommen war.« ... und sie dann beim Vormundschaftsgericht einreichen. Ein Richter wird darüber entscheiden, ob die Adoption zugelassen wird. Immerhin sind Sie ja noch am Leben, nicht wahr?«

Er rückte die Tastatur und den Bildschirm zurecht, zog seinen Stuhl näher an den Tisch und war nun bereit, die wichtigsten Eckdaten des Adoptionsformulars auszufüllen.

»Miss de Ruiter, Ihren digitalen Ausweis, bitte«, sagte er geschäftsmäßig.

De Ruiter griff zielsicher in ihre kleine Designerhandtasche und brachte die ID-Karte zum Vorschein. Sie schob sie in die dafür vorgesehene Leseeinheit und eine Millisekunde später erschienen ihre Daten im Formular.

»Würde es denn helfen, wenn wir eine eingetragene Lebensgemeinschaft eingehen?«, fragte sie plötzlich.

Der Adoptionsbeamte seufzte, sah die Todkranke erschöpft an und sagte mit tonloser Stimme: »Nein. Würde es nicht. Selbst wenn Androiden neuerdings offiziell auch Menschen heiraten dürfen.«

»Schade.« Sie ließ sich müde gegen die Lehne des Stuhles sinken.

»Ich werde Ihnen nun ein paar Fragen stellen, die Sie bitte wahrheitsgemäß beantworten. Rona de Ruiter, willigen Sie in die Adoption Ihrer Kinder durch Joris Kuijpers ein?«

»Sonst wäre ich wohl heute nicht hier, oder?«, gab sie mit einem Unterton von Sarkasmus zurück.

Van Andereen seufzte: »Ich *muss* Sie das fragen. Es ist gesetzlich vorgeschrieben. Und ich brauche eine eindeutige Antwort: Ja oder nein?«

»Ja, natürlich.«

Die Tastatur des Direktors klapperte.

»Jetzt muss ich Mister Kuijpers befragen. Wie alt sind Sie?«

»Meine erste Inbetriebnahme fand vor exakt 36 Tagen statt«, gab der Elter an.

Van Andereen begann unvermittelt zu grinsen. Er lehnte sich in seinem Schreibtischstuhl zurück und sah die beiden Gäste triumphierend an. Dann sagte er herausfordernd: »Damit sind wir hier am Ende. Das Mindestalter für eine Adoption bedrägt 25 Jahre.«

Der Elter lächelte wissend und de Ruiter schüttelte leicht den Kopf. Sie lächelte ebenfalls und sagte zu dem Androiden: »Joris, die Wette hast du gewonnen. Ich dachte wirklich nicht, dass er zu so billigen Tricks greifen würde.«

Van Andereen sah verwirrt von einem zum anderen und fragte argwöhnisch: »Was soll das heißen?«

Der Androide griff in die Jackentasche und holte seinen eigenen digitalen Ausweis hervor. Seit der Gesetzesänderung mussten auch Androiden ein solches Dokument besitzen. Van Andereen tauschte de Ruiters ID gegen den von Kuijpers aus und dessen Daten erschienen auf van Andereens Bildschirm.

»Auf meiner Karte befinden sich alle notwendigen Papiere und Formulare, die Sie benötigen«, sagte der Elter. »Darunter ist unter anderem ein medizinisches und psychologisches Gutachten, welches mir ein vergleichbares menschliches Alter von dreißig Jahren bescheinigt.«

»Natürlich«, entgegnete van Andereen grantig. Erneut klapperte seine Tastatur.

»Er enthält außerdem ein tadelloses polizeiliches Führungszeugnis, eine Urkunde über pädagogische Qualifikation, einen Nachweis über das Vorhandensein ausreichender Wohnverhältnisse, detaillierte Ausführungen über meine Erziehungsziele, dazu verschiedene Konfliktlösungsstrategien und nicht zuletzt Nachweise meiner emotionalen Offenheit und Ausdrucksfähigkeit«, führte der Androide weiter aus.

»Wie ich sehe, haben Sie an alles gedacht«, gab van Andereen zerknirscht zur Antwort und blickte den Androiden grimmig an.

»Natürlich«, sagte Kuijper mit derselben Gelassenheit wie vorhin. »Haben Sie etwas anderes erwartet? Fahren wir fort.«

Fünfzehn Minuten später hatte van Andereen sämtliche Dokumente des Elters durchgesehen und auf ihre Richtigkeit geprüft.

Er sah blinzelnd auf seinen Bildschirm und musste verzweifelt feststellen, dass der Androide alle geforderten Voraussetzungen entweder erfüllte oder bei Weitem übertraf.

Es gab keinen triftigen Grund, diese Adoption zu stoppen, ja nicht einmal mehr Zeit schinden konnte er: Sämtliche Formulare waren vorhanden und so hatte er keinerlei Handhabe, den Antrag nicht umgehend weiterzuleiten.

Van Andereen schürzte die Lippen und fügte sich in das Schicksal.

Er seufzte innerlich, setzte dann sein freundlichstes falsches Lächeln auf und sagte zu den beiden Gästen: »Schön. Ich glaube, ich habe alles, was ich benötige. Ich schicke den Adoptionsantrag sofort per behördlichem Intranet los und in etwa vier Wochen erhalten Sie Bescheid, wie darüber vom Vormundschaftsgericht entschieden wurde.«

De Ruiter und Kuijpers, der Androide, sahen sich erleichtert an und die todkranke Frau drückte glücklich die Hand des Elters.

Rona de Ruiter wandte sich wieder an den Adoptionsbeamten und fragte: »Wie stehen die Chancen, dass dem Antrag stattgegeben wird?«

Van Andereen sah sie skeptisch an: »Soll ich ehrlich sein? Ich weiß es nicht. Ich würde sagen, Ihre Chancen stehen gut, aber nageln Sie mich bitte nicht darauf fest. Es besteht die Möglichkeit, dass Sie einen langen Rechtsstreit um diese Adoption werden führen müssen.«

Das Gesicht von de Ruiters verfinsterte sich.

»Für einen langen Rechtsstreit habe ich keine Zeit, wie Sie sehr genau wissen«, sagte sie vorwurfsvoll. »Mir läuft die Zeit davon.«

Van Andereen zuckte hilflos mit den Achseln: »Ich habe alles in meiner Macht stehende getan. Der restliche Vorgang liegt nicht mehr in meinen Händen, tut mir leid.«

»Wir werden abwarten und auf das Beste hoffen«, sagte der Elter. »Und wir werden uns ein paar Anwälte besorgen, die vielleicht das Ganze ein wenig beschleunigen können. Wir haben ja gute Gründe. Und sollte das nicht helfen, schalten wir einfach die Medien ein.«

Van Andereen wurde bleich.

Das hatte er befürchtet.

Wenn dieser Adoptionsantrag in den Medien bekannt wurde, würde er im ganzen Sonnensystem diskutiert werden. Der erste Androide, der ein menschliches Kind adoptierte!

Rasch schickte er den Antrag ab und war froh, die Verantwortung an jemand anderen weiterleiten zu können. Sollten sich doch die Richter am Vormundschaftsgericht darüber den Kopf zerbrechen!

»Ich habe Ihren Adoptionsantrag gerade abgeschickt«, führte er noch aus und konnte die Erleichterung nicht ganz aus der Stimme verbannen.

Seine beiden Antragsteller standen auf und sie sagte freundlich: »Vielen Dank für Ihre Hilfe, Direktor van Andereen.«

Sie streckte die Hand aus um sich mit einem Händedruck zu verabschieden.

Van Andereen hob automatisch die Hand, zögerte dann aber.

Sie legte den Kopf schräg, lächelte wissend und sagte leise: »Das Methusalem-Syndrom ist nicht ansteckend, Direktor.«

Van Andereen konnte spüren, wie er rot anlief. Mit offensichtlichem Unbehagen ergriff er zaghaft ihre Hand und schüttelte sie genau dreimal.

Als er losließ, musste er dem Drang widerstehen, die Hand an der Hose abzuwischen. Rona de Ruiter wandte sich müde ab und ging langsam zur Tür. Die Auseinandersetzung mit ihm hatte sie sichtlich eine Menge Kraft gekostet. Nun fiel ihm auch ihr erschöpft wirkender, schlurfender Gang auf: Ein weiteres Anzeichen für ihre fortgeschrittene Erkrankung.

Sie hatte wirklich nicht mehr viel Zeit, sie konnte sich schon glücklich schätzen, wenn sie die nächsten vier Wochen überstehen würde.

Der Elter beugte sich zu ihm und flüsterte: »Ihr nicht die Hand schütteln zu wollen war sehr unhöflich, Direktor van Andereen.«

»Sie können das nicht verstehen, Sie sind nur eine Maschine«, sagte der Beamte abweisend.

»Ich bin mehr als eine Maschine. Mehr als die Summe meiner Bauteile und Programme. Und das wissen Sie sehr genau. Und *ich* habe *sehr genau* verstanden, warum Sie das getan haben«, sagte der Elter entschieden, »Aber eine Frage beschäftigt mich noch ... «

»Und die wäre?«, Van Andereen klang jetzt sichtlich genervt.

Der Androide legte den Kopf schräg und sprach so leise, dass de Ruiter ihn nicht hören konnte: »Wovor Sie mehr Angst haben: Vor mir als Person an sich oder vor der Tatsache, dass ich zwei menschliche Kinder zu toleranten Menschen erziehen werde, die Androiden wie mich als ihresgleichen betrachten. Denken Sie darüber nach, Direktor van Andereen. Und darüber, wie tolerant anderen gegenüber *Sie* sind.«

Der Direktor konnte ihm nur perplex nachsehen, als er sich umwandte und das Büro verließ.

Er sollte noch wochenlang über die Frage des Elters nachdenken, aber eine passende Antwort wollte ihm in diesem Moment nicht einfallen.

⊲◦⚞   ⚟◦⊳

Vier Wochen später war das Methusalem-Syndrom bei Rona de Ruiter bereits so weit fortgeschritten, dass sie nur noch zuhause im Bett liegen konnte. Lebenserhaltende Maschinen standen zu Dutzenden um sie herum und erhielten das am Leben, was von ihrem Körper übrig war. Aber bald würden sie nicht mehr ausreichen und sie würde sterben.

Trotz ihres desolaten körperlichen Zustands war ihr Geist vollständig intakt.

Sie wartete auf den Beschluss des Vormundschaftsgerichts, dass der Elter ihre Kinder adoptieren dürfte.

Er war am besten dafür geeignet, daran gab es keinen Zweifel.

Aber sie hatte van Andereen nicht alles verraten, was der Androide vermochte.

Er hätte es niemals verstanden.

Gerade in diesem Moment setzte der Elter sich neben sie auf ihr Krankenbett und drückte ihre Hand. Sie öffnete angestrengt die Augen. Es fühlte sich an, als wären ihre Lider von Steinen beschwert.

»Ist alles bereit? Bist *du* bereit?«, flüsterte sie.

»Ja, das bin ich«, sagte er sanft, »Ich war es schon immer.«

»Das Gericht?«, hauchte sie.

»Das Vormundschaftsgericht hat heute der Adoption zugestimmt, Rona. Ich bin der neue Elter deiner Kinder.«

Sie lächelte.

»Dann tu es. Jetzt.«

Er wusste, was nun zu tun war.

Sie hatte ihn erst darum gebeten, nachdem er seinen digitalen Ausweis erhalten hatte. Seit dem Zeitpunkt war er ein Individuum, keine Sache mehr. Sie hatte ihm die Wahl gelassen und er hatte der Prozedur freiwillig zugestimmt.

Mit dem Aufstieg zu einer rechtlichen Person hatte Rona de Ruiter die Möglichkeit verloren, ihm diesen sehr intimen Vorgang einfach befehlen zu können. Das war das wichtigste Zeichen, dass sie ihn wie ihresgleichen behandelte und nicht wie eine Maschine, die konstruiert worden war, um einen Auftrag auszuführen.

Dafür respektierte er sie.

Sanft wie ein Schmetterling legte der Elter seine Hand an ihre Schläfe und schloss die Augen.

Er startete ein Programm, das genau für diesen Moment geschrieben worden war. Wenn es gestartet war, konnte er es nicht mehr aufhalten. Nachdem es seinen Zweck erfüllt hatte, würde es sich selbst zerstören, damit der Vorgang nur einmal durchgeführt werden konnte.

Es scannte die Erinnerungen der im Sterben liegenden Rona de Ruiter und legte sie in einem eigens dafür vorgesehenen Platz in seinem internen Speicher ab.

Bilder schwebten am inneren Auge des Elters vorbei, Gerüche, Stimmen, Gefühle, ihr gesamtes Leben digitalisierte er in Einsen und Nullen.

Der Vorgang dauerte nur wenige Sekunden.

Der Androide nahm die Umgebung wieder wahr und sah der Freundin in das zerstörte Gesicht.

Leer und ohne Leben blickten deren Augen zurück, sie musste in genau dem Moment gestorben sein, als er den Download ihres Wesens beendet hatte.

Plötzlich schoss ihm eine Erkenntnis durch den Kopf: Der Charakter von Personen wurde hauptsächlich durch ihre Erinnerungen definiert.

Selbst wenn diese Erinnerungen wie in seinem Fall von jemand anderem stammten, sie gehörten *ihm*.

Denn er konnte sie *fühlen*.

War das Liebe?

Eine enge, emotionale Verbindung zwischen zwei Personen, egal ob sie Menschen oder Androiden waren?

Wenn das stimmte, konnte er die Kinder nicht nur erziehen, sondern sie auch lieben.

Das war mehr, als er gehofft hatte.

Sanft drückte er ihr die Augen zu und schaltete nach und nach alle Maschinen ab, die sie bis vor wenigen Minuten am Leben gehalten hatten.

Er senkte kurz den Kopf, ganz im Stillen trauerte er um eine gute Freundin.

Dann stand der Elter auf und ging aus dem Krankenzimmer auf den Flur hinaus. Sanft schloss er die Tür und sah gedankenverloren aus dem Fenster über den riesigen, gepflegten Garten, der das Anwesen der de Ruiters umschloss.

Hinter sich hörte er das Geräusch kleiner Schritte.

Jetzt kam der Teil, vor dem er sich am meisten fürchtete, aber es musste sein.

Roos de Ruiter, das Mädchen von Robbin und Rona, stand hinter ihm und fragte leise: »Joris? Ist Mami immer noch so krank?«

Joris Kuijpers, der neue Elter der Zwillinge, drehte sich zu ihr herum und ging auf ein Knie hinunter, damit er mit ihr auf Augenhöhe war. Dann sagte er sanft: »Nein, deine Mama ist nicht mehr krank. Sie ist gestorben.«

»Dann tut ihr nichts mehr weh?«

»Nein.«

»Passt du jetzt auf uns auf?«

Joris lächelte. »Tue ich das nicht schon die ganze Zeit?«

»Doch.«

»Sie ist zwar gestorben, aber ihr Leben, ihre gesamten Erinnerungen an sich selbst, euren Vater und an euch sind …«, er legte ihre Hand auf seine Brust, »… hier bei mir. Ich kann sie euch beiden irgendwann einmal mit meinem Holoprojektor zeigen, wenn ihr wollt.«

»Das wäre schön. Können wir noch ein bisschen aufbleiben?«

»Nein, lieber nicht, es ist schon spät. Ihr geht jetzt besser ins Bett. Soll ich noch eine Geschichte erzählen?«

»Oh ja! Die mit dem Phönix.«

Joris zögerte kurz, bevor er den Vorschlag machte: »Soll ich sie mit der Stimme von Mami vorlesen?«

»Ja, tu das.«

»Gut, dann suchen wir mal deinen Bruder«, er richtete sich auf, nahm Roos kleine Hand sanft in seine und sie machten sich gemeinsam auf die Suche.

Als Roos gerade nicht hinsah, wischte sich Joris rasch eine Träne aus einem Augenwinkel.

Letzten Endes war er auch nur eine Person, die versuchte, sich in einer harten Welt zurechtzufinden.

ENDE

ELYSIUM

ANJA BAGUS

Am 23. Juni 2135 um 14:37 Uhr legte sich der letzte Klient auf der Erde hin. Das TotalConnect™ wurde eingeschaltet. Das Return-Signal ertönte. Sein Körper wurde sofort eingefroren.

14.50 Uhr

»Es ist vollbracht!«, rief Betty. Sie sprang auf und machte ein paar Tanzschritte. »Wo ist der Schampus?«

Die anderen schälten sich ebenfalls aus ihren Arbeitssesseln und reckten sich. Sie hatten es tatsächlich geschafft! Auf den Gesichtern waren die verschiedenen Emotionen zu lesen, die man nach so einem Mammutprojekt empfindet. Euphorie, aber auch Leere.

»Und jetzt?«, fragte Halvar laut.

»Langeweile. Die haben es gut dort oben.« Joel gähnte. »Also ich weiß nicht, ich glaub, ich geh pennen.«

»Echt?« Betty war enttäuscht. »Wir haben gerade die Welt völlig verändert und du gehst pennen?«

»Jo. Wir haben jetzt viel Zeit.«

»Jemand 'ne Runde Tischfußball?«

25 Jahre zuvor

»Ich will aber!«

»Du musst 16 sein!«

»Mann, so eine blöde Drecksscheiße! Nur weil ich nicht alt genug bin, muss ich in diesem Fleischsack hier herumsitzen? In drei Wochen ist es soweit und dann könnt ihr mich nicht mehr aufhalten!« Jamila verschwand türenknallend in ihrem Zimmer.

Greta sah ihren Mann Ali an. Der zuckte mit den Schultern. »Frag mich nicht. Sie hat ja recht. Ich wäre schon lange weg, wenn ihr nicht wärt.«

»Ist unser Leben nichts mehr wert?«, fragte Greta. Sie kannte die Antwort bereits. Obwohl sie und Ali gebildet waren und gut verdienten, war ihre Wohnung zu klein und ihr Lebensstandard unter dem Durchschnitt. Sie sparten auf das andere, bessere Leben. Wie eigentlich jeder. Sicher, es gab welche, die meinten, es wäre nicht besser, aber die meisten - und Okeanos behauptete, damit wären 70 % der Weltbevölkerung gemeint - glaubten daran. Es konnte nur besser werden. Alles war besser.

50 Jahre zuvor

»Wie soll unsere Firma denn heißen?«, fragte Phil.

»Na, wenn das Spiel Elysium heißt, dann ...«, begann Harnur.

»Ich find das immer noch total kitschig«, warf Mei ein.

»Kitsch ist gut. Kitsch verstehen die Leute.« Harnur schlug auf einen unsichtbaren Gegner ein. Sie war immer eingeloggt. Phil fragte sich, ob sie sogar eingeloggt auf die Toilette ging. Es würde ihn nicht wundern. »Jedenfalls sollten wir uns dann Okeanos nennen. Oder Okeaniden oder ...«

»Ja, genau. Der Fluss, der sich um Elysium herum zieht. Ist auch ein schwarzer Drache«, sagte Phil nachdenklich. »Okeanos war nach Zeus der mächtigste Gott. Hört sich für mich gut an.«

»Total mega-retro.« Mei war nicht überzeugt. »Echt? So ein Mythologie-Scheiß? Ich bin für ein Kunstwort.«

Harnur schnalzte mit der Zunge, gab einen Speicherbefehl, zog sich die schwarze Kappe ab und wandte sich der Chinesin zu. »Nein, das ist stark. Lovely, wir sind so retro, dass wir die Zukunft an ihrem Zipfel packen und zum Stillstand bringen! Schwarze Drachen: voll Endzeit-mystisch. Wir sind alle schwarze Drachen und beißen uns gegenseitig in den Schwanz.« Sie lachte, als Phil bei diesem Bild das Gesicht verzog. »Gab`s auch alles schon mal, ich weiß: Ouroboros. Aber ist ein mächtiges Bild. Wir bringen die Zukunft ins Jetzt.« Sie nahm das Gesicht ihrer Freundin in beide Hände und küsste sie lange und leidenschaftlich.

Mei strich ihr über den rasierten Schädel. »Ich beiß dich auch gleich. Mir hast du mit langen Haaren besser gefallen!« Ihre, ihrer indischen Abstammung geschuldeten, herrlichen schwarzen Haare hatte Harnur erst gestern abrasiert, um den Connect™ und die dazu gehörige Kappe bequemer tragen zu können.

»Hört auf«, sagte Phil. »Wir sind zum Arbeiten hier.« Seine Kolleginnen waren Profis. Er konnte sich auf sie verlassen, das wusste er. Mei programmierte wie eine Teufelin und Harnur hatte den schärfsten Verstand, dem er je begegnet war. Manchmal benahmen sie sich allerdings wie rollige Katzen, da musste er eben durch.

Sie einigten sich und gründeten eine Firma. Der schwarze Drache breitete seine Schwingen aus. Es dauerte nur vier Jahre, dann waren sie Millionäre. Kurz danach Millardäre. Jeder wollte ihr Spiel spielen. Es war das Spiel der Spiele. Gleichzeitig war es mehr als das. Es war ein zweites, drittes oder viertes Leben. Mei, Harnur und Phil hatten etwas programmiert, was den Menschen einen Ausweg aus der überfüllten Welt bot.

Elysium! Multi-Level Welt! Endloses Gameplay! Mehr als 100 Settings! Ständige Upgrades!
Vollkommene Immersion durch neuronales Interface!
Beginnen Sie mit einem free2play Account, die ersten sechs Monate kostenlos! Investieren Sie in Hardware und tauchen Sie tiefer ein. Kaufen Sie Land und Besitz, formen Sie Ihre Welt nach Ihren Bedürfnissen!

So hatte es angefangen. Elysium schien zunächst auch nichts weiter als ein Computerspiel zu sein, welches den Menschen Zeit und Geld stahl. Aber es gab von Anfang an die Möglichkeit, das Spiel auf eine neuartige Weise zu erleben: durch das neuronale Interface war man direkt drin. Mei, Harnur und Phil hatten nach der Kappe ein Gerät entwickelt, das wie ein Kneifer auf die Nase gesetzt wurde und dort an zwei Kontakten andockte, die in den Stirnhöhlen verankert waren. Das war das Connect™ Level eins. Je nach Wunsch des Kunden war der Kontakt tatsächlich mit einem Netz verbunden, welches durch Nanotechnologie über der Hirnhaut ausgebreitet wurde (Level zwei). Die hauchdünnen Titanfilamente stimulierten die notwendigen Zentren und ließen die Illusion fast perfekt werden. Die notwendigen Eingriffe dafür waren minimal, das Netz wuchs innerhalb eines Tages durch äußere Magnetfeldeinwirkungen und war nach drei Tagen belastbar.

Jedes Upgrade brachte mehr Immersion. Mehr Kunden, mehr Spieler, mehr Geld. Nachdem die erste Skepsis überwunden war, und sich nach mehreren Monaten kaum Komplikationen zeigten, verbreitete sich die Technologie rasant. Irgendwann errechnete jemand, dass die Zeit, die ein Normalbürger frei hatte, sich fast ausschließlich auf Essen, Schlafen und Spielen aufteilte. Das normale Leben fand nicht mehr statt. Man traf sich nicht mehr in der echten Welt, man traf sich in Elysium.

Sicher gab es Nebenwirkungen: Epileptische Anfälle und ein spezielles Burn-Out Syndrom, welches auf den rapiden Verbrauch von Neurotransmittern zurückzuführen war, traten gehäuft auf. Aber die Spieler nahmen lieber Stimulanzien, als auf ein Einloggen zu verzichten. Zu umfassend war das Erlebnis, zu verlockend die Illusion, die geboten wurde. Das Spiel war nicht nur schön, es war spannend und bald waren die erwachsenen Generationen vollständig übernommen. Die Älteren waren überfordert; ihre Gehirne reagierten unvorhersehbar, daher konnten sie nur begrenzt teilnehmen, wollten es ja auch oft nicht.

Kinder durften sich erst ab 16 einloggen. Bald gab es einen Schwarzmarkt für illegale Connects, und mehr als ein Jugendlicher nahm dauerhaften Schaden durch misslungene Operationen. Es kam vor, dass sogar wirklich kleine Kinder in Elysium auftauchten. Ein Sechsjähriger flog erst nach zwei Jahren auf. Die Ärzte entschieden, dass man ihn nicht ausloggen durfte, weil er sonst bleibende Schäden zurückbehalten würde. Seine Eltern waren erleichtert: Der Junge hatte sich auf ein bestimmtes Memory-Rätsel spezialisiert und löste es für ankommende Spieler. Gegen Währung natürlich. Sie waren reich geworden.

Elysium revolutionierte das normale Leben. Jeder, der 16 wurde, loggte sich sofort fast dauerhaft ein, nachdem er einen Job gefunden hatte, der das zuließ. Die Jugendlichen strengten sich in der Schule mehr an, um einen guten Job zu Bekommen, der entsprechende Privilegien bot. Fast niemand blieb aber länger als notwendig in der Schule. Ein kurzer Versuch mancher besorgten Kultusministerien, das zu verhindern, scheiterte. Okeanos war mächtiger als Parteien und Länder geworden.

Die Firma erwiderte auf die, die den Untergang der Kultur herbeiunkten, dass viele Aufgaben, die es in Elysium zu erfüllen galt, spezifisches Wissen und umfangreiche Kenntnisse voraussetzten. Man lernte dort - aber eben freiwillig, nicht in einem erzwungenen Schulsystem.

> Newsflash:
> Grundbesitz in Elysium genauso teuer wie auf der Erde
> Verbrechen in Elysium: Haftstrafen gefordert
> Eheschließung in Elysium rechtens

Sunshine Apple rieb sich die Augen. Sie fühlte die Augäpfel unter ihren Fingern. Dann sah sie sich um. Gott, war das schön hier! Sie griff hinter sich: Ja, ihr Bogen hing auf ihrem Rücken. 15 Pfeile im Köcher. Das Gefühl der Federn am Ende, die ihre Fingerspitzen kitzelten ... das hatte sie so bisher nicht erlebt. Sie zog einen Pfeil heraus, legte an und schoss. Zitternd blieb das Geschoss im anvisierten Baumstamm stecken und Sunshine weinte. Vor Glück.

Sie war hier, mit der aktuellsten Technologie. Sie hätte es sich nie leisten können, aber sie hatte es gewonnen! Ein Los, gekauft auf dem Nachhauseweg, von Kredits, die sie eigentlich nicht entbehren konnte, weil sie sich in Elysium eine neue Ausrüstung bestellt hatte und die Anzahlung fällig war. Jetzt war sie eine von 1000, die nun mit dem modernsten Interface in Elysium waren. TotalConnect™ lag nicht mehr über der Hirnhaut, sondern darunter, direkt auf den Windungen. Das sollte eine nochmals erhöhte Immersion bringen. Und es war unglaublich! Nach zwei Wochen harten Schulungen und einigen hundert Seiten Einverständniserklärung stand sie nun hier. Sie hatte ihren Körper hinter sich gelassen. Der lag da irgendwo, in einem Zentrum, *sie* jedoch war hier. Nicht mehr Deirdre Hoffman aus Last Hope/Nebraska. Nein, jetzt war sie Sunshine Apple. Eigentlich Sunshine Apple 4584. Aber das war egal. Alles, was zählte, war dieser Moment und sie würde ihn auskosten. Sie würde so lange hier bleiben, bis ihr Körper gewisse Grenzwerte nicht mehr einhielt und sie wieder hinein musste. Über diesen Tag mochte sie nicht nachdenken. Sie rannte los und zog schnell den Pfeil aus dem Baum. Nicht weit von diesem Eintrittspunkt war ihre kleine Domäne und sie wollte endlich alles mit ihren tollen neuen Sinnen erfahren ...

> Im Livestream bei Blackdragon heute ab 20 Uhr: Phil von Okeanos zum neuen Update! Brandneue Features! Exklusiv! Echt real! Kein Fake!

Livestream:

»Werden Sie mir ein paar Geheimnisse verraten?«, fragte Blackdragon bemüht höflich. Der junge Mann, dessen Beruf darin bestand, zu spielen und andere dabei zuschauen zu lassen, schwitzte Blut und Wasser. Seine Augen flackerten zwischen den Kameras und den Bildschirmen hin und her. Er war sichtlich überfordert und las die Fragen ab.

»Ja, deshalb bin ich hier, BD«, entgegnete Phil ruhig.

»Wahnsinn«, entfuhr es dem Jungen, der sonst nicht um Worte verlegen war. »Ich hab's bis grad nicht geglaubt. Ein Okeanide, in meinem Stream! People, live!«

»Träume werden wahr«, sagte Phil. Das war eine Steilvorlage. »So wie in Elysium.«

»Ja, das glaub ich! Ich will dieses TotalConnect!« Blackdragons Hand zuckte zu den Connects, die metallisch glänzend aus seiner Nasenwurzel ragten. Er hatte sehr teure, mit zusätzlichen Connectpunkten an den Schläfen. »Sie sagen, dann ist man ganz drin! Dann kann man nicht mehr unterscheiden!«

»Ja, das ist so«, sagte Phil.

»Wie geht das? Das wäre der Hammer, also das wäre ... ich will das!«

Phil lächelte. Deshalb hatten sie Blackdragon ausgesucht. Obwohl Phil schon bei dem Namen zusammenzuckte. Aber der Letsplayer war exakt der Durchschnittsuser. Wenn Phil ihn überzeugte, dann konnte er alle überzeugen.

»Ich fang mal von vorne an. Vorsicht, das könnte ein wenig langweilig werden!« Phil grinste in die Kamera und war sich sicher, dass dennoch niemand, der jetzt zusah, wegschalten würde. Die Zugriffszahlen stiegen kontinuierlich - die Nachricht von dem Stream hier verbreitete sich rasant. »Wir haben bei der Entwicklung von Elysium sämtliche Erkenntnisse über Spieltheorien genutzt«, erklärte Phil geduldig etwas, was jeder selbst im Netz nachlesen konnte, wenn er wollte. Es war alles erforscht und dokumentiert worden. Kritiker und Fürsprecher hatten das Phänomen Elysium immer wieder unter die Lupe genommen. »Wir analysierten neue Belohnungsstrategien. Wir bezogen alles, was wir über Lernen und Motivation wissen, mit ein. Wir arbeiten auch mit Medizinern zusammen. Neurologen erforschen ja schon lange die Mechanismen, mit denen der Mensch seine Kapazitäten effizienter verwenden kann. Wir haben ein mächtiges Instrument, das Großhirn, welches wir zum großen Teil nicht nutzen. Wir sind gelangweilt. Unser Bildungssystem und die Erziehung zielen darauf ab, uns zu guten

Bürgern zu machen. Firmen wollen nur bessere Arbeiter. Wir von Okeanos möchten aber, dass die Menschen *Spaß* haben und dabei etwas lernen und sogar arbeiten, wenn sie das wollen.«

»Aber Sie wollen doch auch verdienen«, sagte der Streamer. Auf dem Bildschirm ratterten die Bewertungen als Herzen, Likes und all den weiteren Möglichkeiten. Die letzte Bemerkung brachte Blackdragon eine Menge zorniger Gesichter. Er reagierte sehr besorgt darauf. Sein Status war abhängig von seinen Social Media-Bewertungen. Je mehr Likes, desto mehr Geld. Das war ein Grund, warum Okeanos für ihre Verlautbarung einen Letsplayer gewählt hatten. Journalisten und andere Medienmenschen waren unabhängig von diesen Statistiken, sie bekamen ein festgelegtes Gehalt. Früher, so wusste Phil, war es anders gewesen: Normale Menschen hatten Festgehalt bekommen und Journalisten wurden nach dem Erfolg ihrer Reportagen bezahlt. Je reißerischer, desto mehr Geld. Das führte aber zu fatalen Fake-News und einem sozialen Klima, in dem niemand mehr einer Nachricht vertraute. Es war schier unmöglich, zu beweisen, was eine echte Meldung war und was ein Hoax oder schlicht eine Erfindung. Medienagenturen verselbstständigten sich und bildeten sogenannte Trusted-News-Gruppen.

Große Firmen stellten ihre Mitarbeiter aber weiterhin auf der Basis von Social-Media-Rankings ein und die Bezahlung variierte, je nachdem, wie man sich darstellte. Teil eines Konzernes zu sein, bedeutete, die Vorgaben einzuhalten. Man wusste jederzeit um seine Bewertungen so gut Bescheid wie im Jahr 2000 um den Kontostand.

»Natürlich wollen wir verdienen, BD. Wir stecken das meiste unserer Gewinne dann sofort wieder in die Forschung.« Das war alles, was Phil dazu sagen wollte.

»Und jetzt stehen einige Wahnsinnsneuerungen an«, teaserte der Streamer an, schob eine Strähne aus den Augen und blickte lang in die Kameras. »Aber bevor Phil das erzählt, zeig ich euch mal, was ich in Elysium mache!« Sein Connect war eines, welches farbig blinkte und als er es auf die Kontakte setzte, musste Phil wegsehen. So etwas fand er geschmacklos. Doch was hatte er erwartet? Es gab Myriaden von Connects, damit verdienten sie einen Haufen Geld. Manche wollten es retro, dann sah es aus wie ein Kneifer, den man zu Zeiten Jules Vernes getragen hätte und manche wollten es eben bunt und auffällig.

Phil trank einen Schluck Wasser und lehnte sich zurück. Er widerstand der Versuchung, selbst seine Stats abzurufen. Er hatte diverse Log-ins. Natürlich einen im Cheat-Modus, dem konnte nichts geschehen - der war zum Rumprobieren. Aber auch mehrere, die sich mit den normalen Bedingungen herumschlugen. Er wollte genau wissen, wie sich die Klienten fühlten. Er hatte den Verdacht, dass sein niedrigster Charakter gerade in Schwierigkeiten war, weil er sich nicht genug um ihn kümmerte. In Elysium musste man auch essen, trinken und schlafen. Wenn man das nicht tat, starb der Avatar. In den höheren Leveln konnte man sich dafür Automatismen kaufen, Versicherungen und andere Annehmlichkeiten, die das verhinderten. Aber manchmal reichte das nicht und dann gab es ja noch die Möglichkeit des gewaltsamen Todes. Auch das konnte geschehen und es war eine ewige Diskussion, ob das richtig so war. Die Erfahrungen zeigten aber, dass das Spiel deutlich an Reiz verlor, wenn es nicht möglich war, zu sterben.

Blackdragon hatte einen Connect Level zwei und fünf Avatare und erzählte nun in einer rasenden Geschwindigkeit, wer sie waren und warum er manche Entscheidungen getroffen hatte. Phil kannte sie alle, diese Geschichten. Die meisten hatten mindestens einen Avatar, der nur so nebenherlief, den sie levelten, um Gegenstände zu bekommen. Dann gab es den, den man zuerst gemacht hatte. Viele hingen an dieser Figur, obwohl sie oft die schwächste war. Man hatte eben viele falsche Entscheidungen getroffen und manche Möglichkeiten nicht maximal ausgeschöpft. Und wer es sich leisten konnte, hatte mindestens eine weitere, die man wirklich ausreizte, bei der man es ernst meinte.

Blackdragon verdiente sein Geld damit, eine Mördergilde zu managen. Mörder waren naturgemäß bei vielen Spielern wenig beliebt, aber dennoch spielten etliche sie gerne. Ein Mörder konnte anderen Spielfiguren Levels stehlen. Phil hatte Blackdragon, der bürgerlich Tim Green hieß, natürlich durchleuchtet und festgestellt, dass dieser vier Mörder und ein Kind hatte. Die Figur der Kinder war auf vielfachen Wunsch entstanden. Es gab für sie eine eigene Area ohne Gewalt. Nicht eben wenige genossen das und kultivierten dort ein Spiel, welches so unfassbar zuckersüß war, dass sich die meisten nicht öffentlich dazu bekannten.

Phil räusperte sich. Der Letsplayer unterbrach seine Ausführungen und erinnerte sich daran, dass er eine Konferenzschaltung mit einem der berühmtesten Männer des Planeten hatte.

»Erzählen Sie uns jetzt endlich etwas über die Neuerungen, die Sie planen, Phil«, sagte Tim.

»Gerne, BD.« Phil machte das bewusst. Indem er den Streamer nicht beim vollen Namen nannte, erhöhte er sich selbst. Blackdragon war ein Powerplayer, er reagierte unterschwellig auf die Beleidigung, konnte es sich aber nicht anmerken lassen. Das Ganze erhöhte die Spannung. Diese Konferenz war wichtiger, als Blackdragon ahnte. »Wir haben Elysium ja stetig weiterentwickelt. Das Spiel ist inzwischen mehr als das. Es ist für viele wichtiger als ihr eigenes Leben. Das hat Konsequenzen und es brauchte Auffangmechanismen. Wenn sich jemand gehen lässt, sich vernachlässigt und dadurch krank wird oder stirbt, dann ist das nicht gut.« Okeanos hatte Milliardenklagen abgewehrt, in denen sie für so etwas verantwortlich gemacht worden waren. Aber wie Rauchen oder andere sich selbst schädigende Angewohnheiten, war das Recht des Einzelnen, für sich selbst zu entscheiden, unantastbar. Natürlich musste jemand für die Konsequenzen aufkommen. Die Kosten der Krankheiten, zum Beispiel. Inzwischen gab es Versicherungen und Dienstleister, die sich um so etwas kümmerten. Die meisten waren aber recht diszipliniert, da sie sonst schnell ihre Accounts verloren. »So lange jemand arbeitet und es sich leisten kann, sich einzuloggen, so lange soll er das ungehindert tun dürfen. Eine Neuerung ...«, er macht eine kleine Pause, um Blackdragon in den Wahnsinn zu treiben, » ... beruht auf der Prämisse, dass die Arbeit, die jemand leistet, nicht primär im wirklichen Leben stattfinden muss. Wir haben in Elysium echte Arbeitsplätze geschaffen. So kann man mehr Zeit dort verbringen und gleichzeitig etwas Nützliches tun.«

»What the F - !? Was zum Beispiel?«

»Wir suchen immer Lehrer. Tutoren, die den Neulingen das Spiel beibringen. Die ihnen helfen, ihre Fähigkeiten zu verbessern.«

Blackdragon schüttelte den Kopf. »Neulinge? Es gibt immer noch Neulinge?«

Phil lächelte. »Das Spiel ändert sich ja dauernd. Es gibt auch viele, die sich im Laufe ihrer Karrieren umentscheiden. Manche spielen jahrelang und stellen dann fest, dass sie nicht mehr weiter kommen. Es ist einfacher für sie, von einem echten Menschen gecoacht zu werden als von einem Bot, daher haben wir solche Trainer angestellt. Die Zufriedenheit ist massiv gestiegen.« Unzählige Herzen und Likes flogen über den Bildschirm. Phil musste nicht nachsehen, seine Stats waren jenseits von Gut und Böse. Nicht, dass er sie gebraucht hätte. Aber es tat trotzdem gut. Menschen brauchten Belohnungen. Sie liebten sie. Sie waren wie Drogen, man wurde abhängig davon. Solche Mechanismen nutzen sie in Elysium.

Aber das, was er hier bisher gesagt hatte, war nicht der Grund, warum Phil in diesen Stream gekommen war. Er hatte etwas anderes zu berichten. Er tat es hier, weil er genau diesen Effekt wollte. Er hätte auch eine Pressemitteilung machen können, ganz offiziell, vom eigenen okeanidischen Pressezentrum aus, welches sehr viel moderner eingerichtet war. Er hatte das mit seinen Mitstreiterinnen besprochen und sie waren sich einig gewesen: Sie mussten etwas ganz Außergewöhnliches tun. Also erzählte er es einem kleinen Letsplayer, der sonst nur ein paar tausend Menschen erreichte.

»Es heißt, dass 80 Prozent der Weltbevölkerung mindestens einen Account in Elysium haben«, stellte Blackdragon unnötigerweise fest. »Ich bin mehr als gespannt, was jetzt passiert! Ich will dieses Update! Was muss sich tun?« Wie viele Letsplayer übertrieb er maßlos. Aber das wollten die Leute sehen. Es war eine Mischung aus lächerlich und authentisch, die sehr sensibel angerührt werden musste. Die Erfolgreichen beherrschten die Klaviatur besser als BD, aber sie brauchten genau ihn.

Phil lächelte. Die Zugriffszahlen drehten frei. Die Server, über die der Letsplayer streamte, rotierten. Sie hatten natürlich vorher recherchiert, ob diese das aushalten würden und subtil mehr Power zur Verfügung gestellt. »Wir glauben, dass bald jeder Mensch auf der Erde in Elysium sein wird. Wir tun alles dafür.«

»What? Jeder?«, rutschte es Blackdragon heraus. »Und dann? Gibt es dann keine normalen Menschen mehr?«

»Was ist denn normal?«

Der Letsplayer blinzelte. »Weiß nicht«, gab er zu. »Also ... so wie früher halt. Bevor es Elysium gab.« Phil wusste, dass Blackdragon 21 Jahre alt war. Er hatte seinen Connect mit 17 bekommen, was damals normal war. Der junge Mann hatte klassisch angefangen und sich dann hochgearbeitet. Er lebte auf 25 Quadratmetern und arbeitete 20 Stunden die Woche in einem Callcenter.

»Nein. Dann wird es keine normalen Menschen mehr geben - wenn das deine Definition ist. Wir glauben ja, dass Normalität immer im Spiegel der Zeit betrachtet werden muss. Was früher normal war, muss es heute noch lange nicht sein. Wir sind uns sehr bewusst, dass wir die Welt verändert haben. Computerspiele waren Anfang des 21. Jahrhunderts noch etwas, was man zwar getan hat, aber es waren eben Spiele. Sie waren allein in der Freizeit und zur Zerstreuung da. Sie wurden nicht wirklich ernst genommen.

Aber warum spielt der Mensch? Es gibt den Begriff des Homo ludens - des spielenden Menschen - schon seit 1938. Er bedeutet, dass man sich durch das Spiel erst als Mensch entwickelt und begreift. Spielen schafft Sinn; man versucht und lernt, das ermöglicht flexible Handlungsstrategien.

An erster Stelle standen früher Arbeit und Pflichterfüllung. Ernährung und Fortpflanzung mussten gewährleistet sein. Aber schauen wir uns die Welt heute an: Es reicht doch! Sie ist überfüllt! Täglich wird mehr zerstört, als jemals wieder aufgebaut werden kann und dennoch fordert der Kreislauf der Wirtschaft stetiges Wachstum, sonst implodiert alles und wir fallen in Barbarei zurück. 13 Milliarden Menschen, die dann ums nackte Überleben kämpfen würden. Wer möchte sich das vorstellen?« Er machte eine kleine Pause und trank einen Schluck Wasser. Blackdragon war in eine Art Starre verfallen und lachte jetzt unmotiviert, merkte das allerdings sofort.

»Natürlich wollen wir das nicht«, sagte er schnell und lächelte. Er versuchte dabei intelligent auszusehen, was ihm misslang.

»Eben«, sagte Phil. Er hasste es eigentlich, so viel zu sprechen. Aber seine Mitstreiterinnen hatten keine Lust gehabt, all das, was die Firma seit Jahren immer wiederholte, erneut zu erzählen. Sie hatten irre viele wissenschaftliche Arbeiten veranlasst und veröffentlicht, um ihre Vision zu untermauern. Aber was die Leute letztlich wollten, war die Ansage: Elysium wird noch geiler für euch! Egal, ob es für die Menschheit gut oder schlecht war – Hauptsache bunt und granatenstark.

Die Werbeabteilung hatte lang daran geknabbert, wie sie das Update verkaufen sollten und waren auf diese Möglichkeit hier gekommen. Es war extrem ungewöhnlich, aber revolutionäre Ansagen fordern revolutionäre Maßnahmen. Phil sah an den Statistiken, die über die Bildschirme liefen, dass der Stream inzwischen über viele Kanäle geteilt und geboostet wurde. Das war genau das, was er erwartet und erhofft hatte. Sie gingen viral. Jeder andere hätte diese Nachricht zur Primetime gesendet. JEDER. Aber sie wollten es wie ein Flüstern zu einem Schrei werden lassen. »Hey, was geht da bei Blackdragon? Was? Phil ist bei dem? Unsinn!« »Doch, echt wahr!« »Quatsch!« Link. »Scheiße, ja!« »Schaut mal hier, Phil ist bei dem!« Link. »Was? Hammer!« Link. Link. Link. Link.

Es sollte millionenfach gehört werden. Und es sollte genauso revolutionär klingen, wie es war.

»Ja«, sagte Phil also. »Wir wollen nicht zurück in Barbarei fallen. Wir wollen mehr. Wir wollen eine bessere Welt. Wir wollen bessere Menschen in einer besseren Welt. Blackdragon, welche Welt ist deiner Meinung nach besser: Die Erde oder Elysium?«

»Was für eine Frage, Phil! Elysium natürlich!«
»Warum ist Elysium besser?«

> Homo Ludens und Elysium: Abhandlung zur kulturwissenschaftlichen Begleitung der Entwicklung einer Spielsoftware

Spielen und Leben sind nicht zu trennen. Der Mensch ist mehr als ein Tier. Seine Hardware mag veraltet sein, aber seine Software macht ihn einzigartig. Und diese Einzigartigkeit bildet sich durch das Spiel heraus. Hindert man den Menschen am Spielen, dann wird er bösartig. Er bleibt im besten Falle stumpf, aber meistens wird er aus niederen Trieben heraus Unheil anrichten.

Elysium bietet alles, was der Mensch braucht, um sich zu formen. Wir sind zu so viel mehr geschaffen als bloßer Reproduktion und Selbsterhaltung. Einige von uns werden sicher weiterhin auf niedrigen Ebenen verbleiben. Das ist auch so geplant. Elysium hat unendlich viel Platz. Aber es wird immer die Möglichkeit geben, in höhere Ebenen aufzusteigen, um dort mehr zu lernen und zu erfahren.

Elysium ist auf die durchschnittliche Lebensspanne des Menschen begrenzt. Dieses Leben ist kostenfrei. Okeanos bezahlt diese Spanne auf einem festgelegten Niveau. Jeder hat die Möglichkeit, sowohl aufzusteigen, als auch länger zu verbleiben. Voraussetzung dafür sind Fortbildung und Aufgabenerfüllung. Forschungen zur Erweiterung des Wissens und der Erkenntnis über das Leben und das Universum bringen Accountverlängerung und den Aufstieg.

> Komm nach Elysium! Lebenslang! Werde jetzt Klient und bekomm zehn Jahre Bonus!

Livestream:

»Na, Elysium ist ...«, stotterte Blackdragon. » ... es ist viel cooler! Ich kann da Sachen machen. Ich kann ...«

»Töten?«, fragte Phil.

»Hey!«, rief der Letsplayer empört. »Das ist völlig legitim!«

»Ja, ist es. Sicher.«

»Ne, echt jetzt: Alles ist cooler in Elysium. Dort ist mehr Platz und ... es ist alles so echt, aber eben nicht wie hier, so voll hart und grau. Alles ist cool und spannend. Und wenn ich einen nicht leiden kann, dann spiel ich halt nicht mit dem. Ich mach einfach was anderes oder wechsel den Server. Alles cool.«

»Hast du eine Partnerin? Oder einen Partner?« Phil wusste die Antwort, aber es war nötig, dass Blackdragon es selbst sagte.

»Ja. In Elysium.«

»Habt ihr euch schon mal in echt gesehen?«

»Nö.«

»Seid ihr verheiratet?«

»Ja. Exklusiv. Sicher ist sicher.« Manche gingen mehrere Partnerschaften ein. Alles war möglich.

»Möchtest du Kinder haben?«

Blackdragon alias Tim zog erstaunt die Augenbrauen hoch. »Weiß nicht. Wozu?«

»Na, damit die Menschheit fortbesteht. Und so.« Phil hoffte, dass das jetzt hier nicht in die Hose ging.

Auf dem Bildschirm von Blackdragon war sein Gesicht kaum noch zu sehen. Die Zuschauer schickten Fragezeichen, die bedeuteten, dass er endlich antworten sollte. Er stand mächtig unter Zeitdruck.

»Also, äh, schon irgendwie. Aber meine Frau und ich, wir ... wir sind halt Elysianer! Wie soll das gehen?«

»Es geht jetzt«, sagte Phil. Jetzt kam es. »Mit dem nächsten Update wird es möglich sein, zwei Persönlichkeitsprofile miteinander zu verschmelzen und ein neues zu bilden.« Er wartete einen Moment, um das sacken zu lassen. Die Zugriffszahlen waren inzwischen astronomisch. Blackdragons Vlog wurde auf der ganzen Welt aufgerufen. Mehrere große Sendestationen hatten sich eingeschaltet und boosteten das Signal noch einmal. »Es sollte sich jeder schon einen Kindergartenplatz in Elysium sichern!«

KINDER IN ELYSIUM?
VIRTUELLER NACHWUCHS?
STIRBT DIE MENSCHHEIT AUS?

- - - TotalConnect™ Testperson stirbt - - - breaking news - - -

Privathaushalt, Lake Shore Drive, Chicago

»Die Firmengründer, die sich selbst hochtrabend Okeaniden nennen, behaupten nun, es wäre erwiesen, dass das Bewusstsein im Spiel weiterleben würde.«

Rita räusperte sich und befahl den Fernseher lauter. Ihre Hände zitterten unkontrollierter als sonst, während sie gespannt den Ausführungen der Nachrichtensprecher lauschte.

»Ist denn die Todesursache genau geklärt?«, fragte ein Reporter den anderen. »Ist es sicher, dass das Spiel damit nichts zu tun hat?«

Rita schaltete parallele Kanäle zu. Sie musste sich beruhigen. Dringend. Ihr Herz war schwach. Aber wenn das wirklich stimmte! Gut ... die Fakten: Ein Teilnehmer der Studie über die totale neuronale Verbindung zu Elysium war überraschend gestorben. Das hatten zwar alle irgendwie befürchtet, aber jetzt war man doch schockiert. Das Spektakuläre war aber, dass die Figur im Spiel weiterlebte. Auf Nachfragen antwortete sie, war überrascht, aber nur wenig erschüttert über den Tod ihres Körpers. Viel wichtiger war ihr die Frage, wie nun mit ihrem Account verfahren würde. Sie wolle nicht sterben!

Rita starrte auf ihren Connect. Ihr wurde gesagt, sie dürfe ihn nicht mehr benutzen. Die Verbindung zu Elysium würde ihre krankheitsbedingt problematischen Neuronen schneller degenerieren lassen. Ihre Gesundheit wäre zu angegriffen. Was wussten diese Ärzte? Sicher war ihre Gesundheit angegriffen! Und das würde sich auch nie ändern! MS war eine Scheißkrankheit und es gab keine Heilung, nur langsamen und qualvollen ... aber ... musste sie sterben? Nach dem, was da jetzt in Elysium geschehen war ... Es gab eine Möglichkeit! Sie hatte so viel Geld ... sie musste etwas tun können!

»Ich will meinen Anwalt sprechen«, befahl sie ihrem Netzwerk.

> Was ist Realität? Okeaniden behaupten, Elysium wäre realer als die echte Welt!
> Prof. Dr. Dr. Gabrielle Napier in »Science«

Das Hirn macht keinen Unterschied zwischen Realität und dem, was es vorgegaukelt bekommt. Für Amputierte sind die Phantomschmerzen real und können durch einen Trick entfernt werden: Ein Spiegel fügt einen Arm an den Stumpf. Allein dieser Anblick führt dazu, dass die Schmerzen verschwinden. Stellen Sie sich also vor, wir fügen zu einer visuellen Stimulation noch die taktilen und olfaktorischen Elemente hinzu, so wird es dem Hirn unmöglich, zwischen der Illusion und der Realität zu unterscheiden.

Danach kommt die Frage: Ist es dann noch eine Illusion? Denn letztlich ist doch Leben nichts anderes als die Stimulation des Gehirns durch Reize. Woher diese Reize kommen, ist völlig egal.

Seit Menschen denken, versuchen wir zu transzendieren. Durch Meditationen, Drogen und andere Techniken; es gibt eine ganze Religion, die auf dieser Prämisse funktioniert. Der Buddhismus hat als Ziel - wenn man das mal so nennen will - die Entsagung allem Weltlichen. Elysium ist eine logische Konsequenz. Es ist die nächste Stufe.

Was den meisten von uns Sorgen macht, ist doch nur, dass wir denken, wir brauchen den Körper. Wir können uns Leben ohne das Fleisch nicht vorstellen. Und dennoch gibt es auch schon immer die Vorstellung von einer Seele, von etwas, das losgelöst vom

Körper existiert. Elysium ist nur ein Medium, welches die Seele aufnimmt.

Das wirklich großartige ist aber, dass Elysium potentiell ewiges Leben bieten kann.

Wir sagen potentiell, denn es einfach so zu ermöglichen, überfordert den Menschen bisher noch. Ich sage bisher, weil ich denke, dass das auch irgendwann anders wird. Ich glaube nicht, dass das die letzte evolutionäre Stufe ist, die der Mensch erklimmen kann. Aber welches die nächste sein wird, kann ich jetzt nicht ergründen.

Nein, der Tod und die damit einhergehende Bedrohung macht das Leben für die meisten erst sinnhaft. Letztlich ist der Tod die ultimative Herausforderung, die größte aller Questen. Ihn zu überlisten, ihn hinauszuzögern, das ist es, was wir bieten. Jeder kann sich durch Forschung und die Vermehrung des Wissens und damit die Verbesserung der Existenz für alle Lebenszeit erarbeiten und am Ende wirklich unsterblich werden, wenn er das dann noch möchte.

Migriert die Menschheit nach Elysium?

ELVIS IN ELYSIUM GESICHTET!

»Was ist mit dem Fortbestand der Menschheit?«, fragte die Präsidentin der Eurostaaten die versammelten Gründungsmitglieder von Okeanos. Es war selbstverständlich nur eine holographische Konferenz, denn niemand hätte den Ort bewachen wollen, an dem sich so viele äußerst wichtige Menschen auf einmal aufhielten. Es wäre ein sicherheitstechnischer Alptraum gewesen.

»Es werden sicher Menschen übrig bleiben, die nicht nach Elysium wollen«, sagte Mei. »Es braucht ja auch hier eine kleine Menge, die die Server instand halten und sich um die andere Technik kümmern. Wir haben inzwischen zwar mehrfach redundante Energieversorgungen, aber man weiß ja nie.«

»Also soll eine reine Arbeiterklasse zurückbleiben?«

Harnur war nur als ihr Avatar hier. Sie war schon lange komplett übergegangen, sehr zu Meis Bedauern. Jetzt schüttelte sie ihre meterlangen Haare in einem nur für sie spürbaren Wind. »Da ist nichts Verwerfliches dran. Diese Menschen werden alles haben, was man sich wünschen kann. Jeden Luxus und eine Welt für sich allein. Und jeder, der will, kann irgendwann nach Elysium kommen, die werden dort alle Privilegien haben.«

»Was passiert aber, wenn alle übergehen? Wer hält dann die Server instand? Was, wenn etwas passiert? Eine Naturkatastrophe oder so?«

»Wir verfügen wie gesagt über mehrere redundante Systeme. Wir haben im All ein Energierelais und auf dem Mond weitere Backupsysteme. Der menschliche Faktor bei all dem ist fast gleich null - es ist ja schon lange erwiesen, dass Menschen nicht verlässlich sind.« Mei lächelte.

»In Elysium forschen viele Wissenschaftler ununterbrochen an neuen Technologien. Wir verbessern die Sicherheit stetig. Glauben Sie mir: Die Naturkatastrophe, die unsere Server zerstören würde, würde auch unter anderen Umständen die ganze Menschheit auslöschen.« Harnur strahlte Sicherheit aus. Das tat sie immer.

»Wann wird es so weit sein?« Die Präsidentin zeigte auf ein Bild, welches zwischen ihnen rotierte. Es zeigte die Erdkugel und darum wie aus bunten Zuckerfäden gesponnen lag Elysium. Die verschiedenen Ebenen lagen schichtweise übereinander und Knotenpunkte blinkten. »Warum muss das überhaupt sein? Also ich versteh das nicht.«

Mei lächelte immer noch. Sie manipulierte das Bild, drehte die Erde wie eine Murmel und Elysium leuchtete mesmerisierend. »Wir denken, dass die Sichtbarmachung dazu verhilft, dass jeder weiß, dass es Elysium wirklich gibt. Dass es keine reine Illusion ist. Wir Menschen müssen Dinge sehen. Es gibt immer noch Skeptiker und Gegenbewegungen. Viel zu viele haben nur einen Connect™ Level zwei. Unser Ziel ist es, alle mit einem TotalConnect™ zu versorgen. Nach einer Eingewöhnungszeit würden die Körper je nach Wunsch eingefroren oder kremiert. Das macht vielen Angst, die denken, dass Elysium nur ein virtuelles Konstrukt ist. Was es streng genommen auch ist - und dennoch ist es so viel mehr. Die Vorstellung, dass es abgeschaltet wird, oder etwas dazu führt, dass es aufhört, ist für viele erschreckend.

Unsere Wissenschaftler haben aber errechnet, dass die Wahrscheinlichkeit, dass ein schlimmer Fehler Elysium zerstört, bei den jetzigen Ausgangsparametern nahe Null liegt. Es wird Elysium so lange geben, wie die Energieversorgung gewährleistet ist. Ich bin mir auch sicher, dass die innerelysischen Forschungen bald weitere Neuerungen zur Selbsterhaltung hervorbringen werden. Die Menschheit wird den nächsten evolutionären Schritt machen. Das alles ist aber nur für die wenigsten relevant. Sie wollen keine wissenschaftlichen Berichte lesen, sondern überleben und weiterspielen. Irgendwie.

Elysium muss für diese Skeptiker *echter* werden. Daher die Holoprojektion. Etwas, das derart präsent ist, kann man nicht wegreden. Alle werden Elysium in all seiner Pracht immer am Himmel sehen.«

Die Präsidentin war nicht überzeugt, das sah Phil, aber sie hatte keine Wahl. Längst waren Staaten und Politiker nicht mehr die Mächtigsten. Die Okeaniden waren es und von denen waren die Gründungsmitglieder wie Götter. Die ehemaligen Strukturen wickelten sich gerade selbst ab. Einige hatten natürlich versucht, Nutznießer zu sein, aber es gelang ihnen nicht.

Elysiums Ruf war zu umfassend. Alles, was in der normalen Welt fehlte, gab es dort. Abzüglich der Einschränkungen eines Körpers, der nicht das konnte, was das spielwütige Gehirn sich wünschte. Man wollte stark sein: Kein Problem. Ausdauernd, in jeder Hinsicht? Sicher! Man wollte Land und Dinge besitzen? Klar! Dazu musste man nur Questen erfüllen! Alles ging. Tropische Inseln, ewiger Sommer, wilde Dschungel oder der nie endende Ritt in den Sonnenuntergang. Man konnte töten und getötet werden - im Spiel. Man wachte wieder auf und begann neu oder mit einem Abzug an Besitz und Werten. Und wenn man älter wurde, wurde man entweder müde oder weise. Man akzeptierte entweder, dass alles ein Ende haben konnte, oder man erklomm die Leitern zu den anderen Ebenen, wo an den vielen Problemen, die sich stellten, geforscht wurde. Und am Ende stand ein echter Tod. Aber ohne Schmerz und Qual – außer man wollte das explizit.

Die Menschheit in ihrer Gesamtheit würde ein neues Level erklimmen können. Transzendenz. Weiterbildung, Forschung und Wissen würden auch Elysium irgendwann wie einen Sandkasten aussehen lassen, in dem Kinder mit kleinen Spielzeugmännchen gespielt hatten. Das hatten Phil, Mei und Harnur damals natürlich nicht geahnt, aber sie hatten diese Konsequenz früher verstanden und akzeptiert als die meisten.

»Zum Jahreswechsel wird es so weit sein«, sagte Phil. »Es wird gigantisch schön.«

Die Präsidentin starrte auf das Hologramm und nickte. »Ich würde gerne mit Ihnen über meinen Account sprechen ...«

23:55 Uhr, 31.12.2134

»Prost!«, sagte Phil. Er stand mit einem Glas Sekt auf einem verlassenen Wolkenkratzer. Niemand war bei ihm. Mei und Harnur waren schon in Elysium und er stieß nur symbolisch mit ihnen an. Er hatte den Finger neben dem kleinen Gerät, auf dessen Display ein Punkt darauf harrte, gedrückt zu werden. Um den Button wanden sich drei schwarze Drachen in stetigem Kreis herum. Die Okeaniden waren so weit.

Er lächelte. Es war ein wenig wehmütig, denn trotz all seiner Macht hatte er hier auf der Erde keine Partnerin gefunden – es hatte einfach nie gepasst. Aber in Elysium wartete schon eine Familie auf ihn. Daher war er hier allein, er traute im Moment niemandem, außer sich selbst. Der Übergang in eine bessere Welt würde nicht ohne Geburtswehen ablaufen. Aber der Ruf von Elysium ließ kaum jemanden kalt. Übrig waren auf der Erde noch die, die aus den verschiedensten Gründen zweifelten. Phil war davon überzeugt, dass es nicht lange dauern würde.

Ihm war es egal, aus welchen Gründen die Menschen sich für Elysium entschieden - für ihn war klar, dass sie hier einen Riesenschritt taten. Sie hatten der Erde so viel angetan. Das war nun vorbei. Die paar Menschen, die übrig blieben, hatten die Auswahl an den schönsten Orten der Welt zu wohnen. Phil war überzeugt, dass es dennoch nicht lange dauern würde, bis sich restlos alle nach Elysium begeben würden. Damit wäre dann tatsächlich ein Utopia geschaffen. Eine Welt, in der die Menschen besser werden konnten.

23:59 Uhr.

Alle anderen menschlichen Faktoren waren jetzt aus den Strukturen abgezogen worden. Es gab alle Sicherheitssysteme, die man hatte ersinnen können: Geld hatte keine Rolle mehr gespielt. Es war nun sein Finger, der es starten würde. Er war Okeanos. Der Mächtigste von allen. Er drückte den Knopf und Elysium entfaltete sich über ihm. Es war bunt, grandios und wunderschön.

ENDE

ANJA BAGUS

Jahrgang 1967. In ihrer persönlichen Utopie kommen Hunde, Katzen und Bücher vor. Menschen auch, am liebsten viele. Sie schreibt sonst Steampunk und reist mit ihrem *Amt für Aetherangelegenheiten* durch die Gegend. Googlet sie einfach.

VORFALL IN UTOPIA WEST

GERNOT SCHATZDORFER

1.

»Reiseziel: Utopia West«, verkündete der Anzeigebildschirm im Fahrgastraum. Das schnittige Raketenflugzeug raste nun schon mehrere Stunden in der dünnen Atmosphäre des Mars auf die nördlichste aller planetaren Kolonien zu, *Utopia West* in der Tiefebene *Utopia Planitia*.

Xenia hatte kurz geschlafen, nun gähnte sie und blickte aus dem Fenster. Aris, der neben ihr saß, fragte sie: »Und, gibt's was Neues da draußen?«

»Kein bisschen! Nach wie vor alles Rot in Rot.«

»Kein Wunder, auf dem Roten Planeten. Aber wir sind schließlich nicht zum Sightseeing hergekommen.«

Die beiden waren vom kleinen Bergwerksstützpunkt Occator auf dem Zwergplaneten Ceres für einen technischen Erfahrungsaustausch auf den Mars geschickt worden. Es ging vor allem um die Nutzung natürlicher Eisvorkommen für die Wasserversorgung.

»Abgesehen von unserem Job bin ich aber auch neugierig auf das soziale Konzept der Kolonie«, fuhr Aris fort. »Die sollen ja dort eine ganz tolle alternative Gemeinschaft aufgezogen haben, mit Basisdemokratie und so.«

»Ich dachte mir schon, dass dich das interessieren würde. Dein Interesse für gesellschaftliche und politische Dinge habe ich immer bewundert, auch wenn du es manchmal übertreibst. Ich weiß noch zu gut, wie ich dich damals auf der Erde aus dem Gefängnis freikaufen musste.«

»Ach ja, die Sache mit dem Staudamm. Natürlich haben wir es mit dem Gesetz nicht so genau genommen. Aber wir mussten doch was tun! Dem Konzern war es scheißegal, dass er bei seinem größenwahnsinnigen Bauprojekt Dutzende bedrohter Arten für immer ausrotten würde.«

»Mein kleiner Bruder! Immer noch der gleiche jugendliche Hitzkopf wie früher!«

»Was heißt hier klein! Ich bin vier Zentimeter größer als du. Jünger stimmt zwar, aber die drei Jahre sind in unserem Alter...«

Eine Lautsprecherdurchsage unterbrach das Geplänkel der beiden Geschwister. Der Jet setzte zur Landung an.

2.

Blinzelnd traten Xenia und Aris aus dem düsteren Zugangstunnel in die riesige, hell erleuchtete Kuppel. Der allgegenwärtige üppig grüne Bewuchs bildete einen überwältigenden Kontrast zur rotbraunen Einöde draußen und zum blassen Rosa des Marshimmels, der durch die transparente Halbkugel gut zu sehen war.

Eine Frau mit langen grauen Haaren und freundlichen Augen kam ihnen entgegen. »Willkommen in *Utopia West*, willkommen im Walddorf! Ich bin Theresia, die Älteste des Dorfes und derzeit auch Sprecherin der gesamten Kolonie. Ihr seid Xenia und Aris?«

Xenia bejahte und fragte: »Ist mit Walddorf diese Kuppel gemeint?«

»Ja«, antwortete Theresia, »*Utopia West* ist nicht wie eine Stadt organisiert, sondern als loser Zusammenschluss einzelner Dorfgemeinschaften.«

»Gehört das zu eurem berühmten utopischen Gemeinschaftsentwurf?«, fragte Aris nach. »Eure Kolonie wird in gesellschaftspolitischen Artikeln immer wieder erwähnt.«

Theresia lächelte. »Utopisch ist fast ein zu großes Wort, obwohl es in einer Region mit dem Namen *Utopia Planitia* natürlich naheliegt. Wir probieren einfach Rahmenbedingungen für ein besseres Zusammenleben aus. Ich erzähle euch später gern mehr, aber das erste Treffen mit Vertretern aus der Technikerkaste, ich meinte, dem Technikerdorf ist ja schon für heute angesetzt.«

»Technikerkaste?«, fragte Xenia.

Theresia wirkte leicht verlegen. »Offiziell sind die Techniker eine Dorfgemeinschaft wie die anderen auch, von denen werden sie aber manchmal als eigene, abgehobene Kaste empfunden, sie gehen auch selber etwas auf Distanz. Daran müssen wir noch arbeiten.« Sie wandte ihren Blick ab. »Ah, da kommen sie ja!«

Ein Mann mittleren Alters und eine junge Frau näherten sich. Theresia machte sie mit den Neuankömmlingen bekannt: »Astrid ist hier im Walddorf aufgewachsen. Die Technikergemeinde rekrutiert ihren Nachwuchs vorwiegend unter Interessierten und Begabten aus den anderen Dörfern.«

Astrid ergänzte: »Ich habe mich vor vier Jahren gemeldet, inzwischen habe ich meine Ausbildung fast beendet.«

Theresia setzte die Vorstellung fort: »Und das ist Timo, Experte für Bergbau und Bohrtechnik und damit für euch sicherlich die beste Ansprechperson. Er holt Astrid zu einer praktischen Übung ab, ihr könnt dann gleich durch den Tunnel mitfahren.«

Theresia stellte auch Xenia und Aris vor. Timo wandte sich an die beiden: »Ihr seid also die Gäste von Ceres! Dort soll es ja eine Menge Wassereis im Boden geben.«

»Das stimmt«, antwortete Aris, »der eigentliche Eismantel von Ceres beginnt allerdings erst zehn Kilometer unter der Oberfläche, das ist eine ziemliche Herausforderung. Die erste Tiefbohrung ist fast am Ziel, das Projekt läuft auf Hochtouren. Gegenwärtig holen wir das Wasser aus kleineren Vorkommen in der oberen Kruste.«

»So wie wir. Die Kolonie wurde ja vor allem wegen des Grundeises hier im Utopia-Becken angelegt. Es liegt stellenweise keine zwanzig Meter tief.«

Aris seufzte: »Im Vergleich zu Ceres sind das ja paradiesische Zustände!«

»Ja, wir arbeiten derzeit an einer neuen Förderanlage, nur ein paar Kilometer von der Station entfernt. Astrid betreut die erste Probebohrung im Rahmen ihres Praxisprojekts. Gleich nach unserem Mars-Ceres-Treffen drüben im Technikerhabitat wollen wir mit der Arbeit beginnen.«

Aris warf ein: »Das Meeting ist doch erst in drei Stunden. Können wir nicht vorher noch einen Abstecher zur Bohrstelle machen? Ich würde mir das gerne ansehen.«

»Das geht leider nicht.«, erwiderte Theresia. »Im Augenblick haben wir kein genügend großes Bodenfahrzeug frei, nur einen dreisitzigen Rover.«

Xenia schlug vor: »Dann könnten wir uns ja aufteilen. Du fährst mit den beiden per Rover zum Bohrloch, und ich komme durch den Tunnel nach.«

»Gute Idee«, meinte Theresia. »Dann zeige ich inzwischen Xenia euer Quartier und erzähle ein wenig über unsere Sitten und Gebräuche.«

»Einverstanden!« bestätigte Timo. »So kann Astrid gleich mit der Bohrung beginnen. Aris, wenn du willst, kannst du das Steuer des Rovers übernehmen.«

»Liebend gern! Im Freien herumzukurven war schon auf Ceres immer mein größtes Vergnügen.«

3.

Timo, Astrid und Aris entfernten sich in Richtung Luftschleuse, Theresia führte Xenia durch die Kuppelsiedlung. Kleine, höchstens einstöckige Häuser gruppierten sich um einen liebevoll gestalteten Platz. Ringsum konnte man Wiesen sehen, auf denen Ziegen und Schafe weideten. Auf einem Hügel mähte ein Mann das Gras mit einer Sense, auf den Kieswegen waren Fußgänger, Radfahrer und eine Reiterin unterwegs. Die Luft war erfüllt von Vogelgezwitscher und den fröhlichen Stimmen spielender Kinder, für die ein Teil des Dorfplatzes mit Spielgeräten ausgestattet worden war. Im Hintergrund erstreckten sich waldige Hügel bis zum Ende der mehrere Kilometer überspannenden Kuppel.

Xenia staunte: »So idyllische Hirtenromantik hätte ich auf dem Mars nicht erwartet.«

»Das gehört auch zu unserem Konzept«, erklärte Theresia. »Die menschlichen Instinkte und Emotionen haben sich über Millionen Jahre in einem natürlichen Umfeld entwickelt, das wir hier so gut wie möglich nachzustellen versuchen, mit viel Grün, überschaubaren Gemeinschaften und weitgehendem Verzicht auf Hochtechnologie. Großstädte, Raumstationen oder enge unterirdische Planetenhabitate sind in unserer evolutionären Grundausstattung nicht vorgesehen.«

»Aber ist das Ganze angesichts der Verhältnisse auf dem Mars nicht nur eine Illusion?«

»Natürlich können wir die irdische Natur nicht perfekt nachbilden. Wir versuchen aber nicht nur einen schönen Schein aufzubauen, sondern das Leben ganz real möglichst ursprünglich und einfach zu gestalten, also das Wirtschaftssystem, die Arbeitsbedingungen, die Freizeit und so weiter.«

Sie waren an einem leerstehenden Holzhäuschen angekommen, hier sollten Xenia und Aris während ihres Marsaufenthalts wohnen. Theresia erklärte stolz: »Die Bäume für diese Balken sind in unserem Wald gewachsen und wurden vor Ort verarbeitet.«

»Aber doch nicht nur mit Äxten und Handsägen?«

»Nein!«, lachte Theresia. »Ein paar neuzeitliche Maschinen leisten wir uns schon.«

»Sind dafür die Techniker zuständig?«

»Vor allem für komplexere Technologien, Elektronik, Nanotechnik und so weiter. Das meiste machen aber Handwerker hier im Dorf. Die Produktionswege sollen kurz und nachvollziehbar bleiben.«

»Das heißt, jedes Dorf macht alles selber? Ist das nicht schrecklich uneffektiv?«

Theresia schmunzelte. »Ich sehe, Xenia, du denkst wie eine Technikerin. Stärkere Arbeitsteilung wäre natürlich effizienter, schafft aber auch Unübersichtlichkeit, Abhängigkeit und damit ein Machtgefälle. Wir versuchen, eine gute Balance zu finden, dabei haben sich gewisse Schwerpunkte herausgebildet. Im Apfeldorf beispielsweise, der zweitgrößten Kuppelsiedlung nach unserer, wird vor allem Obst angebaut und an den Markttagen gegen andere Dinge getauscht. Noch stärker spezialisiert ist das Med-Habitat, es hat wie das Technikerdorf keine Kuppel, sondern liegt unter der Oberfläche. Dort wohnen drei Großfamilien, die enormes medizinisches Wissen erworben und tradiert haben.«

»Und wie sieht es mit der Sicherheit aus? Ganz ohne Kriminalität wird es wohl auch hier nicht gehen.«

Theresia nickte. »Das will ich gar nicht leugnen, es hält sich aber in Grenzen. Die dörflichen Gemeinschaften, in denen alle einander persönlich kennen, machen es Gesetzesbrechern recht schwer. Und für den Fall, dass doch einmal etwas passiert, gibt es eine kleine, leicht bewaffnete Gendarmerietruppe. Die Sicherheitskräfte haben glücklicherweise nur selten wirklich zu tun, sie agieren meistens eher als ›Freund und Helfer‹, wie die Dorfgendarmen vergangener Zeiten. Sie unterstehen dem Ältestenrat, dem auch die Gerichtsbarkeit obliegt.«

»Widerspricht das nicht dem basisdemokratischen Ansatz?«

»Basisdemokratie im klassischen Sinn war nie unser Ziel. Scheinbare Gleichheit aller führt nur zu heimlichen, informellen Machtstrukturen. In *Utopia West* bilden die ältesten Einwohner jedes Dorfes eine Ratsversammlung, die aus ihrem Kreis eine Person wählt, die dem Dorf vorsteht. Unter so stabilen Rahmenbedingungen wie bei uns wird die Autorität der Älteren aus ihrem Erfahrungsvorsprung heraus weitgehend akzeptiert.«

4.

Xenia verabschiedete sich von Theresia, verstaute ihr Gepäck im Quartier und machte sich auf den Weg zur Luftschleuse am Rand der Kuppel. Dort musste sie einen leichten Raumanzug anlegen, denn der Tunnel zum Technikerdorf war unbelüftet. Ein einfach zu bedienendes Schienenfahrzeug brachte sie in wenigen Minuten ans Ziel. Ein älterer Mann, der sich als Lukas vorstellte, holte sie ab und geleitete sie in den Versammlungsraum, wo jetzt nur mehr Timo, Astrid und Aris fehlten, die noch nicht von der Bohrstelle zurück waren.

Ein Funkspruch kam herein: »Timo hier! Entschuldigt, dass wir uns verspäten. Astrid und ich müssen noch einige Einstellungen am Bohrer kalibrieren, das können wir schwer unterbrechen. Aris, unser Gast von Ceres, fährt allein mit dem Rover voraus. Er müsste in ein paar Minuten bei der Luftschleuse sein. Ihr könnt dann ohne uns anfangen. Sobald wir hier draußen fertig sind, kommen wir mit dem Zweisitzer nach.«

Aus zwanglosem Geplauder entwickelte sich schon vor Aris' Eintreffen ein erster Erfahrungsaustausch. Wie auf Ceres arbeiteten die Ingenieure auf dem Mars mit Heizelementen, die ins Bohrloch versenkt wurden, um das Eis aufzutauen. Sie vertieften sich bereits in technische Details, als Timo und Astrid zu ihnen stießen. Xenia fragte sofort: »Wo ist Aris?«

Timo reagierte bestürzt: »Keine Ahnung! Er sollte schon längst hier sein!«

Xenia war außer sich. »Wie konntet ihr ihn nur allein fahren lassen! Ihr müsst ihn unbedingt suchen! Ich helfe mit, so gut ich kann. Hinterlässt der Rover draußen keine Spuren?«

»An den felsigen Stellen leider kaum«, antwortete Timo, »und hier im Norden haben wir derzeit starke Winde, die alles verwehen. Komm, Astrid! Wir fahren mit dem Zweisitzer noch einmal die Gegend zwischen hier und der Bohrstelle ab.«

Lukas, der Älteste des Technikerdorfs, reagierte sofort: »Schickt auch die restlichen Fahrzeuge hinaus, startet die Drohnen, benachrichtigt die anderen Dörfer! Er kann ja nicht weit sein.«

5.

Xenia war verzweifelt. Schon seit drei Tagen war ihr Bruder abgängig. Nur den leeren Rover hatte man zwischen den Kuppelsiedlungen der Kolonie entdeckt. Draußen hätte Aris niemals so lang überlebt, die einzige Hoffnung bestand darin, dass er sich bis zu einem Habitat oder einem der kleinen Außenstützpunkte durchgeschlagen hatte. Erschwerend war, dass keine Protokolle über die Luftschleusenaktivitäten aufgezeichnet oder weitergeleitet wurden, entsprechend den auf Einfachheit und Vertrauen basierenden Grundsätzen der Kolonie.

Xenia hatte sich bei der Suchaktion Timo und Astrid angeschlossen. Mit dem Rover holperten sie über das Marsgeröll. Ihr Ziel war eine der vielen unbesetzten Messstationen, in denen auch Sauerstoffreserven und Überlebenspakete deponiert waren. Noch vor ihrer Ankunft kam hinter der nächsten großen Wohnkuppel eine weitere derartige Station in Sicht. Xenia wies die anderen darauf hin.

Astrid erwiderte rasch: »Dort habe ich gestern schon gesucht. Leider keine Spur.«

Sie durchsuchten die Messstation, fanden aber auch hier nichts. Bevor sie das luftdichte Gehäuse wieder verließen, schloss Timo die Tür und belüftete den Innenraum. Endlich konnten sie die Helme abnehmen, um sich bei einem kleinen Imbiss auszuruhen. Geraume Zeit aßen und tranken sie schweigend, dann fragte Timo: »Xenia, ist das nicht ein griechischer Name?«

»Ja, meine Eltern leben in Griechenland, in der Stadt Thessaloniki. Auch der Name meines Bruders ...«

Sie hielt inne und kämpfte mehrere schwere Atemzüge lang mit zitternden Mundwinkeln gegen die Tränen. Timo tat es sichtlich leid. »Entschuldige, ich wollte nicht ...«

»Schon in Ordnung, du hast es ja gut gemeint, aber ich glaube, bevor wir Aris finden, kann nichts und niemand mich wirklich ablenken oder aufheitern.«

Ihre Blicke begegneten einander, zwar ohne Lächeln, aber Xenia spürte eine Nähe, die ihr gut tat. Erstmals seit Aris' Verschwinden sehnte sie sich nach Trost in den Armen eines anderen Menschen, eigentlich, wie sie sich widerstrebend eingestehen musste, in den Armen eines Mannes. Astrid hingegen blieb kühl und schweigsam, sie sah nur ein paar Mal zwischen Xenia und Timo hin und her.

6.

Trotz der Sympathie für Timo spürte Xenia, dass sie ihr Herz nicht öffnen konnte, solange Aris' Schicksal ungeklärt war. Deshalb mied sie am nächsten Tag Timos Gesellschaft und machte sich nach einer weiteren nahezu schlaflosen Nacht allein auf die Suche. Ortskundige hatten alle aussichtsreichen Plätze bereits erfolglos abgesucht, Xenia konnte aber nicht aufgeben. Es war keine gezielte Suchaktion, eher eine Beschäftigungstherapie, um die schwindende Hoffnung nicht in blanke Verzweiflung umschlagen zu lassen.

So verschlug es sie in die älteste Kuppel von *Utopia West*. Hier hatte einst die legendäre Gründerin der Kolonie, Pia Kovalewska, gelebt und mit ihren Getreuen aus einer zuerst vagen Utopie heraus das gesellschaftliche Reformprojekt konzipiert, in dessen Rahmen bis heute versucht wurde, hier auf dem Mars Modelle für eine bessere Welt zu entwickeln.

Dieses Habitat war dünn besiedelt, hier lebten derzeit nur eine Handvoll Künstler und Philosophen. Ein großer Teil des Areals war verwildert und stark mit Bäumen, Sträuchern und Gestrüpp zugewachsen. Wenn Aris es über eine der Außenluftschleusen bis hierher geschafft hatte, konnte er in dem weitläufigen Gelände durchaus tagelang unentdeckt herumirren, zumindest versuchte Xenia, an diese Möglichkeit zu glauben.

Am Rand einer Lichtung stieß sie auf eine aus grob bearbeiteten Stämmen gebaute, stark verfallene Blockhütte. Eine verwitterte Gedenktafel wies darauf hin, dass Pia Kovalewska die letzten

Jahre vor ihrem Tod hier gewohnt hatte, und listete die von der Gründerin formulierten Leitsätze auf:

Erstens: Das wichtigste und höchste Ziel unserer Gemeinschaft ist es, das Überleben und die menschliche Entfaltung aller ihrer Mitglieder zu sichern und das Leben insgesamt zu achten und zu schützen.

Zweitens: ...

Xenia las nicht weiter, die utopischen Vorstellungen dieser Marsleute erschienen ihr unwichtig und fern. Sie warf einen Blick durch die offene Tür des Blockhauses in den düsteren, modrig riechenden Innenraum. Er war leer, abgesehen von hereinrankenden Pflanzen, Moos und allerlei kriechendem und krabbelndem Getier.

Hinter der Hütte verschwand ein selten genutzter, überwucherter Pfad im Dämmerlicht des Waldes. Xenia kämpfte sich durch das Gestrüpp, holte sich an den Brombeerdornen blutige Schrammen und blieb schließlich stehen, weil das Dickicht kein Weiterkommen erlaubte. Ehe sie umkehrte, fiel ihr Blick auf etwas Glänzendes am Boden. Sie schob die Schlingpflanzen zur Seite und hob einen Gegenstand auf, der anscheinend bewusst hier deponiert worden war. Es war ein altertümliches Speichermodul, wie es Xenia zuletzt als Kind bei ihren Großeltern in Griechenland gesehen hatte. Sie packte den Datenträger ein und ging den Weg zurück. Vor der alten Hütte setzte sie sich für eine kurze Rast auf einen Baumstumpf. Doch je länger sie saß und grübelte, desto mehr wurde ihr die Aussichtslosigkeit ihrer Suche bewusst. Hier würde sie Aris ja doch nicht finden! Unter Tränen murmelte sie: »Nein. Nein.« Von immer heftigeren Weinkrämpfen geschüttelt, schrie sie es schließlich in den Wald hinein: »Nein! Nein!«

Sie sank kraftlos in sich zusammen und blieb schwer atmend sitzen, ehe sie sich erschöpft auf den mühsamen Heimweg machte.

In der Nähe ihres Quartiers traf sie auf Theresia und begegnete ihrer unausgesprochenen Frage mit finsterem Kopfschütteln. Theresia nahm sie in die Arme, erneut ließ Xenia ihren Tränen freien Lauf und brauchte lang, um sich einigermaßen zu beruhigen. Die

Älteste begleitete sie noch nach Hause und tröstete sie, als das unangetastete, für Aris bestimmte Bett die Verzweiflung ein weiteres Mal hochkochen ließ. Xenia schaffte es gerade noch, Theresia den alten Datenträger in die Hand zu drücken, dann sank sie auf ihr Bett und schlief fast augenblicklich ein.

7.

Sie hatte wie ohnmächtig geschlafen und richtete sich desorientiert auf, nachdem sie von Stimmengewirr und Fußgetrappel auf dem Kiesweg vor dem Haus geweckt wurde. Das erste Mal seit Tagen war sie einigermaßen ausgeruht, die Trauer saß aber noch immer wie ein schwerer Klotz in ihrer Brust, als sie aus dem Fenster blickte. Draußen zog ein scheinbar endloser Menschenstrom vorbei, alle marschierten in dieselbe Richtung. Xenia wusch sich mit kaltem Wasser den Schlaf aus den Augen und trat ins Freie. Sie reihte sich in die Menge ein und ließ sich mit ihr treiben, bis ein Gebäude in Sicht kam, das alle anderen an Größe deutlich übertraf. Am Vorplatz des beeindruckenden Baues entdeckte sie Theresia, die in ein Gespräch mit einem älteren Paar vertieft war und Xenia erst bemerkte, als sie ganz nahe gekommen war. »Ah, da kommt ja die Entdeckerin des Tagebuchs! Das ist Xenia, unsere Besucherin von Ceres. Und hier sind Arjun und Rana, die Dorfältesten vom Fischerdorf, zwei gute Freunde von mir.«

Xenia fragte verwundert: »Tagebuch? Was soll ich da entdeckt haben?«

Theresia wirkte müde, aber aufgeregt. »Xenia, du hast lang geschlafen, es ist viel passiert seither. Der Datenträger, den du gefunden hast, war nichts weniger als das private Tagebuch der Koloniegründerin Pia Kovalewska! Es wurde immer wieder danach gesucht, man war nicht einmal sicher, ob es ein solches Journal überhaupt gibt. Das Wort unserer Gründerin hat nach wie vor großes Gewicht, es wird aber in einigen Dörfern aus meiner Sicht zu starr oder einseitig ausgelegt. Ich habe mir das Tagebuch in der

Nacht noch lange angesehen. Es könnte möglicherweise helfen, diesem Dogmatismus entgegenzuwirken.«

Xenia entgegnete betrübt: »Dann bin ich ja so etwas wie eine Heldin geworden. Wahrscheinlich sollte ich mich darüber freuen.«

Theresia nahm Xenia an der Hand. »Glaub mir, deine Trauer berührt mein Herz, und das Schicksal deines Bruders habe ich nicht vergessen. So ein Ereignis kann niemanden kalt lassen. Ich habe lang gegrübelt, wie es so weit kommen konnte und was ich als Nächstes tun sollte. Dein Zufallsfund hat den Ausschlag gegeben, noch gestern Abend habe ich eine außerordentliche Versammlung der Dorfältesten einberufen. Auf der Tagesordnung steht an erster Stelle Aris' Verschwinden. Das geht die ganze Kolonie an.«

Theresia atmete durch und redete weiter: »Und dann möchte ich der Versammlung das Tagebuch präsentieren und über unseren Umgang mit dem Vermächtnis von Pia Kovalewska sprechen. Vielleicht haben die Themen sogar miteinander zu tun.«

Die beiden anderen Dorfältesten hatten aufmerksam zugehört. Arjun sprach bedächtig: »Xenia, du hast mein volles Mitgefühl. Und du, Theresia, hast uns angesichts der dramatischen Ereignisse zu Recht zusammengetrommelt. Lasst uns in die Versammlungshalle gehen!«

8.

In dem großen, in würdevoller Schlichtheit gehaltenen Saal saßen auf einem erhöhten Podium im Halbkreis die Ältesten, gegenüber in ansteigenden Sitzreihen zahlreiche Zuschauer. Theresia, die als derzeitige Koloniesprecherin den Vorsitz führte, hatte Xenia einen Platz an ihrer Seite zugewiesen und sie mit den Regeln der Ältestenversammlung vertraut gemacht.

Theresia eröffnete die Sitzung und erklärte, dass sie die Versammlung vor allem wegen Aris' Verschwinden einberufen habe. »Liebe Freunde, so etwas darf einfach nicht passieren! Nicht in irgendeiner Kolonie, und schon gar nicht in *Utopia West*. Besteht

Hoffnung, den Vermissten doch noch zu finden? Was ist zu tun, damit sich ein so schlimmes Ereignis nicht wiederholt?«

Simon, der Vertreter der Technikergemeinde, ergriff das Wort: »Wir alle wissen, dass es unserem Konzept und dem Geist von Pia Kovalewska entspricht, das Zusammenleben mit möglichst wenig Hochtechnologie zu gestalten. Die feindliche Umgebung des Mars macht aber auch uns Techniker unverzichtbar. Wir ermöglichen den anderen ein nahezu technikfreies, naturnahes Leben im Sinne der Gründerin.«

Im konkreten Fall, führte er weiter aus, wäre die Suche leichter gewesen, wenn man auf Aufzeichnungen über die Luftschleusenaktivitäten zurückgreifen hätte können. Auch das Aufstellen von Kameras an ausgewählten Orten wäre hilfreich gewesen, zudem sollten die bisher bewusst auf ein Minimum reduzierten Kommunikationskanäle zwischen den Dörfern für solche Krisen ausgebaut werden. Hier sei die Technikvermeidung vielleicht doch etwas zu weit gegangen.

»Ganz richtig!«, ertönte eine schneidende Stimme vom Seiteneingang. Der Bergbautechniker Timo stürmte herein, begleitet von mehreren Männern und Frauen, unter denen Xenia auch die junge Astrid erkannte. Alle trugen Handfeuerwaffen. Sie verteilten sich auf dem Podium, die Waffen auf die Ältesten gerichtet, vor allem auf Theresia und Xenia. Timo rief: »Simon hat recht, es liegt vieles im Argen. Wir Utopia-Kolonisten haben die Nase voll, jetzt ist Schluss! Die Werte von Pia Kovalewska sollen nicht weiter verwässert werden! Ich setze die Beschlussfähigkeit dieser Versammlung bis auf Weiteres außer Kraft. Ein Exekutivkomitee übernimmt die Führung.« Er legte eine dramatische Pause ein, fuhr aber fort, bevor jemand etwas sagen konnte. »Der Anlass, der uns endgültig zum Handeln gezwungen hat, war ein Verräter, der unser aller Leben aufs Spiel gesetzt hat. Wir konnten ihm zum Glück noch rechtzeitig das Handwerk legen. Er kam von außen, eingeladen von den Ältesten.« Er zeigte mit dem Finger in den Kreis der betroffen dasitzenden Delegierten. »Ihr habt die Gefahr nicht erkannt. Ihr habt versagt!« Nun befahl er Astrid und einem anderen Bewaffneten: »Bringt ihn herein!«

Sie trieben einen an den Händen gefesselten Gefangenen in den Raum. Xenia traute ihren Augen nicht. Es war Aris! Sie sprang auf und schrie: »Was habt ihr ...?« Theresia legte den Arm um sie, mit Mühe gewann sie ihre Fassung wieder und setzte sich. Immerhin schien Aris unverletzt zu sein, auch sein Stolz war nicht gebrochen. Aufrecht und mit festem Blick sah er Theresia an und sprach: »Ich bitte die Vorsitzende dieser Versammlung, mir das Wort zu erteilen.«

Wütend fuhr Timo dazwischen: »Theresia hat hier nichts mehr zu sagen, du sprichst, wenn ich es für richtig halte!« Er wandte sich an die Menge: »Ihr wisst ja gar nicht, was dieser Unmensch getan hat! Sabotage! Er hat die neue, dringend benötige Eisbohranlage gewaltsam zerstört. Er wollte uns hindern, die lebensnotwendige Wasserversorgung zu sichern! Ihr kennt alle den ersten Leitsatz von Pia Kovalewska: Das höchste Ziel unserer Gemeinschaft ist es, das Überleben ihrer Mitglieder zu sicherzustellen.« Xenia erinnerte sich vage an die Gedenktafel, ihr war, als hätte Timo etwas weggelassen. Doch sie konnte nicht weiter überlegen, denn der Anführer des Putsches wandte sich nun direkt an Aris: »Also gut, rede! Aber sag nichts Falsches! Zuerst musst du deine Verfehlung öffentlich eingestehen und dich bei der Gemeinschaft für den mörderischen Anschlag entschuldigen.«

Doch da kannte er Aris schlecht! »Den Teufel werde ich tun! Ich habe nichts Böses getan! Ich will nur berichten, was wirklich vorgefallen ...«

»Deine Propagandalügen kannst du dir sparen!«, brüllte Timo. »Stirb, Verräter! Für Pia Kovalewska!«

Er hob seine Waffe, ein Schuss knallte, mit dumpfem Geräusch schlug ein Körper auf den Brettern des Podiums auf. Xenia schrie entsetzt auf.

Doch nicht Aris war gefallen. Astrid hatte sich dazwischen geworfen und ihn zur Seite gerissen. Dabei war sie selbst getroffen worden und lag blutüberströmt am Boden. Während Aris geschockt, aber unverletzt daneben saß, beugte sich der andere Bewacher über Astrid, weitere Leute stürzten auf Timo zu, um ihn zu entwaffnen. Aber er war schneller. Er stellte lakonisch fest: »So war das nicht geplant.« Dann hielt er sich die Pistole an die Schläfe und drückte ab.

9.

Timos Selbstmord hatte die ohnehin stümperhaft wirkende Putschistentruppe so aus dem Konzept gebracht, dass sich die anderen ohne Gegenwehr von den Gendarmen entwaffnen und abführen ließen. Timos Leichnam wurde notdürftig aufgebahrt und zugedeckt. Astrid war schwer verletzt, aber nicht in Lebensgefahr, sie kam noch im Saal wieder zu sich. Während sie von den Delegierten aus dem Med-Habitat erstversorgt wurde, dankte ihr Aris überschwänglich für ihren lebensrettenden Einsatz. »War doch klar«, antwortete sie mit schwacher Stimme. »Ich hatte an Timo geglaubt, und an den Umsturz. Aber Gewalt ist keine Lösung. Pia Kova...« Sie hustete Blut und verlor wieder das Bewusstsein, die Mediziner verabreichten ihr eine Injektion und brachten sie dann mit dem Ambulanzwagen - dem ersten Motorfahrzeug, das Xenia in dieser Wohnkuppel sah - in die Krankenstation.

Endlich konnte Xenia ihren verloren geglaubten Bruder in die Arme schließen. Wieder flossen die Tränen, diesmal aber vor Erleichterung. Doch sie konnten sich nicht lang der Wiedersehensfreude hingeben, denn schon bald erhob Theresia ihre Stimme, um die Versammlung fortzusetzen. Sie appellierte an die aufgewühlten Anwesenden, sich jetzt, da die Krise vorüber war, wieder zu beruhigen, und bat um eine Schweigeminute für Timo. Danach sprach sie Aris an: »Ich bin froh, dass du noch lebst. Aber es steht ein schwerer Vorwurf gegen dich im Raum. Erzähl uns, was vorgefallen ist!«

Nachdem sich Aris so weit gefasst hatte, dass er antworten konnte, berichtete er.

»Am Tag unserer Ankunft fuhr ich mit Timo und Astrid zur Bohrstelle hinaus. Die Stimmung war gut, ich steuerte den Rover, während wir locker plauderten, bis wir an der Baracke über dem Bohrloch ankamen. Alles war vorbereitet, Astrid fuhr die Maschine hoch. Timo leitete die Novizin an, ich übernahm die Analyse der Bohrkerne. Diese Arbeit ist mir von Ceres vertraut, die Geräte funktionieren ähnlich. Bald schon brachte der Bohrer kein Sediment mehr zutage, sondern blankes Eis. Ich schmolz im Analysegerät eine Probe ein, dabei wurden Verunreinigungen angezeigt, die sich vom umgebenden Gestein deutlich unterschieden. Es schien sich um organische Substanzen zu handeln. Das Mikroskop zeigte bakterienartige Strukturen, ähnlich den Mikrofossilien, die man bereits im Marsgestein gefunden hat. Nachdem der Apparat die Probe eine Zeit lang auf zwanzig Grad gehalten hatte, begannen sich die Mikroben zu bewegen, an einigen Stellen erkannte ich sogar Anzeichen von Zellteilung. Ich alarmierte die anderen, Timo vermutete eine eingeschleppte Verunreinigung durch irdische Bakterien und merkte an, dass man das Wasser sterilisieren müsse. Ich ließ die DNA-Analyse laufen, um die Spezies festzustellen. Doch das Gerät zeigte keinerlei Übereinstimmung mit den in der Datenbank gespeicherten Mikroorganismen von der Erde, es fand überhaupt keine DNA, ebensowenig RNA. Diese Lebewesen mussten andere Moleküle für die Weitergabe ihrer Erbanlagen verwenden. Es war definitiv keine irdische Spezies.

Wir hatten Leben auf dem Mars entdeckt! Nicht nur versteinerte Spuren, sondern echte lebende Zellen!

Ich verlangte, das Bohrprojekt sofort zu stoppen. Die Marsmikroben mussten unbedingt unter Schutz gestellt werden, die wissenschaftliche Untersuchung müsse Vorrang vor der Nutzung des Wassers haben.

Doch Timo sah das anders. Die Versorgung der Kolonie habe oberste Priorität. Sie würden ein paar Eisbohrkerne für die Biologen aufbewahren, aber ansonsten wie geplant das Wasser für die Kolonie verwenden, mit sorgfältiger Sterilisation, um keine außerirdischen Krankheitserreger zu verbreiten.

Ich war außer mir, als Timo so kaltschnäuzig von Sterilisation sprach, was ja im Klartext die Tötung dieser Lebewesen bedeutete. Ohne es direkt auszusprechen, plante er nicht nur die Ausrottung einer Spezies, sondern die Vernichtung des gesamten ursprünglichen Marslebens. Da entdeckte der Mensch zum ersten Mal außerirdisches Leben - und wollte es gleich wieder zerstören! Ich habe auf der Erde schon Walfangschiffe geentert und mich an Bergwerksmaschinen gekettet, um bedrohte Arten zu schützen. Offenbar gab es auch hier dringenden Handlungsbedarf. Im Verlauf eines heftigen Wortwechsels pirschte ich mich an die Bohrersteuerung heran. Es gelang mir, die Justierung des Gestänges so zu übersteuern, dass sich der Bohrmeißel festfraß und weder vorwärts noch zurück konnte. Damit hatte ich wenigstens dieses Bohrloch unbrauchbar gemacht, ehe ich im Handgemenge von Timo und Astrid überwältigt wurde.

Sie sperrten mich in ein leerstehendes Materiallager. Ich wurde nicht gerade freundlich, aber doch korrekt behandelt und ausreichend mit Luft, Wasser und Nahrung versorgt.«

10.

Aris' Aussage löste erregtes Tuscheln und Raunen in der Halle aus. Immerhin schienen die Leute ihm zu glauben.

Als sich die Gemüter ein wenig beruhigt hatten, meldete sich Simon zu Wort: »Ich bin traurig, dass Timo von uns gegangen ist, und ich bin überrascht und erzürnt, dass es auf diese Weise geschehen musste. Mit Gewalt kann man keine Probleme lösen, ich verurteile den Putschversuch.«

Das Bekenntnis löste spontanen Applaus aus, allerdings entging Xenia nicht, dass Etliche gar nicht oder nur höflich klatschten. Auch die Mienen der Anwesenden gingen von freudiger Zustimmung bis zu offener Ablehnung.

Der alte Techniker setzte fort: »Aber in der Sache muss ich Timo teilweise Recht geben. Wir sind auf dem Mars Pioniere, die einer feindlichen Umwelt ein Stück Lebensfreundlichkeit abzutrotzen versuchen. Dieser Planet beherbergte einst reiches Leben, wie die Fossilien und jetzt diese sensationelle Entdeckung zeigen. Doch der heutige Mars ist tot, auch die Mikroben, die das Bohrteam entdeckt hat, sind nur letzte, zum Sterben verurteilte Reste einer großen Vergangenheit. Natürlich müssen die Lebensformen wissenschaftlich untersucht werden, vielleicht sogar in einzelnen Reservaten erhalten. Aber es geht nicht, dass wir jetzt den ganzen Planeten unter Naturschutz stellen und möglicherweise unsere Kolonie – und die anderen Kolonien am Äquator – aufgeben. Diese Welt ist inzwischen Teil des menschlichen Lebensraums, sie ist meine Heimat. Ich bin nicht bereit, sie wieder herzugeben!«

Jetzt ging es in der Halle drunter und drüber. Simon wurde gleichzeitig mit Applaus und Buhrufen bedacht, Argumente für und wider, aber auch wilde Beschimpfungen flogen hin und her. Theresia hatte Mühe, die Diskussion in sachlichere Bahnen zu lenken.

Nach langer, heftiger Debatte war die Versammlung in zwei nahezu gleich große Lager gespalten. Die einen argumentierten mit der Schutzwürdigkeit allen Lebens und verlangten einen sofortigen Stopp jeglicher Eisbohrprojekte, die anderen wollten das Wasser trotz der gefundenen Mikroorganismen mit der gebotenen Vorsicht weiter nutzen, um das Überleben der Menschen auf dem Mars zu sichern. Xenia wunderte sich, dass sich beide Seiten auf Pia Kovalewska beriefen.

Theresia resümierte: »Offenbar kommen wir in dieser schwierigen Frage im Augenblick nicht weiter. Ich möchte sie deshalb vorerst vertagen und zum zweiten Anlass unseres Treffens überleiten, denn …«, sie redete lauter, um das aufkommende Murren zu übertönen, »… das, was ich zur Sprache bringen möchte, könnte auch eine Entscheidungshilfe beim Umgang mit den Lebensformen sein. Unsere Besucherin Xenia hat bei der Suche nach ihrem Bruder das hier gefunden.« Sie hielt den altertümlichen Datenträger hoch. »Es ist das Tagebuch von Pia Kovalewska.«

Wieder füllte sich der Raum mit Gemurmel und Gewisper. Theresia aktivierte die große Holosäule in der Mitte des Saales. »Es war nicht verschlüsselt. Ich möchte euch ein paar Stellen vorspielen.«

Das Gerät projizierte das Gesicht der Koloniegründerin in sorgenvollem Selbstgespräch. »... wie wird das weitergehen? Ich wünsche mir so, dass meine Ideale Wirklichkeit werden. Aber kann nicht auch ein Erfolg zum Problem werden? Wird unsere lebendige Entwicklung erstarren? Werden die Nachkommen die niedergeschriebenen Regeln nur dogmatisch nachbeten? Werden sie einander sogar in meinem Namen bekämpfen?« Die Holografie schüttelte den überlebensgroßen Kopf. »Die einzige Chance, dass unser Erbe weiterlebt, wird sein, es zu überwinden. Neue Zeiten werden neue Prinzipien brauchen ...«

Theresia hielt die Aufzeichnung an. »Ich glaube, solche neuen Zeiten sind jetzt gekommen. Immerhin ist die unmittelbare Gefahr gebannt, und wir reden wieder miteinander, anstatt aufeinander zu schießen. Aber die eigentliche Arbeit beginnt erst jetzt. Unser Projekt, das mit Pia Kovalewskas Utopie begann, verlangt nach einer Weiterentwicklung. Simon, als Erstes sollten wir beide uns zusammensetzen. Zwischen den Technikern und den anderen scheint sich eine Kluft gebildet zu haben, eine Aufspaltung in zwei unterschiedliche Kulturen. Wir müssen Mittel und Wege finden, das Vertrauen wieder zu verbessern. Möglicherweise gehören dazu auch bessere technische Kommunikationskanäle zwischen den Dörfern, wie du bereits vorgeschlagen hast. Auch im Fall der neu entdeckten Marsmikroben ist die drohende Spaltung sichtbar geworden. Es wird schwer werden, einen für alle zufriedenstellenden Weg finden, aber ich bin überzeugt, dass es uns gelingen wird.«

Simon signalisierte mit Kopfnicken seine Zustimmung, Xenia meldete sich zu Wort: »Da kann ich vielleicht weiterhelfen. Das Hauptproblem ist doch, dass wegen des Schutzes der Mikroorganismen das Wasser knapp werden könnte. Aris und ich sind aber nicht nur in technischer, sondern auch in diplomatischer Mission hier, um die freundschaftlichen Beziehungen zwischen den Kolonien zu vertiefen. Wir haben weitreichende Vollmachten bekommen, deshalb kann ich euch laufende Lieferungen von Ceres-Wassereis zu äußerst günstigen Konditionen anbieten.«

Theresia dankte Xenia für das Angebot, und Simon fragte nach: »Habt ihr denn selbst genug?«

»Wir fördern bereits jetzt mehr, als wir verbrauchen. Und unser Projekt zur Nutzung der ergiebigen Eisschicht in zehn Kilometer Tiefe steht kurz vor dem Durchbruch. Dann haben wir Wasser in Hülle und Fülle.«

11.

Xenia legte das Bild einer Heckkamera auf den Bildschirm, ihr Raumschiff ließ den Mars rasch hinter sich. Die rote Scheibe war schon deutlich kleiner geworden. Aris hatte sich in der Koje festgeschnallt und schlief, dank der automatischen Steuerung hatte Xenia viel Zeit, über die Ereignisse auf dem Mars nachzudenken. Immerhin hatten sich die Wogen nach Aris' Entführung und dem missglückten Putsch wieder einigermaßen geglättet, Theresia und Simon arbeiteten schon an vertrauensbildenden Maßnahmen. Auch Pia Kovalewskas Tagebuch wurde in allen Dörfern eifrig studiert. Ein paar von Timos Mitstreitern waren aber so unzufrieden mit der Führung der Kolonie, dass sie angekündigt hatten, *Utopia West* für immer zu verlassen, ein paar andere waren wegen ihrer Verwicklung in die Verschwörung verbannt worden.

Xenia hingegen würde bestimmt wiederkommen. Mit einigen der idealistischen Menschen dieser bemerkenswerten Siedlung hatte sie trotz der Aufregungen schon richtig Freundschaft geschlossen, vor allem mit der warmherzigen Theresia, aber auch mit Astrid, die sie noch mehrere Male in der Krankenstation besucht hatte. Xenia begann sogar ein wenig Verständnis für den aus ihrer Sicht doch etwas überzogenen Personenkult um Pia Kovalewska zu entwickeln. Diese charismatische Frau hatte schon in der kurzen Holo-Aufzeichnung einen starken Eindruck hinterlassen.

Besonders gern würde sie eines der berühmten Koloniefeste miterleben, von denen ihr ganz begeistert erzählt worden war. Dabei kamen Bewohner aus allen Dörfern zu Tratsch und Klatsch, Essen und Trinken, Musik und Tanz zusammen, erneuerten alte

Kontakte und knüpften neue. Diese Feste dienten auch als Heiratsmarkt, wo immer wieder über die Dorfgrenzen hinweg Paare zusammenfanden.

Auch Aris hatte sich bereit erklärt, Xenia bei einem weiteren Marsbesuch zu begleiten. Er hatte den Schreck der Gefangenschaft schon erstaunlich gut überwunden, zumal er, wie er Xenia anvertraut hatte, seiner Bewacherin Astrid näher gekommen war, als es zwischen Gefangenem und Wächterin angebracht gewesen wäre.

Xenia wollte auch nicht mit leeren Händen wiederkehren, sondern an Bord eines geräumigen Frachtraumschiffs, dem noch weitere folgen würden, alle voll beladen mit vielen Tonnen Wassereis von Ceres, im Tausch gegen landwirtschaftliche Produkte aus den Kuppelsiedlungen. So konnte sie den Marsleuten vielleicht helfen, ihre Gegensätze auszugleichen, die neu entdeckten Lebensformen zu schützen und ihre Utopie auch in Zukunft zu leben und weiter zu entwickeln.

ENDE

GERNOT SCHATZDORFER

Gernot Schatzdorfer wurde 1960 in Graz (Österreich) geboren und arbeitet dort als Lehrer für Mathematik und Informatik. Schon seit der Kindheit an Naturwissenschaft, Raumfahrt und Science Fiction interessiert, begann er 2008 selbst zu schreiben, mit inzwischen einem Dutzend in Anthologien und Magazinen veröffentlichten Kurzgeschichten und Erzählungen.

REISEZIEL UTOPIA

wird präsentiert von

PhantaNews

PhantaNews ist die deutschsprachige Webseite für nichtkommerzielle News aus dem Bereich Phantastik. Die Themen umfassen, beschränken sich aber nicht auf: Science Fiction, Fantasy, Phantastik, Mystery, Horror, Historie; in den Medien Buch, eBook, Film, Fernsehen, Comic, Spiel.

www.phantanews.de

Covergestaltung:

XANATHON

www.xanathon.com
xanathon@xanathon.com